一本到1

新日檢

N1

滿分單字書

麥美弘 著 ／ 佐藤美帆 審訂

新日檢N1單字就靠這一本！得心應手，輕鬆滿分！

從「背單字」來奠定「新日檢」 的「滿分」應考實力

同樣一句日語，可以有各種不同的說法，有時只要改變其中的「動詞」，就可以讓同樣的一句話，呈現出不同的表現與難易度，這就是語言學習上最活潑有趣的地方。

以「從事農業的人變少了。」這個句子為例：

在新日檢 N3 的級別中，它是「農業をしている人は少なくなった。」；但在新日檢 N1 的級別中，它可以說成「農業に従事している人は少なくなった。」；或是「農業に携わっている人は少なくなった。」。

像這樣，隨著不同級別的單字數逐漸累積，讀者們也能逐漸感受到自己日語表現的進步與成長。

本《新日檢滿分單字書》系列書，有八大特色：

（1）讓每個單字出現在相對應的級別；如果一個單字有出現在不同級別的可能性，我們選擇讓它出現在較基礎的級別（如新日檢 N5、N4 都有可能考，我們就讓它出現在 N5）。

（2）除了單字以外，連例句也盡量使用相同級別的單字來造句，以 N5 的句子為例「弟は 音楽を 聞きながら、本を 読みます。」（弟弟一邊聽音樂，一邊看書。），句中所選用的單字，如「名詞」弟（弟弟）、音楽（音樂）、本（書）；「動詞」聞く（聽）、読む（看）；以及「接續助詞」ながら（一邊～，一邊～），都是新日檢 N5 的單字範圍，之所以這樣煞費苦心地挑選，就是希望應考者能夠掌握該級別必學的單字，而且學得得心應手。

（3）在「分類」上，先採用「詞性」來分類，再以「五十音」的順序排列，讓讀者方便查詢。

（4）在「文體」上，為了讀者學習的方便，在 N5、N4 中，以「美化體」呈現；在 N3 中，以「美化體與常體混搭」的方式呈現；在 N2、N1 中，則以「常體」呈現（然而，有些句子因應場合或習慣，仍保留「美化體」的用法）。

（5）在「重音標記」上，參照「**大辞林**（日本「三省堂」出版）」來標示，並參考現實生活中東京的實際發音，微幅調整。

（6）在「漢字標記」上，參照「**大辞林**（日本「三省堂」出版）」來標示，並參考現實生活中的實際使用情形，略作刪減。

（7）在「自他動詞標記」上，參照「**標準国語辞典**（日本「旺文社」出版）」來標示。

（8）最後將每個單字，依據「實際使用頻率」來標示三顆星、兩顆星、一顆星，與零顆星的「星號」，星號越多的越常用，提供讀者作為參考。

在 N1 中，總共收錄了 3024 個單字，其分布如下：

分類	單字數	百分比
1-1 名詞・代名詞	1519	50.23%
1-2 形容詞	68	2.25%
1-3 形容動詞	195	6.45%
1-4 動詞	1094	36.18%
1-5 副詞・副助詞	123	4.07%
1-6 接尾語	8	0.26%
1-7 其他	17	0.56%

從以上的比率可以看出，只要依據詞性的分類，就能掌握單字學習與背誦的重點，如此一來，背單字將不再是一件難事。最後，衷心希望讀者們能藉由本書，輕鬆奠定「新日檢」的應考實力，祝福大家一次到位，滿分過關！

戰勝新日檢，
掌握日語關鍵能力

元氣日語編輯小組

日本語能力測驗（**日本語能力試験**）是由「日本國際教育支援協會」及「日本國際交流基金會」，在日本及世界各地為日語學習者測試其日語能力的測驗。自1984年開辦，迄今超過30多年，每年報考人數節節升高，是世界上規模最大、也最具公信力的日語考試。

新日檢是什麼？

近年來，除了一般學習日語的學生之外，更有許多社會人士，為了在日本生活、就業、工作晉升等各種不同理由，參加日本語能力測驗。同時，日本語能力測驗實行30多年來，語言教育學、測驗理論等的變遷，漸有改革提案及建言。在許多專家的縝密研擬之下，自2010年起實施新制日本語能力測驗（以下簡稱新日檢），滿足各層面的日語檢定需求。

除了日語相關知識之外，新日檢更重視「活用日語」的能力，因此特別在題目中加重溝通能力的測驗。目前執行的新日檢為5級制（N1、N2、N3、N4、N5），新制的「N」除了代表「日語（Nihongo）」，也代表「新（New）」。

新日檢N1的考試科目有什麼？

新日檢N1的考試科目為「言語知識・讀解」與「聽解」二大科目，詳細考題如後文所述。

新日檢N1總分為180分，並設立各科基本分數標準，也就是總分須通過合格分數（＝通過標準）之外，各科也須達到一定成績（＝通過門檻），如果總分達到合格分數，但有一科成績未達到通過門檻，亦不算是合格。各級之總分通過標準及各分科成績通過門檻請見下表。

N1總分通過標準及各分科成績通過門檻			
總分通過標準	得分範圍	0~180	
	通過標準	100	
分科成績通過門檻	言語知識（文字‧語彙‧文法）	得分範圍	0~60
		通過門檻	19
	讀解	得分範圍	0~60
		通過門檻	19
	聽解	得分範圍	0~60
		通過門檻	19

從上表得知，考生必須總分100分以上，同時「言語知識（文字‧語彙‧文法）」、「讀解」、「聽解」皆不得低於19分，方能取得N1合格證書。

而從分數的分配來看，言語知識、讀解、聽解，分數佔比均為1/3，表示新日檢非常重視聽力與閱讀能力，要測試的就是考生的語言應用能力。

此外，根據官方新發表的內容，新日檢N1合格的目標，是希望考生能理解日常生活中各種狀況的日語，並對各方面的日語能有一定程度的理解。

新日檢程度標準		
新日檢 N1	閱讀（讀解）	‧閱讀議題廣泛的報紙評論、社論等，了解複雜的句子或抽象的文章，理解文章結構及內容。 ‧閱讀各種題材深入的讀物，並能理解文脈或是詳細的意含。
	聽力（聽解）	‧在各種場合下，以自然的速度聽取對話、新聞或是演講，詳細理解話語中內容、提及人物的關係、理論架構，或是掌握對話要義。

新日檢N1的考題有什麼？

　　要準備新日檢N1，考生不能只靠死記硬背，而必須整體提升日文應用能力。考試內容整理如下表所示：

考試科目 （考試時間）		題型			
			大題	內容	題數
言語知識（文字・語彙・文法）・讀解（110分鐘）	文字・語彙	1	漢字讀音	選擇漢字的讀音	6
		2	文脈規定	根據句意選擇正確的單字	7
		3	近義詞	選擇與題目意思最接近的單字	6
		4	用法	選擇題目在句子中正確的用法	6
	文法	5	文法1 （判斷文法型式）	選擇正確句型	10
		6	文法2 （組合文句）	句子重組（排序）	5
		7	文章文法	文章中的填空（克漏字），根據文脈，選出適當的語彙或句型	5
	讀解	8	內容理解 （短文）	閱讀題目（包含生活、工作等各式話題，200字的文章），測驗是否理解其內容	4
		9	內容理解 （中文）	閱讀題目（評論、解說、隨筆等，約500字的文章），測驗是否理解其因果關係、理由、或作者的想法	9
		10	內容理解 （長文）	閱讀題目（解說、隨筆、小說等，約1,000字的文章），測驗是否理解文章概要或是作者的想法	4
		11	綜合理解	比較多篇文章相關內容（約600字）、並進行綜合理解	3
		12	主旨理解 （長文）	閱讀社論、評論等抽象、理論的文章（約1,000字），測驗是否能夠掌握其主旨或意見	4
		13	資訊檢索	閱讀題目（廣告、傳單、情報誌、書信等，約700字），測驗是否能找出必要的資訊	2

考試科目 （考試時間）	題型			
		大題	內容	題數
聽解 （60分鐘）	1	課題理解	聽取具體的資訊，選擇適當的答案，測驗是否理解接下來該做的動作	6
	2	重點理解	先提示問題，再聽取內容並選擇正確的答案，測驗是否能掌握對話的重點	7
	3	概要理解	測驗是否能從聽力題目中，理解說話者的意圖或主張	6
	4	即時應答	聽取單方提問或會話，選擇適當的回答	14
	5	統合理解	聽取較長的內容，測驗是否能比較、整合多項資訊，理解對話內	4

其他關於新日檢的各項改革資訊，可逕查閱「日本語能力試驗」官方網站http://www.jlpt.jp/。

台灣地區新日檢相關考試訊息

測驗日期：每年七月及十二月第一個星期日

測驗級數及測驗時間：N1、N2在下午舉行；N3、N4、N5在上午舉行

測驗地點：台北、桃園、台中、高雄

報名時間：第一回約於四月初，第二回約於九月初

實施機構：財團法人語言訓練測驗中心

　　　　　（02）2365-5050

　　　　　http://www.lttc.ntu.edu.tw/JLPT.htm

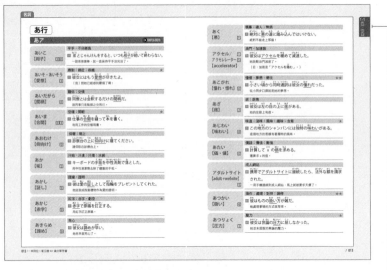

STEP.1　依詞性分類索引學習

本書採用「詞性」分類，分成七大單元，按右側索引可搜尋想要學習的詞性，每個詞性內的單字，均依照五十音順序條列，學習清晰明確。

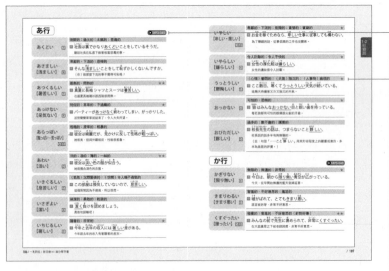

STEP.2　單字背誦、例句練習、音檔複習

先學習單字的發音及重音，全書的重音參照「**大辞林**（日本「三省堂」出版）」，並參考現實生活中東京實際發音微幅調整，輔以例句練習，最後可掃描封面 QR Code，聽聽日籍老師親錄標準日語 MP3，一起跟著唸。

STEP.3 依照星號區分重要度
每個單字均根據「實際使用頻率」，
也就是「實際考試易考度」來標示
「星號」。依照使用頻率的高低，
而有三顆星、兩顆星、一顆星，與
零顆星的區別，提供讀者作為參考。

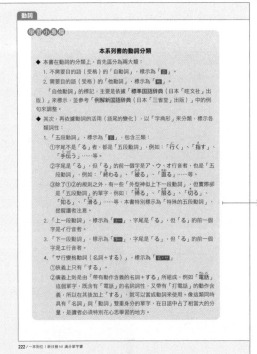

STEP.4 小專欄學習貼心提醒
附上學習小專欄，針對容易混淆的
文法與觀念加強解說，貼心提醒。

目 次

1-1
名詞 ・ 代名詞

　　新日檢 N1 當中，「名詞 ・ 代名詞」出現的比例過半，占了 50.23%。其中「外來語」為數眾多，如「アクセル（油門）」、「オンライン（線上）」、「スリーサイズ（三圍）」、「デモ（示威遊行）」……等；也有不少「同音異義」的名詞，如「回路（線路_{かいろ}）/ 海路（海路_{かいろ}）」、「化繊（化學纖維）_{かせん} / 河川（河川）_{かせん}」、「器官（器官）_{きかん} / 季刊（季刊）_{きかん}」、「天才（天才）_{てんさい} / 天災（天災）_{てんさい}」、「方策（對策）_{ほうさく} / 豊作（豐收）_{ほうさく}」……等；此外，有許多「動詞第二變化」的「名詞形」，如「仰向け（仰著）_{あおむ}」、「諦め（死心）_{あきら}」、「乱れ（紊亂）_{みだ}」、「見通し（洞察）_{みとお}」……等，都是需要認真背誦的實用單字。

あ行

あア

▶ MP3-001

あいこ 【相子】　③ ⓪	平手，不分勝負 例 弟とじゃんけんをすると、いつも相子が続いて終わらない。 一跟弟弟猜拳，就一直保持平手沒完沒了。
あいそ・あいそう 【愛想】　③	應對；親近；恭維　　★ 例 彼女にはもう愛想が尽きたよ。 （我）對她已經感到厭煩了啊！
あいだがら 【間柄】　⓪	關係；交情 例 同僚とは会釈するだけの間柄だ。 跟同事只是點頭之交而已。
あいま 【合間】　⓪ ③	空檔；閒暇　　★ 例 仕事の合間を縫って本を書く。 利用工作的空檔寫書。
あおむけ 【仰向け】　⓪	仰著；朝上 例 診察台の上に仰向けに寝てください。 請仰臥在診療台上。
あか 【垢】　②	汙垢，汙漬；汙濁；水銹 例 キーボードの手垢を中性洗剤で落とした。 用中性清潔劑去除了鍵盤的手垢。
あかし 【証し】　⓪	證據，證明 例 彼は愛の証しとして指輪をプレゼントしてくれた。 他送我戒指當禮物作為愛的證明。
あかじ 【赤字】　⓪	紅字；赤字，虧空　　★ 例 赤字で原稿を訂正する。 用紅字訂正原稿。
あきらめ 【諦め】　⓪	死心 例 彼女は諦めが早い。 她老早就死心了。

あく
【悪】 ①

壊事；壊人；弊病
例 絶対に悪の道に踏み込んではいけない。
絕對不能走上邪道！

**アクセル／
アクセレレーター** ①⑤
【accelerator】

油門，加速器
例 彼女はアクセルを緩めて減速した。
她放鬆油門減速了。
（註：加速是「アクセルを踏む」。）

あこがれ
【憧れ・憬れ】 ⓪

憧憬，夢想，嚮往　　　　　★★
例 小さい頃から同時通訳は彼女の憧れだった。
從小同步口譯就是她的夢想。

あざ
【痣】 ②

痣；瘀青
例 彼女は左の目の上に痣がある。
她的左眼上有痣。

あじわい
【味わい】 ⓪

味道；滋味；風味；趣味；含意　　★
例 この地方のシャンパンには独特の味わいがある。
這個地方的香檳有著獨特的風味。

あたい
【価・値】 ⓪

價錢；價值；數值
例 計算して x の価を求める。
運算求 x 的值。

アダルトサイト
【adult +website】 ⑤

成人網站
例 携帯でアダルトサイトに接続したら、法外な額を請求された。
一用手機連線到成人網站，馬上就被要求天價了。

あつかい
【扱い】 ⓪

操作；處理；對待；調停　　★★
例 彼はものの扱い方が雑だ。
他處理事情的方式很草率。

あつりょく
【圧力】 ②

壓力　　　　　★
例 彼女は世論の圧力に屈しなかった。
她並未屈服於輿論的壓力。

あて
【当て・宛て】 ⓪

目的，目標；依靠，指望　★★
例 明け方四時半頃起きて、当てもなく散歩した。
清晨四點半左右起來，漫無目的地散步了。

あてじ
【当て字・宛て字】 ⓪

假借字
例 「天麩羅」は江戸時代に付けられた当て字だ。
「天婦羅」是江戸時代被新增的假借字。

あとつぎ
【跡継ぎ・
跡継・後継ぎ・
後継】 ② ③

後代；繼承人；接班人
例 「皇嗣」とは天皇の跡継ぎのことを指す。
「皇嗣」是指天皇的繼承人。

アトピーせいひふえん
【アトピー性皮膚炎】
⑧

異位性皮膚炎
例 彼は小さい頃からアトピー性皮膚炎で悩んでいる。
他從小就為異位性皮膚炎所困擾。

あとまわし
【後回し】 ③

往後挪，緩辦　★
例 彼女は退職したので、今まで後回しにしていたことに
チャレンジしたがっている。
她因為退休了，所以想挑戰到目前為止所擱置未辦的事。

アフターケア
【aftercare】 ⑤

療養，調養
例 アフターケアは回復期の患者にとって大切な役割を果たす。
調養對於恢復期的患者而言有很重要的功效。

アフターサービス
【after+service】 ⑤

售後服務　★
例 あの店は小さいが、アフターサービスがしっかりしている。
那家店雖小，售後服務卻很確實。

あぶらえ
【油絵】 ③

油畫
例 彼女は油絵を三点展覧会に出品している。
她在展覽會上展出三幅油畫。

アプローチ
【approach】 ③

探討；研究　★
例 両者のアプローチにはそれぞれ長所と短所がある。
兩個人的研究各有優缺點。

あまぐ 【雨具】　2	雨具（雨傘、雨衣、雨鞋…等） 例 彼女は雨具を持って出掛けた。 她帶了雨具出門了。
あまくち 【甘口】　0	愛吃甜品（的人）；帶甜味的（酒、醬汁）；花言巧語；傻子 例 辛いものは苦手で、甘口のカレーしか食べない。 我怕吃辣，只吃甜味的咖哩。
あみ 【網】　2	網子；羅網 例 法律の網の目を潜る作戦を練る。 精心策畫鑽法律漏洞的方法。
あやまち 【過ち】　0 3	過失，差錯；罪過　　　　　　　　　★ 例 人は誰でも過ちを犯す。 人都會犯錯。
あらそい 【争い】　0 3	爭奪；爭論，糾紛 例 友情は大切だから、できるだけ友達との争いを避けたい。 因為友誼很珍貴，所以（我）想儘量避免跟朋友的糾紛。
アラブ 【Arab】　1	阿拉伯；阿拉伯人；阿拉伯馬 例 日本は石油をアラブに頼っている。 日本石油仰賴阿拉伯。
あられ 【霰】　0	冰雹；小方塊 例 今朝、雷が鳴ったあと、霰が降り出した。 今天早上，打雷之後開始下起冰雹了。
ありさま 【有様・有り様】 0 2	樣子，情況　　　　　　　　　★★ 例 泥棒に入られて、部屋はひどい有り様だ。 遭小偷了，房間一團糟。
アルカリ 【(荷)alkali】　0	鹼　　　　　　　　　★ 例 この温泉はアルカリ性で、体にいい。 這個溫泉是鹼性的，對身體很好。

アルツハイマーびょう 【アルツハイマー病】 ⓪	阿茲海默病，老年痴呆症 例 アルツハイマー病の原因を教えてください。 請告訴我老年痴呆症的原因。
アルミ／ ⓪ アルミニウム ④ 【aluminium】	鋁 ★ 例 この缶はアルミニウムで作ったものだ。 這罐子是鋁製的。
アワー 【hour】 ①	時間；時刻 ★ 例 今朝はいつもより遅く出たので、ラッシュアワーにぶつかった。 今天早上因為比平常晚出門，所以撞上了尖峰時刻。
アンコール 【encore】 ③	安可，再次表演 ★ 例 コンサートが終わる前、観客は歌手にアンコールを求めた。 演唱會結束前，聽眾要求歌手再唱一首。
あんせい 【安静】 ⓪	安靜；靜養 例 この患者は最低三ヶ月は安静が必要だ。 這名患者至少必須靜養三個月。
あんぴ 【安否】 ①	安否，安危；問安 例 時々、両親の安否を尋ねている。 偶爾問候父母（是否安康）。

いイ

▶ MP3-002

い 【意】 ①	心意；意志；意思；意義；意見 ★ 例 社会では自分の意のままに振る舞ってはいけない。 在社會上不能依自己的心意為所欲為。
い 【異】 ①	奇異；不同 例 彼女は自分の意見に異を唱える人が嫌いだ。 她討厭對自己的意見唱反調的人。

いいわけ
【言い訳・言訳・言い分け・言分け】
0

辯解；道歉 ★★

例 彼はいつだって言い訳をしている。

他無論何時都在辯解。

いいん
【医院・醫院】
1

診所（多半為私人診所）

例 祖母は近くの医院に入院した。

奶奶入住附近的診所了。

（註：病床數二十床以上者稱為「病院」（醫院）；十九床以下或是沒有病床設施的稱為「医院」、「診療所」或是「クリニック」（診所）。）

いぎ
【異議】
1

異議

例 異議がある人は手を挙げてください。

有異議的人請舉手。

いきがい
【生き甲斐】
0 3

生存價值，生活意義

例 君を支えることに、僕は生き甲斐を感じる。

因為支持妳，我才感覺到生存的價值。

いきさつ
【経緯】
0

前因後果，來龍去脈，原委，經過 ★★

例 彼は事件の経緯を細々と報告した。

他一五一十地報告了事件的來龍去脈。

いきちがい・ゆきちがい
【行き違い・行違い】
0

錯過；弄錯；意見不一致

例 友人を迎えに行ったが、行き違いになってしまった。

雖然去接了朋友，卻錯過了。

いくさ
【戦・軍】
0 3

戰爭；戰鬥

例 戦に勝ち負けはつきものだ。

勝敗乃兵家常事。

いこう
【意向】
0

意向，打算

例 彼女に辞任の意向は全くない。

她完全沒有辭職的打算。

いし【意思】 ①	心意，想法 ★
	例 人は言葉で意思を伝える。
	人們用話語傳達心意。

いじ【意地】 ②	好勝心；心腸；物慾；食慾
	例 意地の悪い噂は無視してください。
	請忽視壞心眼的傳言。

いしきふめい【意識不明】 ①⓪	不省人事
	例 昨日、祖母が突然意識不明で倒れた。
	昨天，奶奶突然不省人事昏倒了。

いしょう【衣装・衣裳】 ①	服裝；盛裝；戲服 ★
	例 あの女優はいつも見事な衣装を着ている。
	那位女演員總是穿著很精緻的戲服。

いせい【異性】 ①⓪	異性；不同性質 ★
	例 彼が異性を好きになり始めたのは中学校時代だった。
	他開始喜歡異性是在國中時期。

いせき【遺跡・遺蹟】 ⓪	遺跡
	例 ローマの遺跡は一生に一度訪れるべきだ。
	一生應該參觀一次羅馬的遺跡。

いただき【頂】 ⓪	頭部；頂峰
	例 山々の頂きは雪を被っていた。
	群山的頂峰覆蓋著白雪。

いち【市】 ①	市集；市場；市街 ★
	例 毎月一日に市が立つ。
	每個月的一號有市集。

いちいん【一員】 ⓪②	一員 ★★
	例 彼はバスケットボールチームの一員だった。
	他曾經是籃球隊的一員。

いちどう【一同】 ③②	全體 ★
	例 社員一同が立ち上がって礼をした。
	全體員工都站起來敬禮了。

いちぶぶん 【一部分】　3	一部分；少部分 例 寝室の一部分を仕切って書斎にした。 隔了寢室的一部分當成了書房。
いちめん 【一面】　02	一面（鏡子等）；一方面；一片，滿滿　★ 例 外に出ると、一面の雪景色だった。 一到外面，就是一片雪景。
いちもく 【一目】　20	單眼；看一眼；另眼相看　★ 例 先生達はみんな、あの子に一目置いている。 老師們都對那個孩子另眼相看。
いちりつ 【一律】　0	一律 例 宴会の時間を一律に一時間延長した。 宴會的時間一律延長一個小時了。
いちれん 【一連】　0	一串；一連串 例 全職員が一連の研修会に出席した。 全體職員出席了一連串的研修會。
いっこく 【一刻】　40	一刻；短時間 例 一刻も早く台湾へ帰りたい。 （我）想即使一刻也好早點回到台灣。
いっさい 【一切】　1	一切，全部，任何　★★ 例 彼はベジタリアンだから、一切肉を食べない。 他是素食主義者，所以不吃任何肉。
いったい 【一帯】　0	一帯 例 サトウキビは台湾南部一帯で広く栽培されている。 甘蔗在台灣南部一帶被廣泛地種植著。
いなびかり 【稲光】　3	閃電 例 一般的に、稲光は雷の音に先行する。 一般來說，閃電超前於雷聲。
いにしえ 【古】　0	古時候，往昔 例 昨日は「いにしえの言葉」という単元を勉強した。 昨天學到了「古時候的詞彙」這個單元。

いびき 【鼾】　③	**鼾聲** ★
	例 昨夜、彼はすごいいびきをかいていた。
	昨晚，他鼾聲大作。

いみん 【移民】　⓪	**移民**
	例 移民受け入れについては賛成だが、問題が多いのも事実である。
	贊成關於接收移民，但確實存在許多問題。

いよく 【意欲】　①	**意願；熱情** ★
	例 顧客の購買意欲を高められるような企画を考えている。
	正在考量能提高顧客購買意願的企劃。

いりょく 【威力】　①	**威力** ★
	例 この事件で、マジョリティの威力を思い知らされた。
	在這個事件中，領悟到了多數派的威力。

いるい 【衣類】　①	**衣服** ★
	例 洗濯機で洗えない衣類をクリーニングに出した。
	將用洗衣機沒法洗的衣服送洗了。

いろちがい 【色違い】　③	**不同的顏色** ★
	例 新しいブランドのシャツが気に入ったので、色違いで三枚買った。
	因為喜歡新牌子的襯衫，所以買了三件不同的顏色。

いろん 【異論】　⓪	**異議** ★
	例 誰もこの処置に対して異論はない。
	沒有人對這項處置有異議。

いんかん 【印鑑】　③⓪	**印鑑** ★
	例 明日、印鑑を持ってきてください。
	明天請帶印鑑來。

インターチェンジ 【interchange】　⑤	**交流道**
	例 次のインターチェンジで高速道路を降りてください。
	請在下一個交流道下高速公路。

インターナショナル 【international】 5	國際　　　　　　　　　　　　　★★ 例 うちの子はインターナショナルスクールに通っている。 我的小孩念國際學校。
インターホン 【interphone】 3	對講機　　　　　　　　　　　　　★ 例 インターホンが鳴っている。誰が来たのだろうか。 對講機響了。誰來了呢？
インテリ／ 0 インテリゲンチャ 5 【（俄） innterigennjya】	知識分子　　　　　　　　　　　　★ 例 メガネを掛ければ、私もインテリっぽく見えるだろうか。 戴上眼鏡的話，我看起來也像高級知識分子吧？
インフォメーション 【information】 4	情報，信息；詢問處　　　　　　★★★ 例 一階のインフォメーションで聞けば、分かると思う。 （我）認為在一樓的詢問處問問看，就會知道了。
インフレ／ 0 インフレーション 4 【inflation】	通貨膨脹　　　　　　　　　　　　★ 例 インフレーションが起こっても、賃金は上がらないので、生活は苦しいままだ。 即使發生了通貨膨脹，但是因為工資並未上漲，所以生活仍是苦哈哈的。 （註：通貨緊縮是「デフレ／デフレーション【deflation】」。）

うウ

▶ MP3-003

うけみ 【受け身・受身】 0 3 2	被動；被動語態；（柔道）防護動作 例 受け身の姿勢ではチャンスは掴めない。 以被動的姿態無法掌握機會。
うけもち 【受け持ち・持ち】 0	擔當者，負責人；導師 例 新人は私の受け持ちになった。 新人由我負責。
うごき 【動き】 3	動作；動向；移動；活動；變動；動搖　　★★★ 例 資金の問題が解決するまで、そのプロジェクトに動きはないだろう。 在資金的問題解決之前，那項計畫大概不會變動吧！

うず 【渦】 ①	漩渦，渦流 例 その場は笑顔でやり過ごしたものの、様々な感情が渦巻いていた。 當場用笑臉裝作若無其事，其實被各種情緒所吞沒。
うそつき 【嘘つき・嘘吐き】 ②	說謊；騙子　　★ 例 私は嘘つきを許さない。 我不原諒說謊。
うちけし 【打ち消し・打消し】 ⓪	否定；取消；刪除 例 削除したい部分に打ち消し線を引いてください。 請在想要刪除的部分上劃上刪除線。
うちわ 【団扇】 ②	團扇　　★ 例 冷房が壊れたから、仕方なくうちわで扇いでいる。 因為冷氣壞了，所以不得已用團扇搧著。
うちわけ 【内訳】 ⓪	明細，細目 例 所得収支費用の内訳についてチェックした。 檢查了關於所得收支費用的明細。
うつし 【写し】 ③	抄本，副本；臨摹　　★ 例 卒業証明書か卒業証書の写しを用意してください。 請準備畢業證明書或是畢業證書的影本。 （註：「卒業証書」是「畢業證書」；「卒業証明書」是「畢業證明書」，可以重複申請。）
うったえ 【訴え】 ⓪③	訴訟；控告；申訴；訴苦 例 彼が私にしたことについて訴えを起こそうと思う。 （我）打算針對他所做的事提起訴訟。
うつびょう 【鬱病】 ⓪	憂鬱症（Major Depressive Disorder，縮寫成 MDD）　　★ 例 彼女は鬱病で長い間学校を休んでいる。 她因為憂鬱症而長時間沒去上學。
うつわ 【器】 ⓪	容器，器皿；能力，才幹　　★ 例 「樽」は酒を入れるための器だ。 「樽」是裝酒的容器。

うでまえ 【腕前】 ⓪③	手藝；本事，才幹 ★ 例 彼女はテニスの腕前を自慢している。 她對網球的技巧感到自豪。
うてん 【雨天】 ①	雨天 例 雨天ならば、屋内の会場を使用する。 雨天的話，使用屋內的會場。
うぬぼれ 【自惚れ・己惚れ】 ⓪	自負，驕傲自大 ★ 例 彼は頭がいいけど、自惚れが強い。 他雖然聰明，卻非常驕傲。
うめぼし 【梅干し・梅干】 ⓪	酸梅 例 この弁当には、ご飯の真ん中に梅干しが入っている。 在這個便當裡面，飯正中央放著酸梅。
うりだし 【売り出し・売出し・売出】 ⓪	開始發售；減價促銷；剛剛成名 例 彼女は今売り出し中の歌手だ。 她是目前炙手可熱的歌手。
うわき 【浮気】 ⓪	見異思遷；花心；有外遇 ★ 例 彼女は夫に内緒で浮気をしている。 她瞞著丈夫有了外遇。
うんめい 【運命】 ①	命運；宿命，必然的結果 ★ 例 誰も自分の運命を予知することはできない。 誰也無法預知自己的命運。
うんゆ 【運輸】 ⓪	運輸 例 ストライキは台北市の運輸に混乱を来した。 罷工造成了台北市運輸的混亂。

え エ　　▶ MP3-004

え 【柄】 ⓪	柄；把 例 柄の無い所に柄を挿げる。 強詞奪理。

えいじ 【英字】　0	**英文** 例 彼女は英字小説が読める。 她看得懂英文小説。	
えいぞう 【映像】　0	**映像；顯像；形象**　★★ 例 彼女の以前の仕事は映像編集だった。 她以前的工作是映像編輯。	
えいゆう 【英雄】　0	**英雄**　★ 例 彼はその国で典型的な英雄として見做されている。 他在該國被視為典型的英雄。	
エコ【eco】／ エコロジー 【ecology】　1 2	**環保**　★ 例 美しさとエコロジーを両立させるのは難しい。 讓美觀與環保兩全很困難。	
えもの 【獲物】　0	**獵獲物；戰利品** 例 獲物は雉子一匹だけだった。 獵獲物只有一隻綠雉。（註：綠雉是日本的國鳥。）	
エリート 【elite】　2	**菁英，佼佼者**　★★ 例 彼は自分をテニス界のエリートだと思っている。 他自認為是網球界的佼佼者。	
えん 【縁】　1	**緣分；關係**　★★★ 例 これまで文学には縁がなかった。 迄今與文學無緣。	
えんがわ 【縁側】　0	**走廊；魚鰓、魚鰭周圍的魚肉** 例 小犬は縁側の日が当たるところで寝ている。 小狗在走廊日照的地方睡著。	
えんがん 【沿岸】　0	**沿岸** 例 北海道日本海沿岸に津波警報が出た。 北海道日本海沿岸發出了海嘯警報。	
えんせん 【沿線】　0	**沿線，沿路，沿途**　★ 例 台湾の西岸沿線には景色の綺麗な所が多い。 台灣的西岸沿線有許多景色美麗的地方。	

えんだん 【縁談】　⓪	提親，說媒；親事，婚事　★
	例 彼女の家族は彼との縁談に反対した。
	她的家人反對了（她）跟他的婚事。

えんぶん 【塩分】　①	鹽分　★
	例 この地域の温泉には塩分が含まれている。
	這個地區的溫泉蘊含著鹽分。

えんぽう 【遠方】　⓪	遠方
	例 友遠方より来たる。
	有朋自遠方來。

おオ ▶ MP3-005

お 【尾】　①	尾巴；像尾巴的東西；殘局
	例 トカゲは自ら尾を切ることがある。
	蜥蜴會自己斷尾。

オイルショック 【oil shock】　④	石油危機（也說成「石油ショック」或是「石油危機」）
	例 製造業はオイルショックの教訓から、非石油エネルギーと省エネ技術の研究開発に力を入れている。
	製造業記取了石油危機的教訓，正致力於非石油能源與節省能源技術的研究開發。

おうきゅう 【応急】　⓪	應急，緊急
	例 応急手当てが早かったので、父は助かった。
	因為盡早進行了緊急治療，所以父親得救了。

おうごん 【黄金】　⓪	黃金
	例 彼女の黄金の髪が羨ましい。
	她金黃的頭髮令人羨慕。

おうしん 【往診】　⓪	出診
	例 往診を行っているクリニックや病院は多い。
	出診的診所或醫院很多。
	（註：「應診」是「応診」；「定期看診」是「訪問診療」。）

おおごと 【大事】 ⓪	重大事件，嚴重問題　★ 例 大事に至らずに済んで、本当に良かった。 沒有釀成大禍就解決了，真是太好了。
おおすじ 【大筋】 ⓪	大綱，梗概 例 この件について、大筋では賛成だが、細部は検討する必要があると思う。 關於這個項目，（我）大致上贊成，但覺得細部有檢討的必要。
おおぞら 【大空】 ③	天空 例 鳥の群れが大空を飛んでいる。 鳥群在天空中飛著。
オーダーメイド 【order + made】 ⑤	訂製品　★ 例 友達はオーダーメイドのコートを買った。 朋友買了訂製的大衣。
オートマチック 【automatic】 ⑤④	自動　★★ 例 ペット用のオートマチックドアを設置して、犬を自由に出入りさせることにした。 設置寵物用的自動門，讓狗可以自由地進出。
おおめ 【大目】 ⓪	不深究；大斤（相當於二十兩）；大眼睛　★★ 例 彼の過失は大目に見てあげてください。 請對他的過失睜一隻眼閉一隻眼。
おおやけ 【公】 ⓪	公家，公共；公開，公布　★ 例 彼はそのことをおおやけにしなかった。 他並未公開那件事。
おこない 【行い・行ない】 ⓪	行為；品行；修行　★ 例 彼は自分の行いを認めた。 他承認了自己的行為。
おさん 【御産】 ⓪	生産 例 彼女の母親はお産で亡くなった。 她的母親因為生產而過世了。

おす 【雄・牡】 ②	雄，公 例 その小猫は雄だ。 那隻小貓是公的。
おせちりょうり 【御節料理】 ④	御節料理 例 「御節料理」はお正月に食べるめでたい料理だ。 「御節料理」是新年所吃的喜慶料理。
おそれ 【恐れ】 ③	害怕，恐懼；有～的可能；有～的危險　　★ 例 明日は雪になる恐れがある。 明天有下雪的可能。
おちつき 【落ち着き・ 落着き】 ⓪	沉著，穩重；放得穩　　★★ 例 彼女の振る舞いには落ち着きがある。 她的舉止穩重。
おちば 【落ち葉・落葉】 ①	落葉 例 毎朝、庭の落ち葉を掃いている。 每天早上，掃院子裡的落葉。
おつ 【乙】 ①	乙 例 乙は天干の第二位だ。 乙是天干的第二位。
おてあげ 【御手上げ】 ⓪	認輸，投降　　★ 例 寒くてお手上げだ。 冷得受不了了。
おどろき 【驚き・愕き】 ⓪④	震驚，驚訝；驚人　　★★ 例 お爺さんは驚きのあまり気絶してしまった。 老爺爺因為太過驚訝而昏倒了。
おないどし 【同い年】 ②	同年　　★ 例 彼らは同い年であると思っていたが、違った。 （我）原本以為他們同年，錯了。

おふくろ 【御袋】 ⓪	母親（男性常用） ★ 例 外国で暮らしていると、お袋の作った料理が恋しくなるよ。 一旦在外國生活，就會思念起母親做的菜了喔！	

オプション 【option】 ①	專屬零件，專屬配件 ★ 例 ここではテレビ「ビエラ」で使用できるオプションアイテム、例えば、 壁掛け金具やＵＳＢハードディスク、リモコンなどを販売している。 此處販售著「VIERA」電視能使用的專屬配件品項，例如壁掛金屬零件、 USB 硬碟，與遙控器等。	

おぼえ 【覚え】 ③②	記憶；感覺；把握；器重 ★ 例 彼女は料理の腕に覚えがある。 她對做菜有天分。	

おみや 【御宮】 ⓪	對神社的敬稱 例 「お宮参り」は、赤ちゃんが生まれて約一ヶ月後に行う行事だ。 「參拜神社」是嬰兒出生大約一個月後所舉行的儀式。	

おむつ ②	尿布 例 彼にとって、おむつを換えるのはとても嫌な仕事だ。 對他而言，換尿布是非常討厭的工作。	

おもいつき 【思い付き】 ⓪	主意；隨想 ★ 例 思い付きで意見を言ってはいけない。 不能隨便想到什麼就説出意見。	

おもむき 【趣】 ⓪	內容；風格；感覺；景象；情趣；趣味；特色 例 この庭園は大変趣がある。 這個庭園風格非常雅致。	

おやじ 【親父】 ⓪①	父親；老頭子；老闆 ★ 例 彼女の父はいわゆる一昔前の頑固親父だ。 她的父親就是所謂的舊時代的頑固老爹。	

おり 【折り・折】 ⓪②	時機；摺邊；紙盒 ★ 例 折を見て父に事情を説明しようと思う。 （我）打算找時機跟父親説明情況。	

オリエンテーション 【orientation】 ⑤	事前（或行前）說明會；新人（或新生）教育指導會 ★
	例 新入社員を対象としたオリエンテーションが開かれた。
	召開了以新進社員為對象的教育指導會。

おりもの 【織物】 ②③	紡織品
	例 絹の織物は軽くて薄いから、とても気に入っている。
	因為絲綢的紡織品又輕又薄，所以（我）非常喜歡。

オンライン 【on-line】 ③	線上 ★★
	例 今度はオンライン広告を出したい。
	下次（我）想打線上廣告。

か行

かカ

▶ MP3-006

ガーゼ 【(德) Gaze】 ①	紗布
	例 傷口をガーゼで覆った。
	傷口蓋上了繃帶。

かい 【下位】 ①	下位；低位
	例 彼女は中間テストの成績がクラスの最下位だと分かり、泣き崩れた。
	她知道期中考的成績是班上最後一名時，放聲大哭了。

かいうん 【海運】 ⓪	海運
	例 海運業は政府の保護を受けられず、発達しない。
	海運業不受政府的保護，並不發達。

がいか 【外貨】 ①	外幣，外匯 ★
	例 外貨との交換比率を示す為替レートは毎日変動している。
	表示與外幣的兌換比例的匯率每天變動著。

かいがら 【貝殻】 ③⓪	貝殻
	例 子供達が砂浜で貝殻を拾っている。
	孩子們在沙灘上撿著貝殼。

がいかん 【外観】 ⓪	外觀，門面 ★ 例 このショッピングセンターの<ruby>外観<rt>がいかん</rt></ruby>はまるで<ruby>船<rt>ふね</rt></ruby>のようだ。 這個購物中心的外觀簡直像船一樣。
かいきゅう 【階級】 ⓪	階級，等級 例 <ruby>彼<rt>かれ</rt></ruby>は<ruby>今年<rt>ことし</rt></ruby>、<ruby>試験<rt>しけん</rt></ruby>に<ruby>合格<rt>ごうかく</rt></ruby>して<ruby>階級<rt>かいきゅう</rt></ruby>が<ruby>一<rt>ひと</rt></ruby>つ<ruby>上<rt>あ</rt></ruby>がった。 他今年考試通過，進階了一級。
かいきょう 【海峡】 ⓪	海峽 例 <ruby>船<rt>ふね</rt></ruby>が<ruby>海峡<rt>かいきょう</rt></ruby>を<ruby>通過<rt>つうか</rt></ruby>した。 船通過海峽了。
がいけん 【外見】 ⓪	外表 ★★★ 例 <ruby>彼女<rt>かのじょ</rt></ruby>のか<ruby>弱<rt>よわ</rt></ruby>い<ruby>外見<rt>がいけん</rt></ruby>に<ruby>騙<rt>だま</rt></ruby>されないでください。 請不要被她纖弱的外表給騙了。
かいしゅう 【改修】 ⓪	改建；修復 例 その<ruby>博物館<rt>はくぶつかん</rt></ruby>は<ruby>改修工事<rt>かいしゅうこうじ</rt></ruby>のため、<ruby>今週<rt>こんしゅう</rt></ruby>は<ruby>休館<rt>きゅうかん</rt></ruby>だ。 那間博物館因為修復工程，這週休館。
がいしょう 【外相】 ⓪	外務大臣（相當於我國的外交部長） 例 <ruby>外相<rt>がいしょう</rt></ruby>は<ruby>来週<rt>らいしゅう</rt></ruby>アメリカを<ruby>公式訪問<rt>こうしきほうもん</rt></ruby>する<ruby>予定<rt>よてい</rt></ruby>だ。 外務大臣預計下週正式出訪美國。
かいそう 【階層】 ⓪	階層 例 <ruby>彼<rt>かれ</rt></ruby>らは<ruby>香港<rt>ホンコン</rt></ruby>では<ruby>社会地位<rt>しゃかいちい</rt></ruby>が<ruby>低<rt>ひく</rt></ruby>く、<ruby>生活水準<rt>せいかつすいじゅん</rt></ruby>も<ruby>低<rt>ひく</rt></ruby>い<ruby>階層<rt>かいそう</rt></ruby>に<ruby>属<rt>ぞく</rt></ruby>する。 他們在香港屬於社會地位低下、生活水準也低下的階層。
かいぞうど 【解像度】 ③	解像度 例 これらの<ruby>写真<rt>しゃしん</rt></ruby>は<ruby>解像度<rt>かいぞうど</rt></ruby>が<ruby>低<rt>ひく</rt></ruby>い。 這些照片解像度很低。
かいぞく 【海賊】 ⓪	海盜 例 <ruby>子供達<rt>こどもたち</rt></ruby>は<ruby>海賊<rt>かいぞく</rt></ruby>ごっこをして<ruby>遊<rt>あそ</rt></ruby>んでいる。 孩子們正模仿海盜玩鬧著。

かいたく【開拓】 ⓪

開拓 ★

例 来年、ヨーロッパの市場の開拓を計画している。

正計畫明年歐洲市場的開拓。

ガイド【guide】 ①

導遊，導覽；嚮導，指引 ★★

例 初めてタイに行くので、現地に住んでいる友人にガイドをお願いした。

因為第一次去泰國，所以拜託了住在當地的朋友導覽。

かいどう【街道】 ⓪

街道

例 この街道は江戸時代に整備された。

這條街道是在江戸時代所設置的。

がいとう【街頭】 ⓪

街頭

例 ボランティア団体が街頭で寄付金を募っている。

志工團體正在街頭募款。

ガイドブック【guidebook】 ④

導覽書，旅行指南 ★★

例 私は彼女にカナダのガイドブックを貸してあげた。

我借給她加拿大的旅行指南。

がいねん【概念】 ①

概念

例 彼には人と協力するという概念がない。

他沒有所謂與人合作的概念。

かいばつ【海抜】 ⓪

海抜

例 この辺の地域は海抜三メートルぐらいだ。

周圍地區海拔大約三公尺左右。

がいらい【外来】 ⓪

外來的；外國來的；門診（病患）★

例 陳先生は今日、五十人の外来患者を診察した。

陳醫師今天看了五十位的門診病患。

がいりゃく【概略】 ⓪

概略

例 社長は新しい計画の概略を説明した。

社長説明了新計劃的概略。

かいりゅう 【海流】 [0]	海流
	例 「黒潮」は日本では「日本海流」とも呼ばれている。
	「黑潮」在日本也被稱作「日本海流」。

かいろ 【回路】 [1]	電路，線路
	例 彼の仕事は電子回路の設計だ。
	他的工作是電子線路的設計。

かいろ 【海路】 [1]	海路
	例 待てば海路の日和あり。
	只要耐心等待，終有撥雲見日的一天。

かえる 【蛙】 [0]	青蛙　　　　　　　　　　　　　　★
	例 おたまじゃくしは蛙に成長した。
	蝌蚪長成青蛙了。

かおつき 【顔つき・顔付き】 [0]	相貌；神色　　　　　　　　　　　★
	例 賢そうな顔付きの犬だ。
	看起來很聰明的狗。

かがい 【課外】 [1][0]	課外　　　　　　　　　　　　　　★
	例 うちの子は課外活動で高雄に行った。
	我的孩子因課外活動去了高雄。

かぎょう 【家業】 [1]	家庭的職業；家傳的行業　　　　　★
	例 家業を継ぐ際、後継者が適任でないと、色々な問題が生じるかもしれない。
	在繼承家業時，如果承繼者不適任的話，或許會衍生各種問題。

かく 【角】 [1][2]	角；四角形，方塊
	例 牛肉を角切りにした。
	將牛肉切成了方塊。

かく 【核】 [1][2]	果核；細胞核；核武器
	例 数多くの組織が反核エネルギー運動を行っている。
	為數眾多的組織推行著反核能運動。

かく
【格】　02

地位；身分；等級；資格；品格；規格；格式　★

例 ビジネスホテルと五つ星ホテルでは格が違う。

商務飯店與五星級飯店在等級上不同。

かく
【画・劃】　02

畫；筆畫

例 この漢字の画数は十二画だ。

這個漢字的筆劃是十二畫。

がくげい
【学芸】　02

學術與文藝

例 学芸員は博物館で働くことができる。

學藝員可以在博物館工作。

（註：「学芸員」是博物館、美術館、動物園，或是水族館等的專業人員。）

かくさ
【格差】　1

差別，差距　★

例 ここ数年、所得格差がだんだん拡大してきた。

近幾年來，所得差距漸漸擴大了。

がくし
【学士】　1

學士，大學本科畢業生　★

例 彼女は文学の学士を取った。

她取得了文學的學士。

かくしゅ
【各種】　1

各種　★

例 各種証明書の発行は窓口または郵送で申し込みを受け付けております。

各種證明書的發給是在窗口或是以郵寄受理申請。

かくしゅう
【隔週】　0

隔週

例 この雑誌は隔週ごとに発行されている。

這本雜誌隔週發行。

かくしん
【革新】　0

革新

例 技術革新によって、人工皮膚を用いた製品の開発が進んでいる。

由於技術革新，正進行用人工皮膚的製品的開發。

がくせつ
【学説】　0

學說

例 その学説には根拠がないが、支持者が大勢いる。

那項學說雖然毫無根據，支持者卻很多。

カクテル 【cocktail】　1	雞尾酒　★ 例 カクテルを飲むのに使うグラスを用意した。 準備了喝雞尾酒用的玻璃杯。
がくふ 【楽譜】　0	樂譜 例 彼女は楽譜の読み方が分からない。 她不懂樂譜的看法。
かくめい 【革命】　0	革命 例 十八世紀に産業革命が起こり、新たな時代をもたらした。 十八世紀時發生了產業革命，締造了新的時代。
かけ 【掛け】　2	折扣（經營學用語）；賒帳（「掛け売り」的略語）；欠款（「売掛金」、「買掛金」的略語）；陽春麵（「掛けそば」的略語） 例 この商品の掛けはいくらですか。 這項商品的折扣是多少呢？
かけ 【賭け】　2	賭博，賭局 例 この試合の結果は盛大な賭けとなっている。 這場比賽的結果變成一場盛大的賭局了。
がけ 【崖・厓】　0	懸崖，峭壁 例 崖が崩れそうだ。 懸崖似乎要崩塌了。
かけあし 【駆け足・駆足・駈け足・駈足】　2	跑步；疾馳；快節奏 例 ヨーロッパを駆け足で見て回った。 以快節奏遊覽了歐洲。
かけい 【家計】　0	家計；家庭收支 例 夫が会社から解雇されて、家計が苦しい。 因為老公被公司解雇了，所以家計很困窘。
かけっこ 【駆けっこ】　2	賽跑 例 かけっこが速くなるには、簡単なコツがある。 要使賽跑加速，有簡單的祕訣。

かざぐるま 【風車】　③	**風車** 例 風車が風を受けてカラカラと回っている。 風車迎風嘎嘎地旋轉著。
かざりけ 【飾り気】　⓪	**愛修飾；愛打扮** 例 彼女は綺麗な顔立ちをしているが、少しも飾り気がない。 她雖然有一張漂亮的臉蛋，卻一點也不愛打扮。
かじょうがき 【箇条書き】　⓪	**分項詳列；逐條書寫**　★ 例 これらのラベルは箇条書き書式を使用する際に使われる。 這些標籤是在採用分項詳列格式時所使用的。
かしら 【頭】　⓪③	**頭，腦袋；頭目，首腦；頭一個孩子** 例 今日の夕飯は尾頭つきの鯛だ。 今天的晚餐是整條的鯛魚。
かせい 【火星】　⓪	**火星** 例 火星は生物が存在しない惑星だと言われている。 據説火星是沒有生物存在的行星。
かせき 【化石】　⓪	**化石** 例 博物館には多くの化石が展示されていた。 博物館中展示了許多的化石。
かせぎ 【稼ぎ】　①③	**做工；掙錢；工資** 例 結婚する前、彼女の稼ぎは夫の三倍だった。 婚前，她的工資是老公的三倍。
かせん 【化繊】／ かがくせんい 【化学繊維】　⓪ 　　　　　④	**化學纖維** 例 天然繊維と化学繊維の違いについて研究している。 正在研究天然纖維與化學纖維的不同。
かせん 【河川】　①	**河川** 例 全国の河川の水位をグラフで表してください。 請用圖表表示全國河川的水位。

かそ 【過疎】　①	過疏，過稀，過少 例 第二次世界大戦後、農村の過疎現象がだんだん酷くなってきた。 第二次世界大戰後，農村的過疏現象逐漸變得嚴重了。
かたおもい 【片思い】　③	單戀，單相思　★ 例 彼の恋はいつも片思いで終わってしまう。 他的戀情總是以單戀結束。
かたこと 【片言】　⓪	隻字片語；語意不清的話　★ 例 そのアメリカ人女性は片言の日本語を話した。 那位美國女性説著語意不清的日語。
かたとき 【片時】　⓪④	片刻，一時半刻 例 片時も君のことを忘れたことはない。 從沒有一時半刻忘記過妳。
かたわら 【傍ら・側】　⓪	旁邊；一邊〜一邊〜 例 祖母の傍らにはいつも飼い猫が寄り添っている。 奶奶的身旁總是有家貓依偎著。
かだん 【花壇】　①	花壇 例 花壇のチューリップに水をやるのを忘れないように。 別忘了給花壇的鬱金香澆水。
かちく 【家畜】　⓪	家畜 例 叔父さんは農場で家畜を飼育している。 叔叔在農場飼養著家畜。
カテゴリー 【(德) Kategorie】　②	範疇；部門　★★ 例 各カテゴリーで、いくつかの目標を設定することができる。 在各個範疇，可以設定好幾個目標。
かぶしき 【株式】　②	股份；股票 例 我が社は来年株式を発行する予定だ。 我們公司預計明年發行股票。

かふん 【花粉】　⓪	花粉　★
	例 日本では花粉症の人がどんどん増えているという。
	據説日本有花粉症的人越來越多了。

かへい 【貨幣】　①	貨幣
	例 中央銀行は来年新しい貨幣を発行する予定だ。
	中央銀行預計明年發行新的貨幣。

かまえ 【構え】　③②	構造；架式；心理準備；漢字部首名
	例 彼の家は門構えが非常に立派だ。
	他家的宅院非常氣派。

カムバック 【comeback】　③①	重返；復出
	例 彼女は病を克服して芸能界へのカムバックを果たした。
	她克服了疾病復出演藝圈了。

からだつき 【体付き】　⓪	體型，體格
	例 うちの子は体付きがしっかりしている。
	我的孩子體格很結實。

かり 【借り】　⓪	欠款；借的東西　★
	例 彼は彼女に借りがある。
	他欠她錢。

かり 【狩り・狩】　①	狩獵；捕捉；觀賞
	例 お祖母さんはキノコ狩りに行った。
	奶奶去採蘑菇了。

かり 【仮】　⓪	假；臨時；暫時　★
	例 花子は彼女の本名じゃなくて、仮の名前だ。
	花子不是她的本名，是假名。

カルテ 【（德）Karte】　①	病歷　★
	例 患者が自由に自分のカルテを見ることはできない。
	患者無法自由地看自己的病歷。

ガレージ 【garage】　②①	車庫　★
	例 車はゆっくりとガレージから出ていった。
	車子緩緩地從車庫開出了。

かろう 【過労】　0	過度疲勞　★ 例 彼女は過労で体を壊した。 她因為過度疲勞而弄壞了身體。

かろう【過労】　0

過度疲勞　★

例 彼女は過労で体を壊した。

她因為過度疲勞而弄壞了身體。

がん【癌】　1

癌症；難題　★

例 彼女は医者に癌になったと告知された。

她被醫生告知罹患了癌症。

かんい【簡易】　1 0

簡易；簡便　★

例 料金の安い簡易宿泊施設が増えてきた。

費用便宜的簡易住宿設施增加了。

がんか【眼科】　0 1

眼科　★

例 コンタクトを作るために、眼科に行って目を検査した。

為了配戴隱形眼鏡，所以去眼科檢查了眼睛。

かんがい【感慨】　0

感慨

例 入社した頃のことを思い出すと感慨深い。

一想起剛進公司的時候就感慨良多。

かんき【寒気】　1

寒氣，寒冷（天氣、氣候的冷）

例 寒気は植物の発育を妨害する恐れがある。

寒氣有妨礙植物發育的危險。

（註：同樣的漢字也唸成「寒気」（身體的冷），是指身體發冷，打寒顫，詳見サ行。）

がんきゅう【眼球】　0

眼球

例 検査の結果、眼球に異常はなかった。

檢查的結果，眼球並無異常。

がんぐ【玩具】　1

玩具

例 この玩具はレールの上を走行できる。

這個玩具可以在軌道上行駛。

かんご【漢語】　0

漢語

例 彼の文章には難しい漢語が多く使われている。

他的文章中使用了許多很難的漢語。

かんこう 【慣行】　0	慣例，常規 例 慣行に倣ってばかりでは革新はできない。 光仿照慣例是無法革新的。
かんしゅう 【慣習】　0	習慣，慣例，常規 例 過去の慣習は今もなお残存している。 現在仍殘存著過去的習慣。
かんしゅう 【観衆】　0	觀眾 例 その歌手は路上コンサートで大勢の観衆を惹き付けた。 那位歌手在街頭演唱會吸引了大批的觀眾。
がんしょ 【願書】　1	申請書 例 第一志望の大学に願書を出してきた。 對第一志願的大學提出了申請。
かんしょく 【感触】　0	感覺；觸覺　　　　　　　　　　　　　★ 例 マグカップは洗剤が洗い流せていないようで、ぬるぬるした感触があった。 馬克杯似乎是清潔劑沒有沖洗乾淨，有黏黏滑滑的觸感。
かんせい 【歓声】　0	歡呼聲 例 みんなは歓声を上げて乾杯した。 大家高聲歡呼後乾杯了。
かんぜい 【関税】　0	關稅 例 その商品には関税が掛かる。 那項商品須付關稅。
がんせき 【岩石】　1	岩石 例 この岩石には鉱物が含まれている。 這塊岩石含有礦物。
かんせん 【幹線】　0	幹線 例 幹線道路沿いにマンションが建った。 沿著幹線道路興建了公寓。

かんてん 【観点】 [1][3]	**観點** 例 この問題については、五つの観点から考えることができる。 關於這個問題，可以從五個觀點來思考。
かんど 【感度】 [1]	**靈敏度** 例 このタッチパネルは感度がいい。 這個觸控面板靈敏度很好。
がんねん 【元年】 [1]	**元年** ★ 例 この政令は昭和元年から施行された。 這項政令於昭和元年施行了。
かんぶ 【幹部】 [1]	**幹部** ★ 例 社長はストライキの問題について、幹部の何人かと協議を行った。 社長跟幾名幹部針對罷工的問題進行了協商。
かんむりょう 【感無量】 [1]	**感慨萬千** 例 チャンピオンになって、感無量だった。 成了冠軍，感慨萬千。
かんゆう 【勧誘】 [0]	**勸誘；招募** ★★ 例 新学期になるとクラブやサークルが新入生の勧誘を行う。 一到新學期，社團跟同好會都會進行新生的招募。
かんよう 【慣用】 [0]	**慣用；常用** 例 慣用表現は聞いただけでは意味が分からないものも多い。 慣用表現只是聽過而不懂意思的也很多。
かんらん 【観覧】 [0]	**觀賞，參觀** ★ 例 人気バラエティの番組観覧に応募した。 報名參觀人氣綜藝節目了。
かんりょう 【官僚】 [0]	**官僚** 例 一部の官僚は特権を握っている。 一部分的官僚掌握著特權。

かんれい 【慣例】 ⓪	慣例
	例 慣例や伝統を打破するのは難しいことだ。
	打破慣例或傳統是很困難的事。

かんれき 【還暦】 ⓪	花甲（滿六十歲）　★
	例 父の還暦を祝うために、家にたくさんの親戚が集まった。
	為了慶祝父親的六十大壽，家中聚集了許多親戚。

かんろく 【貫禄】 ⓪	威嚴
	例 彼女は部長としての貫禄がない。
	她沒有作為部長的威嚴。

きキ

▶ MP3-007

きあい 【気合い・気合】 ⓪	專心做事時的心情、氣勢，或吆喝聲；呼吸、氣息；狀態或氣氛 ★★
	例 気合いを入れて頑張ろう。
	打起精神加油吧！

ぎあん 【議案】 ⓪	議案
	例 議員達は委員会で新しい議案を提出した。
	議員們在委員會提出了新的議案。

きがい 【危害】 ①	危害
	例 野生の熊が人に危害を与えるという事件があった。
	有過所謂野生的熊危害人的事件。

きかく 【企画・企劃】 ⓪	企劃，計畫　★
	例 この企画を出したのは林さんだった。
	提出這項企劃的是林小姐。

きかく 【規格】 ⓪	規格，標準
	例 この装置は規格に合っていない。
	這項裝置不符合規格。

きかん 【器官】 ①②	器官
	例 植物の器官には、根、茎、葉、花、種がある。
	植物的器官，有根、莖、葉、花，跟種子。

きかん
【季刊】 ⓪

季刊
例 この雑誌は春、夏、秋、冬、年四回刊行する季刊だ。
這本雑誌是春、夏、秋、冬，一年發行四次的季刊。

きかんしえん
【気管支炎】 ⓪④

支氣管炎
例 呼吸器疾患には気管支炎や喘息などが含まれる。
呼吸道疾病包含了支氣管炎與氣喘等。

きき
【危機】 ②①

危機
例 我が社は破産の危機に瀕している。
我們公司正瀕臨著破産的危機。

ききとり
【聞き取り・聞取り・聴き取り・聴取り】 ⓪

聽懂；聽力；詢問　　　★
例 日本語の聞き取りが特に苦手だ。
日語的聽力特別差。

ききめ
【効き目・効目・利き目・利目】 ⓪

功效　　　★★
例 漢方薬の効き目はゆっくりと現れる。
中藥的功效慢慢地顯現了。

ぎきょく
【戯曲】 ⓪

戲曲
例 この戯曲は登場人物の感情描写に重点が置かれている。
這部戲曲將重點放在劇中人的感情描寫。

ききん
【基金】 ①②

基金
例 慈善事業のために、基金を設立した。
為了慈善事業，設立了基金。

きげき
【喜劇】 ①

喜劇（也說成「コメディー」，詳見系列書 N3 第一單元）
例 彼女は喜劇界の女王だと言われている。
她被說是喜劇界的女王。

ぎけつ
【議決】 ⓪

表決，決議
例 その議案については、衆議院と参議院の議決が異なった。
關於那項議案，衆議院跟參議院的議決不同。

きげん 【起源・起原】 ①	**起源** 例「人類の起源はアフリカにある」という説がある。 有所謂「人類的起源在非洲」的學説。
きこう 【機構】 ⓪	**機構；組織，機關** ★ 例①工学部の機構学の授業を取った。 選了工程系的機構學課程。 ②弟は福祉医療機構で働いている。 弟弟在福利醫療組織上班。
きごころ 【気心】 ②	**性情** ★ 例佐藤さんとはお互いに気心が知れた仲だ。 跟佐藤小姐是了解彼此性情的朋友。
きこん 【既婚】 ⓪	**已婚** ★★ 例このパーティーは、既婚女性には参加する資格がない。 這派對，已婚女性不具參加資格。
きざし 【兆し・萌】 ⓪	**預兆，兆頭** ★ 例咳が出るのも風邪の兆しの一つだ。 咳嗽也是感冒的前兆之一。
きしつ 【気質】 ⓪	**氣質** ★ 例彼女は穏やかな気質で、みんなに好かれている。 她以穩重的氣質，受到大家的喜愛。
きじつ 【期日】 ①	**期限，規定日期** 例家賃は期日通り支払ってください。 房租請按照規定日期繳納。
ぎじどう 【議事堂】 ⓪	**議會廳；日本國會議事堂** 例「議事堂」は議員が集まって議会を開くための建物を指す。 「議會廳」是指給議員聚集開會的建築物。
きしょう 【気象】 ⓪	**氣象** ★★ 例気象予測システムに基づいて天気を予報する。 根據氣象預測系統預報天氣。

ぎせい【犠牲】 ⓪	**犠牲** ★ 例 彼は自分を犠牲にしてでも友達を救いたがっている。 他即使犠牲自己也想救朋友。	
きせん【汽船】 ⓪	**汽船** 例 汽船が汽笛を鳴らしている。もうすぐ出発だ。 汽船正鳴著汽笛。馬上要出發了。	
きぞく【貴族】 ①	**貴族** ★ 例 彼女の生まれはいわゆる貴族だった。 她天生就是所謂的貴族。	
ぎだい【議題】 ⓪	**議題** ★ 例 次の会議の議題を決めた。 決定了下次議會的議題。	
きだて【気立て】 ⓪	**心性，性情** 例 彼女は気立てがいい。 她性情溫柔。	
きてい【規定】 ⓪	**規定；規範** ★ 例 試合は規定の時間内に終わった。 比賽在規定時間內結束了。	
きてん【起点】 ⓪	**起點** 例 この商店街は鉄道の起点にある。 這條商店街位於鐵路的起點。	
きどう【軌道】 ⓪	**軌道** 例 ボールの軌道が外れ、観客が怪我をした。 因為球的軌道偏離，所以觀眾受傷了。	
ぎのう【技能】 ①	**技能** 例 専門学校で工学分野の知識と技能を身に付けた。 在專科學校學到了工程領域的知識與技能。	
きはん【規範・軌範】 ⓪	**規範** 例 生徒達は学校で多くの社会規範を学ぶ。 學生們在學校學習諸多的社會規範。	

きひん 【気品】 0	品味;意境 ★
	例 彼は<u>気品</u>のある中年の紳士だと思う。
	（我）覺得他是有品味的中年紳士。

きふう 【気風】 0	風氣
	例 その会社の明るく楽しい<u>気風</u>が気に入った。
	喜歡那家公司開朗愉快的風氣。

きふく 【起伏】 0	盛衰;沉浮;漲落;起伏
	例 この辺りの丘陵は<u>起伏</u>が激しい。
	這一帶的丘陵起伏很激烈。

きぼ 【規模】 1	規模 ★★
	例 来年、会社の<u>規模</u>を大幅に拡大しようと思っている。
	明年，（我）打算大幅地擴大公司的規模。

きまつ 【期末】 0	期末 ★★
	例 <u>期末</u>試験のため、毎晩図書館で勉強している。
	為了期末考，每晚在圖書館讀書。

きやく 【規約】 0	章程，規章 ★
	例 この<u>規約</u>は六十歳以上の女性だけに適用される。
	這項章程僅適用於六十歲以上的女性。

きゃくほん 【脚本】 0	劇本（也說成「シナリオ」、「台本」，詳見本單元シ行、タ行）★
	例 彼女は映画の<u>脚本</u>を書く<u>脚本</u>家だ。
	她是寫電影劇本的編劇。

キャップ 【cap】 1 0	便帽;運動帽;子宮帽;筆套 ★★
	例 このブランドの<u>キャップ</u>は専門店でしか売っていない。
	這個牌子的運動帽只在專門店販售。

ギャラ／ 0 1 ギャランティー 2 【guarantee】	演出費;保證金（屬於演藝圈的專用術語）
	例 芸能事務所は花子さんにもっと<u>ギャラ</u>を払うべきだ。
	藝人經紀公司應該支付花子小姐更多的演出費。

キャリア 【career】 1	經歷;生涯;職業;事業 ★★
	例 金融機関で私の<u>キャリア</u>が認められるだろうか。
	在金融機構我的經歷會被認可嗎？

		救援 ★
きゅうえん 【救援】	0	例 被災地に救援物資を送る際は、必要とされているものを送ることが大切だ。 運送救援物資到受災地時，重要的是送有需要的東西。
きゅうきょく 【究極・窮極】	0	終極，極致 例 北海道でしか味わえない究極の海鮮料理がある。 有只能在北海道品嘗到的極致海鮮料理。
きゅうこん 【球根】	0	球莖，鱗莖；鱗莖植物 例 妹はチューリップの球根をプランターに植えた。 妹妹將鬱金香的球根種在花盆裡了。
きゅうしょく 【給食】	0	供給飲食 ★ 例 あの学校はお昼の給食がない。 那所學校沒有供應午餐。
きゅうち 【旧知】	1	舊識；老友 ★ 例 先月、旧知の先生の研究室を訪ねた。 上個月，拜訪了以前老師的研究室。
きゅうでん 【宮殿】	0	宮殿 ★ 例 宮殿は堀で囲まれている。 宮殿被護城河圍繞著。
きゅうゆう 【旧友】	0	舊友，故交 例 数年ぶりに旧友からのEメールを受け取った。 收到了來自多年不見老友的電子郵件。
きょうい 【驚異】	1	驚異，驚人 例 このブランドのタオルには驚異の吸水能力がある。 這個牌子的毛巾有著驚人的吸水力。
きょうか 【教科】	1	學科 ★ 例 全ての教科の中で生物が一番嫌いだ。 所有的學科當中最討厭生物了。

きょうかい 【協会】　⓪	協會
	例 日台の文化交流を促進させる<u>協会</u>を設立した。
	設立了促進日台文化交流的協會。

きょうがく 【共学】　⓪	同校；同班；男女合校　★
	例 私は高校時代を女子校で過ごしたが、彼女は<u>共学</u>で過ごした。
	我高中時期讀女校，她唸男女合校。

きょうぐう 【境遇】　⓪	境遇
	例 彼女は惨めな<u>境遇</u>に人生を左右されたくないと思っている。
	她不想被悲慘的境遇左右人生。

きょうくん 【教訓】　⓪	教訓
	例 前回の<u>教訓</u>を無視することはできない。
	無法忽視上次的教訓。

きょうざい 【教材】　⓪	教材　★
	例 その数学の<u>教材</u>は価格が高過ぎて、指定テキストにはできない。
	那份數學的教材價格過高，無法當成指定教科書。

きょうさく 【凶作】　⓪	災荒，歉收
	例 今年は雨量が少ないため、米が<u>凶作</u>だ。
	今年因為雨量少，所以稻米歉收。

ぎょうしゃ 【業者】　①	業者　★
	例 専門の清掃<u>業者</u>を紹介してください。
	請介紹我專業的清掃業者。

きょうしゅう 【郷愁】　⓪	鄉愁
	例 彼女は幼い頃を思い出して、<u>郷愁</u>を感じた。
	她回憶起兒時，感受到了鄉愁。

きょうしゅう 【教習】　⓪	講習；教練；教授　★
	例 自動車<u>教習</u>所では、車やバイクの運転を学ぶ。
	在駕訓班，學習開車或騎摩托車。

きょうしょく 【教職】　⓪	**教職** 例 彼女は大学の教職課程で小学校教員免許を取得した。 她在大學的教職課程中取得了國小老師執照。
ぎょうせい 【行政】　⓪	**行政**　★ 例 行政機関とは行政権を行使する機関を指す。 行政機構是指行使行政權的機構。
ぎょうせき 【業績】　⓪	**業績**　★ 例 今年、我が社の業績は低迷し続けている。 今年，我們公司的業績持續低迷著。
きょうど 【郷土】　①	**郷土，地方；故郷**　★ 例 台南の伝統的な郷土料理を作ってあげたい。 （我）想（為您）做台南傳統的地方菜。
ぎょうむ 【業務】　①	**業務**　★ 例 来週は休みを取るから、手の空いている人に業務をお願いしたい。 因為下週要請假，所以（我）想將業務託付給有空的人。
きょうり 【郷里】　①	**郷里；故郷** 例 彼女は休暇で、郷里に帰っている。 她因為休假，所以回故鄉了。
きょうわ 【共和】　⓪	**共和** 例 実のところ、共和政体を支持する人も少なくない。 事實上，支持共和政體的人也不少。
きょくげん 【極限】　⓪③	**極限** 例 このような状況下では忍耐が極限に達するのも無理はない。 在這樣的情況下也難怪忍耐會達到極限。
きょじゅう 【居住】　⓪	**住所；居住**　★ 例 都市を避け、郊外を居住地として選ぶ人も少なくない。 避開都市，選擇以郊外為居住所的人也不少。

ぎょせん 【漁船】 ⓪	**漁船** 例 私達は漁船に乗せてもらって近くの小島に渡った。 我們乘著漁船到了附近的小島。
ぎょそん 【漁村】 ⓪	**漁村** 例 近くの小島にはいくつかの小さな漁村がある。 附近的小島上有幾個小小的漁村。
きり 【切り】 ②	**段落；限度** ★ 例 文句を言っても切りがない。 即使抱怨也會沒完沒了。
ぎり 【義理】 ②	**情義；姻親；原由** ★★ 例 結婚して以来、義理の母と一緒に住んでいる。 結婚以來就跟婆婆住在一起。
きりかえ 【切り替え・切替え・ 切り換え・切換え】⓪	**切換，轉換；改變** 例 タイムカードを押すことによって、オンオフの切り替えができる。 藉由打卡，可以做上下班的切換。
きりゅう 【気流】 ⓪	**氣流** 例 気流の乱れのために、飛行機が揺れている。 因為氣流的紊亂，飛機搖晃著。
きれめ 【切れ目】 ③	**縫隙；罄盡；段落** ★ 例 文章の切れ目に印を付けてください。 請在文章的段落處做記號。
ぎわく 【疑惑】 ⓪	**疑惑** ★ 例 彼の説明を聞いて疑惑が晴れた。 聽了他的説明，疑惑豁然開朗了。
きん 【菌】 ①	**細菌** ★ 例 無菌牛乳の殺菌方法を調べている。 正在搜尋無菌牛奶的殺菌方法。

きんがん 【近眼】 0	近視眼；眼光短淺 ★
	例 私は近眼だから、遠くのものは見えない。
	因為我近視，所以看不見遠方的東西。

きんきゅう 【緊急】 0	緊急 ★
	例 緊急連絡先に親友の名前と電話番号を書いた。
	在緊急連絡處寫上了親友的名字與電話號碼。

きんこう 【近郊】 0	近郊 ★
	例 明日は主人と京都の近郊を散策する。
	明天要跟老公在京都的近郊散步。

きんし 【近視】 0	近視 ★
	例 私は近眼なので、メガネを掛けている。
	因為我近視，所以戴著眼鏡。

きんもつ 【禁物】 0	禁忌的東西；禁止的事物 ★
	例 ダイエットに、油っこい食べ物は禁物だ。
	在減重上，油膩的食物是禁忌品。

きんり 【金利】 0 1	利息；利率
	例 各銀行の定期預金の金利を比較する。
	比較每個銀行定存的利息。

くク ▶MP3-008

くうかん 【空間】 0	空間 ★★★
	例 この家は私達家族が住むのに合った空間だと思う。
	（我）覺得這棟房子是適合我們一家人居住的空間。

くうぜん 【空前】 0	空前
	例 去年、トウモロコシは空前の大豊作だった。
	去年，玉米是空前的大豐收。

くうふく 【空腹】 0	空腹；肚子餓 ★
	例 野良犬は空腹を抱え、疲れ切っていた。
	流浪狗餓著肚子，疲憊至極了。

くかく 【区画・区劃】 ⓪	區域，區塊；區域劃分 例 一区画の土地を買った。 買了一個區塊的土地。
くかん 【区間】 ①②	區間；地段　　　　　　　　　　　　　★ 例 乗車券の価格は乗車区間によって決められている。 車票的價格是按照乘車區間來決定的。
くき 【茎】 ②	莖 例 花瓶に合わせて花の茎を短くした。 配合花瓶將花莖剪短了。
くぎり 【区切り・句切り】 ③⓪	段落；音節　　　　　　　　　　　　★ 例 一区切り付いたので、少し休憩しよう。 因為告一段落了，所以稍微休息一下吧！
くじびき 【籤引き・籤引】 ⓪	抽籤　　　　　　　　　　　　　　　★ 例 籤引きで代表者を決めよう。 用抽籤決定代表者吧！
ぐち 【愚痴】 ⓪	怨言　　　　　　　　　　　　　　★★ 例 祖母はいつも愚痴ばかりこぼしている。 祖母總是光發牢騷。
くちばし 【嘴】 ⓪	鳥嘴，喙 例 親鳥が嘴に咥えていた虫を雛鳥に与えた。 母鳥將嘴裡銜著的蟲餵給了雛鳥。
くびかざり 【首飾り・頸飾り】 ③	項鍊（也說成「ネックレス」，詳見系列書 N3 第一單元）　★ 例 姉は首飾りを付けて出掛けた。 姊姊戴上項鍊出門去了。
くびわ 【首輪・頸環】 ⓪	項圈 例 姉は小犬に首輪を付けた。 姊姊讓小狗戴上了項圈。
くら 【蔵・倉・庫】 ⓪②	倉庫 例 元々は穀物の倉であるが、今は貯蔵室として使われている。 原本是穀倉，現在被當成儲藏室來使用。

グレー 【gray；grey】 ②	灰色（也說成「灰色<ruby>はいいろ</ruby>」，詳見系列書 N3 第一單元） 例 彼女はグレーのマフラーを巻<ruby>ま</ruby>いている。 她圍著灰色的圍巾。
クレーン 【crane】 ②	吊車，起重機 例 家具<ruby>かぐ</ruby>をクレーンで二階<ruby>にかい</ruby>の部屋<ruby>へや</ruby>に入<ruby>い</ruby>れた。 用吊車將傢俱放進了二樓的房間。
くろうと 【玄人】 ②①	行家 ★ 例 彼女<ruby>かのじょ</ruby>は玄人<ruby>くろうと</ruby>並<ruby>な</ruby>みにピアノが弾<ruby>ひ</ruby>ける。 她彈起鋼琴來像鋼琴家。
くろじ 【黒字】 ⓪	盈餘，順差 例 今月<ruby>こんげつ</ruby>は交通費<ruby>こうつうひ</ruby>を詰<ruby>つ</ruby>めたので、家計<ruby>かけい</ruby>が黒字<ruby>くろじ</ruby>になった。 這個月因為縮減了交通費，所以家用有盈餘了。
くわずぎらい 【食わず嫌い】 ④	沒嚐過就先厭惡（的人） ★ 例 玉葱<ruby>たまねぎ</ruby>は食<ruby>た</ruby>べられないと言<ruby>い</ruby>ってたけど、単<ruby>たん</ruby>なる食<ruby>く</ruby>わず嫌<ruby>ぎら</ruby>いじゃないの。 雖說不敢吃洋蔥，但只是無端厭惡而已吧！（註：也說成「食<ruby>た</ruby>べず嫌<ruby>ぎら</ruby>い」。）
ぐん 【群】 ①	群 例 蜂<ruby>はち</ruby>が群<ruby>ぐん</ruby>を成<ruby>な</ruby>して飛<ruby>と</ruby>んできた。 蜜蜂成群地飛來了。（註：「群<ruby>ぐん</ruby>を成<ruby>な</ruby>して」也說成「群<ruby>む</ruby>れを成<ruby>な</ruby>して」。）
ぐんかん 【軍艦】 ⓪	軍艦 例 軍艦<ruby>ぐんかん</ruby>の縮尺<ruby>しゅくしゃく</ruby>模型<ruby>もけい</ruby>を作<ruby>つく</ruby>った。 製作了軍艦按比例縮小的模型。
ぐんじ 【軍事】 ①	軍事 例 当時<ruby>とうじ</ruby>、軍事<ruby>ぐんじ</ruby>の官職<ruby>かんしょく</ruby>は全<ruby>すべ</ruby>て世襲<ruby>せしゅう</ruby>だった。 當時，軍事的官職全是世襲。
くんしゅ 【君主】 ①	君主 例 彼<ruby>かれ</ruby>は武力<ruby>ぶりょく</ruby>で君主<ruby>くんしゅ</ruby>の位<ruby>くらい</ruby>に就<ruby>つ</ruby>いた。 他憑靠武力坐上了君主之位。

ぐんしゅう 【群衆】　0	群眾
	例 群衆が会場の入口に向かって進んでいる。
	群眾正朝著會場的入口前進。

ぐんしゅう 【群集】　0	群眾
	例 総統は総統府の外の群集に向けて演説している。
	總統正對總統府外的群眾進行演説。

ぐんび 【軍備】　1	軍備
	例 軍備縮小が行われるのに賛成ですか。
	贊成縮減軍備嗎？

ぐんぷく 【軍服】　0	軍服　★
	例 軍人達が軍服を着ている姿は凛々しい。
	軍人們穿著軍服的姿態威風凜凜。

けケ

▶ MP3-009

けいい 【経緯】　1	經緯度；原委，內幕（後者也說成「経緯」，詳見イ行）　★
	例 彼は事件の経緯を細々と報告した。
	他一五一十地報告了事件的來龍去脈。

けいき 【契機】　1	契機，開端　★
	例 退職を契機に写真撮影を習い始めた。
	以退休為契機開始學拍照。

けいき 【計器】　1	測量長度、重量、速度等的儀器或儀表
	例 この計器は再度組み立てる必要があると思う。
	（我）覺得這個儀器有再次裝配的必要。

けいぐ 【敬具】　1	謹啓，謹上，敬上　★★★
	例 「敬具」は手紙の結尾に使う語句だ。
	「敬上」是用於書信結尾的語句。

けいせい 【形勢】　0	形勢　★
	例 試合の後半、形勢が逆転した。
	戰局的後半，形勢逆轉了。

けいせき 【形跡】　0	形跡，痕跡　★ 例 その村は津波に遭って、人の住んでいた形跡がなくなった。 那個村子遭遇海嘯之後，已經沒有人住過的痕跡了。	

けいたい 【形態】　0	型態，形式　★ 例 御社の勤務形態について伺いたいのですが。 （我）想請教關於貴公司的工作型態。	

けいばつ 【刑罰】　1	刑罰 例 犯人に重い刑罰を科すべきだ。 應該對犯人處以重罰。	

けいひ 【経費】　1	經費　★★ 例 忘年会は会社の経費で行われる。 尾牙用公司的經費來辦理。	

けいれき 【経歴】　0	經歷　★★ 例 彼女の経歴には全く汚点がなかった。 她的經歷完全沒有汙點。	

けいろ 【経路・径路】　1	路線；途徑　★ 例 目的地までの径路はネットで検索できる。 到目的地的路線可以在網路上搜尋。	

けがれ 【汚れ・穢れ】 　0 3	（人性的）醜陋；惡習 例 あの子はまだ世の汚れを知らない。 那個孩子還不知世間的醜陋。 （註：「汚れ」偏重精神心理方面；讀成「汚れ」時，指「髒汙；汙垢」， 詳見系列書 N3 第一單元。）	

げきだん 【劇団】　0	劇團 例 劇団は台湾西部を巡演中だ。 劇團正在台灣西部巡演中。	

ゲスト 【guest】　1	客人；來賓　★★ 例 レストランで行われたパーティーには、ゲストが百人 以上も来ていた。 在餐廳所舉行的派對，來了一百位以上的來賓。	

けだもの 【獣】　⓪	野獣，獣類；畜生（指獣類或是罵人） 例 あの男はけだものみたいな奴だ。 那個男人是像畜生一樣的傢伙。 （註：讀成「獣」時，純粹指「野獣，獣類」。）
けつ 【決】　①	決定 例 それでは、みんなで決を取ろう。 那麼，大家一起來表決吧！
けっかく 【結核】　⓪	結核；肺結核 例 近年、結核を発病する高齢者がだんだん増えてきた。 近年來，結核病發病的老年人逐漸增加了。
けっかん 【血管】　⓪	血管　　　　　　　　　　　　　　　　　★ 例 父はたいへん怒っていて、血管が今にも破裂しそうに 見えた。 父親非常生氣，眼看著血管似乎快要破裂了。
げっしゃ 【月謝】　⓪	每個月的學費　　　　　　　　　　　　★ 例 彼女は月謝を三ヶ月滞納している。 她學費三個月沒繳了。
けっしょう 【決勝】　⓪	決勝負，決賽　　　　　　　　　　　　★ 例 我々のチームは決勝で勝って優勝した。 我們的隊伍在決賽中獲勝了。
けっしょう 【結晶】　⓪	結晶；成果　　　　　　　　　　　　　★ 例 長年の努力の結晶だ。 長年努力的成果。
げっぷ 【月賦】　⓪	每個月分期付款 例 彼女は月賦でピアノを買った。 她用分月付款買了鋼琴。 （註：「分期付款」是「分割払い」。）
けらい 【家来】　①	家臣 例 主君に間違いがあれば、それを諌めるのが家来の責任だ。 君主如果有錯的話，勸諫那個錯誤是家臣的責任。

けん 【件】 ①	事，事件；件數	★★
	例 前に話した件について相談したい。	
	（我）想跟你商量一下之前提過的事。	

けんい 【権威】 ①	權威	★
	例 佐藤博士は生物学の権威だ。	
	佐藤博士是生物學的權威。	

げんかく 【幻覚】 ⓪	幻覺	
	例 向精神薬は幻覚を起こしやすい。	
	精神藥物容易引起幻覺。	

げんけい 【原型】 ⓪	原型；模型；類型	★
	例 粘土で彫刻の原型を作った。	
	用黏土做了雕刻的模型。	

げんけい 【原形・元形】 ⓪	原形；未進化前的型態	
	例 火災で焼けた図書館は原形を留めていない。	
	因火災而燒毀的圖書館原形已不復見。	

けんげん 【権限】 ③	權限	★
	例 課長に社員を解雇する権限はない。	
	課長沒有解雇員工的權限。	

げんこう 【現行】 ⓪	現行	★
	例 電車の最低運賃は現行通りとした。	
	電車的最低車資決定比照原樣了。	

げんさく 【原作】 ⓪	原著	★★
	例 このアニメ映画の原作は絵本だ。	
	這部動畫電影的原著是繪本。	

けんじ 【検事】 ①	檢察官	
	例 検事が犯人を起訴した。	
	檢察官起訴了犯人。	

げんし 【原子】 ①	原子	
	例 原子には陰と陽の二種類の電気を帯びたものがある。	
	原子帶有負電跟正電兩個種類的電極。	

げんしゅ
【元首】 1

元首

例 日本において天皇は国の元首であるが、統治権を所有しない。

在日本天皇雖然是國家的元首，但沒有統治權。

げんじゅうみん
【原住民】 3

原住民

例 漢人の手を借りて、原住民を管理する政策を制定した。

制定了借漢人的手來管理原住民的政策。

げんしょ
【原書】 0

原文書；外文書 ★

例 フランス語の原書を中国語に翻訳した。

將法文的原文書翻譯成中文了。

けんしょう
【懸賞】 0

懸賞

例 毎月、雑誌の懸賞に応募している。

每個月參加雜誌的有獎徵答。

（註：日本雜誌中常附有讀者的問卷調查或是有獎徵答，通常將明信片寄回即可參加。）

げんそ
【元素】 1

元素

例 娘はちょうど化学の元素記号を覚えているところだ。

女兒剛好正在背化學的元素符號。

げんぞう
【現像】 0

顯像 ★

例 写真部でフィルムの現像を習った。

在攝影社學了照片的沖洗。

げんそく
【原則】 0

原則 ★★

例 博物館内での撮影は原則として禁止されている。

博物館內原則上禁止攝影。

けんち
【見地】 1

觀點；立場

例 彼女は社会学者の見地から反対した。

她從社會學者的觀點反對了。

げんち
【現地】 ①

現場；當地；現在居住的地方 ★★

例 大学でフランス語を勉強したが、旅行に行った時に現地の人に通じなくてがっかりした。

雖然在大學學了法文，但是去旅行時無法跟當地的人溝通，很沮喪。

げんてん
【原典】 ①①

原著

例 資料を読んでいて分からないことがあったら、原典にあたることが大切だ。

閱讀資料如果有不懂的地方的話，對照原著是很重要的。

げんてん
【原点】 ①①

起點；（座標的）原點 ★★

例 白は無限の可能性があるから、美しさの原点だと言われている。

因為白色有無限的可能性，所以被說成是美的原點。

げんばく
【原爆】 ①

原子彈

例 原爆ドームは１９９６年に世界遺産に登録された。

原爆圓頂館在一九九六年被登錄為世界文化遺產了。

げんぶん
【原文】 ①

原文 ★

例 中国語の翻訳を日本語の原文と対照して日本語を勉強する。

對照中文的翻譯跟日文的原文來學習日文。

げんゆ
【原油】 ①

原油（尚未精製的石油） ★

例 近年、原油価格が上がり続けている。

近年來，原油價格持續上升著。

けんりょく
【権力】 ①

權力 ★★

例 彼女の人生は政治権力を追求した人生だったと言える。

她的人生可以說是追求政治權力的人生。

げんろん
【言論】 ①

言論 ★

例 憲法は言論の自由を保障している。

憲法保障言論的自由。

こコ

▶ MP3-010

ごい
【語彙】 ①

語彙（某種特定範圍所使用的單字的總稱）　★★★

例 毎日、英語の語彙を増やすため二十個ずつ覚えている。

每天，為了增加英語的語彙，各背誦二十個。

こう
【甲】 ①

甲；最優者；（手）背；（腳）背；甲殼

例 最近足の甲が痛むから、整形外科に掛かろうと思う。

最近因為腳背很痛，所以（我）打算去看整形外科。

こうい
【好意】 ①

好意；好感　★★

例 村の人は皆、村長に好意を抱いている。

村里的人都對村長抱有好感。

こうい
【行為】 ①

行為，行徑　★★

例 彼の越権行為は批判された。

他的越權行為被批判了。

こうがく
【工学】 ⓪①

工學

例 彼女の大学院時代の専攻は心理工学だった。

她研究所時期專攻的是心理工學。

こうきょ
【皇居】 ①

皇居（天皇居住的地方）　★

例 毎朝、ジョギングで皇居を三周している。

每天早上，以慢跑繞皇居三圈。

こうきょう
【好況】 ⓪

景氣，繁榮

例 実業界はだんだん好況に向かっている。

實業界越來越景氣了。

こうぎょう
【興業】 ⓪

興辦事業；振興產業

例 この映画は台湾で三億元の興業収入をあげた。

這部電影在台灣締造了三億元的產業收入。

こうぎょう
【鉱業・礦業】 ①

礦業

例 この保険は、鉱業に従事する人の業務上の負傷にも適用される。

這項保險也適用於從事礦業的人的業務傷害。

こうげん 【高原】　0	高原；高峰平穩期 例 来週の日曜日、私達は高原へハイキングに行くつもりだ。 下週日，我們打算去高原走走。
こうご 【交互】　1	輪流，交替（多半用於兩件物品，或是兩個人）　★★ 例 私と弟は交互にピアノを弾いた。 我跟弟弟輪流彈了鋼琴。
こうこがく 【考古学】　3	考古學 例 山下先生はエジプト考古学を研究している。 山下老師正在研究埃及考古學。
こうざん 【鉱山】　1	礦山 例 新しく見付けた鉱山を試掘しているところだ。 正在試挖新發現的礦山。
こうしゅう 【講習】　0	講習　★ 例 日本語の短期講習を受けた。 上了日語的短期講習。
こうしょきょうふしょう 【高所恐怖症】　1	懼高症 例 高所恐怖症だから、高いところへは行きたくない。 因為懼高症，所以（我）不想去高處。
こうしんりょう 【香辛料】　3	香辣調味料　★★ 例 カレーは何種類もの香辛料から作られる。 咖哩是用好幾種香料所做成的。
こうすい 【降水】　0	降雨；降雪　★★ 例 その地方は一年に十二インチの降水量がある。 那個地方一年有十二英寸的降雨量。
こうずい 【洪水】　0 1	洪水　★ 例 洪水で、多くの家が流された。 因為洪水，很多房子被沖走了。
こうせいぶっしつ 【抗生物質】　5	抗生素　★ 例 医者は母に抗生物質を服用させなかった。 醫生沒有讓母親服用抗生素。

こうぜん 【公然】　0	公然；公開 例 彼は公然と会社の政策を批判した。 他公然地批判了公司的政策。

こうそう 【抗争】　0	抗爭，對抗 例 元は一つだった政党は、二つの党派に分裂して抗争に なっている。 原本單一的政黨，分裂成兩個黨派抗爭著。

こうたく 【光沢】　0	光澤　　　　　　　　　　　　　　　　　　　★ 例 光沢がある布のスカーフを買いたい。 （我）想買布料有光澤的圍巾。

こうとう 【口頭】　0	口頭　　　　　　　　　　　　　　　　　　★★ 例 両親の承認は口頭で得た。 得到父母親口頭上的認可了。

こうばい 【購買】　0	購買；收購；採購　　　　　　　　　　　　　★ 例 彼女は購買の業務を担当している。 她負責採購的業務。

こうひょう 【好評】　0	好評　　　　　　　　　　　　　　　　　　　★ 例 このドラマは海外でも好評を博した。 這部電視劇在海外也博得了好評。

こうよう 【公用】　0	公用；公務 例 彼女は公用でイギリスに出張している。 她正因為公務在英國出差。

こうり 【小売り・小売】0	零售　　　　　　　　　　　　　　　　　　　★ 例 商品はメーカー、卸売、小売りのルートを経て、消費 者の元に届けられる。 商品經過製造商、批發商、零售商的途徑，到達消費者的手中。

こうりつ 【公立】　0	公立　　　　　　　　　　　　　　　　　　　★ 例 彼女は公立中学校で教育を受けた。 她在公立國中受了教育。

こうりつ 【効率】 ⓪	**効率** ★★ 例 仕事の効率を高めたい。 （我）想提高工作的效率。	

コーナー 【corner】 ①	**角落；（棒球或足球的）角球；專櫃** ★★★ 例 子供はホームセンターのペットコーナーが大好きだ。 小朋友最愛建材中心的寵物區了。	

ゴールデンタイム 【golden＋time】 ⑥	**黃金時段（也說成「ゴールデンアワー（golden＋hour）」）** ★★ 例 ゴールデンタイムの視聴率は高い。 黃金時段的收視率很高。	

こぎって 【小切手】 ②	**支票** ★ 例 先週、彼女に二十万元の小切手を振り出した。 上週，開了一張二十萬元的支票給她。	

こきゃく 【顧客】 ⓪	**顧客（也說成「顧客」）** ★ 例 彼女の顧客には外国人もいる。 她的顧客當中也有外國人。	

ごく 【語句】 ①	**語句** 例 この二つの語句は意味が似ている。 這兩個語句意思相似。	

こくさん 【国産】 ⓪	**國產** ★★ 例 国産の果物は日照不足による不作のため大幅に値上がりした。 國產的水果因為日照不足歉收的緣故，價格大幅地上漲了。	

こくてい 【国定】 ⓪	**國定** 例 双十節は国定の祝日の一つだ。 雙十節是國定假日之一。	

こくど 【国土】 ①	**國土** ★ 例 台湾の国土は南北に長い。 台灣的國土南北長。	

こくぼう 【国防】　⓪	國防
	例 彼らは国防の予算を審査している。
	他們正在審查國防的預算。

こくゆう 【国有】　⓪	國有　★
	例 この図書館は国有財産だ。
	這座圖書館是國有財產。

ごくらく 【極楽】　⓪④	（佛教）極樂，人間天堂；安樂，安逸　★
	例 寒い日に入る温泉は、まさに極楽だ。
	在冷天所泡的溫泉，堪稱為人間天堂。

こくれん 【国連】　⓪	聯合國　★
	例 台湾は国連加盟国ではない。
	台灣並非聯合國成員國。

こげちゃ 【焦げ茶】　⓪②	深咖啡色　★
	例 今年は焦げ茶が流行っている。
	今年流行深咖啡色。

ごげん 【語源・語原】　⓪	語源　★★
	例 「カテゴリー」の語源はドイツ語だ。
	「カテゴリー（Kategorie；範疇）」的語源是德語。

ここ 【個々・個個】　①	各個，每個；各自　★
	例 個々の生徒は性格や興味がそれぞれ異なるので、伸ばし方もそれぞれ異なる。
	由於每個學生的性格與興趣各自不同，所以發展的方式也各自不同。

ここち 【心地】　⓪	感覺；心情　★★
	例 優雅で心地よいレストランで食事をしている。
	正在優雅又氣氛良好的餐廳用餐。

こころえ 【心得】　③④	須知；素養；代理　★
	例 彼女は外国語の心得がある。
	她有外語的素養。

こころがけ 【心掛け】　⓪	留意，用心　★★ 例 難しいことはない。ただ心掛け次第だ。 天下無難事，只怕有心人。
こころざし 【志】　⓪	志願；盛情；心意　★ 例 私は母の志を継ぎたい。 我想繼承母親的志願。
こころづかい 【心遣い】　④	關心，關懷　★★ 例 彼女は彼の温かい心遣いに大変感激した。 她非常感激他溫暖的關懷。
こころみ 【試み】　⓪④	嘗試　★★ 例 君の試みは全て無駄に終わった。 你的嘗試全都白白地結束了。
ごさ 【誤差】　①	誤差　★ 例 彼らはそれが計算上の誤差であると考えている。 他們認為那是計算上的誤差。
こじ 【孤児】　①	孤兒 例 津波で孤児になった子供のために寄付する。 為了因海嘯而成為孤兒的孩童捐款。
こじん 【故人】　①	老友；死者　★ 例 故人に対する敬意を表すために、記念碑を建てた。 為了表示對死者的敬意，蓋了紀念碑。
こずえ 【梢】　⓪	樹梢 例 すずめが枝から飛び立ち、梢を揺らした。 麻雀從枝頭飛起，搖動了樹梢。
こせい 【個性】　①	個性，性格　★★ 例 社員は皆、個性豊かだ。 公司員工各個性格獨特。

こせき
【戸籍】 ⓪

戸籍，戸口 ★

例 戸籍の写しには、全てを写した戸籍謄本と一部分を写した戸籍抄本がある。

戸籍的副本，有複寫全部的戸籍謄本與複寫一部分的戸籍副本。

こだい
【古代】 ①

古代 ★

例 人々は古代から四季を大切にしてきた。

人們從古代開始就重視四季至今。

こたつ
【炬燵・火燵】 ⓪

暖爐，被爐（在地爐放上木架腳爐，蓋上被子的取暖設備） ★★

例 家では電気炬燵を使っている。

家中使用著電器暖爐。

コツ ⓪

祕訣，竅門 ★★★

例 英単語を覚えるコツをつかんだ。

掌握了背英文單字的訣竅。

こっこう
【国交】 ⓪

邦交

例 その国とは国交がない。

跟那個國家沒有邦交。

こっとうひん
【骨董品】 ⓪

古玩，骨董

例 レストランに骨董品を飾りたい。

（我）想在餐廳裝飾古玩。

ことがら
【事柄】 ⓪

情況；事情 ★★

例 おみくじに書かれていた事柄はどれも縁起が悪い。

籤上所寫的事情每項都不吉利。

こどく
【孤独】 ⓪

孤獨 ★

例 彼は孤独を楽しんで、孤独を愛するタイプだ。

他享受孤獨，是喜歡孤獨的類型。

ことづて
【言伝】 ⓪④

傳說，聽說；傳口信

例 彼女が結婚したことは言伝に聞いた。

她結婚的事是聽人説的。

コネ／ コネクション ② 01 【connection】	關係；門路 ★★ 例 姉のコネでその会社に入りたいと思っている。 （我）想靠姊姊的關係進那家公司。	

ごばん
【碁盤】 0

圍棋盤

例 京都の街は碁盤の目のような形をしている。

京都的街道呈現出如圍棋盤格子的形狀。

こべつ
【個別】 0

個別 ★★

例 土曜日に作文の個別指導を行っている。

週六時進行作文的個別指導。

コメント
【comment】 01

評論 ★★

例 学生の宿題に赤いペンでコメントを書いた。

在學生的作業上用紅筆寫下了評論。

こもりうた
【子守歌・子守唄】 3

搖籃曲

例 毎晩、子守歌を歌って息子を寝かしつけている。

每天晚上，唱搖籃曲哄兒子睡。

こゆう
【固有】 0

固有；特有 ★

例 この本は日本固有の文化を紹介している。

這本書介紹了日本固有的文化。

こよみ
【暦】 30

日暦；月暦 ★

例 暦の上ではもう冬なのに、まだまだ暖かい。

在月暦上雖然已經是冬天了，但還是很暖和。

こんき
【根気】 0

毅力；耐性 ★

例 彼らは根気強く頑張っている。

他們很有毅力地努力著。

こんきょ
【根拠】 1

根據 ★★

例 この学説には何の根拠もない。

這個學說毫無根據。

コンタクト／ 13
コンタクトレンズ 6
【contact lens】

隠形眼鏡 ★★
例 近視のため、コンタクトレンズをつけている。
因為近視，所以戴著隱形眼鏡。

こんちゅう
【昆虫】 0

昆蟲
例 蛙が昆虫を捕食している様子を観察した。
觀察了青蛙捕食昆蟲的樣子。

こんてい
【根底・根柢】 0

基礎；根本
例 この事件の根底には、人種差別の問題がある。
這個事件的根本，在於有人種歧視的問題。

コンテスト
【contest】 1

比賽 ★★
例 日本語学科では一学期に二回スピーチコンテストを行う。
日文系一學期舉辦兩次演講比賽。

コントラスト
【contrast】 14

對照，對比；明暗度
例 画像を編集するアプリケーションなどで、コントラストを調整できる。
可以用編輯畫像的應用程式（App）等來調整明暗度。

コンパス
【（荷）kompas】 1

圓規；羅盤；指南針
例 コンパスの針はいつも北を指す。
指南針的磁針總是指向北方。

こんぽん
【根本】 03

根本
例 健康は幸福の根本だと思う。
（我）認為健康是幸福的根本。

さ行

さサ

さい 【差異】　①	**差異** 例 この二枚の絵の色調にはごく僅かな差異がある。 這兩幅畫在色調上有極微細的差異。

さいがい 【災害】　⓪	**災害** ★ 例 地震は多くの災害を引き起こした。 地震引起了許多災害。

さいきん 【細菌】　⓪	**細菌** ★ 例 肉眼で見えない細菌はどこにでも存在している。 到處都存在著用肉眼看不到的細菌。

サイクル 【cycle】　①	**周期；循環；自行車** ★★ 例 週二サイクルで図書館に行く。 每週去圖書館兩次。

さいけつ 【採決】　①⓪	**表決** 例 無記名投票で採決を行う。 用無記名投票來進行表決。

ざいげん 【財源】　⓪③	**財源** 例 このプロジェクトは財源に乏しい。 這個計畫缺乏財源。

ざいこ 【在庫】　⓪	**庫存** ★★ 例 この商品は在庫が切れそうだ。 這項商品好像沒有庫存了。

さいさん 【採算】　⓪	**（盈虧、損益的）核算** ★ 例 この事業は採算を取るのに二年掛かった。 這項事業達到損益平衡花費了兩年。

サイズ 【size】　①	**尺寸** ★★★ 例 家の台所は標準的でちょうどいいサイズだ。 家中的廚房是標準的剛剛好的尺寸。

ざいせい 【財政】 0	財政 例 我が社は財政が窮迫している。 我們公司財政困窘。
さいぜん 【最善】 0	最好；全力 ★ 例 最善を尽くして、このプロジェクトをやり遂げようと思う。 （我）打算盡全力完成這個計畫。
サイドビジネス 【side + business】 4	副業，兼職 ★ 例 サイドビジネスの種類にはどんなものがありますか。 副業的種類有哪些？
さいぼう 【細胞】 0	細胞 ★ 例 細胞には様々な種類がある。 細胞有各式各樣的種類。
さお 【竿・棹】 2	竹竿；秤桿；船蒿 例 この物干し竿には洗濯挟みが付いている。 這根曬衣桿附有曬衣夾。
さがく 【差額】 0	差額 ★ 例 株を転売して差額で儲けた。 轉賣股票賺了差額。
さかずき 【杯・盃】 0 4	酒杯 例 盃にお酒を注いで乾杯した。 在酒杯裡倒入酒乾杯了。
さぎ 【詐欺】 1	詐欺 ★★ 例 彼らは保険金詐欺で訴えられた。 他們因為詐領保險金被起訴了。
さく 【柵】 2	柵欄 例 自陣の周りに柵を巡らせて、防御を固めた。 在我方陣營的周圍圍上柵欄，鞏固了防禦。
さくご 【錯誤】 1	錯誤 ★ 例 試行錯誤を重ね、とうとう成功した。 重複嘗試錯誤，終於成功了。

さくせん 【作戦・策戦】 ⓪	作戦 ★	
	例 この部隊は特殊作戦を任務とする。	
	這個部隊以特殊作戰為任務。	

ざだんかい 【座談会】 ②	座談會
	例 企業は学生向けの会社説明会や座談会を開催する。
	企業舉辦針對學生的公司說明會與座談會。

ざっか 【雑貨】 ⓪	雑貨 ★★
	例 この店では台所で使う雑貨を数多く売っている。
	這家店賣著許多廚房用的雜貨。

さつじん 【殺人】 ⓪	殺人
	例 誰も彼が殺人を犯したことを信じなかった。
	誰也不相信他殺了人。

さなか 【最中】 ①	最盛時期；正當〜之中
	例 冬の最中に海へ行ってどうするのか。
	在冬天最冷的時候去海邊該怎麼辦？

ざひょう 【座標】 ⓪	座標；標誌
	例 座標Ａから座標Ｂへ移動してください。
	請從座標Ａ移動到座標Ｂ。

さむけ 【寒気】 ③	身體發冷，打寒顫 ★
	例 風邪を引いて、寒気がする。
	感冒了，身體發冷。

さむらい 【侍】 ⓪	侍者；武士；堅毅果敢的人
	例 彼は身分の卑しい侍だった。
	他曾經是身分卑微的侍者。

さんがく 【山岳】 ⓪	山岳
	例 これらの犬達は山岳で遭難者を救助するよう訓練されている。
	這些狗狗們正被訓練在山岳救助受困者。

さんきゅう 【産休】 ⓪	産假
	例 姉は来週から産休に入る。
	姉姉下週開始休産假。

ざんきん 【残金】 ①	尾款 ★
	例 残金を払い込んで商品を受け取った。
	付了尾款，取得了商品。

さんご 【産後】 ⓪	産後
	例 産後ケアは重要だが、日本ではあまり進んでいない。
	雖然坐月子很重要，但是日本不太推動。

ざんだか 【残高】 ① ⓪	餘額 ★
	例 預金通帳の残高をチェックしている。
	正在查詢存摺的餘額。

サンタクロース 【Santa Claus】 ⑤	聖誕老公公 ★★
	例 古くから、クリスマスにサンタクロースがプレゼントを運んでくるという伝説がある。
	自古以來，就有聖誕老公公在聖誕節送禮物來的傳說。

さんばし 【桟橋】 ⓪	碼頭
	例 一人の少女がその桟橋の先端に立っている。
	一位少女在那座碼頭的盡頭站着。

さんぷく 【山腹】 ⓪	山腰
	例 学生達は山腹にテントを張った。
	學生們在山腰搭了帳篷。

さんふじんか 【産婦人科】 ⓪	婦產科
	例 近年、産婦人科を選ぶ医学生がだんだん少なくなってきている。
	近年來，選擇婦產科的醫學院學生越來越少了。

さんぶつ 【産物】 ⓪	產物；成果 ★
	例 化学は人類の努力の産物だ。
	化學是人類努力的產物。

さんみゃく 【山脈】　0	山脈 例 山脈から吹き降ろす風は、暖かくて乾燥している。 從山脈往下吹的風，既溫暖又乾燥。

しシ

▶ MP3-012

しあがり 【仕上がり・仕上り】　0	完成；成果　★★ 例 その小説の仕上がりまで一ヶ月掛かる。 到那部小說完成要耗時一個月。
しあげ 【仕上げ】　0	完成；成果；最後的加工　★ 例 仕上げは別のアトリエでやる。 最後的加工在別的工作室進行。
しいく 【飼育】　0	飼養　★ 例 彼女は動物園で飼育員として働いている。 她在動物園以飼育員的身分工作著。
シート 【seat】　1	座位；守備位置　★★★ 例 横にあるレバーを手前に引いて、シートを倒してください。 請將在旁邊的操縱桿拉到前面，讓座椅倒下。
ジーパン 【jeans + pants】　0	牛仔褲　★★★ 例 土曜日はジーパンで出勤しても構わないことになっている。 現在週六穿牛仔褲上班也沒關係了。
しいん 【死因】　0	死因 例 彼女の死因は心臓麻痺だった。 她的死因是心臟麻痺。
しお 【潮・汐】　2	潮汐；海水；時機 例 潮が急激に満ちた。 海水急劇地漲潮了。（註：「退潮」是「潮が引く」。）

しか
【歯科】 [1][2]

牙科

例 母は今、歯科で治療を受けている。

母親現在正在牙科接受治療。

じが
【自我】 [1]

自我

例 彼女は両親の顔色ばかり窺って生きてきたので、自我がない。

因為她完全看父母的臉色過日子，所以沒有自我。

しがい
【市街】 [1]

市街　　　　　　　　　　　　　　　　　　　★★

例 ボランティア団体が市街を掃除している。

志工團體正在打掃市街。

しかく
【視覚】 [0]

視覚　　　　　　　　　　　　　　　　　　　★

例 この視覚装置は無線 LAN を使っている。

這項視覺裝置使用無線區域網路。

しかけ
【仕掛け・仕掛】 [0]

做到一半；裝置；規模；煙火；陷阱　　　　　★★

例 その展覧会の仕掛けは非常に小規模だが、入場券は高い。

雖然那個展覽會的規模非常小，但是門票很貴。

じき
【磁気】 [1]

磁力

例 このステッカーは磁気を帯びている。

這張貼紙帶著磁力。

じき
【磁器】 [1]

瓷器

例 磁器は割れやすいので、レストランではプラスチック製の茶碗も使われている。

因為瓷器易碎，所以餐廳也使用塑膠製的碗。

しきさい
【色彩】 [0]

色彩；傾向　　　　　　　　　　　　　　　　★

例 この博物館は鮮やかな色彩でデザインされている。

這座博物館是用鮮豔的色彩所設計的。

しきじょう
【式場】 [0]

會場；禮堂　　　　　　　　　　　　　　　　★★

例 結婚式の式場選びのため、いくつか見学に行った。

為了挑選婚禮的會場，參觀了好幾個地方。

じぎょう 【事業】 ①	事業 ★★ 例 我が社は五つの事業部から構成されている。 我們公司由五個事業部所組成。	

じぎょう【事業】 ①
事業 ★★
例 我が社は五つの事業部から構成されている。
我們公司由五個事業部所組成。

しきん【資金】 ①②
資金 ★
例 癌研究のための資金を募っている。
正在募集為了癌症研究的資金。

じく【軸】 ②
軸；巻軸；畫軸；座標軸；稈
例 地軸は地球が回転する際の軸で、北極点と南極点を結ぶ直線である。
地軸是地球迴轉時的主軸，連結北極點跟南極點的直線。

しくみ【仕組み・仕組】 ⓪
裝置；結構；企圖；情節 ★★
例 この機械の仕組みは機動性に欠ける。
這台機器的結構欠缺機動性。

しけい【死刑】 ①②
死刑
例 彼は殺人の罪で死刑の宣告を受けた。
他因為殺人罪被宣判了死刑。

じこ【自己】 ①
自己，自我 ★★★
例 自己鍛錬のために、毎日ジョギングをしている。
為了自我鍛錬，每天慢跑著。

しこう【志向】 ⓪
志向 ★
例 彼らの上昇志向はそう強くなさそうだ。
他們的上進心似乎不那麼強。

しこう【嗜好】 ⓪
嗜好 ★
例 彼の嗜好は品がない。
他的嗜好缺乏品味。

しこう【思考】 ⓪
思考
例 思考能力はそう簡単に身に付くものではない。
思考能力並非那麼容易培養的。

じこう 【事項】　1	事項　★ 例 商品分類に関する注意事項を説明してください。 請説明關於商品分類的注意事項。
じごく 【地獄】　0 3	地獄 例 この絵は地獄の様子を描いたものだ。 這幅畫描繪了地獄的模樣。
じこくひょう 【時刻表】　0	時刻表　★★ 例 出掛ける前に電車の時刻表を確認した方がいいと思う。 （我）覺得出門前最好確認過電車的時刻表。
じさ 【時差】　1	時差　★ 例 カナダと台湾の間には時差が何時間あるか教えてください。 請告知加拿大跟台灣之間的時差是幾個小時。
じざい 【自在】　0	自由自在；隨意 例 この椅子は自在に回転させることができる。 這張椅子可以讓人隨意地旋轉。
しさん 【資産】　1 0	資産 例 資産を有効に活用するためにはプロのアドバイスが必要だ。 為了有效地活用資產，專業的建議是必要的。
じしゅ 【自主】　1	自主　★ 例 息子達は言語の自主学習がとても好きだ。 兒子們非常喜歡語言的自主學習。
ししゅんき 【思春期】　2	青春期 例 彼女は思春期の思い出を元にドラマの脚本を書いた。 她以青春期的回憶為題材寫成了電視劇的劇本。
しじょう 【市場】　0	市場　★★ 例 今年はヨーロッパ市場を開拓するつもりだ。 今年打算開拓歐洲市場。

しずく 【滴・雫】 3	水滴 例 傘からしずくが垂れているよ。 水滴從傘落下了喔！	
システム 【system】 1	系統；組織 ★★★ 例 我が社は保安システムが整っている。 我們公司的保全系統完備。	
しせつ 【施設】 1 2	設施 ★★ 例 去年、我が社は新しい公共施設建設に投資した。 去年，我們公司投資了新的公共設施建設。	
じぜん 【慈善】 0	慈善（也說成「チャリティ」） ★ 例 台湾のピアニスト達は慈善コンサートを行った。 台灣的鋼琴家們舉辦了慈善音樂會。	
しそく 【子息】 1 2	男孩子；兒子；令郎 ★ 例 「ご子息」というのは「尊敬する人、或いは敬意を払うべき人の息子」を指す。 所謂的「令郎」是指「所尊敬的人，或應該表示敬意的人的兒子」。	
じそんしん 【自尊心】 2	自尊心 例 子供の自尊心を傷付けないように注意してください。 請注意不要傷了孩子的自尊心。	
したあじ 【下味】 0	預先調味 ★ 例 挽き肉に味の素、醤油と胡椒で、下味を付けた。 用味精、醬油，跟胡椒粉，將絞肉預先調味了。	
じたい 【字体】 0	字體（也說成「フォント」） ★★ 例 この本は旧字体を使っている。 這本書使用繁體字。	
したごころ 【下心】 3	內心；別有用心；企圖 ★ 例 彼は彼女に下心を抱いているのが見え見えだ。 他對她別有用心是顯而易見的。	

したじ【下地】 ⓪

底子；底色；素養；醬油 ★

例 このクラスの学生達は皆、文学の下地がある。

這個班級的學生們，大家都有文學的素養。

したどり【下取り】 ⓪

折價換新

例 中古車を下取りに出して、新しい車を買った。

用舊車折價，買了新車。

したび【下火】 ⓪

火勢變弱；走下坡；（茶道）底火

例 この女優の人気は下火だ。

這位女演員的人氣下滑了。

じつ【実】 ②

真實，實質；事實，實際；誠實，誠意 ★

例 彼女は私達夫婦の実の娘ではない。

她是跟我們夫妻沒有血緣關係的女兒。

じっか【実家】 ⓪

出生的家；父母家；娘家 ★★

例 実家では犬を飼っていて、帰省した時は散歩に連れて行く。

在老家養著狗，回老家時會帶去散步。

しっかく【失格】 ⓪

失去資格 ★★

例 彼はコンテストに遅刻したから、失格になった。

他因為比賽遲到，所以失去資格了。

しつぎ【質疑】 ②①

質疑；質詢

例 会議では配布資料に基づいて質疑応答が行われた。

在會議中根據分發資料進行質詢應答。

じつぎょうか【実業家】 ⓪

實業家

例 主人は疲れを知らない、挑戦を続ける実業家だ。

老公是不知疲倦、持續挑戰的實業家。

しつけ【躾・仕付け】 ⓪

教養；家教 ★

例 躾のなっていない子は他人の子供でも注意する。

沒家教的孩子，就算是別人的小孩也要加以指正。

じっしつ 【実質】 [0]	**實質，實際** 例 このスマホはキャッシュバックがあるから、実質無料だ。 這支智慧型手機因為有現金回饋，所以實際上是免費的。
じつじょう 【実情・実状】 [0]	**實情；實話** 例 事件の実情を調べている。 正在調查事件的實情。
しっしん 【湿疹】 [0]	**濕疹** 例 この湿疹は食物アレルギーに起因するものだ。 這個濕疹起因於食物過敏。
じったい 【実態】 [0]	**實態，實況** ★ 例 この研究は北京大学における学生生活の実態を調べるために行われている。 這項研究是為了調查在北京大學的學生生活的實態而進行的。
しっちょう 【失調】 [0]	**失調** ★ 例 自律神経失調症という病気になって、薬を飲んでいる。 罹患了所謂自律神經失調症，正在服藥中。
じっぴ 【実費】 [0]	**成本；實際費用** ★ 例 「交通費実費支給」と言っても、企業の規定によって、かかった分だけもらえるとは限らない。 雖說是「交通費實支實付」，但依據企業規定的不同，並不限定只領得到花掉的費用。
してん 【視点】 [0]	**視點，觀點** ★★ 例 様々な視点から問題を分析しようと思う。 （我）想從各種觀點來分析問題。
シナリオ 【scenario】 [0]	**劇本；實現計畫的順序** ★★ 例 彼女は図書館で演劇部の公演のためのシナリオを執筆している。 她正在圖書館為了戲劇社的公演寫劇本。

しにょう【屎尿】 0

屎尿，大小便

例 この屎尿処理装置は屎尿を分解した際に生じる水を有効利用できる。

這個大小便處理裝置可以有效地利用分解大小便時所產生的水。

じぬし【地主】 0 ★

地主

例 過去に地主と小作人の間に起きた紛争は数知れない。

過去地主和佃農之間發生的紛爭不計其數。

しば【芝】 0 ★

草皮，結縷草（一種鋪草坪用的短草）

例 大学のグラウンドを人工芝にするための工事が行われる。

將進行大學的操場鋪設成人工草皮的工程。

（註：草坪是「芝生」，詳見系列書 N2 第一單元。）

しはつ【始発】 0 ★

頭班（車）；起站

例 始発のバスは五時半に発車する。

第一班公車五點半發車。

じびか【耳鼻科】 0 ★

耳鼻科

例 父は耳鼻科で診察してもらった。

父親在耳鼻科接受了診療。

しぶつ【私物】 0

私人物品

例 モデルが付けているネックレスとイヤリングはコーディネーターの私物だ。

模特兒戴著的項鍊跟耳環是經紀人的私人物品。

しほう【司法】 1 0

司法

例 五年前、彼はたった一回で司法試験に合格した。

五年前，他只考一次司法考試就通過了。

しぼう【脂肪】 0 ★

脂肪

例 ダイエットしているから、低脂肪の食材を選びたい。

因為在節食，所以（我）想選低脂肪的食材。

しまつ【始末】 1 ★★

始末，原委；下場；收拾，解決；儉省

例 この件にどう始末を付けるつもりですか。

這件事（您）打算如何收尾呢？

しめい
【使命】 ①

使命 ★
例 彼女は使命を達成するためにオーストラリアに出発した。
她為了達成使命出發去澳洲了。

じもと
【地元】 ⓪③

當地 ★★
例 地元の人気スポットを紹介してください。
請介紹當地的人氣景點。

しもん
【指紋】 ⓪

指紋 ★
例 指紋鑑定は専門家に任せてください。
指紋鑑定請交給專家。

しや
【視野】 ①

視野；視角；眼光 ★
例 旅行は私達の視野を広げることができる。
旅行可以擴展我們的視野。

しゃこう
【社交】 ⓪

社交
例 就業時間後の社交には興味がない。
對下班後的社交不感興趣。

しゃぜつ
【謝絶】 ⓪

謝絕，拒絕 ★
例 彼は病状が安定しないので、しばらく面会謝絶だ。
他因為病情不穩定，所以暫時謝絕會客。

しゃたく
【社宅】 ⓪

員工宿舍
例 我が社の社員は無料で社宅に住むことができる。
我們公司的員工可以免費入住員工宿舍。

じゃっかん
【若干】 ⓪

若干，一些 ★
例 採用人数は若干名と書いてある。
寫著錄取人數若干名。

しゃみせん
【三味線】 ⓪

三弦琴
例 彼は三味線で伴奏することができる。
他能用三弦琴來伴奏。

しゃめん
【斜面】 ①⓪

傾斜面；斜坡 ★
例 あちら側の斜面は険しいから、気を付けてください。
因為那一側的斜坡很險峻，所以請小心！

じゃり 【砂利】　⓪①	碎石，砂礫 例 石を砕いて砂利にして、道路に敷いた。 將石頭輾碎成砂礫，鋪在道路上了。
ジャングル 【jungle】　①	叢林 例 ジャングルには多くの野生動物が住んでいる。 叢林裡住著很多野生動物。
ジャンパー 【jumper】　①	方便活動的運動或工作外套；跳躍者　★★ 例 仕事中は作業用ジャンパーを着なければならない。 在工作中必須穿工作用的工作外套。
ジャンボ 【jumbo】　①	巨無霸（體型大而笨拙的人或物）；大型噴射客機 例 これらのジャンボサイズの卵はどれも卵黄が二つある。 這些巨型尺寸的蛋，每個都有兩個蛋黃。
ジャンル 【（法）genre】　①	種類；體裁　★★ 例 私の好きな小説のジャンルはサスペンスだ。 我喜歡的小說的體裁是懸疑小說。
しゆう 【私有】　⓪	私有　★ 例 この私有車道は封鎖された。 這條私有車道被封鎖了。
しゅうえき 【収益】　⓪①	收益 例 近年、我が社の海外での投資収益が急増した。 近年來，我們公司在海外的投資收益急遽增加了。
しゅうがく 【就学】　⓪	就學，上學　★ 例 家計が苦しいので、経済的な就学支援を受けている。 因為家計吃緊，所以接受經濟上的就學支援。
しゅうき 【周期】　①	周期　★ 例 月は一ケ月周期で地球の周りを回る。 月亮以一個月周期繞地球轉。
じゅうぎょういん 【従業員】　③	員工　★★ 例 女性従業員への差別待遇はいけない。 不能有對女性員工的差別待遇。

しゅうし 【収支】 ①	**収支** ★ 例 家計簿の収支が合わなくて困っている。 家庭帳本的收支不合，正在傷腦筋。	
しゅうし 【修士】 ①	**碩士** ★ 例 彼は二年前に修士の学位を取った。 他在兩年前取得了碩士的學位。	
しゅうじつ 【終日】 ①	**終日，整天** ★ 例 私は終日机に向かって本を書いている。 我終日伏案寫書。	
じゅうじろ 【十字路】 ③	**十字路口** ★★ 例 車とオートバイが十字路で衝突した。 轎車跟摩托車在十字路口衝撞了。	
じゅうばこ 【重箱】 ①	**疊層餐盒** ★ 例 この重箱は杉の薄板で作ったものだ。 這個疊層餐盒是用杉木的薄板做成的。	
しゅうはすう 【周波数】 ③	**頻率** 例 彼らは受信機の周波数を合わせた。 他們調整了接收機的頻率。	
じゅうほう 【重宝】 ①①	**貴重的寶物** 例 このお皿は先祖から受け継いだ重宝だ。 這個盤子是繼承自祖先的貴重寶物。	
じゅうらい 【従来】 ①	**以往，向來** ★★ 例 彼らは従来の価値観を覆した。 他們顛覆了以往的價值觀。	
しゅえい 【守衛】 ①	**守衛** 例 総統府の入り口にはいつも守衛が配置されている。 總統府的入口總是配置著守衛。	
しゅかん 【主観】 ①	**主觀** ★★ 例 主観と客観の両方から物事を見てください。 請從主客觀的兩面來看事情。	

じゅく 【塾】 ①	**補習班** ★★
	例 週に三回塾に通って、英語を勉強している。
	一週去補習班上三次英語。

しゅくが 【祝賀】 ①②	**祝賀，慶祝**
	例 バレー部の全国大会優勝を祝う祝賀会が行われた。
	舉行了慶祝排球社全國大賽優勝的慶祝會。

しゅくめい 【宿命】 ①	**宿命**
	例 死は人類共通の宿命だ。
	死是人類共通的宿命。

しゅげい 【手芸】 ①①	**手藝** ★
	例 祖母は手先が器用で、編み物や縫い物などの手芸が得意だ。
	奶奶手很靈巧，擅長編東西跟縫東西等的手藝。

しゅけん 【主権】 ①	**主權**
	例 台湾の主権は国民にある。
	台灣的主權屬於國民。

しゅし 【趣旨】 ①	**意思；宗旨** ★
	例 彼の演説の趣旨を攫めなかった。
	無法掌握他演説的宗旨。

しゅじゅ 【種々・種種】 ①	**各種，形形色色**
	例 そのニュースを聞いて、種々の考えが頭に浮かんできた。
	聽到那則消息，各種的想法浮現在了腦海中。

しゅしょく 【主食】 ①	**主食** ★★
	例 この昆虫は植物の樹液を主食にする。
	這種昆蟲以植物的樹汁為主食。

しゅじんこう 【主人公】 ②	**主角；主人翁** ★★
	例 この女優は今回、ドラマの主人公を演じる。
	這位女演員這回扮演電視劇的主角。

しゅだい 【主題】 ⓪	主題 ★★ 例 このドラマは田舎での生活を主題としている。 這部電視劇以在鄉村的生活為主題。	

しゅっぴ 【出費】 ⓪	費用；支出，開支 ★★ 例 彼女の出費は収入を遥かに上回っている。 她的支出遠遠超出了收入。	

しゅどう 【主導】 ⓪	主導 例 スポーツ大会は例年、上級生の主導で行われる。 運動大會往年都是在高年級的主導下舉行。	

しゅにん 【主任】 ⓪	主任 ★ 例 彼女は主任に退職を申し出た。 他向主任申請離職了。	

しゅのう 【首脳】 ⓪	首腦，領導人 ★ 例 今年の米朝首脳会談では、非核化に向けた協議は合意に至らず決裂した。 在今年的美韓首腦會談中，因未達成對非核化的協議而決裂了。	

しゅび 【守備】 ①	守護；防備 ★ 例 このチームは攻撃と守備のバランスが悪い。 這個隊伍攻守失衡。	

しゅほう 【手法】 ⓪	手法 ★ 例 この手法は木造建築の分野で採られる。 這個手法可以用在木造建築的領域上。	

じゅもく 【樹木】 ①	樹木 例 祖父は庭で樹木の剪定をしている。 爺爺正在院子裡修剪樹木。	

じゅんきゅう 【準急】 ⓪	準急列車（速度介於「快速」和「普通」之間的列車） 例 この駅には急行、準急と各駅停車が停車する。 這個車站停快速列車、準急列車，跟普通列車。	

しよう 【私用】 0	私事；私自使用
	例 昨日は私用のため、仕事を休んだ。
	昨天因為私事請假了。

しよう 【仕様】 0	辦法 ★
	例 この書類では関連仕様が詳しく説明されている。
	這份文件詳細説明了相關辦法。

じょうい 【上位】 1	上位，前幾名
	例 彼の業績は常に上位五％以内だ。
	他的業績常常在前百分之五以內。

じょうか 【城下】 0 1	城下，城郭周邊
	例 大将軍は長岡城下で戦死した。
	大將軍在長岡城下戰死了。

しょうがい 【生涯】 1	一生；生涯
	例 君と生涯を共にしたい。
	（我）想跟你共度一生。

じょうくう 【上空】 0	上空；高空
	例 飛行機は山の上空を一周した。
	飛機繞了山的高空一圈。

しょうげき 【衝撃】 0	衝撃 ★
	例 この発見は考古学界に大きな衝撃を与えた。
	這個發現給了考古學界很大的衝撃。

しょうこ 【証拠】 0	證據 ★
	例 彼がこの事件の犯人だという証拠はない。
	沒有他是這個事件的犯人的證據。

しょうさい 【詳細】 0	詳情，細節 ★★
	例 詳細を説明してください。
	請説明詳情。

じょうせい 【情勢・状勢】 0	情勢，形勢 ★
	例 政権交代後、経済情勢が好転した。
	政權交替後，經濟情勢好轉了。

しょうそく
【消息】 ⓪

消息；動靜 ★

例 彼女は十年前に消息を絶っている。

她在十年前就斷了音訊。

しょうたい
【正体】 ①

真面目；清醒的神志 ★★

例 彼女は正体もなく酔っている。

她醉得連神志都不清了。

じょうちょ
【情緒】 ①

情緒 ★★

例 あの子は情緒障害がある。

那個孩子有情緒障礙。

しょうにか
【小児科】 ⓪

小兒科

例 彼女は今、小児科で実習している。

她目前正在小兒科實習。

しようにん
【使用人】 ⓪

傭人，僱工 ★

例 お向かいさんは何代か前は、何人もの使用人を抱える
ような大富豪だったという。

據說對面的人家在幾代前，曾經是僱用許多傭人的那種大富豪。

しょうにん
【証人】 ⓪

證人 ★

例 弁護士は証人尋問を行った。

律師進行了證人盤問。

じょうねつ
【情熱】 ⓪

熱情 ★★

例 あの歌手は情熱を込めて歌を歌っている。

那位歌手滿懷熱情地唱著歌。

じょうやく
【条約】 ⓪

條約

例 両国は条約に調印した。

兩國簽署了條約。

ショー
【show】 ①

表演；發表；展覽；電影放映 ★★

例 子供向けマジックショーの公演スケジュールをアレン
ジしている。

正在安排適合小朋友的魔術表演的公演時間表。

（註：「表演」也說成「パフォーマンス【performance】」。）

しょくいん 【職員】 ②	**職員** ★★ 例 現在、職員が多過ぎるから、来年は減員される恐れがあると思う。 因為目前職員過多，所以（我）覺得明年有被裁員的危險。
しょくみんち 【植民地】 ③	**殖民地** 例 その植民地は戦争によって独立を勝ち取った。 那個殖民地靠戰爭獲得了獨立。
しょくむ 【職務】 ①	**職務** ★ 例 社長は彼女に新しい職務を担当させた。 社長讓她擔當了新的職務。
じょげん 【助言】 ⓪	**建議；忠告** ★ 例 後輩は私の助言を聞き入れたことがない。 學弟妹們不曾聽進我的建議。
しょざい 【所在】 ⓪	**所在；所到之處；下落；頭路** 例 行方不明者の所在を調べるのはかなり困難なことだ。 調查行蹤不明者的下落是相當困難的事。
しょたいめん 【初対面】 ②	**初次見面** ★ 例 お見合いの時、初対面で彼女を気に入った。 相親時，一眼就看上她了。
しょち 【処置】 ①	**處置，處理；治療** ★ 例 駆けつけた救急隊員が応急処置を行った。 匆匆趕到的急救隊員進行了緊急處置。
しょてい 【所定】 ⓪	**規定** 例 所定の労働時間をしっかり守ってください。 請確實遵守規定的上班時間。
しょとく 【所得】 ⓪	**所得** ★ 例 国民所得税は累進課税となっている。 國民所得税採累進課税。

しょはん 【初版】 ⓪	初版，第一版 例 この本の初版は五年前に出版された。 這本書的第一版是在五年前出版的。	
しょひょう 【書評】 ⓪	書評 例 新聞の書評で、彼女の新作の散文が扱き下ろされた。 在報紙的書評中，她新創作的散文被詆毀了。	
しょほうせん 【処方箋】 ⓪	處方籤 ★ 例 この処方箋を持って薬局に行って、薬をもらってください。 請拿這張處方籤去藥局領藥。	
しょみん 【庶民】 ①	庶民，平民，老百姓 ★ 例 物価の上昇は庶民の生活を直撃した。 物價的上漲直接衝擊了老百姓的生活。	
しょむ 【庶務】 ①	總務 例 彼は市役所で庶務を担当している。 他在市公所擔任總務。	
しらべ 【調べ】 ③	調查；盤問；音調；調音 ★ 例 犯人の素性については調べがついていない。 還沒有針對犯人的身分做調查。	
しれい 【指令】 ⓪	指令；指揮；命令 ★ 例 上からの指令を受けて行動することに慣れているので、自分で考える習慣がない。 因為習慣了接受上級的指令來行動，所以沒有自己思考的習慣。	
しんいり 【新入り】 ⓪	新人，新手 ★ 例 誰もが新入りの女性社員に親切だ。 每個人都對新進的女性員工很親切。	
じんかく 【人格】 ⓪	人格 例 子供の人格と品性を陶冶するために、音楽と美術を習わせたい。 為了陶冶小朋友的人格跟品行，（我）想讓他們學音樂跟美術。	

しんこう
【新興】 0

新興

例 台北は新興都市として注目を集めている。

台北以新興都市受到了矚目。

しんこう
【進行】 0

進行；行進 ★

例 癌の進行はステージ0から4までで表される。

癌症的進程以第一期到第四期來表示。

しんこん
【新婚】 0

新婚 ★

例 兄夫婦は新婚旅行でオーストラリアに行った。

兄嫂去澳洲度蜜月了。

じんざい
【人材】 0

人才 ★★

例 我が社はコミュニケーション力のある人材の育成に力を入れている。

我們公司致力於培育有溝通能力的人才。

しんさく
【新作】 0

新作品；新口味 ★★

例 新作が出たら、ぜひまた紹介してください。

要是推出新口味，請務必再介紹（給我）喔！

しんし
【紳士】 1

紳士 ★

例 彼は申し分のない、典型的なイギリス紳士だ。

他是無可挑剔的、典型英國紳士。

しんじつ
【真実】 1

真實；真相 ★

例 この物語で、探偵は真実に辿り着くが、それを警察には伝えずに終わる。

在這個故事中，雖然偵探好不容易才找到了真相，卻未告知警方就完結了。

しんじゃ
【信者】 1

信徒；支持者 ★

例 彼は十年前にキリスト教信者になった。

他在十年前成了基督徒。

しんじゅ
【真珠】 0

珍珠 ★

例 これらの真珠は淡水で人工養殖されたものだ。

這些珍珠是在淡水被人工養殖的。

しんじょう 【心情】 ⓪	心情 ★ 例 被害者の心情は察するに余りある。 受害者的心情（我）能感同身受。	
しんじん 【新人】 ⓪	新人；新手 ★ 例 新人俳優が第二幕に登場する。 新人演員將在第二幕上場。	
しんぜん 【親善】 ⓪	親善 例 彼女は親善大使として二十か国を訪れた。 她以親善大使的身分走訪了二十個國家。	
しんそう 【真相】 ⓪	真相 ★ 例 真相は関係者だけが知っており、公表されることはない。 真相只有相關的人知道，不對外公開。	
じんぞう 【腎臓】 ⓪	腎臓 例 彼女の義理の父は腎臓結石で入院している。 她公公因為腎結石住院中。	
しんぞうまひ 【心臓麻痺】 ⑤	心臓麻痺 例 彼は怒りのあまり、心臓麻痺で急死した。 他太過憤怒，心臟麻痺猝死了。	
じんたい 【人体】 ①	人體 例 昔の人は解剖によって、人体の構造を究明した。 以前的人藉由解剖，究明了人體的構造。	
しんでん 【神殿】 ⓪①	神殿 例 この神殿は勉学の神を祭っている。 這座神殿祭拜著學問之神。	
しんど 【進度】 ①	進度 ★ 例 学生のできによって、授業の進度も違う。 依據學生的成績，上課的進度也不同。	
しんにゅうせい 【新入生】 ③	新生 ★★ 例 この科目は新入生向けだから、ぜひ履修してください。 因為這個科目是針對新生，所以請務必選修。	

しんにん
【信任】 ⓪

信任
例 野党によって内閣不信任決議案が提出された。
由在野黨提出了內閣不信任決議案。

しんぴ
【神秘】 ①

神祕
例 科学は自然界の神秘を解き明かすことができる。
科學能解開自然界的神祕。

じんましん
【蕁麻疹】 ③

蕁麻疹
例 最近、原因不明の蕁麻疹を発症してしまい、悩んでいる。
最近出了原因不明的蕁麻疹，很煩惱。

じんみん
【人民】 ⓪③

人民
例 人民の福利厚生を充実させるために、政府は努力している。
為了充實人民的福利，政府正在努力當中。

しんり
【真理】 ①

真理 ★
例 神はよく信者に真理を啓示する。
神常常對信徒啟示真理。

すス ▶ MP3-013

ずあん
【図案】 ⓪

圖案 ★
例 このブランドは花や葉っぱなどの自然を図案化したデザインをよく使う。
這個牌子經常使用將花跟葉子等自然圖案化的設計。

すい
【粋】 ①

精粹；事理
例 最新技術の粋を集めた乗り物を開発した。
開發了匯集最新技術精粹的交通工具。

すいげん
【水源】 ⓪③

水源，源頭
例 課外授業で、ある川を水源まで辿った。
在課外教學中，探索了某條河川的源頭。

すいでん
【水田】 ⓪

水田
例 肥沃な水田で稲を栽培している。
在肥沃的水田栽培著水稻。

すくい
【救い】 ⓪

救助；救命；救贖 ★

例 聖書によると、多くの人が救いを求めてイエスの元を訪れたという。

根據聖經，據説許多人為了求救贖而参訪了耶穌的降生地。

すすみ
【進み】 ⓪

步調，進度；進步 ★★

例 あの子は英語の勉強の進みが遅く、授業についていけていない。

那個孩子英語學習的步調很慢，跟不上上課進度。

スタジオ
【studio】 ⓪

攝影棚；工作室；播音室 ★★

例 今度、彼女のスタジオに行って録音する予定だ。

下次，預計去她的録音室録音。

スチーム
【steam】 ②

蒸氣；暖氣

例 このコーヒーメーカーはスチームの質を確実にコントロールできる。

這台咖啡機可以確實地掌控蒸氣的品質。

**スト／
ストライキ**
【strike】 ①② ③

罷工；罷課 ★

例 労働者達は賃上げと労働環境の改善を求めて二週間ストライキをした。

勞工們為了要求提高工資與工作環境的改善而進行了兩週罷工。

ストロー
【straw】 ②

吸管 ★★

例 このボトルにはストローが付いていて、子供も使いやすい。

這個瓶子附有吸管，小孩子也很容易使用。

ストロボ
【strobo】 ⓪

閃光燈

例 このストロボは指定されている電池を使わなければならない。

這台閃光燈必須使用指定的電池。

（註：「ストロボ」原為美國ストロボリサーチ公司（Storobo Research Co.）的公司名；「フラッシュ」較為廣義，多半指一瞬間的閃光，如「照相機的閃光」。）

ずぶぬれ 【ずぶ濡れ】 ⓪	濕透 ★
	例 帰りに豪雨でずぶ濡れになって、風邪を引いた。
	回家途中因豪雨全身濕透，感冒了。

スプリング 【spring】	①③ 春天 ②⓪③ 彈簧
	例 ベッドのスプリングが壊れたから、新しいベッドに買い替えよう。
	床的彈簧壞了，買新的床替換吧！

スペース 【space】 ②⓪	空間；間隔；報紙的空白版面 ★★★
	例 空いているスペースに車を停めてください。
	請將車子停在空著的地方。

スポーツカー 【sports car】 ④⑤	跑車 ★
	例 叔父は若い頃、常に新型の高級スポーツカーを乗り回していたそうだ。
	聽說叔叔年輕時，常常開新型的高級跑車兜風。
	（註：「オープンカー」是「敞篷車」。）

スラックス 【slacks】 ②	休閒褲（現在多半指男性西裝褲）
	例 これらのスラックスは新素材を使っていて、家で洗える。
	這些休閒褲使用了新材質，可以在家洗。

スリーサイズ 【three+size】 ④	三圍 ★
	例 スリーサイズとは、バスト（bust）・ウエスト（waist）・ヒップ（hip）の三部分の寸法をいう。
	所謂的三圍是指胸圍、腰圍，跟臀圍三部分的尺寸。

ずれ ②	分歧；誤差；交錯 ★★
	例 みんなの意見のずれを調整したいが、無理だろう。
	（我）想調整大家意見的分歧，但恐怕沒辦法吧！

せセ

▶ MP3-014

せいか 【成果】 ①	成果 ★
	例 この事業の成功はみんなの苦労と努力の成果だ。
	這項事業的成功是大家辛勞與努力的成果。

せいかい 【正解】 ⓪	正確的解釋；正確的解答 ★★★ 例 正解が二十問以下の人は来週再テストを受けてください。 答對二十題以下的人，下週請重考。	
せいき 【正規】 ①	正規，正式規定 ★ 例 パスポートの申請には正規の手続きを経なければならない。 護照的申請必須經過正規的手續。	
せいぎ 【正義】 ①	正義 ★ 例 その戦争は正義のために起こった。 那場戰爭是因為正義而引起的。	
せいけい 【生計】 ⓪	生計 ★ 例 この村の人々は農業で生計を立てている。 這個村子的人們以農業維生。	
せいけん 【政権】 ⓪	政權 例 彼は政権の独占を狙っている。 他以政權的獨占為目標。	
せいざ 【星座】 ⓪	星座 ★★ 例 星座の名前は古代の天文学者が付けたものだ。 星座的名稱是由古代的天文學家所命名的。	
せいさい 【制裁】 ⓪	制裁 例 その政治家は非常に厳しい世論制裁を受けた。 那位政治家受到了非常嚴厲的輿論制裁。	
せいさく 【政策】 ⓪	政策 ★ 例 その学者は政府の貿易政策を評価した。 那位學者評價了政府的貿易政策。	
せいし 【生死】 ①	生死 ★ 例 彼は一ケ月間もの間、奥さんの生死が分からない苦しみを味わった。 他曾有一個月的期間，嘗到了不知老婆生死的痛苦。	

せいしゅん 【青春】　⓪	**青春**　★★ 例 青春は束の間だったから、無駄に過ごしたことを後悔している。 因為青春稍縱即逝，所以後悔白白度過了。
せいしょ 【聖書】　①	**聖經**　★ 例 基本的に、聖書は新約聖書と旧約聖書の両方が含まれているものが多い。 基本上，聖經多半包含新約聖經與舊約聖經兩個部分。
せいだく 【清濁】　①⓪	**清澄與汙濁；善（人）與惡（人）；賢者與愚者；清音與濁音；清酒與濁酒** 例 「清濁併せ呑む」は、「心が広く、度量が大きいこと」を意味する。 「善惡兼容」意味著「心胸寬闊，度量大」。
せいてつ 【製鉄】　⓪	**煉鐵** 例 たたら製鉄の発祥地は出雲だと言われている。 據說塔塔拉（Tatara）煉鐵的發祥地是出雲。
せいてん 【晴天】　⓪	**晴天**　★ 例 夕焼けが綺麗だと、明くる日は晴天だと言われている。 據說夕陽美麗的話，隔天就會是晴天。
せいねん 【成年】　⓪	**成年（年滿二十歲）**　★★ 例 息子は今年成年に達し、投票権を持てるようになった。 兒子今年滿二十歲，能有投票權了。 （註：日本從 2022 年開始，年滿十八歲就有投票權了。）
せいほう 【製法】　⓪	**製法，作法**　★ 例 彼女はバラ精油の製法を教えてくれた。 她教我玫瑰精油的製法了。
ぜいむしょ 【税務署】　③	**税務署** 例 所得額は税務署に申告する必要がある。 所得金額必須向稅務署申報。

せいめい 【姓名】 ①	姓名	★★

例 警察はその女の姓名と住所を書き取った。

警察記下了那名女子的姓名跟地址。

せいり 【生理】 ①	生理；月經（後者也說成「月経」、「メンス」、「月の物」）	★

例 女性は誰もが生理周期を把握し、体の変化に対応しなければならない。

每個女生都必須掌握月經週期，應對身體的變化。

せいりょく 【勢力】 ①	勢力	★

例 この紛争は二つの対立している勢力による争いだ。

這場紛爭是來自兩股對立勢力的戰爭。

セール 【sale】 ①	出售；拍賣	★★★

例 デパートのセールは五月一日からスタートするそうだ。

聽說百貨公司的拍賣從五月一日開始。

せがれ 【倅】 ⓪	犬子；小子（對他人兒子的蔑稱）；指小朋友或年輕的晚輩	

例 父親が自分の息子を謙って言う時、「せがれ」という言葉を使う。

父親謙稱自己的兒子時，會使用「犬子」這樣的字眼。

せきむ 【責務】 ①	責任和義務	★

例 母親としての責務を果たさなければならない。

必須盡到身為母親的責任和義務。

セキュリティー 【security】 ②	安全	★★

例 セキュリティーが破られて、システムに侵入された。

保全被破解，系統被入侵了。

セクション 【section】 ①	部件；零件；剖面（圖）；部門；部分；輪廓；區域；黨派；階層	★★

例 本日のイベントは二つのセクションに分かれている。

今天的活動分為兩個部分。

セクハラ ／ ⓪ セクシャルハラスメント ⑥ 【sexual harassment】	性騷擾	★★

例 あの先生は女子学生にセクハラをしたことがあるそうだ。

聽說那位老師曾對女學生性騷擾過。

せじ 【世辞】　0	恭維（話），奉承（話）；巴結（話）　★★

例 空々しいお世辞を言わないでください。

請別假惺惺地奉承了。

せたい 【世帯】　1 2	自立門戶的家庭，一戶　★

例 二人世帯の一ヶ月当たりの水道料金は約四千円だ。

雙人家庭一個月的水費大約四千日圓。

（註：「世帯」也説成「所帯」；「世帯主」是指「戶主」。）

せだい 【世代】　0 1	世代，某年齡層　★★

例 彼女と私は同じ世代だが、私より若く見える。

她跟我雖然是同年齡層，但是看起來比我年輕。

せつ 【節】　1	節操；時候；字句；小節，段落

例 この章は五節から成っている。

這一章是由五小節所構成。

（註：部→章→節→項。）

せっかい 【切開】　1 0	切開；開刀

例 我が子は帝王切開で生まれた。

我的孩子是剖腹產出生的。

セックス 【sex】　1	性；性慾；性感；性交　★

例 この映画はセックス、狂気と暴力に満ちている。

這部電影充滿了性、瘋狂，與暴力。

せっしょく 【接触】　0	接觸；碰撞；往來　★★

例 病気で外に出られなかったため、生涯を通して家族以外との接触はほとんどなかったそうだ。

聽説因為生病無法外出，一輩子幾乎沒有和家人以外的人接觸。

ぜっぱん 【絶版】　0	絕版

例 その小説はかつてベストセラーになったこともあるが、今は絶版になっている。

那本小説雖然曾經暢銷過，但是現在絕版了。

ゼネコン 【general contractor】 ⓪	承包商　★ 例 有名な政治家がゼネコンから賄賂を受け取っていたことがばれた。 有名的政治家向承包商收取賄賂的事情曝光了。
ゼリー 【jelly】 ①	果凍　★★ 例 この飲み物には砕いたゼリーが入っている。 這種飲料放入了碎果凍。
セレブ／ **セレブリティー**③④ 【celebrity】 ①	名人，名流；名聲，名氣，名望　★★ 例 このブランドの腕時計はセレブには人気があるが、一般人にとっては高過ぎる。 這個牌子的手錶很受名流的歡迎，但是對一般人來説太貴了。
セレモニー 【ceremony】 ①	典禮；儀式　★★ 例 来週、このデパートのオープンを祝うセレモニーが行われる。 下週，將舉行慶祝這家百貨公司開業的儀式。
せん 【先】 ①	以前；領先 例 彼は自分の限界をずっと先から知っている。 他很早就知道自己的極限。
ぜん 【膳】 ⓪	飯菜，餐點；放飯菜的小方盤　★ 例 お客様の食事が済んだら、お膳を下げてから、ほうじ茶を出してください。 客人用餐完畢的話，請先撤走餐具再上焙茶。
ぜん 【禅】 ⓪①	禅 例 「瞑想」の人気と共に「禅」に関心を寄せる人がだんだん増えてきた。 跟「冥想」受歡迎一樣，對「禪」感興趣的人也逐漸增加了。
ぜんあく 【善悪】 ①	善惡；好壞　★ 例 人の善悪はその人の付き合っている友達を見れば判断できると思う。 （我）認為人的好壞看那個人交往的朋友就能判斷出來。

せんい
【繊維】 ①

繊維 ★

例 この人工芝は化学繊維で作ったものだ。

這塊人工草坪是用化學纖維做成的。

ぜんか
【前科】 ①

前科

例 あの子には万引きの前科がある。

那個孩子有順手牽羊的前科。

せんこう
【選考・詮衡】 ⓪

審査選拔

例 専門家の選考によって、出展作品を決める。

依據專家的審查選拔，決定展出作品。

せんさい
【戦災】 ⓪

戦禍

例 子供達は戦災によって孤児になった。

孩子們因為戰禍成了孤兒。

せんじゅつ
【戦術】 ⓪

戦術

例 今度は、心理的な戦術を運用して、敵の士気を挫こうと思う。

下次，（我）打算運用心理的戰術，挫敗敵人的士氣。

センス
【sense】 ①

領會；感覺；知覺（尤指視覺、聽覺、嗅覺、味覺和觸覺）；好的判斷力 ★★★

例 彼女のファッションセンスは抜群だ。

她的時尚感出類拔萃。

ぜんせい
【全盛】 ⓪①

全盛

例 その歌手は若い時に全盛を極めたが、今は見る影も無い。

那位歌手年輕時雖曾叱吒風雲過，現在卻連影子也見不到了。

ぜんそく
【喘息】 ⓪

氣喘

例 彼はしばしば喘息の発作を起こして休む。

他經常氣喘發作請假。

せんだい
【先代】 ⓪

上一代；上一任；以前的主人；前輩藝人 ★

例 大学院院長としては、彼女は先代に劣る。

身為研究所所長，她不如上一任。

せんだって 【先だって・先達て】 [0][5]	前幾天；不久前	
	例 先だっての台風で、交通機関が全く不通になっている。	
	因為不久前的颱風，交通機構完全不通了。	

せんちゃく 【先着】　[0]	先到；先到者	
	例 当日は、先着順で整理券を配布いたします。	
	當天會按照來的順序發放號碼牌。	

せんて 【先手】　[0]	先下手，先發制人；先下（圍棋、象棋等） ★	
	例 何事も先手を打つのが、彼のやり方だ。	
	任何事都先發制人，是他的作風。	

ぜんてい 【前提】　[0]	前提 ★★	
	例 彼とは結婚を前提に付き合うつもりだ。	
	打算跟他以結婚為前提來交往。	

ぜんと 【前途】　[1]	前途 ★	
	例 台湾経済の前途は険しいと思う。	
	（我）認為台灣經濟的前途很艱難。	

せんとう 【戦闘】　[0]	戰鬥 ★	
	例 前線では激しく戦闘が行われている。	
	在前線戰鬥激烈地進行著。	

せんぱく 【船舶】　[1]	船舶，船隻	
	例 大きな船舶が入港した。	
	大艘的船隻入港了。	

せんぽう 【先方】　[0]	對方（「我方」是「当方」）；目的地（相當於「行き先」） ★	
	例 先方の考えをもう一度確かめてください。	
	請再次確認對方的想法。	

せんよう 【専用】　[0]	專用；專門使用 ★	
	例 このラウンジは会員専用で、一般人は入れない。	
	這個貴賓室是會員專用的，一般人無法進入。	

せんりょく 【戦力】 ①	戦鬥力；軍事力量 ★ 例 彼の加入で弁論チームの戦力が倍増する。 因為他的加入，使辯論隊的戰鬥力倍增。
ぜんれい 【前例】 ⓪	慣例；前面舉的例子 ★★ 例 過去に前例があるから、事前準備はとても簡単だ。 因為過去有慣例，所以事前準備非常簡單。

そソ

▶ MP3-015

そう 【僧】 ①	僧侶，出家人 例 百人一首の歌人には僧侶もいる。 百人一首的和歌作家當中也有僧侶。
そうかい 【総会】 ⓪	總會，全體大會 例 株主総会は定期的に開かれる。 股東全體大會定期地召開。
ぞうき 【雑木】 ⓪	（經濟價值低的）雜木，雜樹 例 子供達は雑木林で遊んでいる。 孩子們正在雜樹林裡玩耍。
ぞうきょう 【増強】 ⓪	加強 例 我が社は生産力増強のために努力している。 我們公司正為了加強生產力而努力。
そうさく 【捜索】 ⓪	搜索；尋找 ★ 例 子供が夜になっても帰ってこないので、捜索願いを出した。 因為孩子深夜未歸，所以提出了搜索請求。
そうしょく 【装飾】 ⓪	裝飾；布置 ★ 例 イベント会場の装飾を考えているところだ。 正在考量活動會場的布置。

そうたい 【相対】　0	**相對**　★ 例 ある温度の空気中に、どの程度の水分が含まれているかを示す値は「相対湿度」と言う。 顯示在某種溫度的空氣當中，含有多少限度的水分的數據稱為「相對溼度」。
そうどう 【騒動】　1	**騒動，暴動，鬧事** 例 警察の介入で騒動がようやく静まった。 在警方的介入下暴動終於平息了。
ぞうに 【雑煮】　0	**年糕湯** 例 お正月にはお雑煮とお節料理を食べる。 在過年時吃年糕湯和年菜。
そうば 【相場】　0	**行情；投機交易（買賣）；常例**　★★ 例 為替相場が暴落して、たいへんな損失を被った。 因為匯率行情暴跌，所以遭受了巨大的損失。
ソーラーシステム 【solar system】　5	**太陽能發電設備** 例 このソーラーシステムは設定した温度の水を提供できる。 這台太陽能發電設備可以提供所設定溫度的水。
そくめん 【側面】　0 3	**側面；旁側；方面**　★ 例 この方法の採用は作業効率アップを目的としているが、コストが抑えられるという側面もある。 這個方法的採用雖然是以作業效率提高為目的，但也有抑制成本的一面。
そこら 【其処ら】　2	**那一帶；大概那個程度**　★ 例 ビールは二ダースかそこらあれば十分だと思う。 （我）覺得啤酒有個兩打左右的話就很夠了。
そざい 【素材】　0	**素材**　★ 例 この本には、著作権フリーの素材を利用したい。 （我）想在這本書中，利用著作權免費的素材。
そしょう 【訴訟】　0	**訴訟** 例 彼女は週刊誌の事実無根の報道について、名誉毀損で訴訟を起こした。 她針對週刊無事實根據的報導，以名譽毀損提出了訴訟。

そだち 【育ち】 ③	生長，成長；教養　★★ 例 私は生まれも育ちも中壢だ。 我在中壢出生，也在中壢長大。

そち 【措置】 ①	措施；處置，處理 例 社長のストライキへの措置は適切だった。 社長對罷工事件的處理很適當。

そっぽ 【外方】 ①	旁邊　★ 例 彼を見ると、彼女は眉を顰めてそっぽを向いた。 一看到他，她就皺眉撇開頭。

その 【園・苑】 ①	庭園，花園 例 「泉の園」は、自宅での生活が困難な高齢者を介護する老人ホームだ。 「泉之園」是照顧在自宅生活困難的高齡者的老人院。

そり 【橇】 ①	雪橇 例 橇で雪原を滑るのはとても楽しい。 在雪原滑雪橇非常好玩。

ソロ 【solo】 ①	單獨做；獨唱；獨奏　★★ 例 彼女はピアノのソロコンサートを行うつもりだ。 她打算舉行鋼琴的獨奏會。

た行

たタ

▶ MP3-016

たい 【他意】 ①	他意；二心 例 さっきの彼のコメントはただの注意で、他意はないと思いますよ。 （我）覺得剛才他的評論只是單純的提醒，別無他意喔！

たいか 【大家】 ①	權威；大房子；大戶人家（此時也說成「大家」） 例 彼女は散文の大家だと言われている。 她被說成是散文的權威。

たいがい 【対外】　◯	**對外** 例 目下、我が国の対外貿易は開放的な貿易体制を目指している。 目前，我國的對外貿易以開放的貿易體制為目標。
たいかく 【体格】　◯	**體格**　★ 例 あの子は体格ががっしりしている。 那個孩子的體格很結實。
たいぐう 【待遇】　◯	**待遇；招待**　★ 例 あの工場は従業員の待遇がとてもいい。 那家工廠從業員的待遇非常好。
たいしゅう 【大衆】　◯	**大眾，群眾** 例 その映画は大衆から好評を得た。 那部電影獲得了來自大眾的好評。
たいせい 【態勢】　◯	**態勢；準備**　★ 例 我がチームの戦闘態勢は十分整っている。 我隊的戰鬥態勢十分完備。
だいたすう 【大多数】　34	**大多數** 例 大多数の社員が彼の提案に賛成した。 大多數的員工贊成了他的提案。
たいとう 【対等】　◯	**對等，平等** 例 性別や国籍に関係なく、全ての人が対等に扱われる世の中になってほしい。 希望變成不分性別與國籍，所有的人都能受到平等對待的世界。
だいなし 【台無し】　◯	**糟蹋；泡湯**　★ 例 悪天候で楽しみにしていた運動会が台無しになった。 因為壞天氣，期待已久的運動會泡湯了。
タイピスト 【typist】　3	**打字員** 例 私は先輩の会社でタイピストとして働いている。 我在學姊的公司上班當打字員。

だいべん 【大便】 ③	大便　★ 例 大便に血が混じっていたから、医者に診てもらおうと思う。 因為大便中摻雜著血，所以（我）打算去看醫生。
だいほん 【台本】 ⓪	劇本　★ 例 その女優は台本を覚えるのが速いそうだ。 聽說那位女演員背劇本很快。 （註：「脚本」包含了舞台裝備與細部的場景；「台本」只有演員台詞與粗略的場景。）
タイマー 【timer】 ①	定時器；計時器；計時開關；定時開關　★★ 例 タイマーを五分にセットして麺を茹でてください。 請將定時器設定在五分鐘煮麵。
タイミング 【timing】 ⓪	時機；掌握時機（或節奏）的能力；合節拍的能力　★★★ 例 今は研究成果を公表するタイミングではない。 目前不是公布研究成果的時機。
タイム 【time】 ①	時間；（比賽）暫停　★★★ 例 この競技では、スタートからゴールまでのタイムを競う。 在這項競賽中，是比從起點到終點的時間。
タイル 【tile】 ①	磁磚 例 浴室はタイルを張っているところだから、しばらく使えない。 浴室因為正在貼磁磚，所以暫時無法使用。
たがいちがい 【互い違い】 ④② 	交錯　★ 例 息子は自分で服を着ると言い張ってなんとか着たものの、ボタンが互い違いになっている。 兒子堅持自己穿衣服，雖然勉強穿好了，但是鈕扣交錯了。
たきび 【焚き火】 ⓪	營火；爐火 例 キャンプファイヤーでは、焚き火を囲んで歌を歌うのが定番だ。 在營火晚會，圍著營火唱歌是基本項目。

たけ 【丈・長】 ②	（人的）高矮；（物的）長短 ★★	
	例 娘は丈が短いスカートばかり好んで履く。	
	女兒喜歡穿長度短的裙子。	
だげき 【打撃】 ⓪	敲打；打擊；（棒球）擊球	
	例 彼は精神的に手痛い打撃を受けた。	
	他在精神上受到了嚴重的打擊。	
ださく 【駄作】 ⓪	拙劣的作品	
	例 彼女の論文は学者から駄作だと批評された。	
	她的論文被學者批評為拙劣的作品。	
たしゃ 【他者】 ①	別人，其他人	
	例 社内の機密情報を他者に漏らさないでください。	
	公司內部的機密情報請不要洩漏給其他人。	
たすうけつ 【多数決】 ②	按照多數人的意見決定 ★★	
	例 この提案については、出席者による多数決で決めましょう。	
	關於這項提案，依據出席者的多數表決來決定吧！	
たすけ 【助け】 ③	幫助，援助，協助 ★★	
	例 彼女は泣いて私達に助けを求めてきた。	
	她哭著向我們尋求援助。	
たつまき 【竜巻】 ⓪	龍捲風	
	例 竜巻は村を直撃して、村の建物をことごとく破壊した。	
	龍捲風直擊村落，將村裡的建築物通通毀壞了。	
たて 【盾・楯】 ①	盾；擋箭牌	
	例 盾で敵の攻撃から身を守る。	
	用盾牌來守護受敵人攻擊的自己。	
たてまえ 【建前・立前】 ③②	上梁；原則 ★★	
	例 彼女は本音と建前を上手に使い分ける。	
	她能聰明地分辨真心話與場面話。	

たとえ 【例え・譬え・ 喩え】 ③②	例子；比喩 ★★
	例 ある本の喩えを借りれば、人生は泡のようなものだ。 借某本書的譬喩來説，人生就宛如泡沫一般。

ダブル 【double】 ①	兩倍的；成雙的；雙份的；雙打；雙料冠軍 ★★
	例 英語ではダブルクォーテーションで引用を表す。 在英語中用雙括號表示引用。

たましい 【魂】 ①	靈魂；精神，氣魄 ★
	例 この子は父親の魂を受け継いでいて、何事においても 粘り強い。 這個孩子繼承了他父親的精神，對凡事都有毅力。

たまつき 【玉突き】 ⓪②④	撞球（也說成「ビリヤード」、「撞球」）
	例 彼は大学時代、玉突きが上手だった。 他大學時期很會打撞球。

たまり 【溜まり】 ⓪	積存處；集中處 ★
	例 凹んでいるところは水溜まりが出来やすい。 凹陷的地方很容易淪為積水處。 （註：「溜まり」也是「溜まり醤油」，亦即「大豆醤油」（黄豆製的醤油）的簡稱。）

タレント 【talent】 ⓪①	天分，天賦；天才，有天分者；佳麗；藝人；播音員 ★★
	例 その歌手はお笑いタレントの物真似をしたことがある。 那位歌手曾經模仿過搞笑藝人。

タワー 【tower】 ①	塔 ★
	例 「東京タワー」は日本一高い建造物だったが、現在最 も高いのは「東京スカイツリー」だ。 「東京鐵塔」曾經是日本最高的建築物，但現在最高的是「東京晴空塔」。

たんいつ 【単一】 ⓪	單一；單獨；簡單 ★
	例 この本では単一のフォントを使っている。 在這本書中使用單一的字體。

たんか 【担架】 1	擔架 例 負傷者は担架に乗せて運んでください。 請將傷者放在擔架上搬運。	
たんか 【単価】 1	單價 ★★ 例 この注文書の単価には税金が含まれている。 這份訂購單的單價包含了稅金。	
たんか 【短歌】 1	短歌（和歌的一種，以五句，每句分別為五、七、五、七、七字，共三十一個字所寫成的詩歌） 例 国語の授業で短歌を詠んだ。 在國語課時吟詠了短歌。	
だんがん 【弾丸】 0	子彈，彈藥 例 鉄砲の弾丸を抜いた。 卸下了槍炮的彈藥。	
たんしん 【単身】 0	單獨一個人；單身 ★★ 例 彼女は夫を置いて、単身でベトナムへ旅行に行っている。 她正丟下老公，單獨一個人去越南旅行。	
たんすいかぶつ 【炭水化物】 5	碳水化合物 ★ 例 ダイエット中の人は炭水化物を多く含む食品を避けた方がいい。 減肥中的人最好避免含碳水化合物多的食品。	
たんそ 【炭素】 1	碳 例 炭素が燃焼すると二酸化炭素になる。 碳燃燒的話，就會變成二氧化碳。	
たんてい 【探偵】 0	偵探 例 探偵とはどんな仕事をしているのだろうか。 所謂的偵探是做什麼工作的呢？	
たんどく 【単独】 0	單獨；獨立；孤立 ★ 例 ゴリラは成熟すると、群を離れて単独で暮らす動物だ。 大猩猩是一旦成熟，就會離群獨自生活的動物。	

ちあん 【治安】 ⓪ ①	治安 ★ 例 その辺は治安が悪いから、決して近付かないでください。 因為那一帶的治安很糟，所以請千萬不要靠近。
チームワーク 【teamwork】 ④	團隊合作 ★★ 例 そのコンテストへの参加はチームワークを促進するのに役立った。 參加那項競賽對促進團隊合作有了幫助。
チェンジ 【change】 ①	兌換；交換；改變 ★★★ 例 彼女はイメージチェンジ（イメージチェンジ＝「イメチェン」）のために、長かった髪をばっさり切った。 她為了改變形象，一口氣將長髮給剪了。
ちくさん 【畜産】 ⓪	畜產；飼養牲畜 例 この機構は畜産に関する試験や研究を行っている。 這個機構正進行跟畜產有關的試驗與研究。
ちくしょう 【畜生】 ③	牲畜；畜生（用於罵人時） 例 彼女が彼を畜生だと罵ったから、二人は口喧嘩になった。 因為她罵他是畜生，所以兩個人就吵起來了。
ちけい 【地形】 ⓪	地形 ★ 例 この辺の地形は緩やかに傾斜している。 這一帶的地形緩緩地傾斜著。
ちせい 【知性】 ① ②	才智；理智 ★ 例 彼は女性の美貌よりも知性を重んじる。 他重視女性的才智勝過美貌。
ちち 【乳】 ② ①	乳房；奶水 ★ 例 羊の乳を搾ったことがある。 擠過羊奶。

ちつじょ 【秩序】 ②①	秩序 ★★	
	例 社会の秩序を保つことは国家の繁栄に繋がる。	
	維持社會的秩序與國家的繁榮息息相關。	

ちめいど 【知名度】 ②	知名度 ★	
	例 村上春樹の作品は世界でも知名度が高い。	
	村上春樹的作品在世界上知名度也很高。	

ちゃのま 【茶の間】 ⓪	起居室；茶室 ★	
	例 家族全員が茶の間に集まってのんびりしている。	
	全家人聚在起居室裡悠閒度日。	

ちゃのゆ 【茶の湯】 ⓪	品茶會，品茗會 ★	
	例 彼女は茶の湯でお客様を持て成した。	
	她在品茗會招待了客人。	

チャンネル 【channel】 ⓪①	頻道 ★★	
	例 チャンネルを五十五に替えてください。	
	請轉到五十五頻道。	

ちゅうすう 【中枢】 ⓪	中樞	
	例 右利きの人の言語中枢は左脳にあると言われている。	
	據說右撇子的人語言中樞在左腦。	

ちゅうせん 【抽選・抽籤】 ⓪	抽籤 ★	
	例 申し込み順に関わらず、抽選で決定する。	
	與申請順序無關，用抽籤來決定。	

ちゅうどく 【中毒】 ①	中毒	
	例 彼は飲み慣れないお酒を飲まされて、急性アルコール中毒で病院に搬送された。	
	他喝了沒喝慣的酒，因為急性酒精中毒被送去醫院了。	

ちゅうふく 【中腹】 ⓪	半山腰	
	例 登山者達は山の中腹で一休みした。	
	登山者們在半山腰稍作休息了。	

ちゅうりつ 【中立】　0	中立　★	

例 彼女は会議で中立の立場を取った。

她在會議中採取中立的立場。

ちょう 【腸】　1	腸　★	

例 ヨーグルトは腸にいい食べ物だ。

優酪乳是對腸很好的食品。

ちょう 【蝶】　1	蝴蝶（也說成「蝶々、蝶々」）　★	

例 彼女の肩に一匹の蝶が留まっている。

她的肩上停著一隻蝴蝶。（註：學術上也用「頭」。）

ちょうかく 【聴覚】　1 0	聴覚	

例 犬は聴覚が鋭いから、人が通ればすぐに気が付く。

因為狗的聽覺敏銳，所以一有人經過的話便會馬上察覺。

ちょうかん 【長官】　0	長官	

例 長官が全権を部下に委任するのは賢いと思う。

（我）認為長官全權委任部下是很聰明的。

ちょうしんき 【聴診器】　3	聴診器	

例 医者は私の胸に聴診器を当てて心音を聴いた。

醫生把聽診器放在我的胸口聽了心跳。

ちょうへん 【長編・長篇】　0	長篇　★	

例 長編小説を終わりまで読み切った。

將長篇小説從頭到尾看完了。

ちょうり 【調理】　1	調理；烹調　★★	

例 家庭科の調理実習でカップケーキを作った。

在家政課的烹調實習做了杯子蛋糕。

ちょうわ 【調和】　0	協調；和諧　★	

例 家屋と庭は調和が取れている。

房子跟院子取得了協調。

ちょくれつ 【直列】　0	排成一列；串聯	

例 電池は直列に繋がっている。

電池串聯著。

ちょしょ 【著書】 ⓵	著作
	例 サイン会ではその小説家の著書を買うとそこにサインをしてくれるそうだ。
	聽說在簽書會買那位小説家的著作的話，(他)可以當場(幫我們)簽名。

ちょっかん 【直感】 ⓪	直覺　★
	例 私は直感で彼が嘘をついていると分かった。
	我用直覺得知了他在説謊。

ちり 【塵】 ②⓪	塵埃；塵世；汙垢；絲毫　★
	例 塵も積もれば山となる。
	積少成多。

ちりとり 【塵取り】 ③④	畚箕
	例 箒で掃き集めたごみを塵取りで取って、ごみ箱に捨ててください。
	請用掃把將集中好的垃圾裝到畚箕，倒進垃圾桶裡。

ちんきん 【賃金】 ⓵	租金　★
	例 大家さんは店の賃金の額を高くしたがっている。
	房東想提高店面租金的額度。

ちんぎん 【賃金】 ⓵	工資　★
	例 雇用は回復しているが、賃金はなかなか上がらない。
	雖然恢復了就業，但是工資遲遲未上漲。

つツ

▶ MP3-018

つい 【対】 ⓪	雙，對；對句　★
	例 一対の夫婦湯呑みを買いたい。
	(我)想買一對夫妻對杯。

つうじょう 【通常】 ⓪	通常，平常　★★
	例 私の通常の勤務時間は午前九時から午後三時までだ。
	我的平常的工作時間是上午九點到下午三點。

つえ 【杖】 ①	拐杖，手杖；刑杖；依靠
	例 お爺さんは杖をついて歩いている。 老爺爺拄著拐杖走著。

つかいみち 【使い道・使い途】 ⓪	用法；用途 ★★
	例 この機械には色々な使い道がある。 這機器有各種用途。

つかのま 【束の間】 ⓪	片刻，短暫，一瞬間 ★
	例 束の間の夏休みは、家族と楽しんだ。 短暫的暑假，與家人同樂了。

つきなみ 【月並み・ 月並・月次】 ⓪	毎月，按月；平凡；庸俗；陳舊 ★
	例 この論文の観点は非常に月並みだ。 這篇論文的觀點非常平凡。

つぎめ 【継ぎ目・継目】 ⓪	接頭；接縫；繼承人
	例 このデスクに使われている板には継ぎ目が一つもない。 這張書桌所使用的木板沒有任何接縫。

つぐない 【償い】 ⓪③	補償，彌補；賠償；贖罪 ★
	例 殺人の償いなどできるものではない。 殺人是彌補不了的。

つくり 【作り・造り】 ③	構造；樣式；化妝；打扮；假裝；生魚片 ★★
	例 このテーブルは造りがしっかりしている。 這張桌子做得很結實。

つじつま 【辻褄】 ⓪	條理，邏輯 ★
	例 彼女の言ったことはつじつまが合わない。 她説的話不合邏輯。

つつ 【筒】 ②⓪	筒；槍筒；井壁
	例 竹の筒で貯金箱を作った。 用竹筒做了存錢筒。

つづり 【綴り】　③⓪	裝訂；拼法；綴法　★ 例 彼は私に手紙をくれたが、私の名前の綴りを違えていた。 他給我信，卻拼錯了我的名字。	
つとめさき 【勤め先】　⓪	工作地點；工作單位　★★ 例 息子は最近勤め先が変わった。 兒子最近工作單位換了。	
つなみ 【津波】　⓪	海嘯　★★ 例 津波の被害は今も残っている。 海嘯的災害至今仍殘留著。	
つの 【角】　②	角；類似角型的東西 例 カタツムリの角は四つあって、一対の大触角の先には目がついている。 蝸牛有四個角，一對大觸角的前端附著著眼睛。	
つば 【唾】　①	唾液，口水 例 道路に唾を吐くのは品がない。 在路上吐口水很沒品。	
つぼ 【壺】　⓪	壺；罐；罈 例 その壺は蚤の市で買ったものだ。 那個壺是在跳蚤市場買的。	
つぼみ 【蕾・莟】　⓪③	花苞，花蕾 例 桜の蕾はまだ綻んでいない。 櫻花的花苞未開。	
つゆ 【露】　②①	露水；淚水 ；一剎那　★ 例 夜露が降りる季節になった。 到了降夜露的季節了。	
つりがね 【釣鐘・釣り鐘】　⓪	吊鐘 例 この釣り鐘は緊急時にしか打たない。 這個吊鐘只在緊急時敲打。	

つりかわ 【吊り革】　0	吊環
	例 電車は揺れるので、吊り革にしっかり掴まってください。
	由於電車搖晃，所以請抓好吊環。

て テ

▶ MP3-019

ていさい 【体裁】　0	體裁；門面；外表；形式；規模；格局
	例 新しい本の体裁を編集者とブックデザイナーと決めた。
	跟編輯與圖書設計師決定了新書的體裁。

ていしょく 【定食】　0	定食　　　　　　　　　　　　　★★★
	例 お昼に焼肉定食を食べた。
	午餐吃了燒肉定食。

ていたく 【邸宅】　0	宅邸
	例 彼女は小さい頃から立派な邸宅に住んでいる。
	她從小就一直住在豪華的宅邸。

ティッシュペーパー 【tissue paper】　4	面紙　　　　　　　　　　　　　★★★
	例 ティッシュペーパーの値上がりを見越して、買い溜めた。
	預估面紙的上漲，買來囤貨了。

ていねん 【定年・停年】　0	退休年齡　　　　　　　　　　　★★
	例 父は来年六十五歳で定年になる。
	家父明年六十五歲，到了退休的年齡。

ていぼう 【堤防】　0	堤防
	例 土嚢で川に堤防を築いた。
	用沙袋在河川修築了堤防。

ておくれ 【手遅れ・手後れ】　2	耽擱，耽誤　　　　　　　　　　★
	例 彼がその間違いに気付いた時には、もう手遅れだった。
	他發現那個錯誤時，為時已晚。

てがかり 【手掛かり・手懸り】　2	線索，頭緒；攀岩時可以手抓之處　★
	例 警察はその殺人事件の手掛かりを探している。
	警察正在搜查那樁殺人事件的線索。

てきぎ 【適宜】 ①	適當，適宜；酌情，酌量 例 対象に応じて適宜処置を講じる。 根據對象採取適當措施。
てきせい 【適性】 ⓪	適性；適合 例 彼女には美術分野の適性が大いにある。 她非常適合學美術。
できもの 【出来物】	①③⓪ 腫塊 ②⓪ 出色的人 ★ 例 頬に出来物ができたから、皮膚科に行きたい。 因為臉頰長了腫塊，所以（我）想去皮膚科。
てぎわ 【手際】 ⓪	手法，技巧；手腕，本領 ★ 例 社長は仕事の手際が素晴らしい。 社長工作的技巧很棒。
てぐち 【手口】 ①	手法，花招 ★ 例 弁護士はその二つの殺人事件の手口が似ていることに気が付いた。 律師發現那兩起殺人事件的手法雷同。
デコ／ **デコレーション** ③ 【decoration】 ①	裝潢；裝飾 ★ 例 ケーキのデコレーションを習っている。 正在學蛋糕的裝飾。
てじゅん 【手順】 ⓪①	程序，步驟 ★★ 例 ケーキを作る手順を教えてください。 請告訴我做蛋糕的步驟。
てすう 【手数】 ②	費事，費心，麻煩 ★★ 例 お手数おかけしますが、よろしくお願いします。 給您添麻煩了，還請多多指教。
デッサン 【（法）dessin】 ①	素描；草圖 ★ 例 彼女のデッサンの技術は林先生から学んだものだ。 她的素描技巧是向林老師學的。

てっぺん 【天辺】 ③	頂峰；頂點 ★
	例 山の天辺からは街が一望できる。
	從山的頂峰可以俯瞰街景。

てどり 【手取り】 ③	淨收入；淨收款項
	例 彼女の一月の手取りは十万台湾ドルだ。
	她一個月的淨收入是十萬台幣。

でなおし 【出直し】 ⓪	重來
	例 この計画は一から出直しだ。
	這個計畫從最一開始重新來過。

てはず 【手筈】 ①	程序，步驟 ★
	例 ピアノコンサートの手はずはもう整えてある。
	鋼琴演奏會的程序已經完善了。

てびき 【手引き・手引】 ①③	嚮導，導引；引薦，推薦；入門，啟蒙 ★
	例 パスワードを入力すると、このソフトの手引きを読む
	ことができる。
	一輸入密碼，就可以閱覽這個軟體的導引。

でぶ・デブ ①	胖子 ★★
	例 デブにならないよう、ダイエットしている。
	不想變成胖子，正在節食中。

てほん 【手本】 ②	字帖；畫帖；榜樣；標準 ★★
	例 彼は社長の仕事の仕方を手本としている。
	他以社長的工作方式為榜樣。

てまわし 【手回し】 ②	用手轉動；安排；布置；準備
	例 街頭の音楽家は手回しオルガンを演奏している。
	街頭音樂家正在演奏手風琴。

デモ／ ① デモンストレーション ⑥ 【demonstration】	示威遊行 ★★
	例 キャビンアテンダント達は昇給のため、デモを行って
	いる。
	空服員們為了加薪，正在舉行示威遊行。

	田園
でんえん 【田園】　⓪	例 息子はベートーベンの田園交響楽を演奏している。 兒子正在演奏貝多芬的田園交響曲。

	天下；全國；全世界　★
てんか 【天下】　①	例 この料理は「天下一品」だと言われている。 這道菜被説是「天下一品」。

	轉換　★★
てんかん 【転換】　⓪	例 気分転換のために、ドライブに行こう。 為了轉換心情，來去兜風吧！

	傳記
でんき 【伝記】　⓪	例 モーツァルトの伝記を読んだことがある。 讀過莫扎特的傳記。

	遷居，搬遷
てんきょ 【転居】　①⓪	例 お世話になっている人達に、はがきで転居先を知らせた。 對關照過（我）的人們，以明信片通知了遷移地址。

	電源　★★
でんげん 【電源】　③⓪	例 どうやってこの照明の電源を入れるのか。 這個燈光的電源要怎麼開呢？

	天國，天堂；樂園　★★
てんごく 【天国】　①	例 この通りは週末には「歩行者天国」になる。 這條大馬路在週末會變成「行人徒步區」。

	分數之差；比數之差
てんさ 【点差】　⓪①	例 我々のチームは決勝戦で二点差で敗れた。 我隊在決賽時以兩分之差落敗了。

	天才　★★
てんさい 【天才】　⓪	例 彼女は日本画の天才だと言われている。 她被説是日本畫的天才。

	天災　★
てんさい 【天災】　⓪	例 この土地は天災で被害を受け、荒れてしまった。 這塊土地因為遭受天災之害，已經荒廢了。

テンション 【tension】 ①	精神緊張或不安；心情或情緒；（鐵絲或繩子的）拉力，張力 ★
	例 試験が迫ってきたので、みんなテンションが低い。
	由於考試逼近，所以大家情緒低落。

でんせつ 【伝説】 ⓪	傳説 ★
	例 この小説は伝説に基づいて書かれたものだ。
	這部小説是根據傳説所寫成的。

てんせん 【点線】 ⓪	虛線
	例 点線の上にサインしてください。
	請在虛線上頭簽名。

てんたい 【天体】 ⓪	天象，天文
	例 天体観測は小さい頃からの趣味だ。
	天象觀測是自小開始的興趣。

てんち 【天地】 ①	天地；宇宙；上下
	例 両クラスの成績は天地ほどの差がある。
	兩個班級的成績有著天壤之別。

てんぼう 【展望】 ⓪	展望 ★
	例 将来の展望については、面接でよく聞かれる。
	關於未來的展望，面試時經常會被問。

とト

▶MP3-020

とう 【棟】 ①	棟樑；〜棟 ★
	例 Ａ棟、Ｂ棟、Ｃ棟のうち、事務室はどこにありますか。
	Ａ棟、Ｂ棟、Ｃ棟當中，辦公室在哪一棟呢？

どう 【胴】 ①	身體，軀體；（物體的）腹部；（鼓的）共鳴箱；（劍道的）胸鎧
	例 胴が長くて、足が短いのが悩みだ。
	身體很長，腿很短是煩惱。

どうかん 【同感】 ⓪	同感；有同感 ★★
	例 あなたの意見には、本当に同感だ。
	（我）對你的意見真的有同感。

とうき 【陶器】 ①	**陶器** ★ 例 その陶器は底に渦状の跡がある。 那個陶器底部有渦狀的痕跡。	
どうき 【動機】 ⓪	**動機** ★★ 例 警察は犯行の動機を調べている。 警察正在調查犯罪的動機。	
とうきゅう 【等級】 ⓪	**等級** 例 りんごは品質によって三つの等級に分けられている。 蘋果依照品質被分成三個等級。	
どうきゅう 【同級】 ⓪	**同年級;同等級** ★★ 例 私は彼らとは高校の同級で、年に一度集まっている。 我跟他們高中同學年,每年聚會一次。	
どうこう 【動向】 ⓪	**動向** ★ 例 このアンケート調査は市場の動向を調査するために行われている。 這份問卷調查是為了調查市場的動向而進行的。	
どうし 【同志・同士】 ①	**夥伴;同好** ★★ 例 彼女は同じアイドルを応援する同志だ。 她是(我)支持同一個偶像的夥伴。	
どうじょう 【同上】 ⓪	**同上(所述)** 例 履歴書での「同上」の使用例を一つ挙げてください。 請舉一個在履歷表上的「同上」的使用例子。	
どうじょう 【道場】 ①⓪	**道場;道館;武術場** 例 兄は自宅でテコンドー道場を開いている。 哥哥在自己家裡開設跆拳道館。	
どうとう 【同等】 ⓪	**同等** ★ 例 社長は台湾人とベトナムからの労働者を同等に扱う。 社長同等地對待台灣人跟來自越南的勞工。	

とうにん
【当人】 ① 本人 ★★

例 彼女は周囲に腫れ物扱いされているが、当人は全く気づいていないようだ。

她被周遭的人視為眼中釘，但是本人似乎毫無感覺。

どうめい
【同盟】 ⓪ 同盟

例 日本はアメリカと同盟を組んでいる。

日本跟美國組成了同盟。

どうりょく
【動力】 ①⓪ 動力 ★

例 動力供給システムで風車を動かす。

靠動力供應系統來推動風車。

とおまわり
【遠回り】 ③ 繞遠路，繞道 ★

例 シンガポール経由で行くと、遠回りになるが安くなる。

經由新加坡前去的話，雖然繞遠路卻變便宜了。

トーン
【tone】 ① 音調；色調 ★

例 彼女は暗いトーンの服が似合う。

她適合暗色調的衣服。

どきょう
【度胸】 ① 膽量 ★

例 父はとても度胸のある男だ。

父親是個非常有膽量的男人。

とくぎ
【特技】 ① 技巧；才能 ★★

例 姉の特技はビーズでイヤリングやネックレスなどのアクセサリーを作ることだ。

姊姊的才能就是用珠子製作耳環或是項鍊等的首飾。

どくさい
【独裁】 ⓪ 獨裁；獨斷獨行

例 彼らは独裁政治を行うためには、どんな手段も厭わない。

他們為了施行獨裁政治，不擇手段。

とくさん
【特産】 ⓪ 特產 ★★

例 この観光センターでは地元の特産を買うことができる。

在這個觀光中心可以買到當地的特產。

どくじ 【独自】　01	獨自；獨特
	例 学者はそれぞれ独自の見解を持っている。
	學者有著各自獨特的見解。

どくしゃ 【読者】　1	讀者　★★
	例 読者は作者の苦心を察することができるだろうか。
	讀者能察覺作者的用心良苦嗎？

とくてん 【得点】　0	得分　★★
	例 我がチームは一対零の得点で辛くも勝利した。
	我隊以一比零的得分險勝了。

とくは 【特派】　01	特派
	例 パリ特派員がニュースで事件後の現地の様子を伝えている。
	巴黎特派員在新聞中闡述事件之後現場的情況。

とくめい 【匿名】　0	匿名　★★
	例 匿名で寄付をしたい。
	（我）打算用匿名捐款。

とくゆう 【特有】　0	特有，獨有
	例 歌舞伎は日本特有の伝統芸能だ。
	歌舞伎是日本特有的傳統藝能。

とげ 【棘・刺】　2	魚刺；植物（如仙人掌、玫瑰）的刺；話中帶刺　★
	例 魚の棘が喉に刺さった。
	魚刺刺進喉嚨了。

としごろ 【年頃】　0	外表年齡；妙齡，適婚年齡；正值～的年齡　★
	例 姪は敏感な年頃になって、人前に出るのを恥ずかしがるようになった。
	姪女正值敏感的年齡，在人前變得容易害羞了。

とじまり 【戸締り・戸締まり】　2	關門；鎖門　★
	例 外出時と寝る前に戸締りをするようにしてください。
	外出時跟睡前請將門鎖好。

どだい 【土台】　0	地基；基礎　★ 例 その辺りの家は土台がしっかりしていない。 那一帶的房子地基不牢靠。
とっきょ 【特許】　1	專利；特別許可　★★ 例 この新製品はまだ特許を取っていない。 這項新產品尚未取得專利。
とっけん 【特権】　0	特權　★ 例 VIP にはたくさんの特権があるそうだ。 VIP 似乎享有許多特權。
とって 【取っ手・把手】　0 3	把手　★★ 例 引き出しの取っ手が壊れてしまったから、新しいのに付け替えた。 因為抽屜的把手壞了，所以換裝了新把手。
どて 【土手】　0	河堤；（道路、軌道的）堤壩；魚的背肉；牙掉了之後的牙床 例 土手にススキがいっぱい生えている。 堤壩上長滿了芒草。
とどけ 【届け・届】　3	申請；登記；配送　★ 例 子供の出生届けを市役所に出してきた。 將孩子的出生證明送到市公所（報戶口）了。
とのさま 【殿様】　0	大人；老爺；公子哥兒 例 彼らは子供も成人し、お金の心配もなく、殿様暮らしをしている。 他們孩子也大了，又不用擔心錢，過著貴族生活。
どひょう 【土俵】　0	相撲競技場 例 力士が土俵に上がると興奮する。 相撲選手一登上相撲競技場就很興奮。
とびら 【扉】　0	門扉；扉頁　★ 例 本の扉には書名と作者名が特徴的なフォントで印刷されている。 書的扉頁上用別具特色的字體印著書名跟作者名。

どぶ 【溝】 ⓪	（排放雨水或汙水的）排水溝；下水道	
	例 彼らの仕事はどぶを掃除することだ。	
	他們的工作是清理排水溝。	
とほ 【徒歩】 ①	徒步，走路	★★
	例 私達は毎朝、徒歩で登校している。	
	我們每天早上走路上學。	
どぼく 【土木】 ①	土木	
	例 彼は台北で土木技師として働いている。	
	他在台北當土木工程師。	
とみ 【富】 ①	財富；彩券	
	例 彼は富を積むために、一生懸命働いている。	
	他為了累積財富，拚命工作著。	
とも 【供・伴】 ①	陪伴；隨從	★★
	例 今朝、義母のお供で病院に行った。	
	今天早上，陪婆婆去了醫院。	
ともばたらき 【共働き】 ③⓪	兩夫妻都在工作	
	例 今では、殆どの家庭が共働きだ。	
	現在，大部分的家庭兩夫妻都在工作。	
ドライクリーニング 【dry cleaning】 ⑤⑦	乾洗	★
	例 この背広はドライクリーニングにしてください。	
	這件西裝外套請乾洗。	
ドライバー 【driver】	①⓪② 司機（也說成「運転手」）②⓪ 螺絲起子（也說成「ねじ回し」）★★	
	例 このタクシードライバーの運転技術は熟練されている。	
	這位計程車司機的開車技術熟練。	
ドライブイン 【drive-in】 ④⑤	免下車路邊餐館；免下車露天電影院	
	例 長く運転して疲れたから、ドライブインでコーヒーでも飲もう。	
	由於長時間開車開累了，所以在路邊餐館喝杯咖啡什麼的吧！	

トラウマ
【trauma】 [0][2]

精神創傷 ★

例 事件の大きさとトラウマの程度は比例するとは限らない。

事件的大小與精神創傷的程度未必成正比。

トラブル
【trouble】 [2]

麻煩；糾紛；風波 ★★

例 あなたの協力なくして、このトラブルは解決できなかった。

沒有你的協助，這個糾紛無法解決。

トランジスタ・
トランジスター
【transistor】 [4]

電晶體（固態半導體元件，可以放大、開關、穩壓……等）

例 トランジスターの発明によって、半導体は新しい時代を迎えた。

由於電晶體的發明，半導體迎接了新時代。

とりあつかい
【取り扱い・
取扱い・取扱】
[0]

受理；辦理；操作；對待 ★★

例 このスマートスピーカー（Smart Speaker）は取り扱いが簡単だ。

這個智慧音箱操作很簡單。

とりい
【鳥居】 [0]

神社的牌坊 ★

例 この階段を上がると、神社の赤い鳥居があります。

一爬上這個階梯，就有神社的紅色牌坊。

とりかえ
【取り替え・取替え】
[0]

更換 ★★

例 このノートパソコンのバッテリーは取り替えの必要がある。

這部筆記型電腦的電池有更換的必要。

とりしまり
【取り締まり・
取り締り・取締】
[0]

取締；管制 ★

例 密輸の取り締まりは、政府の責任だ。

走私的取締是政府的責任。

とりしらべ
【取り調べ・取調べ】
[0][5]

調查；審訊 ★★

例 取り調べを受けた容疑者は自白し、犯行を認めた。

受審訊的嫌疑犯自白，坦承了罪行。

とりぶん 【取り分・取分】 ②	分到的份　★
	例 母の遺産のうち、私の取り分は五十％だった。
	母親的遺產當中，我所分到的份是百分之五十。

ドリル 【drill】 ①0	鑽頭；操練，反覆訓練
	例 電気ドリルで壁に穴を開けた。
	用電鑽在牆壁上打了洞。

トロフィー 【trophy】 ①	獎盃；戰利品；獵獲物　★
	例 息子のトロフィーは本棚の上に一列に並べてある。
	兒子的獎盃在書架上排成一列。

とんや 【問屋】 ⓪	批發商　★
	例 今朝、お茶を買いに問屋に行ってきた。
	今天早上，為了買茶葉去了一趟批發商。

な行

なナ ▶ MP3-021

ないかく 【内閣】 ①	内閣
	例 汚職事件のため内閣が総辞職した。
	為了貪污事件內閣總辭了。

ないしょ 【内緒・内証】 ⓪③	祕密　★★
	例 内緒の話だが、社長は病気でもう長くないそうだ。
	別告訴別人喔！聽説社長生病了活不久了。

ないしん 【内心】 ⓪	內心，心裡　★
	例 彼女の表情からはその内心を読み取ることはできない。
	無法從她的表情窺視她的內心。

ないぞう 【内臓】 ⓪	內臟　★
	例 父は交通事故で、内臓に怪我をした。
	家父因為車禍，內臟受傷了。

ナイター 【night＋er】 ①	夜間比賽 例 このバスケットボールコートはナイター設備がある。 這個籃球場有夜間比賽的設備。
ないぶ 【内部】 ①	內部；組織範圍內 ★ 例 柵の内部に入らないでください。 請勿進入柵欄的內部。
ないらん 【内乱】 ⓪	內亂 例 その政党は内乱で分裂している。 那個政黨因為內亂而分裂了。
ないりく 【内陸】 ⓪	內陸 例 今回の地震の震源は内陸にある。 這次地震的震央在內陸。
なえ 【苗】 ①	秧苗；稻秧 例 バラの苗をもらったので、植木鉢に植え替えよう。 因為拿到了玫瑰花苗，所以改種在花盆裡吧！
ながし 【流し】 ③	洗滌槽；沖洗處；搓背；攬客；放逐 ★ 例 料理をした後は、必ず台所の流しを掃除してください。 做菜之後，請務必清洗廚房的洗滌槽。
なかほど 【中程】 ⓪	中間；中等；中途 ★ 例 劇の中程に差し掛かった時、観客の携帯電話が鳴った。 戲演到將近一半時，觀眾的手機響了。
なぎさ 【渚・汀】 ⓪	水邊；岸邊；海邊；湖邊 例 穏やかな波が渚に絶えず打ち寄せている。 平穩的波浪不斷地拍打著岸邊。
なこうど 【仲人】 ②	仲介；媒人 ★ 例 結婚といえば、以前は「仲人を立てる」のが当り前だった。 說起結婚，以前「請人作媒」是理所當然的。
なごり 【名残】 ③⓪	遺跡；餘韻；依戀 ★ 例 この世の名残に故郷へ帰りたい。 對這個世界的最後依戀，（我）想回到故鄉。

なさけ 【情け】 ①③	人情；同情；愛情；風情 ★★	
	例 彼女には慈悲も情けもない。	
	她既無慈悲心也無同情心。	

なだれ 【雪崩・傾】 ⓪	雪崩；傾斜；崩塌	
	例 彼女はその雪崩で命を落とした。	
	她因為那場雪崩喪命了。	

なづけおや 【名付け親】 ⓪	幫孩子命名的人 ★	
	例 伯父さんは私の下の子の名付け親だ。	
	姨丈是幫我的小兒子命名的人。	

ナプキン 【napkin】 ①	餐巾（也說成「テーブルナプキン」）；尿布；衛生棉 ★★★	
	例 洋食では、膝の上にナプキンを広げるテーブルマナー がある。	
	在西餐中，有將餐巾鋪在膝上的餐桌禮儀。	

なふだ 【名札】 ⓪	名牌（也說成「ネームプレート」） ★★	
	例 荷物に名札を付けてください。	
	行李請繫上名牌。	

なまみ 【生身】 ②⓪	真人，肉身，肉體，血肉之軀；生魚肉；魚漿 ★	
	例 この映画では CG を使用せず、生身のスタントが危険 なシーンを演じている。	
	在這部電影中不使用電腦繪圖，而是由真人的特技演員演出危險的場景。	

なまり 【鉛】 ⓪	鉛	
	例 一般的に、下水道の排水管は鉛で作られている。	
	一般來說，下水道的排水管是鉛製的。	

なやみ 【悩み】 ③	煩惱，苦惱 ★★★	
	例 私の悩みに比べれば、あなたの悩みなんかなんでもない。	
	跟我的煩惱比起來，你的那點煩惱根本就不算什麼。	

なれ 【慣れ・馴れ】 ②	習慣；熟練 ★★	
	例 新しい環境では、知識や経験だけでなく、慣れも大切だ。	
	在新的環境，不只是知識和經驗，習慣也很重要。	

なれそめ
【馴れ初め】 ⓪

戀人初識時；戀情的契機

例 主人との馴れ初めは民国七十六年に遡る。

跟老公相識要追溯到民國七十六年。

にニ ▶ MP3-022

に
【荷】 ⓪①

貨物；行李；負擔；責任 ★

例 この仕事は私には荷が重い。

這個工作對我來説責任太重了。

にきび・ニキビ
【面皰】 ①

面皰，青春痘 ★★

例 この軟膏はにきびの炎症を抑えることができる。

這種軟膏可以抑制面皰發炎。

にくしみ
【憎しみ】 ⓪

憎恨 ★★

例 その子は憎しみをこめて両親をじっと見ていた。

那個孩子抱著恨意盯著父母看。

にくしん
【肉親】 ⓪

親人，近親，血緣相近的人

例 彼は独身で肉親も親戚もいない。

他單身，既無近親也無親戚。

にしび
【西日】 ⓪

夕陽 ★★

例 西向きの部屋の特徴は午後から夕方にかけて西日が入

ることだ。

西向房間的特徵就是下午到傍晚夕陽會西曬。

にせもの
【偽物・贋物】 ⓪

贗品，冒牌貨 ★★

例 腕時計を買った三年後、それが偽物だと分かった。

買了手錶三年後，才知道它是假的。

にづくり
【荷造り】 ②

打包行李

例 母が旅行の荷造りを手伝ってくれた。

母親幫我打包旅行的行李了。

にっとう
【日当】 ⓪

日薪，當天的薪水 ★★

例 毎日、仕事が終わった後に日当が支払われる。

每天，工作結束後可以領到當天的薪水。

ニュアンス 【nuance】 ① ⓪	（外表、意義、聲音、語氣……等的）細微差異 ★★ 例 姉と私の服装の好みはニュアンスが異なる。 姊姊跟我的服裝的喜好有些微差異。
にょう 【尿】 ①	尿，小便 例 尿に血が混じっていたから、検査しなければならない。 因為尿中帶血，所以必須做檢查。
にんじょう 【人情】 ①	人情；人情味 ★ 例 彼は人情に薄いからもてない。 他沒什麼人情味所以不受歡迎。
にんたい 【忍耐】 ①	忍耐；耐心 ★★ 例 言語の勉強には忍耐が必要だ。 語言的學習需要耐心。
にんちしょう 【認知症】 ⓪	失智症，癡呆症 ★ 例 祖母は認知症で入院している。 奶奶因為失智症住院了。
にんむ 【任務】 ①	任務 ★ 例 私達は極めて難しい任務を受けて台湾に来た。 我們接受了極為困難的任務來到了台灣。

ぬ ヌ　　　　　　　　　　　　　　　　　　▶ MP3-023

ぬすみ 【盗み】 ③	偷盜 ★ 例 あの子は貧乏のため、盗みを働くようになった。 那個孩子因為貧窮所以行竊了。
ぬま 【沼】 ②	沼澤 例 彼の食欲は底なし沼だ。 他的食慾是個無底洞。

ねネ

ね 【音】　⓪	聲音；聲響；發音；音色；音感；音讀　★
	例 鈴の音は軽く澄んでいる。
	鈴鐺的聲音輕巧清澈。

ねいろ 【音色】　⓪	音色　★
	例 ピアノの音色には人柄が表れる。
	鋼琴的音色可以表現出人品。

ねうち 【値打ち】　⓪	價值；價錢、價格；估價；身價　★★
	例 この着物は大変値打ちがある。
	這套和服非常有價值。

ネガ ／　① ネガティブ ／　① ネガフィルム ／　③ ネガティブフィルム ⑤ 【negative film】	負片，底片　★
	例 プロ用ネガフィルムは肌を美しく、滑らかに写すことができる。
	專業用底片可以讓肌膚拍起來美麗光滑。

ねじまわし 【ねじ回し】　③	螺絲起子（也說成「ドライバー」）
	例 ねじ回しでねじをしっかりと締めた。
	用螺絲起子將螺絲好好地拴緊了。

ネタ・ねた ⓪	材料；原料；題材；證據 （「種」（種子；果核；材料；話題；原因；竅門）的倒語）　★★
	例 「ネタ」はシャリや海苔、がりなどを除いた寿司の食材を指す。
	「ネタ」是指除了醋飯、海苔、薑片等以外的壽司的食材。

ねつい 【熱意】　①	熱情，熱忱　★
	例 彼女が人に与える印象は冷ややかであるが、心の内には熱意を持っている。
	她雖然給人的印象是冷冰冰的，但是內心卻擁有著熱情。

**ねっちゅうしょう
【熱中症】** ⓪

中暑 ★

例 熱中症の予防には、「水分補給」が一番大切だ。

預防中暑，「水分補給」是最重要的。

**ねっとう
【熱湯】** ⓪

沸騰的水，煮開的水 ★

例 彼女はティーポットに熱湯を注いで、お茶を入れた。

她在茶壺裡倒入熱開水，泡了茶。

**ねつりょう
【熱量】** ②

熱量 ★

例 「カロリー」は食品に含まれる熱量の指標だ。

「卡路里」是食品所含熱量的指標。

**ねばり
【粘り】** ③

黏性；耐性 ★★

例 さつま芋は粘りが強く、そして上品な甘みがある。

地瓜黏性強，而且有著極佳的甜味。

**ねまわし
【根回し】** ②

（移植樹木等）預先剪掉鬚根；事前疏通醞釀 ★

例 生徒会選挙のために、まず各クラスで根回しをしておく。

為了學生會選舉，首先在各班拉票吧！

**ねん
【念】** ①⓪

念頭；注意；心願 ★★

例 念のため、携帯番号を教えてください。

為防萬一，請告訴我手機號碼。

**ねんかん
【年鑑】** ⓪

年鑑

例 このスポーツ年鑑には二百点を超える珍しい写真が
載っている。

這本運動年鑑上刊載了超過兩百張的珍貴照片。

**ねんがん
【念願】** ⓪

心願；祈願

例 念願のマイホームを買った。

買了心心念念的自己的房子。

**ねんごう
【年号】** ③

年號 ★

例 日本政府は二千十九年四月一日、「平成」に代わる新
年号「令和」を発表した。

日本政府於二〇一九年四月一日，發表了取代「平成」的新年號「令和」。

ねんちょう 【年長】　0	年長　★
	例 年長者を労わる心を持とう。
	抱持關懷年長者的心吧！

ねんりょう 【燃料】　3	燃料　★
	例 燃料がなくなりそうだから、補給しなければならない。
	因為燃料好像沒了，所以必須補充。

ねんりん 【年輪】　0	年輪；發展史
	例 この椅子は大木から作ったもので、年輪がよく見える。
	因為這把椅子是用大樹做成的，所以年輪看得很清楚。

のノ

▶ MP3-025

ノイローゼ 【(德) Neurose】　3	神經衰弱（也說成「神経衰弱」）　★★
	例 彼女は離婚してノイローゼになったようだ。
	她離婚後似乎變得神經衰弱了。

のう 【脳】　1	腦、大腦、腦袋；頭腦、腦筋　★★
	例 脳に腫瘍が見つかって落ち込んでいる。
	腦內發現腫瘤所以很失落。

のうこう 【農耕】　0	農耕，耕種，耕作
	例 この土地の肥沃な土壌は、農耕に適している。
	這塊土地肥沃的土壌很適合耕作。

のうじょう 【農場】　0 3	農場
	例 彼は小規模な農場を経営していて、牛と羊を飼っている。
	他經營小規模的農場，養著牛跟羊。

のうち 【農地】　1	農地
	例 彼は一つの農地でいくつかの種類の野菜を栽培している。
	他在一塊農地上栽培了好幾種蔬菜。

のうにゅう 【納入】　0	繳納；提供；出貨
	例 不良品の混入が発覚したため、商品の納入が遅れている。
	因為發現了瑕疵品的混入，所以商品的出貨延遲了。

のべ 【延べ】 　 ①②	延伸；延期；總計	
	例 彼らは延べ五十五坪の家を新築した。	
	他們新蓋了總計五十五坪的房子。	

ノルマ 【（俄）norma】 ①	標準；指標，目標	★★
	例 今週のノルマを達成した。	
	這週的目標達成了。	

は行

はハ

▶ MP3-026

は 【刃】 　 ①	刀刃	★
	例 包丁の刃を鋭く研いだ。	
	將菜刀的刀刃磨得鋒利了。	

バー 【bar】 　 ①	酒吧；橫竿；鋼筋；五線譜的縱線；（電爐上的）供熱電阻絲 ★★	
	例 日本の「バー」の多くは、カウンターでカクテルや水割りなどのアルコールを提供する店だ。	
	日本的「酒吧」，很多是在吧檯提供雞尾酒或是加水威士忌等酒類的店。	

バージョンアップ 【version＋up】 ⑤	版本升級（特殊的和製英語）	★
	例 パソコンのバージョンアップの実施手順を教えてください。	
	請教我電腦版本升級的實施步驟。	

はいえん 【肺炎】 　 ⓪	肺炎	
	例 風邪を引くと、肺炎になりやすい。	
	一感冒就很容易變成肺炎。	

バイオ／ ① バイオテクノロジー ⑥ 【biotechnology】	生物技術，生化科技	★
	例 この化粧品はバイオテクノロジーの技術を利用して作られた。	
	這項化妝品是利用生化科技的技術所做的。	

ばいきん 【ばい菌・黴菌】 ⓪	黴菌；細菌；病菌（對人體有害的菌類的俗稱） ★	
	例 傷口からばい菌が入らないように消毒する。	
	為了不讓細菌從傷口入進行消毒。	

はいけい 【拝啓】 ①	敬啟 ★ 例 手紙で使われる「拝啓」と「敬具」の正しい使い方を説明してください。 請說明在書信中所使用的「敬啟」與「敬上」的正確用法。
はいけい 【背景】 ⓪	背景；布景；人事背景 ★★ 例 この物語の時代背景は民国初期だ。 這個故事的時代背景是民國初期。
はいご 【背後】 ①	背後 ★ 例 言語の背後には文化が存在していると思う。 （我）認為語言的背後存在著文化。
はいせん 【敗戦】 ⓪	敗戦 例 「敗戦投手」は、野球の試合でチームの敗戦に最も責任がある投手を指す。 「敗戦投手」是指在棒球比賽中球隊的敗戰最有責任的投手。
ハイテク 【high-tech】 ⓪	高科技 ★★ 例 社長は台湾のハイテク産業の発展趨勢について説明している。 社長正在說明關於台灣高科技產業的發展趨勢。
ハイネック 【high-necked】 ③	高領 例 ネットでハイネックセーターを二枚注文した。 在網路上訂購了兩件高領毛衣。
はいぶん 【配分】 ⓪	分配 例 今回の予算配分にはいくつか疑問がある。 這次的預算分配有幾個問題。
ばいりつ 【倍率】 ⓪	倍率；放大的倍數；競爭率 ★ 例 第一志望の高等学校は倍率が極めて高い。 第一志願的高中競爭率極高。
ばくだん 【爆弾】 ⓪	炸彈；爆炸性的事物 ★ 例 爆弾が爆発して、ビルの壁に穴を開けた。 炸彈爆炸，在大樓的牆上炸開了洞。

はごたえ 【歯応え】 ②2	咬勁；幹勁 ★ 例 この蕎麦は程よい歯応えがあって、本当に美味しい。 這種麵嚼勁剛剛好，真的很好吃。	

はじ 【恥・辱】 ②2	恥辱，丟臉 ★★ 例 最も嫌なのは人前で恥をかくことだ。 最不願意的事就是當眾出醜。	

はしわたし 【橋渡し】 ③3	橋梁；仲介 ★ 例 彼は会社と取引先の橋渡しをしている。 他擔任公司跟客戶間的橋梁。	

はす・ハス 【蓮】 ⓪0	蓮（花），荷（花） 例 蓮は美しい花と葉っぱを持った水生植物だ。 蓮花是擁有美麗的花與葉的水生植物。	

バス 【bath】 ①1	浴缸；浴室 ★★ 例 バスとトイレが別々になっている部屋を探している。 正在找浴室跟廁所分開的房間。	

はた 【機】 ②2	織布機 例 機を織る技術は人類が発明した最古の技術の一つだ。 織布技術是人類所發明的最古老的技術之一。	

はだし 【裸足・跣】 ⓪0	赤腳 ★ 例 授業の一環として、小学生が裸足で田植えを体験した。 作為上課的一個環節，小學生體驗了赤腳插秧。	

はちみつ 【蜂蜜】 ⓪0	蜂蜜 ★ 例 このケーキにはかなりの量の蜂蜜を使った。 這個蛋糕使用了相當大量的蜂蜜。	

はつ 【初】 ②2	首次，初次 ★★ 例 このサービスはコンビニ初の試みだ。 這項服務是便利商店首次的嘗試。	

バツイチ ②2	離過婚（也寫成「ばついち」） 例 主人はバツイチで、幼い連れ子が二人いる。 老公離過婚，有兩個年幼的拖油瓶。	

バッジ 【badge】 ① ⓪	徽章；獎章；紀念章；標誌；象徵 ★ 例 会場に入る前に、クラブのバッジを付けているかチェックされた。 進入會場前，被檢查是否佩戴了社團的徽章。
バッテリー 【battery】 ⓪ ①	電池 ★★ 例 バッテリーを充電してください。 請將電池充電。
バット 【bat】 ①	球棒 ★ 例 子供達がバットでボールを打つ練習をしている。 孩子們正在練習用球棒打球。
はつみみ 【初耳】 ⓪	初次聽說 ★★ 例 彼が同性愛者だということは初耳だ。 （我）初次聽説他是同性戀者。
はて 【果て】 ②	盡頭，邊際；結局，後果 例 祖母のお喋りには果てがない。 奶奶話匣子一打開就沒完沒了。
はなしがい 【放し飼い】 ⓪	放養，放牧；放任不管 例 農場では、牛と羊を放し飼いにしている。 在農場，放養著牛跟羊。
はなびら 【花弁】 ③	花瓣 ★ 例 桜の薄いピンクの花弁はとてもかわいい。 櫻花淡粉紅色的花瓣非常可愛。
バブル 【bubble】 ①	水泡，氣泡；沸騰（聲）；冒泡（聲）；泡影 ★ 例 「バブル景気」は、日本における過去最大の好景気時期だった。 「泡沫經濟」是日本過去最大的榮景時期。
はま 【浜】 ②	海濱；湖濱；河岸；「横濱」的簡稱 例 妹は浜で貝を拾っている。 妹妹在海濱撿著貝殼。

はまべ 【浜辺】 ⓪③	海邊；湖邊 ★
	例 子供達は裸足で浜辺で遊んでいる。
	孩子們正赤著腳在海邊玩耍。

はやり 【流行り】 ③	流行；時髦 ★★
	例 この形のジーンズは今年の流行りだ。
	這種款式的牛仔褲是今年的流行。

はらだち 【腹立ち】 ⓪④	生氣，憤怒
	例 彼は腹立ち紛れに机の脚を蹴った。
	他因為過於憤怒所以踢了桌腳。

はらっぱ 【原っぱ】 ①	雜草叢生的空地，原野
	例 子供の頃は、みんなで原っぱの木陰でお菓子を食べながら、お喋りをしたものだ。
	孩童時期，大家一起在原野的樹蔭下一邊吃點心，一邊聊天。

はり 【張り】 ⓪	拉力，張力，彈性；活力，生命力；幹勁（也寫成「ハリ」）★
	例 彼女の肌は少女のようにハリがある。
	她的肌膚如少女般有彈性。

はりがみ 【張り紙・貼り紙】 ⓪	傳單；海報；貼紙；標籤 ★
	例 掲示板に張り紙をした。
	在公佈欄張貼了告示。

はんえい 【繁栄】 ⓪	繁榮 ★
	例 国の繁栄と社会福祉は深く関係している。
	國家的繁榮與社會福利關係密切。

はんが 【版画】 ⓪	版畫
	例 ジュディ・オングの版画作品は評価が高い。
	翁倩玉的版畫作品評價很高。

ハンガー 【hanger】 ①	衣架；掛鉤；掛物工具；掛東西的人；糊牆的人 ★
	例 母は洗濯物をハンガーに干している。
	母親正將洗好的衣服晾曬在衣架上。

はんかん 【反感】 　⓪	反感
	例 祖父は俳優にいわれのない<u>反感</u>を抱いている。
	爺爺對演員抱持著莫名的反感。

ばんじん・ ばんにん 【万人】　⓪③	所有的人
	例 <u>万人</u>は平等に一日二十四時間を持っている。
	所有的人平等地一天擁有二十四小時。

ハンデ／ ハンディキャップ 　① ④ 【handicap】	殘疾；缺陷；障礙；阻礙　　　　　　　★
	例 彼女は<u>ハンディキャップ</u>を克服して、マラソンを完走
	した。
	她克服了身體缺陷，跑完了馬拉松。

ばんねん 【晩年】　⓪	晩年
	例 <u>晩年</u>の母は家族に囲まれて幸せそうだった。
	晚年的母親被家人圍繞著看起來很幸福。

ばんのう 【万能】　⓪	萬能；全能　　　　　　　　　　　　★
	例 彼は成績がいいだけでなく、スポーツも<u>万能</u>だ。
	他不只是成績好，運動也是全能。

はんらん 【反乱・叛乱】　⓪	叛亂
	例 軍隊は<u>反乱</u>を残酷な方法で鎮圧した。
	軍隊用殘酷的方法鎮壓了叛亂。

ひヒ　　　　　　　　　　　　　▶ MP3-027

ひ 【碑】　⓪	碑
	例 石<u>碑</u>に詩を彫った。
	在石碑上刻了詩。

ひかえしつ 【控え室】　③	候診室；候車室；休息室　　　　　★★
	例 <u>控え室</u>でお掛けになってお待ちください。
	請在休息室坐著等候。

ひこう 【非行】　⓪	不良行為　　　　　　　　　　　　★
	例 学校をさぼるのは<u>非行</u>の第一歩だと思う。
	（我）認為逃學是不良行為的第一步。

ひごろ 【日頃】 ⓪	平日，平時 ★★	

例 僕に娘の日頃の様子を聞かせてください。

請跟我説女兒平日的模樣。

ビジネス 【business】 ①	商業；生意 ★★★

例 主人は中国大陸でビジネスをしている。

老公在中國大陸做生意。

ひじゅう 【比重】 ⓪	比重

例 このスーパーマーケットの商品は生鮮食品の比重が高い。

這家超市的商品生鮮食品的比重高。

ひしょ 【秘書】 ①②	祕書 ★

例 手書きの書類を秘書にタイプしてもらった。

祕書（幫我）將手寫的文件打字打好了。

びしょう 【微笑】 ⓪	微笑

例 微笑が必ずしも同意を表しているわけではない。

微笑未必表示同意。

ひずみ 【歪み】 ⓪	歪；斜；弊病；變形

例 この政策の歪みについて検討しなければならない。

必須針對這項政策的弊病作探討。

ひだりきき 【左利き】 ⓪	左撇子 ★

例 彼は左利きなのに右手でボールを投げる。

他明明是左撇子卻用右手投球。

ひっしゅう 【必修】 ⓪	必修 ★

例 日本地理と日本歴史は日本語学科の学生の必修科目だ。

日本地理跟日本歷史是日文系學生的必修科目。

ひつぜん 【必然】 ⓪	必然 ★

例 「老い」は誰しもに訪れる必然の変化だから、恐れる
必要はない。

由於「老化」是會造訪每個人的必然變化，所以無須畏懼。

ひといき 【一息】 ２	一口氣；吸一口氣；歇會兒；喘一口氣；一鼓作氣；加把勁 例 次のサービスエリアで一息入れよう。 在下一個服務區歇會兒吧！
ひとかげ 【人影】 ０	人影（人的影像或影子） ★ 例 窓の外で不審な人影が揺れ動いている。 在窗外可疑的人影晃動著。
ひとがら 【人柄】 ０	人品 ★★ 例 彼女の人柄が気に入った。 （我）喜歡她的人品。
ひとけ 【人気】 ０	人影；人的氣息 ★ 例 祖父は一人で人気のない田舎に住んでいる。 爺爺一個人住在杳無人煙的鄉下。
ひところ 【一頃】 ２	一時，一段時期 例 この歌は一頃非常に流行っていた。 這首歌有一段時期非常流行。
ひとじち 【人質】 ０	人質 例 人質は大使館に監禁されている。 人質被監禁在大使館裡。
ひとなみ 【人並み・人並】 ０	一般，平常 ★ 例 彼女は大統領になっても、人並の生活をしている。 她即使當了總統，還是過著一般人的生活。
ひとまかせ 【人任せ】 ３０	委託別人，丟給旁人 例 彼女は優柔不断で、食事の場所や何をするかなど、人任せのことが多い。 她很優柔寡斷，吃飯地點或是做什麼事情等，很多都要靠別人。
ひどり 【日取り】 ０	（選定的）日期 例 最近では、結婚式の日取りに拘らないカップルが増えてきた。 最近，不執著婚禮日期的佳偶逐漸增多了。

	小雞；穿和服的人偶
ひな 【雛】　①	例 雛は卵の殻を突き破って、世に生まれ出る。 小雞啄破蛋殼，誕生到世間。

	向陽處　　　　　　　　　　　　　　　　　★
ひなた 【日向】　⓪	例 日向に立っているのに、まだ寒気がした。 雖然站在向陽處，仍感覺到寒冷。

	女兒節　　　　　　　　　　　　　　　　　★
ひなまつり 【雛祭り・雛祭】　③	例 雛祭りは毎年三月三日だ。 女兒節是每年三月三日。

	太陽旗，日本國旗　　　　　　　　　　　　★
ひのまる 【日の丸】　⓪	例 日の丸の旗が家々の正門にはためいている。 太陽旗在家家戶戶的大門飄揚著。

	火花　　　　　　　　　　　　　　　　　　★
ひばな 【火花】　①	例 ライターから火花は出ているものの、火はつかない。 打火機冒出的火花尚不足以點火。

	每天，一天天　　　　　　　　　　　　　★★
ひび 【日々】　①	例 子供達は日々、成長している。 孩子們一天天地長大。

	悲鳴；（驚恐、困擾或痛苦時）大聲尖叫；求助聲　★
ひめい 【悲鳴】　⓪	例 あまりの恐怖に悲鳴を上げた。 因為過於害怕而大聲尖叫了。

	末尾，倒數第一　　　　　　　　　　　　　★
ビリ　①	例 彼女の成績はクラスでビリだ。 她的成績在班上是最後一名。

	比率，比例
ひりつ 【比率】　⓪	例 生活における仕事とプライベートの比率はどのぐらいが理想ですか。 在生活上工作跟私事的比例要多少才算理想呢？

ひりょう
【肥料】 ①

肥料
例 農作物の栽培において、肥料はよく厳選する必要がある。
在農作物的栽培上，必須謹慎選擇肥料。

びりょう
【微量】 ⓪

微量，少量
例 傷口からはまだ微量の出血がある。
從傷口仍有少量的出血。

ひるめし
【昼飯】 ⓪

午飯，午餐（並非文雅的用法）　★
例 もう二時だが、まだ昼飯を食べてない。
已經兩點了，還沒吃午飯。

ひろう
【疲労】 ⓪

疲労　★
例 夏の暑さに日々疲労が溜まっていく。
暑熱讓疲勞一天天越積越多。

ひんけつ
【貧血】 ⓪

貧血　★
例 母は貧血だから、献血できない。
母親因為貧血，所以無法捐血。

ひんこん
【貧困】 ⓪

貧困；貧乏
例 先進国でも、貧困に苦しむ人々は非常に多い。
即使是先進國家，為貧困所苦的人們也非常多。

ひんしつ
【品質】 ⓪

品質　★★
例 ポスター印刷の品質を高めるように努力している。
正在努力提升海報印刷的品質。

ひんしゅ
【品種】 ⓪

品種　★
例 庭で様々な品種のバラを育てている。
院子裡培育著各類品種的玫瑰。

ヒント
【hint】 ①

暗示；提示；啟示；線索；秘訣　★★
例 この雑誌にはダイエットに役立つヒントがたくさん載っている。
這本雜誌中刊載了許多對減重有幫助的祕訣。

ふフ

▶ MP3-028

ファイト 【fight】 ⑩	吵架；打架；爭鬥；鬥志；加油　　★★ 例 この選手は技術はあるが、ファイトが足りない。 這位選手，雖然有技巧，但是鬥志不足。
ファザコン／ ファーザー・ コンプレックス 8 【father＋complex】 ⑩	戀父情結（特殊的和製英語） 例 この記事ではファザコン女性の心理的特徴や恋愛傾向 を解説している。 在這篇報導中解說了戀父情結女性的心理特徵與戀愛傾向。
ファン 【fan】 ①	粉絲；球迷；影迷；歌迷；電風扇；扇子　　★★★ 例 この映画スターはその演技力と人間性で大勢のファン から慕われている。 這位電影明星因為她的演技與人品，受到廣大粉絲所仰慕。
フィルター 【filter】 ⑩①	過濾器；濾光器；濾波器；有濾嘴的香菸　　★ 例 このコーヒーフィルターには目盛りが付いている。 這台咖啡過濾器附有刻度。
ふう 【封】 ①	封口 例 小包の封を開けて、中を確認してください。 請將包裹的封口打開，確認內容物。
ふうしゃ 【風車】 ①⑩	風車 例 風車は古くからある動力装置の一つだ。 風車是自古就有的動力裝置之一。
ふうしゅう 【風習】 ⑩	風俗；習慣　　★ 例 この風習は昔から続いているものの、今ではもう弊害 になっている。 這個風俗雖然從古延續至今，但現在已經變成一種弊病了。
ブーツ 【boots】 ①	靴子；猛踢；解雇；汽車行李箱　　★ 例 ブーツをどうやって収納すれば型崩れしないか教えて ください。 請告訴我靴子要怎樣收納才不會變形。

ふうど【風土】 1

風土；鄉土；水土 ★

例 駱駝は台湾の風土に馴染まない。

駱駝在台灣會水土不服。

ブーム【boom】 1

風潮；（雷等的）隆隆聲；（蜂等的）嗡嗡聲；（波浪的）澎湃聲 ★★★

例 台湾における韓流ブームは下火になりつつあるようだ。

在台灣的韓流風潮似乎漸漸式微了。

フェリー【ferry】 1

渡船，渡輪；渡口；渡運

例 フェリーは一時間ごとにシャトル運航している。

渡船每個小時接駁運航一班。

フォーム【form】 1

形式；格式；類型；體裁；表格 ★

例 グーグルを利用して、アンケートや出欠確認フォームを作成する人が多い。

利用 Google 來製作問卷或是出席確認表的人很多。

ぶか【部下】 1

部下，屬下，部屬 ★★

例 彼は社長に今までで一番頼りになる部下だと言われている。

據說他是社長到目前為止最為仰賴的部屬。

ふきょう【不況】 0

蕭條，不景氣 ★★

例 不況は一体いつまで続くのか。

不景氣究竟要持續到什麼時候呢？

ふきん【布巾】 2

抹布 ★★

例 古いタオルを適当な大きさに縫い合わせて、ふきんにしよう。

將舊毛巾縫合成適當的大小，當成抹布吧！

ふくぎょう【副業】 0

副業 ★★

例 彼は副業でタクシー運転手をしている。

他以當計程車司機為副業。

ふくごう【複合】 0

複合；合成

例 二つの名詞が合わさって、複合名詞となる。

兩個名詞結合，變成了複合名詞。

ふくし 【福祉】 ⓪②	福祉，福利　　　　　　　　　　　　★★
	例 公共の福祉を増進するため、必要な施策を推進している。
	為了增進公共的福利，正在推行必要的政策。

ふくめん 【覆面】 ⓪	遮面，蒙面；匿名
	例 スピード違反で覆面パトカーに捕まった。
	因為超速被埋伏警車給抓了。

ふけいき 【不景気】 ②	不景氣；無精打采
	例 不景気が続くと生活スタイルも変わってくる。
	不景氣持續的話，生活方式也會跟著改變。

ふごう 【富豪】 ⓪	富豪　　　　　　　　　　　　　　　★
	例 ある富豪が巨額の教育資金を寄付した。
	某位富豪捐贈了巨額的教育資金。

ブザー 【buzzer】 ①	蜂鳴器；警報器；警笛；服務鈴　　　★
	例 何かあったら、ブザーを押して看護士を呼んでください。
	有什麼事的話，請按服務鈴叫護士。

ふさい 【負債】 ⓪	負債　　　　　　　　　　　　　　　★
	例 彼は負債を返済するために、朝から晩まで一生懸命働いている。
	他為了還債，從早到晚拚命地工作著。

ふざい 【不在】 ⓪	不在場；不在家　　　　　　　　　★★
	例 彼は昨日、出張で不在だった。
	他昨天因為出差所以不在。

ふじゅん 【不純】 ⓪	不純
	例 この辺の水には不純物が含まれている。
	這一帶的水含著雜質。

ぶしょ 【部署】 ①	部署，工作崗位　　　　　　　　　★★
	例 それぞれの部署の人員を増やすつもりだ。
	（我）打算增派各個崗位的人手。

ふしん 【不振】 ⓪	不振；蕭條　　　　　　　　　　　　　　　★
	例 我が社はここ数年、営業不振から抜け出せずにいる。
	我們公司這幾年，處於無法擺脫生意蕭條之中。

ふだ 【札】 ⓪	吊牌；告示牌；護身符；祈願符；車票；入場券　★★★
	例 全ての品物に値札をつけた。
	所有的商品都貼上了價格標籤。

ぶたい 【部隊】 ①	部隊
	例 部隊は戦場で三日三晩奮闘した。
	部隊在戰場上奮鬥了三天三夜。

ぶつぎ 【物議】 ①	世人的議論
	例 彼の演説の内容は物議を醸した。
	他演説的內容引起了議論。

ふっこう 【復興】 ⓪	復興
	例 津波の被災地の復興は少しずつ進んでいる。
	海嘯受災地的復興一點一點地進展著。

ぶっし 【物資】 ①	物資　　　　　　　　　　　　　　　　　★
	例 難民キャンプに救援物資を送った。
	寄送了救援物資到難民營。

ぶつぞう 【仏像】 ⓪	佛像　　　　　　　　　　　　　　　　　★
	例 仏像を見るのが趣味で、特に明王が好きだ。
	看佛像是（我的）興趣，尤其喜歡不動明王。

ぶったい 【物体】 ⓪	物體　　　　　　　　　　　　　　　　★★
	例 化学の授業で、最初に習ったのは物質と物体の違いだった。
	在化學課，最初學習的就是物質與物體的不同。

ぶつだん 【仏壇】 ⓪	佛壇
	例 毎朝、仏壇に手を合わせてから出かける。
	每天早上，雙手合十拜過佛壇之後再外出。

ふどうさん 【不動産】 ⓪②	不動産　　　　　　　　　　　　　　　★★
	例 彼はカナダに移民するため、現地の不動産に投資した。
	他為了移民加拿大，投資了當地的不動産。

ふひょう 【不評】 ⓪	**風評不佳**	
	例 この小説の悲しい結末は、若者には不評だ。	
	這部小說的悲慘結局，在年輕人間的風評不佳。	

ふふく 【不服】 ⓪	**不服；不滿意；異議**	
	例 学生達はデモの処置に不服を唱えている。	
	學生們對遊行的處置提出了異議。	

ふへん 【普遍】 ⓪	**普遍；共通**	
	例 一日三食は普遍の慣習だ。	
	一天三餐是普遍的習慣。	

ふめい 【不明】 ⓪	**不明，不清楚；不明事理** ★★	
	例 昨日、十字路で起きた交通事故の原因は不明だ。	
	昨天，在十字路口發生的車禍原因不明。	

ぶもん 【部門】 ① ⓪	**部門** ★	
	例 彼は営業部門でトップの成績を収めた。	
	他在營業部取得了頂尖的業績。	

プラスアルファ 【plus＋（希臘）alpha】 ④	**附加數；分紅，紅利** ★★	
	例 残業をすると、本給にプラスアルファで手当がつく。	
	加班的話，在本薪之外以紅利補助津貼。	

ふりょく 【浮力】 ①	**浮力**	
	例 プールに入ると体が軽く感じられるのは浮力があるからだ。	
	一進入泳池就能感覺到身體變輕是因為有浮力。	

ぶりょく 【武力】 ①	**武力**	
	例 政府は武力によって反乱を鎮圧しようとした。	
	政府打算用武力來鎮壓叛亂。	

ブルー 【blue】 ②	**藍色** ★★	
	例 ダイニングテーブルにブルーのテーブルクロスを掛けた。	
	將餐桌鋪上了藍色的桌巾。	

プレゼン／ プレゼンテーション [5] 【presentation】 02	簡報 ★★ 例 本書では<u>プレゼンテーション</u>をする際の基本的なステップを詳しく紹介している。 在本書中詳盡地介紹了做簡報時的基本步驟。
プレッシャー 【pressure】 02	（精神）壓力；氣壓 ★★ 例 周囲からの<u>プレッシャー</u>に負けないで、頑張れ。 不要敗給來自周遭的壓力，加油！
ふろく 【付録・附録】 0	附録；臨時增刊；附贈品 ★★ 例 今月の雑誌には<u>附録</u>としてポーチが付いている。 這個月的雜誌中附上包包作為附贈品。
フロント 【front】 0	正面；前線；報紙頭版；（旅館等的）櫃檯 ★ 例 出掛ける際、ルームカードは<u>フロント</u>に預けてもいい。 外出時，房卡也可以寄放在櫃台。
ぶんご 【文語】 0	文語（體），文言（文） 例 この文章は<u>文語</u>で書かれているから、読みにくい。 因為這篇文章是用文言文寫的，所以不容易看懂。
ぶんし 【分子】 1	（物理）分子；（數學）分子；份子 例 外部から刺激を加えることによって、<u>分子</u>の構造や性質が劇的に変化する物質もある。 也有由於從外部加上刺激，分子的構造跟性質會劇烈地變化的物質。
ぶんしょ 【文書】 1	文書，文件 ★ 例 <u>文書</u>を作成するソフトをダウンロードした。 下載了製作文件的軟體。
ふんそう 【紛争】 0	紛争 ★ 例 二国間の<u>紛争</u>は国際的な戦争に発展する恐れがある。 兩國間的紛爭恐怕會發展成國際性的戰爭。
ぶんぼ 【分母】 1	（數學）分母 例 分子が<u>分母</u>より小さい分数を真分数と言う。 分子比分母小的分數叫做真分數。

ふんまつ 【粉末】　0	粉末　　★
	例 <ruby>粉<rt>ふん</rt></ruby><ruby>末<rt>まつ</rt></ruby>と<ruby>錠<rt>じょう</rt></ruby><ruby>剤<rt>ざい</rt></ruby>のどちらが<ruby>飲<rt>の</rt></ruby>みやすいですか。
	粉末跟錠劑的哪一種容易服用？

へへ　▶ MP3-029

ペア 【pair】　1	一對，一雙　　★★
	例 <ruby>隣<rt>となり</rt></ruby>の<ruby>人<rt>ひと</rt></ruby>とペアになってください。
	請跟旁邊的人配成一對。
	（註：運動時的「雙打」説成「ダブルス」。）

ペアルック 【pair＋look】　3	情侶裝；夫妻裝（特殊的和製英語）　　★
	例 <ruby>彼氏<rt>かれし</rt></ruby>とペアルックで<ruby>同窓会<rt>どうそうかい</rt></ruby>に<ruby>参加<rt>さんか</rt></ruby>したいと<ruby>思<rt>おも</rt></ruby>っている。
	（我）想跟男朋友以情侶裝去參加同學會。

へいき 【兵器】　1	兵器，武器
	例 <ruby>核兵器<rt>かくへいき</rt></ruby><ruby>廃絶<rt>はいぜつ</rt></ruby>のために<ruby>署名活動<rt>しょめいかつどう</rt></ruby>を<ruby>行<rt>おこな</rt></ruby>っている。
	為了廢除核子武器，正在進行署名活動。

へいし 【兵士】　1	士兵
	例 <ruby>祖父<rt>そふ</rt></ruby>は<ruby>旧<rt>きゅう</rt></ruby><ruby>日本<rt>にほん</rt></ruby><ruby>軍<rt>ぐん</rt></ruby><ruby>兵士<rt>へいし</rt></ruby>として<ruby>戦争<rt>せんそう</rt></ruby>に<ruby>行<rt>い</rt></ruby>った。
	爺爺以前日本士兵的身分去參戰了。

へいしゃ 【弊社】　1	敝社，本公司　　★
	例 <ruby>弊社<rt>へいしゃ</rt></ruby>の<ruby>顧客<rt>こきゃく</rt></ruby>は<ruby>六十<rt>ろくじゅう</rt></ruby>パーセント<ruby>以上<rt>いじょう</rt></ruby>が<ruby>女性<rt>じょせい</rt></ruby>だ。
	敝公司的顧客百分之六十以上是女性。

へいじょう 【平常】　0	平常；正常　　★
	例 <ruby>午前中<rt>ごぜんちゅう</rt></ruby>は<ruby>強風<rt>きょうふう</rt></ruby>の<ruby>影響<rt>えいきょう</rt></ruby>で<ruby>電車<rt>でんしゃ</rt></ruby>が<ruby>遅<rt>おく</rt></ruby>れていたが、<ruby>今<rt>いま</rt></ruby>は<ruby>平常<rt>へいじょう</rt></ruby><ruby>通<rt>どお</rt></ruby>り<ruby>運行<rt>うんこう</rt></ruby>している。
	上午因為強風的影響電車慢分了，但現在就跟平常一樣運行著。

へいそ 【平素】　1	平時，平常
	例 この<ruby>成績<rt>せいせき</rt></ruby>はクラス<ruby>全員<rt>ぜんいん</rt></ruby>の<ruby>平素<rt>へいそ</rt></ruby>の<ruby>努力<rt>どりょく</rt></ruby>の<ruby>表<rt>あらわ</rt></ruby>れだ。
	這個成績是全班平時努力的表現。

へいほう 【平方】　0	平方，見方 例 敷地面積は約一万平方メートル、建物面積は約二千平方メートルだ。 建築用地面積大約一萬平方公尺，建築物面積大約兩千平方公尺。
へいれつ 【並列】　0	並列，並排；並聯　★ 例 これらの要素は本当に並列関係にあるのですか。 這些要素真的存在並列關係嗎？
ベース 【base】　0 1	底座；底層；底部；基地；（棒球）壘包；基礎；基數；主要成分　★★ 例 家の外観は白をベースにしているので、清潔感がある。 因為房子的外觀以白色為底色，所以有清潔感。
ペーパードライバー 【paper + driver】　6	有駕照但幾乎沒在開車的人，業餘駕駛（特殊的和製英語）　★ 例 彼女はペーパードライバーだから、運転には自信がないと言っていた。 她說因為她有駕照但幾乎沒在開車，所以對開車沒自信。
ベスト 【best】　1	佼佼者；（個人的）最高水平；最好的東西；最合乎要求的事物　★★ 例 今後も自分のベストを尽くそう。 今後也會盡自己最大的努力。
ベストセラー 【bestseller】　4	暢銷商品；暢銷書；被點擊（或下載）最多次數的暢銷歌曲或 CD　★ 例 村上春樹の新作はベストセラーになった。 村上春樹的新作變成暢銷書了。
ベッドタウン 【bed + town】　4	城郊住宅區，衛星城市 例 この都市は典型的なベッドタウンで、昼間も人通りが少ない。 這個都市是典型的衛星城市，就算在白天來往的行人也很少。
へり 【縁】　2 0	邊；緣；邊緣　★ 例 子供が頭をぶつけないように、テーブルの縁にカバーを付けた。 為防止小朋友撞到頭，在桌緣貼上了防護。

ヘルスメーター 【health + meter】 ④	**體重計** 例 毎日、風呂上がりにヘルスメーターで体重を量る。 每天，洗完澡後用體重計量體重。
べんぎ 【便宜】 ①	**便利，方便** 例 自分の便宜ばかり図っている人が嫌いだ。 討厭光是謀求自己方便的人。
へんけん 【偏見】 ⓪	**偏見** ★★ 例 彼女は外国人に対して偏見を持っている。 她對外國人持有偏見。
へんせん 【変遷】 ⓪	**變遷，變化** 例 流行の変遷は激しい。 流行的變化很激烈。
べんぴ 【便秘】 ⓪	**便祕** 例 女性ホルモンの働きもあって、便秘に苦しむ女性は多い。 有很多女性也因女性荷爾蒙的關係，為便秘所苦。
べんろん 【弁論】 ⓪	**辯論** 例 クラスメートとチームを組んで弁論大会に出ることに なった。 跟同學組隊參加了辯論大賽。

ほ ホ

▶ MP3-030

ほ 【穂】 ①	**花穗；稻穗；麥穗；筆尖；槍頭** 例 稲の穂がずっしりと垂れていて重そうだ。 稻穗沉沉地垂著，看起來沉甸甸的。
ボイコット 【boycott】 ③	**拒絕購買（或參加、交往）；抵制，杯葛** ★ 例 彼らはバスボイコット運動を始めた。 他們啟動了罷乘公車運動。
ポイント 【point】 ⓪	**觀點；意見；意義；地點；階段；重點；關鍵；特點；得分** ★★★ 例 先輩に授業デザインのポイントを習っている。 正在向學長學習課程設計的重點。

ほうあん
【法案】 ⓪

法案

例 内閣が提出した法案は審議中だ。

內閣所提出的法案正在審議中。

ぼうか
【防火】 ⓪

防火

例 家を建てる時に防火設備にも留意した。

蓋房子時也留意了防火設備。

ほうかい
【崩壊・崩潰】 ⓪

崩塌；崩潰，瓦解 ★

例 この事件は与党の政権崩壊に繋がった。

這個事件導致了執政黨的政權瓦解。

ほうがく
【法学】 ⓪

法學

例 彼はアメリカのサンタクララ大学で法学博士の学位を取った。

他在美國的聖塔克羅拉大學（Santa Clara University）取得了法學博士的學位。

ほうけん
【封建】 ⓪

封建

例 ヨーロッパの封建制度が崩壊した理由を探究している。

正在探究歐洲封建制度崩壞的理由。

ほうさく
【方策】 ⓪

方策；計策；對策

例 交通渋滞を改善する方策を提出した。

提出了改善塞車的對策。

ほうさく
【豊作】 ⓪

豐收 ★

例 今年の梨は豊作の見込みだ。

今年的水梨豐收在望。

ほうしき
【方式】 ⓪

方式，做法；形式 ★★

例 このソフトを使えば、従来の方式の作業時間を半分に縮められる。

使用這個軟體的話，可以縮減一半現有方式的作業時間。

ほうしゃせん
【放射線】 ⓪

放射線 ★

例 放射線被爆は、体に悪影響を与えることが分かっている。

已經知道放射線輻射，對身體有不好的影響。

ほうしゃのう 【放射能】　③	原子放射能 例 この工場の廃棄物は強い放射能を含む。 這家工廠的廢棄物含有很強的放射能。
ほうしゅう 【報酬】　⓪	報酬　★ 例 今回の報酬はこの口座に振り込んでください。 這次的報酬請匯入這個戶口。
ぼうせき 【紡績】　⓪	紡織；紡紗（「紡績糸」的略語） 例 この紡績機は作業の高速化を実現できる。 這台紡織機可以實現作業的高速化。
ほうてい 【法廷】　⓪	法庭　★ 例 証人は法廷で証言をした。 證人在法庭上作證了。
ぼうとう 【冒頭】　⓪	開頭　★ 例 校長先生はスピーチの冒頭でまず挨拶をした。 校長在演講的開頭先致詞了。
ぼうどう 【暴動】　⓪	暴動　★ 例 政府はゴム弾で暴動を鎮圧しようとした。 政府打算用橡膠子彈來鎮壓暴動。
ほうび 【褒美】　⓪	褒獎；獎勵；獎品　★★ 例 いつも頑張っているあなたにご褒美を上げたい。 （我）想要給一直努力的你獎勵。
ぼうふう 【暴風】　⓪③	暴風　★ 例 暴風で、庭の花がみんな散ってしまった。 因為暴風，院子裡的花都散落了。
ぼうりょくだん 【暴力団】　④	暴力集團　★ 例 警察は暴力団本部に家宅捜索に入った。 警方對暴力集團總部進行了住宅搜查。
ほうわ 【飽和】　⓪	飽和 例 台北市の人口は既に飽和状態だ。 台北市的人口已經是飽和狀態了。

ホース 【（荷）hoos】 ①	塑膠軟管；水管　　　　　　　　　　　★
	例 弟はホースで花に水をやっている。
	弟弟正在用水管澆花。

ポーズ 【pose】 ①	（為拍照、畫像等擺出的）樣子，姿勢；裝腔作勢　★★
	例 自然なポーズで写真を撮りたい。
	（我）想用自然的姿勢拍照。

ぼくし 【牧師】 ⓪①	牧師
	例 牧師はうちの子に洗礼を施した。
	牧師為我的孩子施行洗禮了。

ほげい 【捕鯨】 ⓪	捕鯨
	例 捕鯨禁止を世界に提案した国はアメリカだった。
	向世界提議禁止捕鯨的國家是美國。

ぼこう 【母校】 ①	母校　　　　　　　　　　　　　　　★
	例 卒業後、母校の小学校を訪れたことはない。
	畢業後，不曾拜訪過母校的國小。

ぼこく 【母国】 ①	母國，祖國　　　　　　　　　　　★★
	例 母国に帰っても仕事は見付からないだろう。
	就算回祖國也找不到工作吧！

ポジション 【position】 ②	位置；方位；地點；地位；職位　　★★
	例 捕手は「扇の要」と呼ばれるほどの重要なポジションだ。
	捕手可稱得上是「扇子的軸心」般的重要位置。

ほしもの 【干し物・干物・ 乾し物】 ③	晾曬的衣服；曬乾的東西　　　　　★
	例 この洗濯用ネットは洗濯と干し物に兼用できる。
	這種洗衣用的網子可以洗衣跟曬衣兼用。

ぼち 【墓地】 ①	墓地
	例 彼の遺骨は台南にある墓地に葬られている。
	他的遺骨葬在台南的墓地。

ほっさ 【発作】 ⓪	**發作** 例 彼はさっき喘息の発作を起こして、今は保健室で休んでいる。 他剛剛氣喘發作，現在在保健室休息。
ポット 【pot】 ①	**罐；壺；鍋；一罐（壺，鍋）之量；便壺；大筆（款子）** ★★ 例 ティーポットには茶漉しが付いている。 茶壺附有濾茶器。
ほっぺた 【頬っぺた・頬っ辺】 ③	**臉頰** ★ 例 母が作ったケーキは頬っぺたが落ちるくらい美味しかった。 母親做的蛋糕好吃到了極點。
ぼつぼつ ④⓪	**紅疹；小點點** 例 彼はエビを食べた後、顔にぼつぼつが出来た。 他吃了蝦子後，臉上起了紅疹。
ほとり 【辺・畔】 ⓪③	**邊，畔** 例 彼らは湖のほとりでキャンプをしている。 他們正在湖畔露營。
ほよう 【保養】 ⓪	**休養；療養** 例 彼女は休みになると、保養のために温泉地へ出掛ける。 她一放假就去溫泉勝地療養。
ほりょ 【捕虜】 ①	**俘虜** 例 捕虜は皆、両手をロープでしっかり縛られていた。 每個俘虜雙手都被繩子牢牢地綁著。
ボルト 【bolt】 ⓪	**螺栓** ★ 例 六角のボルトに六角のナットを締めた。 在六角的螺栓上栓上了六角的螺帽。
ほんかん 【本館】 ⓪	**本館；主要建築物** 例 別館には貸切風呂が、本館には大浴場がございます。 分館有私人湯屋，本館有大眾浴池。

ほんごく 【本国】 ①	自己的國家，祖國 ★ 例 犯人を本国へ送還した。 將犯人遣返回自己的國家了。	

ほんしつ
【本質】 ⓪

本質 ★
例 健康は幸福の本質だと思う。
（我）認為健康是幸福的本質。

ほんたい
【本体】 ①⓪

本體；實體；本質；真相；真面目 ★
例 二年以上のプランを契約して携帯を買うと、携帯本体の料金が安くなる。
綁兩年以上的約買手機的話，手機本身的價錢會變便宜。

ほんね
【本音】 ⓪

本來的音色；真心話 ★★
例 「本音と建前」を理解することが、日本人とビジネスをする際の最大のコツだと言える。
理解「真心話與場面話」，可以說是跟日本人做生意時最大的訣竅。

ほんのう
【本能】 ①⓪

本能 ★★
例 赤ん坊は本能のままに笑ったり、泣いたりする。
嬰兒按照自己的本能笑著、哭著。

ほんば
【本場】 ⓪

原產地；主要產地；正宗，道地；（證交所）上午的交易 ★★
例 本場のタイ料理を食べてみたい。
（我）想吃吃看道地的泰國菜。

ポンプ
【（荷）pomp】 ①

泵浦，幫浦；抽水機 ★
例 私達の生活では、様々な種類のポンプが使われている。
在我們的生活中，使用著各式各樣的幫浦。

ほんぶん
【本文】 ①

本文，正文 ★★
例 本文の前にある序文を読んでください。
請閱讀正文之前的序文。

ほんみょう
【本名】 ①

本名 ★
例 彼女のサインは本名じゃなく、ペンネームだ。
她的簽名並非本名，而是筆名。

ま行

まマ

マーク 【mark】　①	痕跡；汙點；記號，符號，標記　　　　　★★ 例 このマークは「立入禁止」のマークなので、注意してください。 因為這個標記是「禁止進入」的記號，所以請注意！
まうえ 【真上】　③	正上方，頭頂上　　　　　　　　　　　　　★ 例 当時、林さんの真上に住んでいたのが、劉さん一家だった。 當時，林先生的正上方住的是劉先生一家人。
まえおき 【前置き】　⓪	前言，序文；開場白　　　　　　　　　　　★ 例 前置きはなしで直接本題に入ろう。 不要開場白，直接切入正題吧！
まく 【膜】　②	薄膜 例 豆乳シチューを作ろうと豆乳を温めたら、次々と膜が出来てしまって大失敗した。 打算做豆漿燉菜時，將豆漿加熱的話，就會不斷地產生薄膜，真是大失敗。 （註：煮沸豆漿上的薄膜稱為「湯葉」，晾乾後就是豆腐皮。）
まごころ 【真心】　②	真心　　　　　　　　　　　　　　　　　★★ 例 さっき彼が言ったことは真心から出たものだ。 剛剛他所說的話是出於真心的。
マザコン／　⓪ マザーコンプレックス ⑦ 【mother + complex】	戀母情結 例 彼女のボーイフレンドは典型的なマザコンだ。 她男朋友是典型的戀母情結。
ました 【真下】　③	正下方　　　　　　　　　　　　　　　　　★ 例 外が見える透明なエレベーターから真下を見るのは、とてもスリルがある。 從可以看到外部的透明電梯看正下方，非常驚心動魄。

ますい 【麻酔・痲酔】 ⓪	麻醉 ★ 例 医者は傷口に局所麻酔を打ってから縫合した。 醫生將傷口局部麻醉之後縫合了。
また 【股・叉・胯】 ②	分叉；褲襠 ★ 例 知らないうちにズボンの股の部分が破けていた。 不知何時褲子褲襠的部分破了。
まっき 【末期】 ①	末期 ★ 例 先輩は末期の乳癌で入院している。 學姊因為末期的乳癌住院了。
まっぷたつ 【真っ二つ】 ③④	兩半 ★ 例 会議で、社員達の意見が真っ二つに分かれた。 在會議中，員工們的意見分歧成兩邊了。
まと 【的】 ⓪	目標，靶子；對象 ★★ 例 その子はクラスメート達の憧れの的だ。 那個孩子是同學們憧憬的對象。
マニア 【mania】 ①	狂熱（者），愛好（者） ★★ 例 スポーツカーマニアの芸能人は多い。 愛好跑車的藝人很多。
まねき 【招き】 ③	邀請；招待；招聘；招攬顧客的招牌或裝飾 ★★ 例 取引先の招きで日本を訪れた。 受客戶的招待造訪了日本。
まやく 【麻薬・痲薬】 ⓪	麻藥；毒品 ★ 例 逮捕された旅行者は台湾に麻薬を密輸しようとした。 被逮捕的旅客本來打算將毒品祕密輸送到台灣。
まゆ 【眉】 ①	眉毛 ★ 例 女性なら誰でも眉を上手に描けるという訳でもない。 並非只要是女生就很會畫眉毛。
まり 【鞠・毬】 ②	球（用橡膠、皮、線或合成樹脂所做的運動玩具） 例 「毬」は小さい子供の玩具や装飾品というイメージがある。 「毬」給人年幼孩子的玩具或是裝飾品的印象。

まんげつ 【満月】 ①	滿月，月圓（陰曆十五號的月亮） ★ 例 十五夜の満月を見ながらお団子を食べた。 邊欣賞中秋節的滿月邊吃三色糰子了。	

まんじょう 【満場】 ⓪	滿場 例 彼女の演説は満場の喝采を博した。 她的演說博得了滿場的喝采。	

まんせい 【慢性】 ⓪	慢性 ★★ 例 彼は慢性の喘息で苦しんでいる。 他為慢性氣喘所苦。	

まんタン 【満tank】 ⓪	加滿油 ★★ 例 パーキングエリアのガソリンスタンドでガソリンを満 タンにした。 在休息區的加油站加滿了油。	

マンネリ／ **マンネリズム** ④ 【mannerism】	習性；言談舉止；（作家或藝術家）的八股風格 ★ 例 彼女の作品はマンネリに陥っている。 她的作品墨守成規。	

みミ

▶ MP3-032

みあい 【見合い・見合】 ⓪	相親；平衡，相抵 ★★ 例 私と夫はお見合い結婚だ。 我跟老公是相親結婚的。	

みいり 【実入り】 ⓪	結實；成熟；收入 例 今日はお客様が多かったから、実入りは十万台湾ドル 以上に達した。 今天因為來了很多客人，所以收入達到十萬台幣以上了。	

みうごき 【身動き】 ②	挪動身體；隨著想法行動 ★ 例 士林夜市は混んでいて身動きもままならなかった。 士林夜市擁擠到即使想挪動身體也沒辦法。	

みうち 【身内】 0	全身；體內；家人；親人；自家人；同組織者 ★★
	例 私は南部の出身なので、台北には身内がいない。
	因為我是南部長大的，所以在台北沒有親人。

みかい 【未開】 0	未開發；未開墾
	例 農民達は未開の土地を開墾しようとした。
	農民們打算開墾未開發的土地。

みかく 【味覚】 0	味覺 ★★
	例 彼女の味覚は風邪で鈍くなっている。
	她的味覺因為感冒而變鈍了。

みき 【幹】 1	樹幹；（事物的）軸心
	例 カブトムシが木の幹に止まっている。
	獨角仙停在樹幹上。

みこみ 【見込み】 0	預計；預估；希望；前途 ★★★
	例 この計画は成功の見込みがないと思う。
	（我）認為這個計畫沒有成功的希望。

みこん 【未婚】 0	未婚 ★★
	例 このアンケート調査は未婚の女性千人を対象に行われた。
	這項問卷調查以一千名未婚的女性為對象進行了。

みじん 【微塵】 0	微塵；粉碎；絲毫；（佛）塵埃 ★
	例 仕事を辞めたことに後悔は微塵もない。
	（我）對於辭職沒有一丁點後悔。

みずけ 【水気】 0	水分 ★
	例 この土地の土壌は水気が多くて、どろどろしている。
	這塊土地的土壤水分多，泥濘不堪。

ミスプリ／ ミスプリント 【misprint】 0 4	印刷錯誤 ★
	例 この本は、急いで印刷したので、ミスプリントがたくさんある。
	這本書因為之前趕著印刷，所以有很多印刷錯誤。

ミセス 【Mrs.】 ①	（用在已婚婦女的姓或姓名之前）女士；夫人，太太　★★ 例 ミセスに人気のヘアスタイルを紹介してください。 請介紹（給我）受女士歡迎的髮型。	
みせもの 【見世物】 ③④	魔術；雜耍；出洋相　★★ 例 「見世物学会」は平成十一年、見世物業界の人々が中心となって、設立された。 「雜耍學會」於平成十一年，以雜耍業界的人們為中心設立了。	
みため 【見た目】 ⓪①	外表，外貌，外觀　★★★ 例 彼女は見た目は可愛いが意地悪だ。 她外表可愛卻很壞心眼。	
みだれ 【乱れ】 ③	蓬亂；混亂；紊亂　★★ 例 「服装の乱れは心の乱れ」という格言がある。 有「衣服的混亂是心靈的紊亂」這樣的格言。	
みち 【未知】 ①	未知　★ 例 スペインは私にとって、まったく未知の場所だ。 西班牙對我來說，是全然未知的地方。	
みちばた 【道端】 ⓪	路旁，路邊 例 今朝、学校へ行く途中、道端に子犬が捨てられていた。 今天早上，上學途中，路邊有小狗被丟棄著。	
みつど 【密度】 ①	疏密的程度；事物的周密度；（物理）密度　★★ 例 オーストラリアは人口密度が低い国だ。 澳洲是人口密度很低的國家。	
みつもり 【見積もり・ 見積り】 ⓪	估計，估算，估價　★★★ 例 車の修理の見積もりに手数料は掛かりますか。 修車的報價需要手續費嗎？	
みとおし 【見通し】 ⓪	從頭看到尾；無阻礙地遠望；洞察；預測　★ 例 お祖父さんには何でもお見通しのようだ。 爺爺似乎能洞察一切。	

みなもと
【源】　0

源頭；根源　★
例 その川は山に源を発する。
那條河發源於山區。

みなり
【身なり・身形】　1

穿著打扮　★
例 身なりは人を表す。
人要衣裝。

みね
【峰・嶺】　2

山峰；刀背；物體上隆起處
例 高くて険しい峰を越えた。
越過了高聳險峻的山峰。

みのうえ
【身の上】　0 4

身世；境遇；命運　★
例 そんなドラマのようなことが私の身の上に起こるとは思えない。
無法想像那種電視劇般的事會發生在我身上。

みのまわり
【身の回り】　0

自己的周遭、身邊；日常生活的雜物　★★
例 大統領は常に何人かのボディーガードを身の回りに置いている。
總統身邊隨時安置著數名保鑣。

みはらし
【見晴らし・見晴し】　0

眺望；景觀　★
例 二人の記念日に海辺の見晴らしのいいレストランを予約した。
在兩個人的紀念日時預約了海景好的餐廳。

みぶり
【身振り】　1

（表達情感、意志的）動作、手勢　★★
例 彼女は身振り手振りを交えながら喋っている。
她邊比手畫腳邊說著。

みもと
【身元・身許】　0 3

身分；身世，出身；境遇；來歷　★★
例 死者の身元はまだ判明していない。
死者的身分還未判別。

みゃく
【脈】　2

脈搏；脈動；人脈；血脈；礦脈；血管；希望　★
例 たまに、動悸がして脈が飛ぶことがある。
偶爾會心悸脈搏飛快。

ミュージック 【music】 ①	音樂；樂曲 ★★ 例 彼女はカントリーミュージックにはまっている。 她沉迷於鄉村音樂。	

みれん 【未練】 ①⓪	留戀；未成熟 例 留学生活に未練はない。 對留學生活沒有留戀。

みんしゅく 【民宿】 ⓪	民宿 ★ 例 彼は沖縄の民宿にロングステイしている。 他正在沖繩的民宿長期住宿中。

みんぞく 【民俗】 ①	民俗，民間風俗 ★ 例 彼は国立歴史民俗博物館の館長だった。 他曾經是國立歷史民俗博物館的館長。

みんぞく 【民族】 ①	民族 ★ 例 彼女は民族衣装を着てパーティーに出席した。 她穿著民族服裝出席了派對。

む ム

▶ MP3-033

ムード 【mood】 ①	氣氛；心情；情緒；情調 ★★ 例 彼は場を盛り上げるのが得意で、「みんなのムードメーカー」と呼ばれている。 他擅長炒熱現場氣氛，被稱為「大家的開心果」。

むこ 【婿】 ①	贅婿；女婿；新郎 ★ 例 彼は課長の妹婿だ。 他是課長的妹婿。

むごん 【無言】 ⓪	無言，沉默，默不作聲 ★ 例 彼は無言のまま礼をして出ていった。 他默不作聲地敬了禮離開了。

むすび 【結び】 ⓪	連結；打結處；結尾；結束；飯糰（通常稱為「お結び」或「お握り」）★ 例 妹は小学生になっても蝶結びが出来なかった。 妹妹即使成了小學生仍不會打蝴蝶結。

むせん 【無線】 ⓪	無線 ★★ 例 Wi-Fi を使う上で<u>無線</u> LAN ルーターは不可欠だ。 在無線網路的使用上，無線網路路由器是不可或缺的。
むだん 【無断】 ⓪	擅自，未先告知 ★★ 例 夫は<u>無断</u>外泊をした。 老公未先告知就外宿了。
むち 【無知・無智】 ①	無知；沒知識；沒智慧 ★ 例 「<u>無知</u>は罪なり、知は空虚なり、英知を持つもの英雄なり」はソクラテスの名言だ。 「無知即罪惡，聰明即虛空，擁有智慧者乃英雄」是蘇格拉底的名言。
むちゃ 【無茶】 ①	蠻橫；胡鬧；過分 ★★ 例 仕事でも趣味でも<u>無茶</u>をするべきではない。 無論是工作或是嗜好都不該亂來。
むよう 【無用】 ⓪①	無益，沒有用處；不需要；沒事；禁止 ★ 例 その点については心配<u>無用</u>です。 關於這一點擔心也沒用。
むら 【斑】 ⓪	（顔色）濃淡不均；（東西）厚薄不均；不穩定；善變 例 プリンターの調子が悪く、印刷物の濃淡に<u>むら</u>がある。 印表機出了狀況，印刷品的顔色濃淡不均。

めメ

▶ MP3-034

めいさん 【名産】 ⓪	名産；當地特産 ★★ 例 インターネットを通じて世界各国の<u>名産</u>品が買える。 透過網路可以買到世界各國的特産。
めいしょう 【名称】 ⓪	名稱 ★★ 例 新商品の<u>名称</u>を公募で決めることにした。 新商品的名稱決定用公開招募來決定了。
めいぼ 【名簿】 ⓪	名冊 ★ 例 多くの<u>名簿</u>は五十音順だ。 許多名冊都是採五十音的排序。

めいよ 【名誉】　①	名譽；榮譽　★★ 例 彼女は名誉毀損でその週刊誌の出版社を訴えた。 她因為名譽受損告了那本週刊的出版社。	
メーカー 【maker】　⓪①	自造者，創客（一群酷愛科技、熱衷實踐的人群）；製造商　★★★ 例 液晶テレビのメーカーと言えばソニーだ。 説起液晶電視的製造商就會聯想到 SONY。	
めかた 【目方】　⓪	重量；分量　★ 例 荷物の送料は目方で決まる。 行李的運費用重量來決定。	
めぐみ 【恵み】　⓪	恩惠；憐憫；施捨　★ 例 赤ちゃんは夫婦にとって神様からの大きな恵みだ。 嬰孩對夫妻來説是來自神的大恩惠。	
めさき 【目先】　⓪③	眼前；目前；眼光　★ 例 彼らは目先の利益に惑わされて、判断を誤った。 他們被眼前的利益所迷惑而誤判了。	
めす 【雌・牝】　②	雌，母　★ 例 家で飼っている二匹の兎のうち、一匹は雌で、妊娠している。 家裡養的兩隻兔子當中，一隻是母兔，已經懷孕了。	
めつき 【目付き】　①	眼神　★ 例 昔から目付きが悪いと言われてきた。 從以前就一直被説眼神很兇惡。	
メディア 【media】　①	大眾傳播媒體　★★ 例 ジャーナリズム学科はメディアの社会的役割を探究している。 新聞系探究著大眾傳播媒體的社會功能。	
めど 【目途・目処】　①	目標；目的；展望　★ 例 台風が近付いてきたから、七日分を目途に必要な食料品を準備しておいてください。 因為颱風快來了，所以請準備以七天份為目標的必要食品。	

めもり 【目盛り・目盛】 ⓪③	刻度　　　　　　　　　　　★ 例 時計の分針は一周回転すると、時針が一目盛り動く。 時鐘的分針走一圈的話，時針就前進一個刻度。	

メロディー 【melody】 ①	旋律；曲調　　　　　　　　★★ 例 この曲は悲しいメロディーが特徴だ。 這首曲子悲傷的旋律是特色。

めんえき 【免疫】 ⓪	免疫　　　　　　　　　　　★ 例 空気感染の感染力は極めて強く、免疫力が低下している人が感染すると、ほぼ 100 % 発症する。 空氣傳染的傳染力極強，免疫力低下的人一旦感染了，幾乎百分之百會發病。

めんぼく・めんもく 【面目】 ⓪	臉面，面子；名譽；體面　　★ 例 注意された通りの失敗をしてしまって面目ない。 正如同被警告般地失敗了，很沒面子。

もモ

▶ MP3-035

も 【喪】 ⓪①	喪事；喪期 例 挙式の段取りを立てていたが、彼の父が亡くなったため、喪に服して延期することにした。 我們之前在計畫辦婚禮了，但由於他的父親過世，所以決定服喪延期了。

もうしこみ 【申し込み・ 申込み・申込】 ⓪	申請；報名；預約　　　　★★★ 例 息子は既に夏期講習の申し込みをした。 兒子已經申請暑期輔導了。

もうしで 【申し出・申出】 ⓪	申請；提議　　　　　　　★★ 例 彼女の申し出を受け入れた。 接受了她的提議。

もうしぶん 【申し分・申分】 ⓪	可挑剔處；申辯　　　　　★ 例 彼女は申し分のない結婚相手だと思う。 （我）認為她是無可挑剔的結婚對象。

/ 167

もうてん 【盲点】 ⅠⅢ	盲點；漏洞，破綻 ★ 例 彼は法律の盲点を突いて悪事を働いた。 他鑽法律漏洞做了壞事。	
モーテル 【motel】 Ⅰ	汽車旅館 ★ 例 その地域のモーテルに関する情報をください。 請給我那個區域的汽車旅館的相關資訊。 （註：日本的汽車旅館一般多為「ラブホテル」（love hotel，情趣旅館）。）	
もくろく 【目録】 ⓪	目錄，目次 ★ 例 記念品に目録を添えた。 在紀念品中附上了目錄。	
もくろみ 【目論見】 ⓪Ⅳ	企畫，策畫；企圖 例 そのプロジェクトは私の目論見通りに成功した。 那個項目如我所策畫地成功了。	
もけい 【模型】 ⓪	模型 ★ 例 木材で飛行機の模型を作ってみようと思う。 （我）打算用木材做做看飛機的模型。	
もちきり 【持ち切り・持切り】 ⓪	從頭到尾持續同樣的話題 例 最近はどこへ行っても高雄市長選挙の話で持ち切りだ。 最近去到哪裡都是持續高雄市長選舉的話題。	
もっか 【目下】 Ⅰ	目前 ★ 例 この交通事故については目下調査中だ。 關於這起車禍目前正在調查中。	
モニター 【moniter】 Ⅰ⓪	（電腦或電視的）顯示器，螢幕；（學校的）班長 ★★ 例 モニターで患者の心拍を確認する。 用顯示器確認患者的心跳。	
もはん 【模範】 ⓪	模範，榜樣 ★ 例 奨学金は、成績優秀で、ほかの学生の模範となる学生に与えられる。 獎學金，將給予成績優秀、能夠當其他學生模範的學生。	

や行

やヤ

▶ MP3-036

や 【矢】 1	箭 例 光陰矢のごとし。 光陰似箭。
やがい 【野外】 1 0	野外，郊外；屋外　　　　　　　　　★★ 例 彼らは野外活動が好きで、よくキャンプに出掛ける。 他們喜歡野外活動，常常出外露營。
やぐ 【夜具】 1	寝具（也說成「寝具」） 例 夜具は有料で借りられる。 寢具可以用錢租借。
やくしょく 【役職】 0	任務；職務；管理階級　　　　　　　★ 例 彼女は委員会で管理委員という役職を担っている。 她在委員會擔任管理委員的職務。
やくば 【役場】 3	公所；政府辦公室　　　　　　　　　★ 例 数多くのカップルが町役場が主催する合同結婚式に参加した。 為數眾多的情侶參加了鎮公所主辦的集團婚禮。
やしき 【屋敷】 3	院落；建築用地；宅邸　　　　　　　★ 例 古い屋敷は火事で燃えて灰になった。 舊的院落因為火災燒成灰燼了。
やしん 【野心】 1 0	野心，雄心壯志；禍心，害人的心　★ 例 作家になるという野心に燃えている。 燃燒著成為作家的野心。
やせい 【野生】 0	野生 例 野生の花を摘んで花瓶に挿した。 摘了野生的花插在花瓶裡了。
やせっぽち 【痩せっぽち】 4	瘦子，瘦弱的人 例 兄は体が弱く、背ばかりが高くて痩せっぽちだ。 哥哥是一個體弱，只有身高高的瘦子。

やつ 【奴】 ①	傢伙；小子；東西；玩意兒 ★★	

例 あのぼろぼろの服を着た変な奴には近付くな。

不要靠近那個穿著破爛衣服的變態傢伙！

やとう 【野党】 ①	在野黨

例 与党の政策は野党から非難された。

執政黨的政策遭到了在野黨的責難。

やまい 【病】 ①	疾病；毛病 ★

例 病は気から。

憂慮傷身。

やみ 【闇】 ②	黑暗，漆黑；糊塗，迷惘；黑市，暗盤

例 夜道を歩いている時に物音がしたので、闇に目を凝らすと、野良猫がこちらを見ていた。

因為在夜路行走時傳來聲響，所以凝視暗處，發現流浪貓正看著這邊。

ヤング 【young】 ①	年輕人；幼兒 ★

例 「ヤングの街」は渋谷及び渋谷駅の周辺を表す俗語だった。

「年輕人之街」曾是表示澀谷與澀谷車站一帶的俗語。

ゆ ユ ▶ MP3-037

ゆうい 【優位】 ①	優勢；優越的地位

例 A党が議会で優位を占めている。

A黨在議會中占了優勢。

ゆうえつ 【優越】 ⓪	優越

例 彼らは他の人達に対して優越感を持っている。

他們對其他的人們抱持著優越感。

ゆうき 【有機】 ①	有機 ★

例 有機野菜は原則として農薬や化学肥料を使わない。

有機蔬菜原則上不使用農藥或化學肥料。

ゆうぐれ【夕暮れ】 ⓪

傍晚，黄昏 ★

例 私達は夜明けから夕暮れまでずっと窓際に座って雑談をしていた。

我們從黎明到黃昏一直坐在窗邊閒聊。

ゆうせい【優勢】 ⓪

優勢 ★

例 我がチームは試合中、始終優勢だった。

我隊在比賽中，始終是優勢。

Uターン【U-turn】 ③

U字形轉彎 ★★

例 この道路標識はUターン禁止を示している。

這個道路標誌顯示禁止U字形轉彎。

ゆうぼく【遊牧】 ⓪

遊牧

例 近頃では、完全な遊牧生活をする人は少なくなった。

近來，過著全然遊牧生活的人變少了。

ゆうやけ【夕焼け】 ⓪

晚霞 ★

例 夕焼けは翌日の晴天の予兆だそうだ。

聽説晚霞是隔天晴天的預兆。

ゆうれい【幽霊】 ①

幽靈；亡靈；有名無實 ★

例 彼女は新聞部の幽霊部員だ。

她是新聞社的幽靈社員。

ゆとり ⓪

寬裕；充裕；餘裕；閒情 ★★

例 時間にゆとりがあったら、一緒にコーヒーでも飲まないか。

時間充裕的話，不一起喝杯咖啡什麼的嗎？

ユニットバス【unit＋bath】 ⑤

整體浴室，系統式衛浴 ★

例 我が家のバスルームは、「リクシル」のユニットバスだ。

我家的浴室，是「LIXIL」的系統式衛浴。

ユニフォーム・ユニホーム【uniform】 ③①

制服；成套的運動服 ★★

例 学校の野球チームのユニホームを注文した。

訂購了棒球校隊的隊服。

ゆみ 【弓】 ②	弓箭；樂器的弓；弓型的東西
	例 弓道体験で、数本の弓を射った。
	在射箭體驗時，發射了好幾支弓箭。

よ ヨ　　　　　　　　　　　　　　　▶ MP3-038

よ 【世・代】 ①0	世上；社會；前世；來世；世代；時代；年代；一世　　★
	例 曽祖父は清朝の世に生まれた。
	曾祖父生於清朝時代。

よういん 【要因】 ⓪	主要原因　　　　　　　　　　　　　　　　　　★
	例 幸福度に影響する要因には、収入、学歴、健康、人間 関係などがある。
	影響幸福度的主要原因，有收入、學歷、健康，人際關係等。

ようえき 【溶液】 ①	溶液
	例 希釈した溶液濃度の計算方法を教えてください。
	請教（我）稀釋之後的溶液濃度的計算方法。

ようけん 【用件】 ③	重要的事情；必要的條件　　　　　　　　　★★★
	例 緊急の用件から、処理してください。
	因為是緊急的重要事情，請予以處理。

ようご 【養護】 ①	養護；撫育　　　　　　　　　　　　　　　　★
	例 養護施設では、保護者のいない児童や虐待されている 児童を養育し、保護している。
	在養護機構，養育保護無監護人的兒童與受虐兒童。

ようし 【用紙】 ⓪①	規定用紙；表格　　　　　　　　　　　　　★★
	例 妹は原稿用紙に作文を書いている。
	妹妹正在稿紙上寫作文。

ようし 【養子】 ⓪	養子
	例 彼女は子供を生むことができないから、養子を欲し がっている。
	她因為不能生孩子，所以想要養子。

ようしき 【様式】 ⓪	様式；方式；格式；款式；模式　★★ 例 和服とは日本に古くからある様式の衣服を指す。 所謂的和服是指日本自古既有的樣式的衣服。
ようしき 【洋式】 ⓪	西式，洋式　★★ 例 最近、社内の和式トイレを全て洋式に変える工事が行われた。 近來，進行了將公司內的日式廁所全改成西式的工程。
ようそう 【様相】 ⓪	情況，狀態；樣子，樣貌 例 フェイスブックは人間関係の様相を大きく変えた。 臉書大大地改變了人際關係的樣貌。
ようひん 【用品】 ⓪	用品，用具　★★ 例 キッチン用品には食器、鍋、フライパン、包丁などが含まれている。 廚房用品包含了餐具、鍋子、平底鍋、菜刀等。
ようふう 【洋風】 ⓪	西式，洋式　★★ 例 洋風のほうれん草とベーコンのソテーを作った。 做了西式的嫩煎菠菜培根。
ようほう 【用法】 ⓪	用法　★★ 例 薬は用法と用量を守って飲みましょう。 藥遵照用法與用量服用吧！
ようぼう 【要望】 ⓪	要求，希望　★★ 例 お客様のご要望にお応えして期間限定商品を再販売いたします。 因應顧客的要求，再次販售限時商品。
よか 【余暇】 ①	餘暇，閒暇　★ 例 余暇を利用して、ボランティア活動に従事している。 利用閒暇，從事著志工活動。
よかん 【予感】 ⓪	預感　★ 例 彼女は娘が試験に落ちる予感がした。 她預感了女兒會落榜。

よきょう 【余興】　0	餘興（節目）　★ 例 彼は余興として得意のダンスを披露し、宴会を盛り上げた。 他表演了擅長的舞蹈作為餘興節目，炒熱了宴會氣氛。	
よく 【欲・慾】　2	慾望　★ 例 母は驚くほど欲がない女性だ。 母親是令人吃驚地沒有欲望的女性。	
よくしつ 【浴室】　0	浴室　★★ 例 タオルは浴室の収納棚にしまってある。 毛巾收在浴室的收納櫃裡。	
よくぼう 【欲望】　0	慾望　★ 例 欲望をコントロールしようとする時、何がポイントとなりますか。 打算控制欲望時，什麼是重點呢？	
よこく 【予告】　0	預告；通知　★ 例 今朝、予告なしに解雇を言い渡された。 今天早上，毫無通知地被宣告解僱了。	
よこづな 【横綱】　0	横綱（相撲一級力士）；超群　★ 例 彼は横綱を目指して、一生懸命頑張っている。 他以橫綱為目標，拼命努力著。	
よし 【由】　1	由來，緣由；手段，方法；內情；藉口；內容；宗旨 例 事の由を社長にお伝えください。 請將事情的緣由轉告社長。	
よしあし 【良し悪し・善し悪し】　2 1	善惡，好壞；有利有弊，有得有失，有好有壞　★ 例 彼女は物事の善し悪しが判断できない。 她無法判斷事物的好壞。	
よしん 【余震】　0	餘震　★ 例 その地震の後、何百もの余震が続いた。 那次地震之後，竟持續了數百次的餘震。	

よそもの 【余所者】 ⓪	陌生人；別人
	例 余所者とは付き合わない方がいい。
	最好不要跟陌生人交往。
	（註：類似的用語尚有「余所人」，但大多出現在古文當中。）

よち 【余地】 ①	餘地　　　　　　　　　　　　　　　　★★
	例 この汚職事件は弁護の余地がないと思う。
	（我）認為這個貪污事件沒有辯護的餘地。

よとう 【与党】 ①	執政黨
	例 与党は今回の選挙で過半数を獲得した。
	執政黨在此次的選舉中獲得了過半數。

よびすて 【呼び捨て・ 呼捨て】 ⓪	不加尊稱，指名道姓地叫　　　　　　　　★
	例 私のことを呼び捨てにしないでほしい。
	希望不要指名道姓地叫我。

よふかし 【夜更かし】 ③②	熬夜　　　　　　　　　　　　　　　★★★
	例 夜更かしは体に悪いよ。
	熬夜對身體不好喔！

よふけ 【夜更け】 ③	深夜，三更半夜　　　　　　　　　　　　★
	例 新しい本を出版するために、私はしばしば夜更けまで執筆を続けた。
	為了出版新書，我常常持續撰稿到三更半夜。

より 【寄り】 ⓪	偏，靠；集會，聚會
	例 今日は寒いから、午後のシンポジウムは人の寄りが悪いと思う。
	因為今天很冷，所以（我）想下午的專題討論會來的人應該不多。

ら行

らラ
▶ MP3-039

ライス
【rice】 ①

大米，米；米飯；稻子，水稻 ★★
例 ライスとパン、どちらになさいますか。
米飯跟麵包，（您）要哪一種呢？

ライバル
【rival】 ①

競爭對手；敵手 ★★
例 彼女は決勝で長年のライバルと対戦した。
她在決賽時與長年的對手對戰了。

らくのう
【酪農】 ⓪

酪農業
例 彼らは酪農を営んでいて、ミルクとチーズを生産している。
他們經營酪農業，生產牛奶與起司。

ランプ
【lamp】 ①

燈；照明設備；照射器 ★
例 玄関に置くテーブルランプを買いたいので、ネットで売れ筋商品を見ている。
因為想買放在玄關的檯燈，所以正在網路上看熱賣商品。

りリ
▶ MP3-040

りくつ
【理屈・理窟】 ⓪

道理；理由；藉口 ★
例 彼の言うことは理屈が通っているようだが、私は納得できない。
雖然他說的話似乎很有道理，但是我無法接受。

りし
【利子】 ①

利息 ★
例 友人はいいと言ったが、利子を付けてお金を返した。
雖然朋友說不用，還是附上利息還錢了。
（註：金融機構的存款利息稱為「金利」。）

りじゅん
【利潤】 ⓪

利潤
例 利潤だけを追求しても上手くいかないものだ。
即使只追求利潤也是行不通的。

リストラ／ リストラクチュアリング ④ 【restructuring】 ⓪	裁員 ★★ 例 七月初旬、ドイツ銀行が、一万八千人という大規模な リストラを発表した。 七月初旬，德國銀行發表了一萬八千人的大規模裁員。
りせい 【理性】 ①	理性，理智 ★ 例 人間には理性があるから、善と悪の区別ができる。 人因為有理智，所以能區別善惡。
りそく 【利息】 ⓪	利息 ★ 例 当時、銀行の利息は日歩三銭だった。 當時，銀行的利息是日息三分。
りったい 【立体】 ⓪	立體 ★ 例 立体駐車場は「自走式」と「機械式」の二種類がある。 立體停車場有「自走式」與「機械式」兩種。
リップサービス 【lip service】 ④	空話，門面話，嘴上說說；無實質意義；沒有行動或誠意 例 ついリップサービスが上手な男性に惹かれてしまう。 不經意地被嘴巴甜的男性給吸引了。
りっぽう 【立法】 ⓪	立法 例 立法院の会議に出席した立法委員は三分の一に満たない。 出席了立法院會議的立法委員不到三分之一。
りっぽう 【立方】 ⓪	立方 例 この給水塔の体積は約五立方メートルだ。 這個水塔的體積大約五立方公尺。
りてん 【利点】 ⓪	有利點，優點 ★★ 例 この方法の利点はコストを削減できるところだ。 這個方法的有利點在於可以削減成本。
リハビリ／ リハビリテーション ⑤ 【rehabilitation】 ⓪	復健 ★★ 例 父は毎日、リハビリのため病院に通っている。 父親每天為了復健往返醫院。

りゃくご 【略語】 ⓪	略語，縮寫 ★ 例「ブログ」は「ウェブログ」の略語だ。 「blog」（部落格）是「weblog」的縮寫。	

りゅうつう 【流通】 ⓪	（空氣、貨幣、票據、證券、商品買賣）流通 ★ 例 E コマースによって、流通形態は大きく変化した。 由於電子商務，流通形態大大地變化了。

りょういき 【領域】 ⓪	領域 ★★ 例 彼は科学領域のエキスパートだ。 他是科學領域的專家。

りょうかい 【領海】 ⓪	領海 例 地理の授業で日本の領海について勉強した。 在地理課學了關於日本的領海。

りょうきょく 【両極】 ⓪	兩個極端；南北兩極；陰陽兩極 ★ 例 貧富の両極化が進んでいる。 貧富的兩極化進展著。

りょうしき 【良識】 ⓪	健全的思考力、理解力、判斷力 ★ 例 知識の前に、まず良識を身に付けるべきだ。 在知識之前，應該先具備健全的思考力。

りょうしゅうしょ 【領収書】 ⓪	收據 ★★★ 例 仕事の買い物をする時には、領収書をもらってください。 買工作上的東西時，請拿收據。

りょうしん 【良心】 ①	良心 ★ 例 あなたは良心の呵責を感じなかったのですか。 你沒有感受到良心的譴責嗎？

りょうち 【領地】 ①	領地 例 その領主は広大な領地を所有していた。 那位領主曾經擁有廣大的領地。

りょうど 【領土】 ①	領土 例 領土とは、広義には、領水や領空を含めた国家の有する全ての領域を指す。 所謂的領土，廣義地來説，包含了領水與領空等國家所有的領域。
りょかく・りょきゃく 【旅客】 ⓪	旅客 ★★ 例 その便の旅客リストを確認させてください。 請讓我確認該班機的旅客名單。
りょけん 【旅券】 ⓪	護照（通常説成「パスポート」） ★★ 例 旅券の有効期限の確認を忘れないように。 別忘了確認護照的有效期限。
りれき 【履歴】 ⓪	履歴；經歷 ★★ 例 アルバイトを始めるために、履歴書を準備した。 為了開始打工，（我）準備了履歷表。
りろん 【理論】 ①	理論 ★ 例 理論と事実は矛盾している。 理論與事實矛盾著。
りんぎょう 【林業】 ①⓪	林業 例 第一次産業とは、農業、林業、及び水産業を指す。 所謂第一次產業，是指農業、林業，以及水產業。

れレ
▶ MP3-041

レース 【lace】 ①	蕾絲；花邊；鞋帶；鏤空編織物或刺繡品 ★ 例 今日は、レースのブラウスにスカートを合わせようと思う。 今天，（我）打算穿蕾絲襯衫配裙子。
レース 【race】 ①	賽跑，速度競賽；競爭；爭奪；搶先；人種，種族；民族 ★ 例 叔父は毎年、ロードバイクのレースに出ている。 叔叔每年參加公路自行車的比賽。

レギュラー 【regular】 ①	老顧客；老乘客；老聽眾；老觀眾；正式選手；固定班底 ★ 例 この歌手は番組のレギュラーだ。 這位歌手是節目的固定班底。
レッスン 【lesson】 ①	功課；課程；一堂課；（教科書中的）一課；教訓 ★★ 例 英会話レッスンは一回千元だ。 英語會話課程一堂課一千元。
レディー 【lady】 ①	女士；淑女；貴婦；女醫生 ★★ 例 電車の中で化粧するなんて、レディーとは言えないよ。 在電車上化妝之類的，不能說是淑女喲！
レトロ 【（法）rétro】 ①	復古風格；復古靈感 ★ 例 近年、レトロファッションが流行っている。 近年來，流行復古時尚。
れんきゅう 【連休】 ⓪	連假，連續假期 ★★ 例 今年の十月十日から十三日までは四連休だ。 今年的十月十日到十月十三日是四天連假。
レンジ 【range】 ①	某類產品；範圍；領域；射程；距離；音域；靶場；山脈；牧場；爐灶★ 例 電子レンジで温めてから食べてください。 請用微波爐加熱後再吃。
れんじつ 【連日】 ⓪	連日，連續幾天 ★★ 例 連日の看護で、彼女は倒れてしまった。 因為連日的看護，她累倒了。
れんじゅう・れんちゅう 【連中】 ⓪	同夥；夥伴 ★ 例 息子が怪しげな連中と行動を共にしているのが気になる。 在意兒子跟怪怪的夥伴一起行動。 （註：原為「れんじゅう」，現在多半用「れんちゅう」。）
レンタカー 【rent-a-car】 ③	租借的車 ★★ 例 私達はレンタカーでディズニーランドに行った。 我們用租借的車去了迪士尼樂園。

レントゲン 【（德）Röntgen】 ⓪	X光，倫琴射線 ★★
	例 今朝、胸部のレントゲンを撮った。
	今天早上，照了胸部的X光。

れんぽう 【連邦・聯邦】 ⓪	聯邦
	例 連邦政府とは、連邦制を採用する国の中央政府を指す。
	所謂聯邦政府，是指採用聯邦制的國家中央政府。

れんめい 【連盟・聯盟】 ⓪	聯盟
	例 国際連合の前身は国際連盟だった。
	聯合國的前身是國際聯盟。

ろ口

▶ MP3-042

ろうすい 【老衰】 ⓪	衰老
	例 祖母は大きな病気もせず、九十歳を目前にして老衰で亡くなった。
	奶奶沒生什麼大病，在接近九十歲時因衰老而過世了。

ろうりょく 【労力】 ①	勞力 ★
	例 洗濯機によって洗濯に費やす時間と労力を省くことができる。
	靠洗衣機可以節省花費在洗衣服上的時間跟勞力。

ロープ 【rope】 ①	粗繩；纜繩；繩索 ★
	例 荷物を丈夫なロープで自転車に固定した。
	將行李用堅固的繩索固定在腳踏車上了。

ロープウェー／ ④ ロープウエー ⑤ 【ropeway】	索道，空中纜車 ★★
	例 ロープウェー設備を利用すれば、簡単に頂上に辿り着ける。
	利用纜車設備的話，可以簡單地到達山頂。

わ行

わワ

▶ MP3-043

わく 【枠】　2	圏圈；骨架；邊框；框架；模子；範圍　★★
	例 読者が読みやすいように、ブログのタイトルを枠で囲 もう。 為了便於讀者閱讀，將部落格的標題用框框框起來吧！

わくせい 【惑星】　0	行星；黑馬（比喻前途無量的人）
	例 太陽系の惑星とは、太陽の周りを公転している八つの 天体を指す。 所謂太陽系的行星，是指在太陽周圍公轉的八個天體。

わざ 【技】　2	技能；技藝；招數　★★
	例 代表チームは全国から選抜されるため、もっと技を磨 かなければならない。 因為代表隊將從全國選拔出來，所以得再磨練技能。

わしき 【和式】　0	和式，日式　★★
	例 最近は和式トイレが少なくなった。 近來日式廁所變少了。

わたりどり 【渡り鳥】　3	候鳥（也叫做「候鳥」）
	例 冬の渡り鳥は秋になると台湾にやってきて、春になる と北に帰って行く。 冬候鳥一到秋天就會來台灣，一到春天就會回到北方。

ワット 【watt】　1	瓦，瓦特（電功率單位）
	例 この電気スタンドは六十ワットの電球を使っている。 這個檯燈使用六十瓦的燈泡。

わふう 【和風】　0	和式，日式，日本風格；和風，春風　★★★
	例 竹の骨に油紙を張った和風の傘を三本買った。 買了三把竹骨上貼著油紙的日式扇子。

わぶん 【和文】 ⓪	和文，日文文章	

例 国語の授業では、漢字で書かれた漢文と平仮名を中心に書かれた和文の両方を習う。

在國語課，學習用漢字所寫的漢文跟以平假名為主所寫的和文兩種。

わら 【藁】 ①	稲稈；麥稈

例 溺れる者は藁をも掴む。

急不暇擇。

わるもの 【悪者】 ⓪	壞人，壞蛋，壞東西，壞份子

例 悪者同士が意気投合する。

臭味相投。

▶ MP3-044

おれ 【俺】　　⓪	我，俺，咱（粗魯的男性用語；男性對夥伴或下屬的自稱） 例 お前は俺を怒らせた。 你惹火我了。
しょくん 【諸君】　　①	諸君，各位（男性用語；對多數的同輩或晩輩表示輕微的敬意或親近感） 例 諸君、今日もよろしく頼むよ。 各位，今日也請多多指教囉！
われ 【我・吾】　　①	我，吾；自己；本身 例 我思う故に我在り。 我思故我在。

1-2
形容詞

新日檢 N1 當中，以「い」結尾的「形容詞」占了 2.25%，如「著しい（顯著的）」、「きまり悪い（不好意思的）」、「清々しい（清爽的）」、「乏しい（乏善可陳的）」、「馬鹿馬鹿しい（愚蠢的）」……等，都是 N1 考生必須熟記的基礎必考單字。

▶ MP3-045

あくどい　③	刺眼的；過火的；太膩的；惡毒的
	例 社長は裏でかなりあくどいことをしているそうだ。
	聽説社長在私底下做著相當惡毒的事。

あさましい 【浅ましい】　④	卑鄙的，下流的；悲慘的
	例 そんな浅ましいことをして恥ずかしくないんですか。
	（你）做那麼下流的事不覺得可恥嗎？

あつくるしい 【暑苦しい】　⑤	酷熱的，悶熱的　　　　　　　　　★★
	例 真夏に長袖シャツとスーツは暑苦しい。
	在盛夏長袖襯衫跟西裝很悶熱。

あっけない 【呆気ない】　④	短促的；草率的；不過癮的　　　　★
	例 パーティーがあっけなく終わってしまい、がっかりした。
	派對簡簡單單就結束了，令人大失所望。

あらっぽい 【粗っぽい・荒っぽい】 ④ ⓪	粗糙的；潦草的；粗暴的
	例 彼女は綺麗だが、見かけに反して性格が粗っぽい。
	她很美，但與外觀相反，性格很粗魯。

あわい 【淡い】　②	淡的；淺的；薄的；一絲的　　　　★★
	例 彼女は淡い色の服が似合う。
	她很適合淺色的衣服。

いきぐるしい 【息苦しい】　⑤	（氣氛）沉悶緊張的；（空間）令人喘不過氣的　★★
	例 この部屋は換気していないので、息苦しい。
	這個房間因為不通風，所以很悶。

いさぎよい 【潔い】　④	純潔的；勇敢的；乾脆的
	例 潔く負けを認めましょう。
	勇敢地認輸吧！

いちじるしい 【著しい】　⑤	顯著的；非常的　　　　　　　　　★
	例 今年と去年の収入には著しい差がある。
	今年跟去年的收入有著顯著的差別。

いやしい【卑しい・賤しい】 ③ ⓪

卑鄙的，下流的；低賤的；貪婪的　★

例 お金を稼ぐためなら、卑しい仕事に従事しても構わない。

為了賺錢的話，從事低賤的工作也沒關係。

いやらしい【嫌らしい】 ④

令人討厭的；令人不快的　★

例 女性の厚化粧は嫌らしい。

女性的濃妝很令人討厭。

うっとうしい【鬱陶しい】 ⑤

（心情）鬱悶的；（天氣）陰沉的；（人事物）麻煩的　★

例 ここ数日、寒くてうっとうしい天気が続いている。

這幾天持續著又冷又陰沉的天氣。

おっかない ④

可怕的，恐怖的　★

例 狼はみんなおっかない目と鋭い歯を持っている。

每匹狼都有可怕的眼睛跟尖銳的牙齒。

おびただしい【夥しい】 ⑤

過多的；數不盡的；厲害的　★

例 校長先生の話は、つまらないこと夥しい。

校長說的話多半有夠無聊的。

（註：句型「……こと夥しい」用來形容程度上的嚴重或激烈，多半為負面的評價。）

か行

▶MP3-046

かぎりない【限り無い】 ④

無限的；無邊的；非常的　★

例 今日は、朝から限り無い青空が広がっている。

今天，從早開始無邊的藍天就綿延著。

きまりわるい【きまり悪い】 ⑤

害羞的，不好意思的；尷尬的

例 嘘がばれて、とてもきまり悪い。

謊言被拆穿，非常不好意思。

くすぐったい【擽ったい】 ⑤ ⓪

發癢的；害羞的，不好意思的（針對好事）　★★

例 みんなの前で先生に褒められて、非常にくすぐったい。

在大庭廣眾之下被老師誇獎，非常不好意思。

けがらわしい 【汚らわしい・ 穢らわしい】 ⑤	骯髒的；猥褻的，下流的 例 そんな汚(けが)らわしい話(はなし)は聞(き)きたくない。 （我）不想聽那麼下流的話。
こころぐるしい 【心苦しい】 ⑥	過意不去的 ★ 例 君(きみ)に迷惑(めいわく)を掛(か)けてばかりで、本当(ほんとう)に心苦(こころぐる)しい。 總是給您添麻煩，真是過意不去。
こころづよい 【心強い】 ⑤	有依靠的，有信心的 ★★ 例 君(きみ)がいてくれると、とても心強(こころづよ)い。 一有你在身邊，（我）就非常有信心。
こころぼそい 【心細い】 ⑤	不安的；洩氣的；沒把握的 ★ 例 君(きみ)がいないと、とても心細(こころぼそ)い。 你一不在，（我）就非常不安。
こころよい 【快い・心良い】 ④	愉快的；清爽的；舒服的；病情好轉的 ★ 例 春(はる)になって、快(こころよ)い天気(てんき)が続(つづ)いている。 春天到了，持續著舒服的天氣。
このましい 【好ましい】 ④	令人喜歡的；令人滿意的 ★★ 例 お客様(きゃくさま)に好(この)ましい印象(いんしょう)を与(あた)えることは非常(ひじょう)に大切(たいせつ)だ。 給顧客令人喜歡的印象非常重要。

さ行

▶ MP3-047

しぶい 【渋い】 ②	澀的；素雅的；板起臉的；老練的；小氣的 ★★ 例 彼女(かのじょ)は夫(おっと)の無駄遣(むだづか)いに渋(しぶ)い顔(かお)をした。 她對老公亂花錢板起臉來了。
しぶとい ③	頑強的；倔強的 ★ 例 試合(しあい)の最後(さいご)までしぶとく頑張(がんば)りたいと思(おも)う。 （我）打算頑強地努力到比賽的最後。
すがすがしい 【清々しい】 ⑤	清爽的；爽快的 ★★ 例 新社長(しんしゃちょう)は清々(すがすが)しい顔(かお)で、パーティーに出席(しゅっせき)された。 新社長以清爽的神色出席了派對。

すばしこい／ すばしっこい	④ ⑤	（行動）敏捷的；（腦筋）靈活的 ★
		例 うさぎは動作が非常にすばしっこい。
		兔子動作非常地敏捷。

すばやい 【素早い】	③	（行動）敏捷的，俐落的；（腦筋）靈活的 ★★
		例 母はいつも仕事を終えて帰宅してから、素早く夕飯を作る。
		母親總是下班回到家後，俐落地做晚餐。

せつない 【切ない】	③	苦惱的；難過的 ★★
		例 君の気持ちを思うと、切なくなる。
		一想到你的心情，就感到難過。

そっけない 【素っ気ない】	④	冷漠的 ★
		例 彼は誰に対してもそっけない。
		他對誰都很冷漠。

た行

▶ MP3-048

たくましい 【逞しい】	④	健壯的，魁梧的；旺盛的 ★
		例 息子は最近、食欲が逞しい。
		兒子最近食欲旺盛。

だるい 【怠い】	②⓪	無力的；發酸的 ★★
		例 風邪気味で体がだるいので、今日は早く寝よう。
		因為有點感冒全身無力，所以今天早點休息吧！

でかい／ でっかい	② ③	大的（並非文雅的用法） ★★
		例 ばかにでかい茸だな。
		令人訝異的大香菇啊！

とうとい 【尊い・貴い】	③	寶貴的，珍貴的；高貴的，尊貴的；崇高的 ★
		例 愛より尊いものはないと思う。
		（我）認為沒有比愛更崇高的東西了。

とぼしい 【乏しい】	③	缺乏的；貧窮的；乏善可陳的
		例 大統領の就任演説は内容に乏しかった。
		總統的就職演說內容乏善可陳。

な行

なさけない【情けない】 ④

悲惨的；可憐的；無恥的；冷酷無情的　★★

例 彼女にこんな情けない姿を見せたくない。

不想讓她看到（我）這麼悲慘樣子。

なさけぶかい【情け深い】 ⑤

有同情心的

例 彼女の患者に対する、穏やかで情け深い態度に感心した。

（我）佩服她對患者沉穩又有同情心的態度。

なだかい【名高い】 ③

著名的，聞名的　★

例 佐藤先生は博学で名高い。

佐藤老師以博學聞名。

なにげない【何気ない】 ④

無心的；若無其事的；漫不經心的　★

例 誰もが何気ない一言で、人を傷付けたことがあると思う。

（我）覺得誰都曾有因無心的一句話傷害到別人的經驗。

なまぐさい【生臭い】 ④

有腥味的；葷的；（出家人）不守清規的　★

例 魚を捌いたので手が生臭くなってしまった。

殺魚了所以手有魚腥味了。

なまなましい【生々しい】 ⑤

極新的；生動逼真的；揮之不去的　★

例 交通事故はこの子の記憶に生々しく残っている。

車禍在這個孩子的記憶中揮之不去。

なまぬるい【生温い】 ④⓪

微溫的；不徹底的；優柔寡斷的

例 料理が生温くなってしまったから、再度温めましょう。

因為菜變溫了，所以再度加熱吧！

なやましい【悩ましい】 ④

令人苦惱的，令人難受的；誘人的　★

例 仕事とプライベートのどちらを優先すべきか、非常に悩ましい。

工作與私事的何者應該優先呢，非常苦惱。

なれなれしい【馴れ馴れしい】 ⑤

親暱不生疏的；嬉皮笑臉的　★★

例 あの子はあまりにもなれなれしいから嫌われている。

那個孩子因為太過嬉皮笑臉了，所以討人厭。

ねぐるしい 【寝苦しい】 4	難以入睡的，睡不著的 　　　　★ 例 昨夜は寝苦しい晩だった。 昨夜是個難眠的夜晚。
のぞましい 【望ましい】 4	如願的，稱心如意的 　　　　★ 例 試験の成績は望ましいものではなかった。 考試的結果並未如願。

は行

▶ MP3-050

はかない 【果無い・ 果敢ない・儚い】 3	渺茫的；短暫的；悲慘的 例 人生ははかない夢にすぎない。 人生不過是一場短暫的夢。
ばかばかしい 【馬鹿馬鹿しい】 5	愚蠢的；無聊的 　　　　★★ 例 もうこんな馬鹿馬鹿しい話はしないでください。 請不要再說這麼愚蠢的事了。
はてしない 【果てしない】 4	無窮的；無止境的 例 子供達は果てしない可能性を持っている。 孩子們擁有無窮的可能性。
ひさしい 【久しい】 3	好久的；隔了很久的 　　　　★ 例 彼女達と会わなくなって久しい。 跟她們好久沒碰面了。
ひらたい 【平たい】 3 0	扁平的；平坦的；淺顯易懂的 　　　　★ 例 それらの円盤は薄くて平たい。 那些圓盤又薄又平。
ふさわしい 【相応しい】 4	相稱的；適合的 　　　　★★ 例 パーティーに相応しいＢＧＭを掛けたいと思う。 （我）想播放適合派對的背景音樂。
ほろにがい 【ほろ苦い】 4	略苦的 例 ほろ苦いチョコレートが好きだ。 （我）喜歡味道略苦的巧克力。

ま行

▶ MP3-051

まぎらわしい 【紛らわしい】 ⑤	容易混淆的；含糊不清的 ★★ 例 あの二人は名前が同じなので、紛らわしい。 因為那兩個人的名字一樣，所以很容易混淆。
まちどおしい 【待ち遠しい・ 待遠しい】 ⑤	盼望已久的 ★★ 例 彼女と会うのが待ち遠しい。 引頸期盼與她的見面。
みぐるしい 【見苦しい】 ④	拙劣的；不整齊的；丟臉的 ★ 例 たった千円のことで喧嘩するのは見苦しい。 為了區區一千日圓吵架真是丟臉。
みすぼらしい 【見窄らしい】⑤⓪	破舊的，襤褸的；寒酸的 ★ 例 田舎の実家は見すぼらしいので、新しい家に建て替えることにした。 因為鄉下的老家破舊不堪，所以打算改建成新房子了。
みずみずしい 【瑞瑞しい・ 瑞々しい】 ⑤	新鮮的；嬌嫩的 ★ 例 このスーパーではいつも瑞々しい果物を売っている。 這家超市總是賣著很新鮮的水果。
むなしい 【空しい・虚しい】 ③⓪	空洞的；惘然的；虛無縹緲的 ★ 例 彼女がいなければ、私の人生はむなしいだろう。 沒有她的話，我的人生會很空洞吧！
めざましい 【目覚ましい・ 目覚ましい】 ④	顯著的；驚人的；出類拔萃的 ★ 例 彼は小さい頃から、学校での活躍が目覚ましかった。 他從小在學校的表現就出類拔萃。

ものたりない 【物足りない】 ◯5	美中不足的，不夠滿意的　　　　　　　　★★
	例 彼の説明には何だか物足りないところがあると思う。
	（我）總覺得他說明有美中不足之處。

もろい 【脆い】　②	脆弱的；易碎的；易壞的　　　　　　　　★★
	例 残念なことに、私達の友情は意外と脆かった。
	很遺憾，我們的友誼出乎意料地脆弱。

や行

▶ MP3-052

やすっぽい 【安っぽい】　④	廉價的；庸俗的；沒風度的　　　　　　　★★
	例 彼の着ている服は安っぽい生地でできていた。
	他穿的衣服是用很廉價的布料做成的。

やばい　②	糟糕的；危險的　　　　　　　　　　　★★★
	例 やばい。急がないと間に合わないぞ。
	糟糕！不快一點來不及了。

ややこしい　④	複雜的；麻煩的　　　　　　　　　　　　★
	例 日本語の敬語は、ものすごくややこしいと思う。
	（我）認為日語的敬語極其複雜。

ようじんぶかい 【用心深い】　⑥	非常小心謹慎的　　　　　　　　　　　　★★
	例 彼女はいつも用心深く物事に当たる。
	她總是非常小心謹慎地對待事情。

ら行

▶ MP3-053

りりしい 【凛々しい】　③	英勇的；威風凜凜的
	例 彼の軍服姿は凛々しい。
	他穿軍服的樣子威風凜凜。

わずらわしい
【煩わしい】 5 0

繁雑的；令人厭煩的 ★

例 ご近所付き合いを煩わしいと思う人が増えてきたそうだ。

聽説覺得與街坊鄰居互動很煩的人越來越多了。

1-3

形容動詞

新日檢 N1 當中，以「な」結尾的「形容動詞」占了 6.45%，由於「形容動詞」本身常有類似「名詞」與「形容詞」的用法，甚至在其後加上「に」還可以當成「副詞」來使用，可以說是日語當中最具特色的詞性了。

形容動詞的活用

　　形容動詞的原形，字尾是「だ」，在字典上只標示「語幹」，如「好き<ruby>す<rt></rt></ruby>だ（喜歡）」只標示「好き」。

　　其語尾變化，共可區分為五種型態：

（一）未然形：（推測肯定常體）例：好<ruby><rt>す</rt></ruby>きだろう。（喜歡吧！）

　　　　　　　（推測肯定敬體）例：好<ruby><rt>す</rt></ruby>き<u>でしょう</u>。（喜歡吧！）

（二）連用形：①（否定常體）例：好<ruby><rt>す</rt></ruby>き<u>ではない</u>。（不喜歡。）

　　　　　　　（否定敬體）例：好<ruby><rt>す</rt></ruby>き<u>ではありません</u>。（不喜歡。）

　　　　　　　（過去否定常體）例：好<ruby><rt>す</rt></ruby>き<u>ではなかった</u>。（不喜歡。）

　　　　　　　（過去否定敬體）例：好<ruby><rt>す</rt></ruby>き<u>ではありませんでした</u>。

　　　　　　　　　　　　　　　　　　（不喜歡。）

　　　　　　　②で（中止接續）例：好<ruby><rt>す</rt></ruby>き<u>で</u>（喜歡）

　　　　　　　③（過去常體）例：好<ruby><rt>す</rt></ruby>き<u>だった</u>。（曾經喜歡。）

　　　　　　　（過去敬體）例：好<ruby><rt>す</rt></ruby>き<u>でした</u>。（曾經喜歡。）

　　　　　　　④に（副詞肯定常體）例：好<ruby><rt>す</rt></ruby>き<u>になった</u>。（喜歡上了。）

　　　　　　　に（副詞肯定敬體）例：好<ruby><rt>す</rt></ruby>き<u>になりました</u>。

　　　　　　　　　　　　　　　　　　（喜歡上了。）

（三）終止形：（肯定常體）例：好<ruby><rt>す</rt></ruby>き<u>だ</u>。（喜歡。）

　　　　　　　（肯定敬體）例：好<ruby><rt>す</rt></ruby>き<u>です</u>。（喜歡。）

（四）連體形：去だ＋な＋人<ruby><rt>ひと</rt></ruby>（人）、こと（事）、とき（時）、ところ（地）、
　　　　　　　もの（物）或其他名詞。例：好<ruby><rt>す</rt></ruby>き<u>な</u>人<ruby><rt>ひと</rt></ruby>（喜歡的人）

（五）假定形：去だ＋なら（ば）……。例：好<ruby><rt>す</rt></ruby>き<u>なら（ば）</u>……（如果喜
　　　　　　　歡的話……）

※形容動詞本身常常可以當成「名詞」來使用，如「<u>安全<ruby><rt>あんぜん</rt></ruby>ベルト</u>（安全帶）」、
　「<u>普通列車<ruby><rt>ふ つうれっしゃ</rt></ruby></u>（普通車）」……等。

あざやか
【鮮やか】 ②

鮮明；鮮豔；精湛

例 母校を訪れると、高校時代の思い出が<u>鮮やか</u>に蘇ってきた。

一拜訪母校，高中時期的回憶鮮明地甦醒了。

アットホーム
【at home】 ④

輕鬆；自在；不拘束　　　　　★

例 会社の雰囲気は非常に<u>アットホーム</u>だ。

公司的氣氛相當輕鬆。

あべこべ ⓪

相反；顛倒

例 この子の言っていることは事実と<u>あべこべ</u>だ。

這個孩子說的與事實相反。

あやふや ⓪

模糊；曖昧；靠不住　　　　　★

例 日本に留学していた時の記憶はもう<u>あやふや</u>だ。

在日本留學時的記憶已經模糊了。

ありのまま
【有りの儘】 ⑤

如實；客觀　　　　　　　　　★

例 <u>ありのまま</u>の自分を受け入れてくれる人を求めている。

正在尋求能接受真實的我的人。

いいかげん
【いい加減】 ⓪

適當；馬虎；敷衍　　　　　★★

例 彼女は家事を少しも<u>いい加減</u>にしない。

她做家事一絲不苟。

いき
【粋】 ⓪

瀟灑；俊俏；漂亮

例 彼女の誕生日だと伝えてレストランを予約したら、

デザートにメッセージを添えてくれた。<u>粋</u>な計らいだ。

告知是女友的生日預約餐廳的話，會幫我們在甜點中附上留言。是很巧妙的安排。

いちよう
【一様】 ⓪

一樣，一律，一致

例 皆にそのことについて聞いてみたが、<u>一様</u>に知らないと言う。

問問看大家關於那件事，（大家）一律說不知道。

いんき 【陰気】 ⓪	陰暗；陰鬱	
	例 彼女は最近、いつも<u>陰気</u>な顔をしている。	
	她最近總是愁眉苦臉的。	

うつろ 【空ろ・虚ろ】 ⓪	空虛；迷惘；發呆	
	例 父が亡くなってから、母はずっと<u>虚ろ</u>な目をしている。	
	自從父親過世後，母親一直都眼神空洞。	

うわのそら 【上の空】 ④	心不在焉 ★	
	例 今朝の会議中、ずっと<u>上の空</u>だった。	
	在今天早上的會議中，始終心不在焉。	

エレガント 【elegant】 ①	優雅的；高雅的 ★	
	例 この大通りには<u>エレガント</u>な店がたくさんある。	
	這條大街上有許多高雅的店。	

えんかつ 【円滑】 ⓪	圓滑；順利 ★	
	例 計画は<u>円滑</u>に進んでいる。	
	計畫順利地進行著。	

えんきょく 【婉曲】 ⓪	婉轉；委婉 ★	
	例 社長の言い方は非常に<u>婉曲</u>だった。	
	社長的措辭相當委婉。	

えんまん 【円満】 ⓪	圓滿；和睦 ★	
	例 ストライキ問題は<u>円満</u>に解決された。	
	罷工問題被圓滿地解決了。	

おおがら 【大柄】 ⓪	身材高大，魁梧；大花圖案 ★	
	例 野球選手は皆<u>大柄</u>だ。	
	棒球選手各個身材魁梧。	

おおげさ 【大袈裟】 ⓪	誇大；誇張；小題大作 ★★	
	例 一週間で出来たのに、一ヶ月も掛かったというのは<u>大袈裟</u>だ。	
	明明一週就可以完成，卻花了一個月就太誇張了。	

おおはば 【大幅】　⓪	**大幅度** 例 このクラスの生徒達は成績が大幅に上がった。 <small>せいとたち　せいせき　おおはば　あ</small> 這個班級的學生們成績大幅地提升了。
おおまか 【大まか】　⓪	**概略，大致；大方；不拘小節**　★ 例 計画の大まかな流れを説明してください。 <small>けいかく　おお　なが　せつめい</small> 請説明計畫的大致流程。
おおらか 【大らか・多らか】 ②③	**大氣，胸襟開闊**　★ 例 彼女は性格がとても大らかだ。 <small>かのじょ　せいかく　おお</small> 她的性格非常大氣。
おくびょう 【臆病】　③	**膽小，膽怯** 例 彼は臆病で卑怯な人だ。 <small>かれ　おくびょう　ひきょう　ひと</small> 他是個膽小卑鄙的人。
おごそか 【厳か】　②	**嚴肅；隆重** 例 葬式は親族だけで厳かに行われた。 <small>そうしき　しんぞく　おごそ　おこな</small> 喪禮僅有親屬參加莊嚴地舉行了。
おせっかい 【御節介】　②	**多管閒事**　★ 例 彼女はお節介な親戚にうんざりしていた。 <small>かのじょ　せっかい　しんせき</small> 她對多管閒事的親戚感到厭煩。
おっちょこちょい ⑤	**輕浮；冒失** 例 彼にはおっちょこちょいな面がある。 <small>かれ　めん</small> 他有冒失的一面。
おろか 【愚か】　①	**愚昧，愚蠢** 例 君の考えはとても愚かだ。 <small>きみ　かんが　おろ</small> 你的想法非常愚昧。
おろそか 【疎か】　②	**豈止～連～** 例 掃除は疎か、お皿を洗ったこともない。 <small>そうじ　おろそ　さら　あら</small> 豈止是打掃，連碗盤都不曾洗過。

おんわ 【温和・穏和】 ⓪	温和；穩健 ★ 例 彼女は性格がとても温和だ。 她的性格非常溫和。

か行

▶ MP3-056

かすか 【微か・幽か】 ①	微弱；模糊；卑微 例 キッチンから微かに物が焦げる臭いが漂ってきた。 從廚房飄來了微微的東西燒焦味。
かっきてき 【画期的・劃期的】 ⓪	劃時代的 ★ 例 この映画は映画史上、最も画期的な作品だ。 這部電影是電影史上最劃時代的作品。
かっぱつ 【活発】 ⓪	活潑；活躍；踴躍 ★★ 例 会議では活発に発言してください。 在會議中請踴躍發言。
かび 【華美・花美】 ①	華麗；奢侈 例 彼らはカナダで華美な生活を送っている。 他們在加拿大過著奢侈的生活。
かみつ 【過密】 ⓪	過於密集 例 国内外の出張が続く過密なスケジュールのため、体調を崩した。 因為國內外的出差是持續而過密的行程，所以累壞了身體。
かんけつ 【簡潔】 ⓪	簡潔 例 先生は簡潔に質問に答えた。 老師簡潔地回答了問題。
がんこ 【頑固】 ①	頑固，固執；難治（的病） ★ 例 あの教授は頑固で融通が利かない。 那位教授固執不知變通。
がんじょう 【頑丈】 ⓪	（結構）堅固；（身體）健壯 例 この玩具は非常に頑丈にできている。 這個玩具做得相當堅固。

かんじん 【肝心・肝腎】 ⓪	要緊，重要；關鍵 ★
	例 健康が何より肝心だ。 沒有比健康更重要的了。

かんそ 【簡素】 ①	簡單樸素
	例 彼女はいつも簡素ななりをしている。 她一直都是簡單樸素的裝扮。

かんぺき 【完璧】 ⓪	完整；完美 ★★
	例 何でも完璧にやり遂げることを目指している。 任何事都以完美地達成為目標。

かんよう 【寛容】 ⓪	寬容
	例 母は他人のミスに寛容だが、自分のミスにも甘い。 母親對別人的錯誤很寬容，對自己的錯誤也掉以輕心。

きがる 【気軽】 ⓪	輕鬆；爽快；隨時 ★★
	例 何かあったら、気軽に連絡してください。 有什麼事的話，請隨時聯絡。

きざ 【気障】 ①	裝模作樣；令人厭惡（通常用來形容男性）
	例 彼の服装はきざな感じがする。 他的服裝令人感覺厭惡。

きさく 【気さく】 ⓪	坦率；平易近人
	例 彼女はとても気さくで親しみやすい。 她相當坦率且容易親近。

きちょうめん 【几帳面】 ④⓪	規規矩矩，一絲不苟
	例 彼は几帳面で、机の上もいつも綺麗に整頓されている。 他是中規中矩的，桌上也總是整理得很整齊。

きなが 【気長】 ⓪	慢性子；有耐心
	例 気長に面接の結果を待っている。 很有耐心地等待面試的結果。

きまぐれ 【気紛れ】 ⓪	反覆無常；起伏不定
	例 近頃、気紛れな天気が続いている。 最近持續著反覆無常的天氣。

きまじめ 【生真面目】 ②	非常認真；過於死板 例 祖父は生真面目で融通が利かない。 爺爺為人過於死板不知變通。
きゃしゃ 【華奢】 ⓪	高雅；纖細嬌弱　　　　　　　　　　★ 例 彼女は小さい頃から華奢で、背も低い。 她從小就纖細嬌弱，個子也矮。
きゃっかんてき 【客観的】 ⓪	客観的　　　　　　　　　　　　★★★ 例 いい機会ですから、自分自身を客観的に見つめ直してください。 因為是好機會，所以請客觀地重新審視自己。
きゅうくつ 【窮屈】 ①	窄小；瘦小；拘束　　　　　　　　　★ 例 先生がパーティーに来ると、どうも窮屈だ。 老師一來到派對，（我）就感覺不自在。
きょうれつ 【強烈】 ⓪	強烈　　　　　　　　　　　　　　　★ 例 以前は臭豆腐の強烈な匂いが嫌いだった。 以前很討厭臭豆腐強烈的味道。
きょくたん 【極端】 ③	極端　　　　　　　　　　　　　　　★ 例 両親は彼氏に対して極端な偏見を持っている。 父母親對男友有著極端的偏見。
きよらか 【清らか】 ②	清澈；潔淨；純潔 例 清らかな心を持つ子に育てたい。 （我）想培育擁有純潔心靈的孩子。
きらびやか 【煌びやか】 ③	燦爛奪目；華麗 例 夜間の東大寺は昼間見るより煌びやかだ。 夜晚的東大寺較白天看來華麗。
きんべん 【勤勉】 ⓪	勤勉，勤奮 例 彼は勤勉な学生だが、頭の回転は速くない。 他雖是勤勉的學生，但思維不敏捷。

けいかい【軽快】 ⓪

軽快；軽便；敏捷；病情減輕

例 子供達が軽快に行進している。

小朋友們輕快地行進著。

けいそつ【軽率】 ⓪

軽率；軽忽；草率

例 私の軽率な行動で、みんなに迷惑を掛けてしまった。

由於我輕率的行動，給大家添麻煩了。

けんざい【健在】 ⓪

健在 ★

例 私の家族は津波の被害から免れて皆、健在だ。

我的家人逃過海嘯的劫難，大家依然健在。

けんぜん【健全】 ⓪

健全；健康；正常；正當；穩定

例 目下、会社の財務状態は健全だ。

目前公司的財務狀況穩定。

げんみつ【厳密】 ⓪

厳密；厳格

例 厳密に言えば、色々違いがあるのだろうが、素人目には全部同じに見える。

嚴格來説，或許有色差吧！但是在外行人眼中看起來都一樣。

けんめい【賢明】 ⓪

賢明，明智；高明

例 タロコ号で花蓮へ行くのが賢明だ。

搭太魯閣號去花蓮是明智的。

こうしょう【高尚】 ⓪

高尚；高深

例 彼のスピーチの内容は高尚過ぎて、学生達には理解できないだろう。

他演講的內容過於高深，學生們無法理解吧！

こうちょう【好調】 ⓪

順利 ★★

例 ストライキ問題の解決は好調に進んだ。

罷工問題的解決順利地進行了。

こうみょう【巧妙】 ⓪

巧妙

例 彼女はよく巧妙な手段で男の人を騙す。

她常用巧妙的手段欺騙男人。

こがら 【小柄】　0	身材矮小；碎花圖案　★ 例 あの子は小柄なので、力士になるのは難しいだろう。 那個孩子因為身材矮小，所以要成為相撲力士很難吧！
こっけい 【滑稽】　0	滑稽；可笑 例 彼は滑稽な話をしてみんなを笑わせた。 他說了好笑的話逗大家笑了。
こなごな 【粉々・粉粉】　0	粉碎，稀巴爛　★ 例 お皿が割れて粉々になった。 盤子碎得稀巴爛了。
こまやか 【細やか・濃やか】　2	細心；深厚，濃厚 例 彼女は細やかな気配りができる。 她會細心照顧人。

さ行

▶ MP3-057

ざつ 【雑】　0	草率，馬虎；潦草；粗暴　★★ 例 掃除の仕方が雑なので、やり直してください。 打掃的方式太草率了，請重做。
さっきゅう／　0 そうきゅう　0 【早急】	火速，緊急 例 このことは早急に彼女に知らせなければならない。 這件事得緊急通知她才行。
ざんこく 【残酷・惨酷・ 残刻】　0	殘酷 例 政府は残酷なやり方でストライキを鎮圧した。 政府用殘酷的方式鎮壓了罷工。
シック 【（法）chic】　1	時髦（是文雅沉穩的用法）　★ 例 モデル達は着こなしがシックだ。 模特兒們衣著時髦。

しっそ 【質素】 ①

樸素，簡樸 ★

例 田舎で質素な生活を送っている。

在鄉下過著簡樸的生活。

しとやか 【淑やか】 ②

文雅；嫻靜；安詳

例 母は話しぶりが淑やかだ。

母親談吐文雅。

じゅうなん 【柔軟】 ⓪

柔軟；靈活

例 あの子は考え方が柔軟だ。

那孩子的想法很靈活。

しゅたいてき 【主体的】 ⓪

獨立自主的

例 主体的に動けない社員はいらない。

不需要無法獨立行動的員工。

しんせい 【神聖】 ⓪

神聖 ★

例 病院は神聖なところだと思う。

（我）認為醫院是神聖的地方。

じんそく 【迅速】 ⓪

迅速 ★

例 取引先の迅速な対応に感謝する。

感謝客戶的迅速應對。

すこやか 【健やか】 ②

健康；健壯

例 親は子供の健やかな成長を見守っている。

父母親守護著孩子的健康成長。

すみやか 【速やか】 ②

迅速

例 速やかに保護者に連絡してください。

請迅速聯絡監護人。

スムーズ 【smooth】 ②

流暢；順利；圓滑 ★★

例 十年以上習っているだけあって、動きがスムーズだ。

正因為學了十年以上，所以動作很流暢。

せいこう 【精巧】 ⓪

精巧，精緻；精密

例 職人によって作られる腕時計は精巧で美しい。

由工匠所做的手錶既精巧又美麗。

せいじつ 【誠実】 ⓪	誠實 ★ 例 彼は正直で誠実な人だ。 他是既正直又誠實的人。	

せいじゅん 【清純】 ⓪	純真 ★ 例 彼女はこのドラマで清純で無邪気な少女を演じる。 她在這部戲中扮演純真無邪的少女。	

せいじょう 【正常】 ⓪	正常 ★ 例 修理が済んで、機械は正常に作動している。 修理完成，機器正常地運作著。	

せいだい 【盛大】 ⓪	盛大；隆重 ★ 例 この幼稚園は毎年、盛大に卒業式を行う。 這家幼稚園每年都隆重地舉行畢業典禮。	

せいとう 【正当】 ⓪	正當，合理 例 出自が人と違うので、彼女の小説は正当に評価されな かった。 由於出身異於常人，她的小說並未受到合理的評價。	

せいみつ 【精密】 ⓪	精密；準確 例 レントゲン写真に影があったので、精密検査を行うこ とになった。 因為 X 光照片上有陰影，所以將要進行精密檢查。	

せつじつ 【切実】 ⓪	切身，迫切；懇切，真摯 ★ 例 太っていることが彼女の一番切実な悩みだ。 肥胖是她最迫切的煩惱。	

せんてんてき 【先天的】 ⓪	先天的 例 あの子は先天的に目が見えない。 那個孩子先天眼睛就看不見。	

ぜんりょう 【善良】 ⓪	善良 例 善良であることは何にも増して価値があると思う。 （我）認為善良勝於一切。	

そうおう 【相応】 ⓪	相稱；適合
	例 分不相応なお金の使い方をしてしまった。
	採取了不合身分的用錢方式。

そうかい 【爽快】 ⓪	爽快；清爽，舒爽
	例 風呂上がりに冷たいビールを飲んで、気分は爽快だ。
	在洗好澡時喝冰啤酒，心情很舒爽。

そうだい 【壮大】 ⓪	宏偉，壯闊
	例 そこから見た富士山は壮大で美しかった。
	從那裡看見的富士山壯闊而美麗。

ぞんざい ⓪③	草率，粗略；粗魯，毛躁 ★
	例 今朝は時間がなかったので、ぞんざいに新聞に目を通しただけだ。
	今天早上因為沒時間，所以只粗略地瞄了一眼報紙。

た行

▶ MP3-058

だいたん 【大胆】 ③	大膽 ★
	例 彼の大胆で自信に溢れた態度に魅せられた。
	被他大膽且充滿自信的態度所吸引了。

タイト 【tight】 ①	緊身，貼身；緊湊 ★
	例 今日の社長のスケジュールはタイトだ。
	今天社長的行程很緊湊。

たいまん 【怠慢】 ⓪	怠慢，怠忽 ★
	例 彼は仕事中によく黙ってどこかへ行ってしまうのだが、職務怠慢だと思う。
	他常常在工作中悄悄地不知溜去哪裡，（我）認為是怠忽職務。

タイムリー 【timely】 ①	適時，恰合時宜 ★
	例 授業で移民について習ったばかりなので、この事件は私にとってタイムリーだ。
	由於剛在課堂上學到了關於移民，所以這個事件對我來説恰合時宜。

たくみ 【巧み】　⓪ ①	巧妙　★	
	例 彼女はよく巧みな手段で男の人を騙す。	
	她常常用巧妙的手段欺騙男人。	
たっしゃ 【達者】　⓪	硬朗；高明；機靈　★	
	例 彼女は英語が達者だ。	
	她的英語很棒。	
だぶだぶ　⓪	（衣服）過鬆；肌肉（鬆弛）；液體（過多）	
	例 このシャツは彼女には大きすぎてだぶだぶだ。	
	這件襯衫對她來説太大了，鬆鬆垮垮的。	
たぼう 【多忙】　⓪	繁忙　★	
	例 昨日は一日中多忙だった。	
	昨天一整天繁忙。	
たよう 【多様】　⓪	各式各樣　★	
	例 彼女は多様な趣味を持っている。	
	她有著各式各樣的興趣。	
たんき 【短気】　①	急躁　★	
	例 彼の欠点は短気なところだ。	
	他的缺點是急躁。	
たんちょう 【単調】　⓪	單調	
	例 両親は毎日、単調な生活を送っている。	
	父母親每天過著單調的生活。	
たんとうちょくにゅう 【単刀直入】　⓪	單刀直入　★★	
	例 社長は単刀直入に彼女を批判した。	
	社長單刀直入地批判了她。	
ちっぽけ　③	小小的，不起眼的	
	例 彼らはちっぽけな古いレストランで食事をした。	
	他們在一家不起眼的老餐廳用了餐。	
ちてき 【知的】　⓪	理智的；知識的　★	
	例 彼女は知的であり親切でもある。	
	她既理智又親切。	

チャーミング 【charming】 1	有魅力的 ★
	例 彼はハンサムでチャーミングなため、数多くの女性に愛されている。
	他因為長得帥又有魅力，被為數眾多的女性所愛慕。

ちゅうじつ 【忠実】 0	忠實
	例 この翻訳は原文に忠実ではない。
	這翻譯並不忠實於原文。

ちゅうとはんぱ 【中途半端】 4	半途而廢 ★★
	例 彼女は何事においても中途半端なことはしない。
	她對於做任何事都不會半途而廢。

ちょうだい 【長大】 0	長大；高大；寬大
	例 客間の壁に、長大な絵が掛けてある。
	客廳的牆上掛著巨幅的畫。

ちょめい 【著名】 0	著名
	例 彼は世界的に著名な画家だ。
	他是世界著名的畫家。

つうせつ 【痛切】 0	痛切，深切；切身
	例 被害者家族の痛切な訴えがマスコミに取り上げられた。
	受害者家屬的痛切訴求被媒體給報導了。

つぶら 【円ら】 0 1	圓溜溜
	例 犬が円らな瞳でじっと私を見ている。
	狗用圓溜溜的眼睛盯著我看。

てがる 【手軽】 0	簡單；簡易；簡便 ★★
	例 この椅子は折り畳んで手軽に持ち運びできる。
	這把椅子可以折疊起來輕便地攜帶。

てぢか 【手近】 0	手邊，現有；附近；常見
	例 手近な辞書で分からない言葉を調べた。
	用手邊的字典查不懂的生字。

デリケート 【delicate】 ③	敏感；微妙；纖細，細膩 ★ 例 結婚や出産に関することは、デリケートな話題なので、避けてください。 因為關於結婚跟生小孩，是很敏感的話題，所以請避開。
どくそう 【独創】 ⓪	獨創 例 我が社が求めているのは独創的なアイディアだ。 我們公司所要求的是獨創的點子。
ドライ 【dry】 ②	乾燥；枯燥無味；冷酷無情 ★★ 例 彼は周囲にドライな人だと思われているが、実際はそうでもない。 他被周遭的人視為冷酷無情，但實際上並非如此。
どんかん 【鈍感】 ⓪	感覺遲鈍 ★ 例 彼は鈍感なので、さっき私達が言ったことが全く理解できなかったようだ。 因為他感覺遲鈍，所以似乎完全無法理解我們剛剛說的話。

な行

▶ MP3-059

なごやか 【和やか】 ②	和睦 例 和やかな家庭を築くのが彼女の夢だ。 建立和睦的家庭是她的夢想。
なめらか 【滑らか】 ②	光滑；柔滑；流暢；順利 例 この絹漉し豆腐は滑らかな食感で美味しい。 這塊嫩豆腐口感柔滑很美味。
ナンセンス 【nonsense】 ①	無聊；荒謬 例 そんなナンセンスなことは二度としないでください。 請不要再次做那麼荒謬的事了。
ねんいり 【念入り】 ⓪④	精心；精緻；細心 ★★ 例 この間、部屋を念入りに掃除したばかりなのに埃だらけだ。 明明前些日子才剛剛細心地打掃了房間，又滿是塵埃了。

は行

▶ MP3-060

はくじゃく 【薄弱】　⓪	薄弱；軟弱
	例 体調が悪いと、意志もまた薄弱になる。
	身體一旦不舒服，意志也會變得薄弱。

ばくぜん 【漠然】　⓪	攏統；模糊，不明確　　　　　　　　　★
	例 彼女の計画はまだ漠然としている。
	她的計畫還不明確。

はんぱ 【半端】　⓪	不夠徹底；不齊全；不完全　　　　　★
	例 半端な覚悟ではこの仕事は務まらない。
	靠不夠徹底的決心是不能勝任這項工作的。

ひかんてき 【悲観的】　⓪	悲觀的　　　　　　　　　　　　　　★
	例 彼は勇気に乏しい悲観的な男だ。
	他是缺乏勇氣的悲觀的男子。

ひさん 【悲惨・悲酸】　⓪	悲惨
	例 昨夜、悲惨な交通事故が起こった。
	昨晚發生了悲惨的車禍。

ひそか 【密か・私か・ 窃か】　②①	秘密，暗中；私自
	例 不審者は密かに校庭に入り込んだ。
	可疑的人偷偷地潛入了校園中。

びんかん 【敏感】　⓪	敏感，靈敏　　　　　　　　　　　★★
	例 アレルギーで、花粉や室内の埃に敏感に反応する。
	由於過敏，對花粉跟室內的灰塵敏感反應。

ひんじゃく 【貧弱】　⓪	瘦弱；簡陋；貧乏
	例 弟は小さい頃は貧弱な体つきをしていたが、今では見違えるほど逞しくなった。
	弟弟小時候是瘦弱的體格，現在判若兩人般地變得強壯了。

ひんぱん 【頻繁】　⓪	頻繁　　　　　　　　　　　　　　　　　　★★ 例 今年は例年よりも頻繁に台風が台湾に上陸している。 今年比起往年，颱風更頻繁地登陸了台灣。	
びんぼう 【貧乏】　①	貧窮；倒楣　　　　　　　　　　　　　　　　★ 例 彼らはひどく貧乏な暮らしをしている。 他們過著非常貧困的生活。	
ふい 【不意】　⓪	意外，出其不意 例 飼い猫がいなくなって三ヶ月経つので諦めていたら、 不意に戻ってきた。 因為養的貓失蹤經過了三個月所以正要放棄，卻意外地回來了。	
ふかい 【不快】　⓪	不愉快；生病　　　　　　　　　　　　　　　★ 例 あの出来事を思い出すと、非常に不快だ。 一想起那個事故，就非常地不愉快。	
ふかけつ 【不可欠】　②	不可或缺　　　　　　　　　　　　　　　　　★ 例 酸素は生物にとって不可欠だ。 氧氣對生物是來説不可或缺的。	
ぶかぶか　⓪	過於寬鬆不合身　　　　　　　　　　　　　　★ 例 三キロ痩せたので、スカートのウエストがぶかぶかに なった。 因為瘦了三公斤，所以裙子的腰圍變得寬鬆了。	
ふきつ 【不吉】　⓪	不吉利，不祥 例 不吉な予感がする。 有不祥的預感。	
ぶきみ 【不気味・無気味】 ⓪①	令人毛骨悚然　　　　　　　　　　　　　　　★ 例 あの辺は人気がなく静かで不気味だ。 那一帶沒有人煙，安靜得令人毛骨悚然。	
ぶこつ 【武骨・無骨】　⓪	粗糙；粗魯；庸俗，粗俗 例 彼は礼儀も分からない武骨な人間だ。 他是連禮貌都不懂的粗俗的人。	

ぶさいく 【不細工】 ②	粗糙；醜陋 ★ 例 うちの猫は不細工だが、私達にとっては目に入れても痛くない可愛い家族だ。 家貓雖然醜，對於我們來說卻是萬般疼愛的可愛家人。
ふじゅん 【不順】 ⓪	異常；不順從；違反常理 ★ 例 季節の変わり目は天候が不順なため、風邪を引きやすい。 因為季節交替的時候天候異常，所以容易感冒。
ふしん 【不審】 ⓪	懷疑，可疑 ★ 例 私は彼女の振る舞いを不審に感じた。 我對她的行為感到懷疑了。
ふちょう 【不調】 ⓪	不順利；不正常 ★★ 例 ここ最近、仕事もプライベートも不調だ。 最近，工作跟私事都很不順。
ぶなん 【無難】 ⓪	平安無事；無可非議 ★ 例 何を言っても仕方がない時は、黙っていた方が無難だろう。 説什麼都沒用的時候，保持沉默會比較安全吧！
ぶれい 【無礼】 ② ①	無禮，沒禮貌 ★ 例 彼の無礼にはもう我慢ができない。 （我）對他的無禮已經無法容忍了。
ふんだん ⓪	充分，足夠 例 作品を読むと、彼女がふんだんな想像力を持っていることがよく分かる。 一閱讀作品，就完全了解她擁有足夠的想像力。
へいぜん 【平然】 ⓪	泰然自若，若無其事 例 彼女はどんな場面でも平然としている。 她在任何場面都很泰然自若。
ぺこぺこ ⓪	肚子餓 ★★ 例 お腹がぺこぺこだ。一緒に食事をしよう。 肚子餓了。一起吃飯吧！

ぼうぜん 【呆然】 ⓪	茫然 ★ 例 母はそのニュースを見て、ショックのあまり、呆然と してテレビの前から動けずにいる。 母親看到那則新聞，由於太過震驚，茫然地在電視前一動也不能動。	

ほんき 【本気】 ⓪	認真；正經 ★★ 例 彼は私の冗談を本気にしたかもしれない。 或許他把我的玩笑當真了。	

ま行

▶ MP3-061

まえむき 【前向き】 ⓪	面向正面，面向前方；積極 ★★ 例 彼女は建設的で前向きな提案をした。 她提出了建設性的積極提案。	

まけずぎらい 【負けず嫌い】 ④	（個性）不服輸 ★ 例 彼は負けず嫌いなので、それが彼をプロの野球選手に したとも言えるだろう。 由於他個性不服輸，所以也可以說是那讓他成了棒球選手吧！	

まちまち 【区々】 ②⓪	各式各樣，形形色色 ★ 例 この問題についてのメンバーの意見は区々だ。 這個問題相關的成員的意見形形色色。	

まとも 【真面】 ⓪	正面；認真；正經 ★ 例 娘は反抗期で、私の言うことを真面に聞いてくれない。 女兒在反抗期，不認真聽我說的話。	

まめ ⓪	誠懇；勤奮，勤勉；硬朗 ★ 例 彼はまめな性格で、会社のみんなに頼りにされている。 他性格勤奮，被公司的所有人仰賴。	

みえっぱり 【見栄っ張り】 ④⑤	愛慕虛榮 ★ 例 職場の同僚にも友達にも見栄っ張りな人が多い。 職場的同事跟朋友當中，也有許多愛慕虛榮的人。	

みがる 【身軽】 ⓪	輕鬆；靈敏；輕裝 ★
	例 彼女の持ち物はいつもハンドバッグ一つで身軽だ。
	她帶的東西總是一個手提行李很輕便。

みじゅく 【未熟】 ⓪①	未成熟；不熟練
	例 私はまだまだ未熟で、経験が足りない。
	我還不成熟，經驗不足。

みぢか 【身近】 ⓪	身邊，手邊；切身；親近 ★
	例 みんなで身近なところから環境問題に取り組もう。
	大家都從手邊的事物開始著手環境問題吧！

みてい 【未定】 ⓪	未定
	例 今年の同窓会の日取りは未定だ。
	今年同學會的日期未定。

むいみ 【無意味】 ②	無意義；無價值
	例 彼女の言い訳は私には無意味だ。
	她的藉口對我毫無意義。

むかんしん 【無関心】 ②	不關心；不感興趣 ★
	例 娘は料理に無関心だ。
	女兒對做菜不感興趣。

むくち 【無口】 ①	不愛說話，沉默寡言
	例 兄は小さい頃からずっと無口だが、やる時はやる人だ。
	哥哥是從小一直不愛說話，但是遇到狀況就會挺身而出的人。

むこう 【無効】 ⓪	無效 ★
	例 この契約はもう無効だ。
	這項契約已經無效了。

むじゃき 【無邪気】 ①	天真無邪；幼稚
	例 子供はみんな無邪気で非常に可愛い。
	孩子每個都天真無邪，非常可愛。

むちゃくちゃ 【無茶苦茶】 ⓪	亂七八糟；胡亂 ★★
	例 子供達は台所を無茶苦茶にした。
	孩子們把廚房弄得亂七八糟了。

むねん 【無念】 ①0	什麼也不想；遺憾；悔恨 例 アメリカへ行く機会を逃したのは無念だ。 錯過去美國的機會很遺憾。
むのう 【無能】 0	無能 ★ 例 彼は何をやってもダメで、まさに無能だ。 他做什麼都不行，簡直是無能。
めいはく 【明白】 0	明白；明顯 ★ 例 彼が嘘をついているのは極めて明白だ。 他在説謊是極為明顯的。
めいりょう 【明瞭・明了】 0	明瞭；清晰 例 彼女の英語の発音は明瞭だ。 她的英語發音很清晰。
めいろう 【明朗】 0	明朗，開朗；公正無私 例 彼女は明朗快活だ。 她開朗活潑。
もうれつ 【猛烈】 0	猛烈，激烈 例 一時間に百ミリを越す猛烈な雨が降っている。 正下著每小時超過一百厘米的猛烈的雨。
ものずき 【物好き】 ③2	好事；好奇；有怪癖（喜歡特殊東西；有特殊嗜好） 例 こんな物を集めているなんて、物好きな人もいるものだ。 也有蒐集這種東西之類的有怪癖的人。

や行

▶ MP3-062

ゆううつ 【憂鬱・幽鬱】 0	憂鬱，鬱悶 ★ 例 今日はとても憂鬱な一日だった。 今天是非常鬱悶的一天。
ゆうえき 【有益】 0	有益，有用 例 お互いにとって有益な取引を望んでいる。 期望對雙方有益的交易。

ゆうかん 【勇敢】　⓪	勇敢　★ 例 彼らの<u>勇敢</u>な振る舞いは私を鼓舞した。 他們勇敢的舉止鼓舞了我。
ゆうび 【優美】　①	優美 例 彼女はバレエを習っているそうで、動作が<u>優美</u>だ。 聽說她在學芭蕾，動作很優美。
ゆうぼう 【有望】　⓪	有希望，有前途 例 彼はルックスが良く、演技力もある<u>有望</u>な新人俳優だ。 他是儀表佳、又有演技，前途不可限量的新人演員。
ゆうりょく 【有力】　⓪	有力；有影響力；有權勢　★ 例 事件に関する<u>有力</u>な証拠を見付けた。 發現了跟事件有關的有力證據。
ユニーク 【unique】　②	獨特　★★ 例 彼女は<u>ユニーク</u>で多才な女優だ。 她是獨特又多才多藝的女演員。
ゆるやか 【緩やか】　②	緩慢；和緩；寬鬆；舒暢 例 体調は<u>緩やか</u>に回復している。 身體狀況慢慢地恢復當中。

ら行

▶ MP3-063

ラフ 【rough】　①	粗糙；粗魯；隨便　★★ 例 このブランドの服はちょっと<u>ラフ</u>な感じがする。 這個牌子的衣服感覺有點粗糙。 （註：此字表達服裝時等同於「カジュアル」（休閒服）；表達「草圖、草稿」時也稱為「ラフ」。）
りょうこう 【良好】　⓪	良好　★ 例 前期の期末試験の成績は<u>良好</u>だった。 上學期期末考的成績良好。

りょうしつ 【良質】 0	良質，優質 ★
	例 手頃な価格で良質な家具を紹介してください。
	請介紹（我）價格划算的優質家具。

ルーズ 【loose】 1	鬆懈，散漫 ★★
	例 時間にルーズな人が一番嫌いだ。
	最討厭不守時的人了。

れいこく 【冷酷・冷刻】 0	冷酷
	例 彼は意志が強いが、非常に冷酷だ。
	他雖然意志堅定，卻相當冷酷。

れいたん 【冷淡】 3	冷淡，漠視，冷漠
	例 彼は仕事においては極めて厳しく、時々冷淡にも思え
	るほどだ。
	他對待工作極為嚴謹，偶爾幾乎會讓人覺得冷漠。

ろく 【陸・碌】 0	像様；出色 ★
	例 彼は大学生だが、碌な文章も書けない。
	他雖然是大學生，卻連像樣的文章也寫不好。

ろこつ 【露骨】 0	露骨
	例 担任の先生は特定の生徒をみんなの前で露骨に叱る。
	級任導師在大家的面前露骨地斥責特定的學生。

ロマンチック 【romantic】 4	浪漫的，羅曼蒂克的 ★
	例 彼女はロマンチックなプロポーズに憧れを抱いている。
	她對浪漫的求婚抱著憧憬。

ろんりてき 【論理的】 0	論理上，條理上；邏輯上
	例 彼女の主張は論理的におかしいと思う。
	（我）覺得她的主張在邏輯上怪怪的。

わ行

ワンパターン 【one pattern】 ④

千篇一律，一成不變 ★★

例 彼女の服はいつも T シャツにジーパンでワンパターンだ。

她的服裝總是 T 恤配牛仔褲，一成不變。

メモ

1-4

動詞

　　新日檢 N1 當中，「動詞」的部分，占了 36.18%。各種類型的動詞交相穿插，包含長相類似的「自他動詞」，如「赤らむ（變紅）／赤らめる（使其變紅）」、「汚す（弄髒）／汚れる（骯髒）」、「逃す（錯過）／逃れる（逃脫）」……等；以及「同音異義」的動詞，如「沁みる（刺痛）／滲みる（滲透）」、「沿う（沿著）／添う（增添）」、「諮る（諮詢）／図る（圖謀）」……等；此外，「サ行變革動詞」出現的頻率甚高，如「斡旋する（斡旋）」、「結成する（組成）」、「非難する（譴責）」……等，均為 N1 動詞的學習重點。

本系列書的動詞分類

◆ 本書在動詞的分類上，首先區分為兩大類：

1. 不需要目的語（受格）的「自動詞」，標示為「自」。

2. 需要目的語（受格）的「他動詞」，標示為「他」。

　「自他動詞」的標記，主要是依據「**標準国語辞典**（日本「旺文社」出版）」來標示，並參考「**例解新国語辞典**（日本「三省堂」出版）」中的例句來調整。

◆ 其次，再依據動詞的活用（語尾的變化），以「字典形」來分類，標示各類詞性：

1. 「五段動詞」，標示為「五」，包含三類：

　①字尾不是「る」者，都是「五段動詞」，例如：「行く」、「指す」、「手伝う」……等。

　②字尾是「る」，但「る」的前一個字是ア、ウ、オ行音者，也是「五段動詞」，例如：「終わる」、「被る」、「直る」……等。

　③除了①②的規則之外，有一些「外型神似上下一段動詞」，但實際卻是「五段動詞」的單字，例如：「帰る」、「限る」、「切る」、「知る」、「滑る」……等，本書特別標示為「特殊的五段動詞」，提醒讀者注意。

2. 「上一段動詞」，標示為「上一」，字尾是「る」，但「る」的前一個字是イ行音者。

3. 「下一段動詞」，標示為「下一」，字尾是「る」，但「る」的前一個字是エ行音者。

4. 「サ行變格動詞（名詞＋する）」，標示為「名・サ」

　①狹義上只有「する」。

　②廣義上則是由「帶有動作含義的名詞＋する」所組成，例如「電話」這個單字，既含有「電話」的名詞詞性，又帶有「打電話」的動作含義，所以在其後加上「する」，就可以當成動詞來使用。像這類同時具有「名詞」與「動詞」雙重身分的單字，在日語中占了相當大的分量，是讀者必須特別花心思學習的地方。

あ行

あ ア
▶ MP3-065

あいつぐ 【相次ぐ】 自五 ①	相繼，接連　　★★ 例 この二週間、交通事故が相次いで起こっている。 這兩週，車禍相繼發生。 （註：同樣的唸法也寫成「相継ぐ」（接替），除了用法不同之外，也只出現在古文中。）
あおぐ 【仰ぐ】 他五 ②	仰望；仰仗；尊敬；求教；求援　　★ 例 この件については、社長の指示を仰ぎたい。 關於這件事，（我）想仰仗社長的指示。
あがく 【足掻く】 自五 ②	刨地；掙脫；徒勞；著急 例 今更足掻いてもしょうがない。 事到如今著急也沒用了。
あかす 【明かす】 他五 ⓪ ②	說出；揭露；過夜　　★ 例 彼氏に自分の秘密を明かそうと思う。 （我）打算對男友揭露自己的祕密。
あからむ 【赤らむ】 自五 ③	變紅 例 トマトの実が次々と赤らんできた。 番茄的果實一個一個地變紅了。
あからめる 【赤らめる】 他下一 ④	使其變紅 例 その子は褒められて、恥ずかしそうに顔を赤らめた。 那個孩子被稱讚，羞紅了臉。
あざむく 【欺く】 他五 ③	欺騙；蒙蔽；勝過 例 花を欺く美人。 閉月羞花之美女。
あざわらう 【嘲笑う】 他五 ④	嘲笑；冷笑 例 彼は敗者を嘲笑った。 他嘲笑了失敗者。

あせる 【焦る】 自五 ②	急躁，著急 ★★ 例 焦らず自分のペースでやってください。 請不急躁地按照自己的步調進行。
あせる 【褪せる】 自下一 ②⓪	褪色 例 この洋服は色が褪せやすいから、直射日光を避けた方がいい。 這件衣服因為容易褪色，所以最好避免陽光直射。
あたいする 【価する・値する】 自サ ⓪	價值；值得 ★ 例 その古跡は一見に値する。 那座古蹟值得一看。
あっか（する） 【悪化】 名・自サ ⓪	惡化 ★ 例 彼の病状が急に悪化した。 他的病情急遽地惡化了。
あっせん（する） 【斡旋】 名・他サ ⓪	斡旋，居中調停；從中協助 例 私が路頭に迷っている時に職を斡旋してくれたので、彼には頭が上がらない。 因為當我淪落街頭時幫我找到了工作，所以在他面前抬不起頭來。
あっとう（する） 【圧倒】 名・他サ ⓪	壓倒；凌駕於～之上 ★ 例 彼の気迫は相手を圧倒した。 他的氣魄凌駕於對手之上。
あっぱく（する） 【圧迫】 名・他サ ⓪	壓迫 例 腫瘍が神経を圧迫していて危険な状態だ。 腫瘤壓迫到神經，處於危險的狀態。
あつらえる 【誂える】 他下一 ④③	訂做；訂購；點菜 例 新しいスーツを二着誂えた。 訂做了兩套新西裝。

あてる 【宛てる】 他下一 ⓪	給；發給；寄給　　　　　　　　　　　　　　　★
	例 祖父へ宛てた手紙は日本語で書きたい。
	給祖父的信（我）想用日文來寫。

あまえる 【甘える】 自下一 ⓪	撒嬌　　　　　　　　　　　　　　　　　　★★
	例 娘が私に甘えてくると嬉しい。
	女兒一對我撒嬌，（我）就很開心。

あやつる 【操る】　他五 ③	掌握；操縱　　　　　　　　　　　　　　　　★
	例 彼女は数ヶ国語を自在に操る。
	她能自在地說好幾國的語言。

あやぶむ 【危ぶむ】　他五 ③	擔憂
	例 彼女は息子の成績を危ぶんでいる。
	她擔憂著兒子的成績。

あゆむ 【歩む】　自五 ②	步行；前進　　　　　　　　　　　　　　　　★
	例 これからは二人で人生を歩みたい。
	（我）想今後兩個人一起步上人生。

あらす 【荒らす】　他五 ⓪	使其荒廢；騷擾；糟蹋
	例 作物が猪に荒らされた。
	農作物被山豬給糟蹋了。

ありふれる 【有り触れる】 自下一 ④ ⓪	常有，司空見慣　　　　　　　　　　　　　　★
	例 「太郎」は極めて有り触れた名前だ。
	「太郎」是極為常見的名字。

あわす 【合わす・合す】 他五 ②	加在一起；使其一致；合奏；調整；附和；對照；引薦　★★
	例 会議では詳しいことは聞かず、話を合わしてほしい。
	希望（你）不要在會議上詢問細節，而是附和談話。

あんさつ （する） 【暗殺】 名・他サ ⓪	暗殺
	例 彼らは大統領を暗殺しようとした。
	他們打算暗殺總統。

あんざん (する) 【暗算】 名・他サ 0	心算 例 あの子はすごい速さで暗算する。 那個孩子用驚人的速度來心算。
あんじ (する) 【暗示】 名・他サ 0	暗示 例 彼女の言葉は何を暗示しているのだろうか。 她的話在暗示著什麼呢？
あんじる 【案じる】 他上一 3 0	擔心；籌畫，想辦法　　　　　　　　　　★ 例 彼女は息子の身を案じている。 她擔心著兒子的身體。

いイ

▶ MP3-066

いいはる 【言い張る・ 言張る】　他五 3	堅持；固執己見　　　　　　　　　　　★ 例 彼は始終、自分の考えが正しいと言い張っている。 他始終堅持自己的想法是對的。
いえで (する) 【家出】 名・自サ 0	離家出走　　　　　　　　　　　　　　★ 例 彼女は去年家出したきり、何の便りもない。 她去年離家出走後，便再也沒有任何消息了。
いかす 【生かす・活かす】 他五 2	使其復活；養活；留活口；活用 例 自分の能力を最大限に活かせる仕事がしたい。 （我）想從事能將自己的能力活用到最大極限的工作。
いかれる 自下一 0	被打敗；窩囊；破舊；報銷　　　　　★ 例 この本棚は蝶番がいかれている。 這個書櫃的合葉報銷了。
いきごむ 【意気込む】 自五 3	幹勁十足；強而有力；興致勃勃　　　★ 例 彼らは意気込んでその問題について話し合った。 他們興致勃勃地討論了關於那個問題。

いくせい (する) 【育成】 名・他サ ⓪	培育；扶植
	例 私達は日本語が話せる人材を育成している。 わたしたち にほんご はな じんざい いくせい
	我們正在培育會説日語的人才。

いける 【生ける・活ける】 他下一 ②	使其生存；插花
	例 彼女は余暇に花を生ける。 かのじょ よか はな い
	她閒暇時會插插花。

いこう (する) 【移行】 名・自サ ⓪	過渡；轉移，移交
	例 選挙後、政権は新しい政党に移行した。 せんきょご せいけん あたら せいとう いこう
	選舉後，政權轉移到新的政黨了。

いじゅう (する) 【移住】 名・自サ ⓪	移居
	例 定年後、オーストラリアに移住しようと思っている。 ていねんご いじゅう おも
	退休後，（我）打算移居澳洲。

いじる 【弄る】 他五 ②	玩弄；擺弄；玩賞 ★★
	例 話す時に髪をいじる癖を直したい。 はな とき かみ くせ なお
	（我）想改掉説話時擺弄頭髮的壞習慣。

いそん・いぞん (する) 【依存】 名・自サ ⓪	依存；依賴（一般多讀成「いぞん」）
	例 スマホに依存している若者は少なくない。 いぞん わかもの すく
	離不開智慧型手機的年輕人不少。

いたく (する) 【委託】 名・他サ ⓪	委託；代售 ★
	例 外部のプロに書類の作成を委託した。 がいぶ しょるい さくせい いたく
	（我）委託外面的專家製作文件。

いためる 【炒める】 他下一 ③	炒（菜） ★
	例 玉葱を飴色になるまでバターでじっくり炒めた。 たまねぎ あめいろ いた
	用奶油將洋蔥慢慢地炒到變焦糖色為止了。

いたわる 【労わる】 他五 ③	愛護；慰問；慰勞；養生；花費心力 ★
	例 看護師にはどんな時でも、患者を労わる気持ちを持っ かんごし とき かんじゃ いた きも も てほしいと思う。 おも
	（我）覺得護士無論什麼時候，都希望抱持著愛護患者的心情。

いちべつ (する) 【一瞥】　　0	一瞥，看一眼 例 彼女は彼を一瞥することもなく立ち去った。 她看都沒看他一眼就離開了。
いっかつ (する) 【一括】 名・他サ 0	總括，匯整　　★ 例 経費は月毎に一括して処理してください。 經費請每個月匯整處理。
いっけん (する) 【一見】 名・他サ 0	乍看；初次見面　　★ 例 彼女は一見すると地味に見えるが、有名ブランドの服を身に纏っている。 她乍看之下很樸素，其實穿著名牌的服飾。
いっしん (する) 【一新】 名・自他サ 0	更新；使其煥然一新　　★ 例 問題点の多い従来の政策を一新した。 讓問題點很多的既往政策面目一新了。
いっそう (する) 【一掃】 名・他サ 0	清除；消滅；肅清　　★ 例 先ずは、去年の在庫を一掃してください。 首先，請先清除去年的庫存。
いっぺん (する) 【一変】 名・自他サ 0	一改；完全改變　　★ 例 彼は傲慢な態度を一変して、私達に非常に親切にしてくれた。 他一改傲慢的態度，對我們非常地親切。
いと (する) 【意図】 名・他サ 1	意圖，企圖，打算　　★ 例 私には彼女が意図したことが理解できなかった。 我無法理解她意圖何在。
いどう (する) 【異動】 名・自他サ 0	調動；變動，異動 例 彼は人事異動で営業部へ異動することになった。 他因為人事異動而調到業務部去了。

いとなむ
【営む】 他五 ③

經營；辦理　　　　　　　　　　　★

例 教育に関する事業を営んでいる。

經營著教育相關事業。

いどむ
【挑む】 自他五 ②

挑戰；征服；挑逗　　　　　　　　★

例 Ｅコマース事業に挑むには、彼女は経験が不足し過ぎていると思う。

（我）認為在挑戰電子商務事業上，她經驗過於不足。

いんきょ (する)
【隠居】 名・自サ ⓪

卸下家業或是地位過悠閒的日子隱居；隱退；引退

例 彼は家業を息子に引き渡して隠居した。

他將家業交給兒子引退了。

うウ

▶ MP3-067

うかる
【受かる】 自五 ②

考上　　　　　　　　　　　　　★★

例 うちの子は一流大学に受かった。

我的孩子考上了一流大學。

うけいれる
【受け入れる・受け容れる】 他下一 ⓪④

採納；領取；承認；收容　　　　★★

例 社長は営業部の提案を受け入れた。

社長採納了業務部的提案。

うけつぐ
【受け継ぐ・受継ぐ】 他五 ③⓪

繼承；接替　　　　　　　　　　★★

例 彼は両親から財産を受け継いだ。

他繼承了來自父母的財產。

うけつける
【受け付ける・受付ける】 他下一 ④⓪

受理；接受　　　　　　　　　　★★

例 出願は十一月十日から受け付ける。

申請書從十一月十日開始受理。

うけとめる 【受け止める・ 受止める】 他下一 04	接住；擋住，阻止 ★★ 例 彼は走りながらボールを受け止めた。 他一邊跑一邊接球。
うずめる 【埋める】 他下一 0	埋；填補；瀰漫；淹沒 例 何があったか知らないが、息子は帰ってくるなり、枕に顔を埋めて泣いている。 不知道發生了什麼事，兒子一回來，馬上就把臉埋在枕頭裡哭著。
うたたね (する) 【転寝】 名・自サ 0	假寐；打瞌睡 ★ 例 彼女はソファーに横になって少し転寝した。 她橫躺在沙發上打了一會兒瞌睡。
うちあける 【打ち明ける・ 打明ける】 他下一 04	說出心裡話；說出實話 ★★ 例 両親に悩み事を打ち明けた。 對父母說出了煩惱的事。
うちあげる 【打ち上げる・ 打上げる】 自他下一 40	發射；擊出 ★ 例 国慶節には一万発の花火を打ち上げる予定だという。 據說預計將在國慶日發射一萬發的煙火。
うちきる 【打ち切る・打 切る】 他五 30	終止，結束；截止；砍；下完（圍棋等） 例 司会者はプレゼンテーションを打ち切ることを告げた。 司儀宣告簡報結束了。
うちこむ 【打ち込む・打 込む】 自他五 03	打進；釘進；澆灌；（棒球、網球等）練習擊球；攻入對方已佈好棋的地方；專心致志 ★ 例 カレンダーを掛けるために、壁に釘を打ち込んだ。 為了掛月曆，在牆壁上釘了釘子。

うつむく
【俯く】 自五 ③ ⓪

低頭；往下垂著 ★

例 その子はさっき母親に怒られたので、しょんぼりして俯いている。

那個孩子因為剛剛被母親罵了，所以無精打采地低著頭。

うながす
【促す】 他五 ③ ⓪

催促；促進 ★★

例 彼女に早めに資料を提出するよう促した。

我催促她早點提出資料了。

うめたてる
【埋め立てる・埋立てる】 他下一 ④

填平；填湖、海等造地

例 その湖は埋め立てられてなくなった。

那個湖被填平不見了。

うりだす
【売り出す・売出す】 他五 ③

開始發售；降價推銷；剛剛成名 ★

例 来月、新製品を売り出すので宣伝を行っている。

因為下個月開始發售新產品，所以正在進行宣傳。

うるおう
【潤う】 自五 ③

滋潤；受惠；貼補 ★

例 ＭＲＴが開通して、駅付近の商店街は潤った。

捷運開通之後，車站附近的商店街受惠了。

うわがき（する）
【上書き・上書】 名・自サ ⓪

寄件人或收件人的姓名、地址；（郵件等）上面寫的字；覆蓋保存（＝オーバーライト） ★

例 ファイルの内容に変更があったので、上書きして保存した。

因為檔案的內容有變更，所以覆蓋保存了。
（註：將資料覆蓋保存是「上書き保存」。）

うわまわる
【上回る・上廻る】 自五 ④

超過，超出 ★

例 勝った回数が負けた回数を上回った。

獲勝次數超過了戰敗次數。

うんえい（する）
【運営】 名・他サ ⓪

營運

例 Ｅコマース事業を運営するのに手腕を振るう。

在電子商務事業的營運上大展身手。

うんざり (する)
副・自サ ③

厭膩；厭煩；倒胃口

例 今日はうんざりするような暑さだった。

今天是令人厭煩般的酷暑。

うんそう (する)
【運送】
名・他サ ⓪

運送，運輸

例 これらの貨物を船で運送する予定だ。

預計用船運送這些貨物。

え エ

▶ MP3-068

えいしゃ (する)
【映写】
名・他サ ⓪

放映

例 八ミリ映画を映写するには何が必要ですか。

放映八釐米電影需要什麼？

えぐる
【抉る】 他五 ⓪②

挖；抓住；揭露

例 胸をえぐるようなひどいことを言われた。

被人家説了宛如刀割般過分的話。

エスカレート (する)
【escalate】
名・自サ ④

擴大；上升；升級　　★

例 この数年、スマホ市場の競争がエスカレートしている。

這幾年，智慧型手機市場的競爭升級了。

えつらん (する)
【閲覧】
名・他サ ⓪

閲覧　　★

例 このサイトの資料を閲覧するには、パスワードが必要だ。

閲覧這個網站的資料，必須有密碼。

えんしゅつ (する)
【演出】
名・他サ ⓪

演出；費工夫讓事物呈現出某種效果　　★

例 パーティーをロマンチックに演出してほしいというのが今回のお客様の要望だ。

這次客戶的要求是希望讓派對展現出浪漫氣氛。

えんじる
【演じる】
他下一 ⓪③

扮演；表演；招致　　★★

例 彼女はデビューして間もないが、映画の主役を演じた。

她雖然剛出道不久，卻扮演了電影的主角。

おいこむ【追い込む・追込む】 他五 3	趕進；陷入；（工作或跑步時）做最後衝刺；縮排文字
	例 牧羊犬が羊を囲いの中に追い込んだ。
	牧羊犬將羊趕進了柵欄裡。

おいだす【追い出す・追出す】 他五 3	趕出，驅逐，攆走 ★
	例 野良犬を庭から追い出した。
	將野狗趕出了院子。

おいる【老いる】 自上一 2	年老；衰老；陳舊 ★
	例 夫婦が仲良く、共に老いるのは一番幸せなことだと思う。
	（我）認為夫妻感情好，白頭偕老是最幸福的事了。

おう【負う】 自他五 0	背；擔負；負傷
	例 彼は五千万円の債務を負っている。
	他背負著五千萬日圓的債務。

おうぼ（する）【応募】 名・自サ 0 1	應徵，應募 ★
	例 私はその保険会社に応募したいと思っている。
	（我）想去那家保險公司應徵。

オーバー（する）【over】 名・自他サ 1	超過 ★★
	例 のんびり買い物をしていたら、駐車時間をオーバーしてしまった。
	正當悠閒購物時，一不注意就超過停車時間了。

おかす【犯す】 他五 2 0	犯錯；犯罪；褻瀆 ★
	例 人は誰でも過ちを犯す。
	人都會犯錯。

おかす【侵す】 他五 2 0	侵犯
	例 他人の権利を侵さないでください。
	請不要侵犯別人的權利。

おかす 【冒す】 他五 ② ⓪	冒著，不顧；冒犯，侵蝕；冒充；冒名 例 危険を冒してまでするようなことではない。 這並非是值得冒險去做的事。
おくらす 【遅らす・後らす】 他五 ⓪	延遲　　　　　　　　　　　　　　　★ 例 腕時計を五分遅らした。 把手錶延遲了五分鐘。
おさまる 【収まる】 自五 ③	平息；心滿意足　　　　　　　　　★★ 例 ふと見ると飼い猫が空き箱の中に収まって寝ていた。 猛然一看，我養的貓正在空箱子裡安睡著。
おさまる 【納まる】 自五 ③	裝進；收納　　　　　　　　　　　★★ 例 機密書類は無事、国庫に納まった。 機密文件平安地收納進國庫了。
おさまる 【治まる】 自五 ③	平定；平息；平靜　　　　　　　　★★ 例 台風の雨風が治まるまで部屋で大人しく待っている。 在屋子裡靜靜地等待颱風的風雨平息。
おしきる 【押し切る・ 押切る】 他五 ③	切開；排除；不顧 例 母の反対を押し切って、彼と結婚した。 不顧母親的反對，跟他結婚了。
おしこむ 【押し込む・ 押込む】 自他五 ③	塞進，擠進（他動詞）；闖進；破門搶劫（自動詞）　★ 例 彼女は靴に足を無理矢理押し込んだ。 她將腳勉勉強強地擠進了鞋子裡。
おしむ 【惜しむ】 他五 ②	愛惜；珍惜；惋惜　　　　　　　　★ 例 名誉よりもお金を惜しむ人がいる。 有人愛惜金錢勝過名譽。
おしよせる 【押し寄せる・ 押寄せる】 自他下一 ④	挪到近處（他動詞）；蜂擁而來（自動詞） 例 台風の影響で防波堤に高波が押し寄せた。 因為颱風的影響，大浪襲捲了防波堤。

おそう 【襲う】 他五 ⓪②	襲撃，侵襲；繼承；突然到來 ★
	例 津波が北海道を襲った。 海嘯侵襲了北海道。

おそれいる 【恐れ入る】 自五 ②	不好意思；吃驚；折服，認輸 ★
	例 彼女の想像力には恐れ入った。 她的想像力真令人吃驚。

おだてる 【煽てる】 他下一 ⓪	捧，奉承，恭維；煽動；挑釁 ★
	例 彼は彼女に煽てられたら、何でもする。 他一被她奉承，就什麼都做。

おちこむ 【落ち込む・ 落込む】 自五 ⓪③	墜入；陷入；塌陷；（成績、心情）低落 ★★
	例 この半年間、彼の業績が落ち込んでいる。 這半年間，他的業績低落。

おどおど (する) 副・自サ ①	戰戰兢兢，提心吊膽 ★
	例 息子は初めて人前でスピーチをするので、おどおどしている。 兒子第一次在眾人面前演講，所以戰戰兢兢。

おどす 【威す・脅す・ 嚇す】 他五 ②⓪	威脅；嚇唬 ★
	例 彼女は脅すような態度で私に詰め寄ってきた。 她用威脅似的態度逼近我。

おとずれる 【訪れる】 自下一 ④	拜訪，探訪，問候，找；到來，來臨 ★★
	例 私達は数ヶ月おきに先生の元を訪れている。 我們每隔幾個月去找老師一次。

おとも (する) 【御供・御伴】 名・自サ ②	陪伴；跟隨（僅限於對長輩使用）
	例 祖母の買い物にお供した。 陪奶奶購物了。

おとろえる
【衰える】
自下一 ④③

衰退；減退
例 年を取って、体力が日に日に衰えていくのを感じる。
上了年紀，感到體力日益衰退。

おびえる
【怯える・脅える】
自下一 ⓪③

害怕，驚恐
例 この子犬は臆病で、自分の影にもおびえる。
這隻小狗很膽小，連自己的影子都怕。

おびやかす
【脅かす】 他五 ④

威脅；恐嚇
例 津波は住民の命を脅かした。
海嘯威脅了居民的生命。

おびる
【帯びる】
他上一 ②⓪

佩帶；帶有；承擔
例 磁石（＝マグネット）は磁力を帯びている。
磁鐵帶有磁力。

オファー （する）
【offer】

名・他サ ①

提供；提出；提議 ★
例 先方のオファーする金額は魅力的だったが、スケジュール的に断らざるを得なかった。
儘管對方所提出的金額頗具魅力，但是不得不按照計畫拒絕了。

おまけ （する）
【御負け】

名・他サ ⓪

算便宜；另外贈送；加油添醋 ★★★
例 五つ買うので、少しおまけしてくれませんか。
因為要買五個，所以不能算我便宜一點嗎？

おもいきる
【思い切る】
自他五 ④

斷念，死心，放棄（他動詞）；下定決心（自動詞） ★★
例 彼女に思い切って心を打ち明けようと思う。
（我）想下定決心對她表白。

おもいつめる
【思い詰める】
他下一 ⑤⓪

鑽牛角尖，想不開
例 彼は思い詰め過ぎて鬱病になってしまった。
他想不開得了憂鬱症。

おもむく 【赴く・趣く・ 趣く】　自五 ③	赴；趨向
	例 父の病状は日増しに快方に<u>赴</u>いている。
	父親的病情日趨好轉。

おもんじる 【重んじる・ 重んずる】 他上一 ④ ⓪	重視，注重；敬重　　　　　　　　　　　　　★
	例 主人は仕事よりも家族を<u>重</u>んじている。
	老公重視家人勝於工作。

およぶ 【及ぶ】　自五 ⓪ ②	波及；達到；面臨；不必；比得上　　　　　★★
	例 英語で彼女に<u>及ぶ</u>者はクラスにいない。
	在班上沒有英語能比得上她的人。

おりかえす 【折り返す・ 折返す】 他五 ③ ⓪	摺疊；反摺；返回；反覆　　　　　　　　　★
	例 丈が長すぎるので、ジーンズの裾を<u>折り返</u>した。
	因為長度太長，所以將牛仔褲的褲腳反摺了，
	（註：「袖子反摺」是「<ruby>袖<rt>そで</rt></ruby>をまくる」。）

おる 【織る】　他五 ①	編；織
	例 彼女は伝統的な布を<u>織る</u>職人だ。
	她是傳統的織布工匠。

おろしうり （する） 【卸し売り・ 卸売り・卸売】 名・他サ ⓪ ③	批發
	例 青果物を<u>卸し売り</u>する市場を見学した。
	參觀了批發蔬果的市場。

おんぶ （する） 【負んぶ】 名・自他サ ①	背負；使其負擔
	例 赤ちゃんを<u>負</u>んぶしながら家事をしている。
	一邊背著嬰兒一邊做著家事。

か行

かカ
▶ MP3-070

かいあく (する)
【改悪】
名・他サ ⓪

越改越糟
例 全民健康保険制度がどんどん改悪されていく。
全民健保制度漸漸越改越糟了。

かいけん (する)
【会見】
名・自サ ⓪

會面；接見 ★
例 両国の代表は大使館で会見した。
兩國的代表在大使館會面了。

かいご (する)
【介護】
名・他サ ①

看護，照顧 ★★
例 介護する人と介護される人のために、いい生活空間を作りたい。
（我）想為看護者跟被看護者，創造良好的生活空間。

かいこむ
【買い込む・買込む】
他五 ③

大量買入
例 台風に備えて食糧を買い込んだ。
為了防颱，大量買入糧食了。

かいさい (する)
【開催】
名・他サ ⓪

召開；舉辦 ★★
例 二千二十年、東京で開催される予定だったオリンピックは新型コロナウイルスのため延期されることが決まった。
二〇二〇年，預定在東京舉辦的奧運因為新型肺炎而決定延期了。

かいしゅう (する)
【回収】
名・他サ ⓪

回收 ★★
例 その投資は短期間で回収することができた。
那項投資在短期間內就能回收了。

かいじょ (する)
【解除】
名・他サ ①

解除 ★
例 津波警報は解除された。
海嘯警報被解除了。

がいする
【害する】 他サ ③

危害；傷害；殺害 ★
例 たばこは健康を害する。
吸菸有害健康。

がいせつ (する) **【概説】** 名・他サ ⓪	**概述** 例 この教科書は日本文学を概説するものだ。 這本教科書是在概述日本文學。
かいそう (する) **【回送・廻送】** 名・他サ ⓪	**轉寄；轉送；轉運** ★ 例 手紙は下記の住所にご回送ください。 信件請轉寄至下列的住址。
かいだめ (する) **【買い溜め・** **買溜め】** 名・他サ ⓪	**大量囤購** 例 増税に備えて、日用品を買い溜めした。 為加稅做準備，大量囤購了日用品。
かいだん (する) **【会談】** 名・自サ ⓪	**會談；面談** 例 両国の首脳は三年ぶりに会談した。 兩國的首腦睽違三年會談了。
かいてい (する) **【改定】** 名・他サ ⓪	**修正；重新規定** 例 来月、運賃が改定される予定だ。 預計下個月修正運費。
かいてい (する) **【改訂】** 名・他サ ⓪	**修訂** 例 この辞書は第二版で大幅に改訂されている。 這部字典在第二版大幅地修訂了。
かいとう (する) **【解凍】** 名・他サ ⓪	**解凍** ★ 例 電子レンジで牛肉を解凍した。 用微波爐解凍了牛肉。
がいとう (する) **【該当】** 名・自サ ⓪	**符合；適用** ★ 例 該当する欄に丸をつけてください。 請在符合的欄位上畫圈。
かいにゅう (する) **【介入】** 名・自サ ⓪	**插手，干預，干涉** ★ 例 子供のいじめに親は介入するべきだろうか。 對於孩童的霸凌，父母應該干預嗎？

1-4 動詞

かいはつ（する）
【開発】
名・他サ ⓪

開發；開闢；研發 ★
例 新製品を量産するための技術を開発している。
為了量産新産品，正在開發技術。

かいほう（する）
【介抱】
名・他サ ①

照顧，看護 ★
例 徹夜で負傷者を介抱した。
徹夜照顧著傷患。

かいぼう（する）
【解剖】
名・他サ ⓪

解剖；剖析
例 生物の授業で蛙を解剖した。
在生物課時解剖了青蛙。

かいめい（する）
【解明】
名・他サ ⓪

解釋清楚
例 刑事は交通事故の原因を解明した。
警察將車禍的原因解釋清楚了。

かいらん（する）
【回覧・廻覧】
名・他サ ⓪

傳閱
例 この資料はみんなに回覧してもらいたい。
（我）想將這份資料讓大家傳閱。

かいりょう（する）
【改良】
名・他サ ⓪

改良 ★
例 この新商品は、以前のヒット商品を更に改良したものだ。
這項新商品，是將先前熱銷商品進一步改良的產品。

かえりみる
【顧みる】
他上一 ④

回頭看；回顧；顧及 ★
例 仕事が忙しくて、他人を顧みる暇がない。
工作忙碌，無暇顧及他人。

かえりみる
【省みる】
他上一 ④

反省 ★
例 自分の振る舞いを省みることは大切だ。
反省自己的行為很重要。

かかえこむ
【抱え込む】
他五 ④

抱住；承攬
例 彼は一人で大問題を抱え込んで悩んでいるようだ。
他似乎一個人承攬著大問題而煩惱著。

かかげる
【掲げる】
他下一 0

懸掛；高舉；刊登 ★

例 映画館の正面に看板を掲げた。

在電影院的正面懸掛了看板。

かきまわす
【掻き回す】
他五 4 0

攪和；弄亂；搗亂

例 私の引き出しを勝手に掻き回さないでください。

請不要隨便弄亂我的抽屜。

かく
【欠く】 他五 1 0

欠缺，缺乏；疏忽，怠慢；有缺口 ★★

例 彼は自信と決断力を欠いている。

他缺乏自信與決斷力。

かくさん（する）
【拡散】
名・自サ 0

擴散 ★

例 隔離は時に病原体を拡散させないために用いられる。

隔離有時候是用於不讓病原體擴散。

かくしん（する）
【確信】
名・他サ 0

確信，堅信

例 彼女は夫の成功を確信している。

她堅信著丈夫會成功。

かくてい（する）
【確定】
名・自他サ 0

確定，決定 ★★

例 新商品の出荷日はまだ確定していない。

新商品的出貨日期尚未確定。

かくとく（する）
【獲得】
名・他サ 0

獲得 ★★

例 彼女は三万ドルの賞金を獲得した。

她獲得了三萬美元的獎金。

かくほ（する）
【確保】
名・他サ 1

確保；掌握 ★

例 先に着いたら、四人分の席を確保しておいてください。

先到的話，請確保四個人的座位。

かくりつ（する）
【確立】
名・自他サ 0

確立 ★

例 その新理論はまだ確立されていない。

那項新理論尚未被確立。

かける 【賭ける】 他下一 2	賭上；賭輸贏 ★★ 例 彼が合格するかどうか友達と賭けている。 跟朋友賭他會不會考上。
かこう (する) 【加工】 名・他サ 0	加工 ★★ 例 小型の鰯を油で煮て、缶詰に加工したものがオイルサーディンだ。 把小型的沙丁魚用油煮過，加工製成罐頭就是油漬沙丁魚。
かごう (する) 【化合】 名・自サ 0	化合 ★★ 例 水素は酸素と化合して水になる。 氫跟氧化合成水。
かさばる 【嵩張る】 自五 3	體積大 ★ 例 コットンは軽いが、嵩張る。 棉花雖輕，體積卻很大。
かさむ 【嵩む】 自五 0 2	增大；增多 ★ 例 都市に住むと何かと費用がかさむ。 住在都市的話，諸多花費都會增多。
かすむ 【霞む】 自五 0	出現彩霞；朦朧；不顯眼 ★ 例 年を取って、目が霞んできた。 上了年紀，眼睛漸漸花了。
かする 【掠る】 他五 0 2	掠過；擦過（有輕輕擦過小範圍的感覺） 例 彼の持っていたタバコが私の腕を掠って、軽い火傷をした。 他拿著的菸擦過我的手臂，造成了輕微的灼傷。
かたむける 【傾ける】 他下一 4	傾斜；傾注；傾覆 ★★ 例 体を前に傾けてください。 請將身體往前傾。
かためる 【固める】 他下一 0	鞏固；堅定 ★ 例 中学の間に、英語の基礎を固めなけれないけない。 在國中期間，必須打好英語基礎。

がっしり (する) 副・自サ ③	健壯，結實；堅固　　　　　　　　　　　　★ 例 祖父はもう九十歳だが、体ががっしりしている。 祖父雖然已經九十歲了，但是身體還很結實。
がっち (する) 【合致】 名・自サ ⓪	一致，符合 例 私と彼の意見は合致した。 我跟他的意見一致。
カット (する) 【cut】 名・他サ ①	切；割；剪；刪除；省略　　　　　　　　★★★ 例 その映画は一部のシーンがカットされて、テレビ放送された。 那部電影一部分的場景被剪掉，在電視上播出了。
がっぺい (する) 【合併】 名・自他サ ⓪	合併 例 二つのクラスを合併して一クラスにした。 將兩個班級合併成一班。
かなう 【叶う】　自五 ②	符合；實現，達成　　　　　　　　　　　★★ 例 私達の夢はきっと叶う。 我們的夢想一定會實現的。
かなえる 【叶える】 他下一 ③	使其符合；使其如願　　　　　　　　　　★★ 例 彼女は自分の夢を叶えるために努力している。 她為了實現自己的夢想而努力著。
かにゅう (する) 【加入】 名・自サ ⓪	加入，參加　　　　　　　　　　　　　　★ 例 社会保険に加入することは義務だ。 參加社會保險是義務。
かばう 【庇う】　他五 ②	保護；庇護　　　　　　　　　　　　　　★ 例 彼は怪我した右足を庇って歩いている。 他保護受傷的右腳走著。
かぶれる 【気触れる】 自下一 ⓪	皮膚發炎；沾染惡習 例 漆にかぶれた場合は、すぐに水で洗い流してください。 沾到油漆的時候，請馬上用水洗掉。

かまえる 【構える】 他下一 ③	修築；成立；準備；虚構；擺架子　★★ 例 川沿いに新居を構えた。 沿著河川蓋了新房子。
かみ (する) 【加味】 名・他サ ①	調味；摻入，加進 例 外国人であることを加味して考えても申し分ない。 即使將是外國人這一點加入思考，也無可挑剔。
かみきる 【噛み切る・ 噛切る】 他五 ③ ⓪	咬斷；咬破　★ 例 この肉は硬過ぎて噛み切れない。 這肉太硬了無法咬斷。
からむ 【絡む】　自五 ②	纏繞；糾纏　★★ 例 彼は可愛い女の子を見るとすぐ絡む。 他一看到可愛的女孩就會馬上糾纏。
かれる 【涸れる】 自下一 ⓪	乾涸；枯竭 例 その画家の創作力は生涯涸れることがなかった。 那位畫家的創作力終生沒有枯竭的時候。
かわす 【交わす・交す】 他五 ⓪	交換；交叉　★★ 例 私達は互いに意見を交わした。 我們互相交換了意見。
かんがい (する) 【灌漑】 名・他サ ⓪	灌漑 例 この川から水を引いて付近の水田を灌漑している。 從這條河川引水灌漑著附近的水田。
かんげん (する) 【還元】 名・自他サ ⓪	還原；回饋 例 利潤の一部を消費者に還元する。 將利潤的一部分回饋給消費者。
かんご (する) 【看護】 名・他サ ①	看護，照顧　★★ 例 熱を出した娘を寝ずに看護した。 沒睡覺照顧了發燒的女兒。

かんこう (する) 【刊行】 名・他サ ⓪	出版，發行　　　　　　　　　　　　★ 例 この雑誌は二ヶ月に一回、刊行されている。 這本雜誌兩個月發行一次。
かんこく (する) 【勧告】 名・他サ ⓪	勧告；警告 例 息子は度重なる校則違反が理由で自主退学を勧告された。 兒子以再三違反校規為理由被勸告自行退學了。
かんさん (する) 【換算】 名・他サ ⓪	換算　　　　　　　　　　　　　　★ 例 これらを台湾ドルに換算すればおよそ五千元になる。 將這些換算成台幣的話大約是五千元。
かんし (する) 【監視】 名・他サ ⓪	監視　　　　　　　　　　　　　　★ 例 容疑者は厳重に監視されている。 嫌犯被嚴格監視著。
かんしょう (する) 【干渉】 名・他サ ⓪	干渉；干擾　　　　　　　　　　　★ 例 他人のことに干渉してはいけない。 不可干涉別人的事。
かんせん (する) 【感染】 名・自サ ⓪	感染；受影響　　　　　　　　　★★ 例 新型コロナウイルスが流行っているので、感染しないように注意する。 因為新型肺炎正在流行，所以請注意不要感染了。
カンニング (する) 【cunning】 名・自サ ⓪	作弊　　　　　　　　　　　　　★★ 例 彼は数学の試験でカンニングした。 他考數學時作弊了。
カンパ／ ① **カンパニア** (する) ③ 【(俄) Kampanija】 名・他サ	勧募，募款　　　　　　　　　　　★ 例 協会は来月から救援資金をカンパする。 協會從下個月開始勸募救援資金。

1-4 動詞

かんべん (する) 【勘弁】 名・他サ ①	原諒；容忍 ★★ 囫 お願いですから、もう勘弁してください。 拜託你，請原諒我吧！
かんよ (する) 【関与】 名・自サ ①	參與 ★ 囫 私はこの件に関与したくない。 我不想參與這件事。
かんわ (する) 【緩和】 名・自他サ ⓪	緩和 ★ 囫 この痛み止めは痛みを緩和できる。 這種止痛藥可以緩和疼痛。

きキ

▶ MP3-071

きかざる 【着飾る】 他五 ③	盛裝；打扮 ★★ 囫 派手に着飾って、結婚披露宴に出席した。 打扮花俏去喝了喜酒。
きがね (する) 【気兼ね】 名・自サ ⓪	客氣，拘束；顧忌 ★ 囫 夫や子供に気兼ねしないで、何かあったら私に電話してください。 請不要顧忌（我的）老公跟小孩，有什麼事的話就打電話給我。
ききょう (する) 【帰京】 名・自サ ⓪	回京（首都）；回東京 囫 来年、帰京する予定だ。 預計明年回東京。
きけん (する) 【棄権】 名・他サ ⓪	棄權 囫 彼女は怪我のため、試合を棄権した。 她因為受傷，棄權比賽了。
きさい (する) 【記載】 名・他サ ⓪	記載 ★ 囫 その点については、遺書に記載されていない。 關於那一點，遺書上並未記載。

きしむ 【軋む】　自五②	吱嘎作響；卡卡的不好拉動	
	例 藤椅子に腰掛けると、軽やかに軋んだ。	
	一坐上藤椅，便輕輕地吱嘎作響了。	

きじゅつ（する） 【記述】 名・他サ⓪	記述，記載	
	例 その人物については、歴史史料にも記述されていない。	
	關於那位人物，歷史史料上也並未記載。	

きずく 【築く】　他五②	建築；建立　　　　　　　　　　　　　★	
	例 取引先といい関係を築いている。	
	與客戶建立了良好關係。	

きずつく 【傷付く・瑕付く】 自五③	受傷；有瑕疵　　　　　　　　　　　★★	
	例 彼女の失礼な態度に傷付いた。	
	被她無禮的態度給傷害了。	

きずつける 【傷付ける・ 瑕付ける】 他下一④	傷害；弄傷；弄壞　　　　　　　　★★	
	例 彼女を傷付けたくない。	
	（我）不想傷害她。	

きせい（する） 【規制】 名・他サ⓪	限制　　　　　　　　　　　　　　★★	
	例 その措置は混雑時に人数を規制するために取られた。	
	那項措施被採用，是為了人多擁擠時限制人數。	

きぞう（する） 【寄贈】 名・他サ⓪	捐贈；贈送　　　　　　　　　　　　★	
	例 読まなくなった本を図書館に寄贈したい。	
	（我）想將不看的書捐贈給圖書館。	

ぎぞう（する） 【偽造】 名・他サ⓪	偽造，假造　　　　　　　　　　　　★	
	例 彼女は出荷記録を偽造した。	
	她偽造了出貨紀錄。	

きたえる 【鍛える】 他下一③	鍛造；鍛鍊　　　　　　　　　　　　★	
	例 英語のスピーキングを鍛えるために英会話教室に通っている。	
	為了鍛鍊英語的口説能力，去英語會話教室上課。	

きたる 【来る】 自五 2	來，到來；引起，招致 例 友、遠方より来る。 有朋自遠方來。	
きめい (する) 【記名】 名・自サ 0	記名；簽名 ★ 例 自分の持ち物には全て記名してください。 請在自己的攜帶物品上全部寫上名字。	
きゃくしょく (する) 【脚色】 名・他サ 0	改編；渲染 ★ 例 この事件は脚色されてミュージカルになっている。 這個事件已經被改編成音樂劇了。	
ぎゃくてん (する) 【逆転】 名・自他サ 0	逆轉；飛機翻筋斗 ★ 例 私達の立場はいつの間にか逆転していた。 我們的立場不知何時完全反過來了。	
キャッチ (する) 【catch】 名・他サ 1	接球；捕捉 ★★ 例 娘が投げたボールは軌道を大幅に逸れて、キャッチできなかった。 女兒扔的球明顯偏離了軌道，無法接到。	
きゅうがく (する) 【休学】 名・自サ 0	休學 ★ 例 再来年の三月末まで休学するつもりだ。 （我）打算休學到後年的三月。	
きゅうさい (する) 【救済】 名・他サ 0	救濟 ★ 例 食糧を送って、貧しい人々を救済する。 贈送食糧，救濟貧困的人們。	
きゅうじ (する) 【給仕】 名・自他サ 1	伺候飲食；服務 ★ 例 ウェイターは左から給仕する。 服務生從左邊開始幫客人服務。	
きゅうせん (する) 【休戦】 名・自サ 0	休戰，停戰 例 両国とも休戦したがっている。 兩國都想停戰。	

きゅうぼう (する) 【窮乏】 名・自サ 0	貧困 例 無駄遣いしなければ、窮乏することはない。 不亂花錢的話，就不會貧困。
きよ (する) 【寄与】 名・自サ 1	有助於；貢獻 例 この提案はコスト削減に寄与する。 這個提案有助於降低成本。
きょうかん (する) 【共感】 名・自サ 0	有同感，產生共鳴 ★ 例 面接では、その会社の経営理念に共感したことをアピールした。 在面試時，展現了對該公司經營理念的共鳴。
きょうぎ (する) 【協議】 名・他サ 1	協議；協商 例 双方は新製品の価格について協議している。 雙方正在協商關於新產品的價格。
きょうこう (する) 【強行】 名・他サ 0	強行；硬做 例 悪天候の中、運動会の開催を強行した。 在惡劣的天氣中，強行舉行了運動會。
きょうじゅ (する) 【享受】 名・他サ 1	享受 例 国立公園では、自然の美しさを享受できる。 在國家公園可以享受自然之美。
きょうじる 【興じる】 自上一 0 3	愛好，喜好；感覺愉快；感到有趣 例 山頂では、観光客が写真撮影に興じている。 在山頂，觀光客以拍照為樂。
きょうせい (する) 【強制】 名・他サ 0	強制，強迫 ★★ 例 我が社は残業を強制するから、辞職を考えている。 因為我們公司強迫加班，所以（我）正在考慮辭職。
きょうせい (する) 【矯正】 名・他サ 0	矯正 ★ 例 歯列矯正しているので、発音が不明瞭だ。 因為在做齒列矯正，所以發音不清楚。

きょうそん・きょうぞん (する)
【共存】
名・自サ ⓪

共存，共處 ★

例 自然と平和的に共存していく道はないのだろうか。

與自然和平共處下去之道不存在吧！

きょうちょう (する)
【協調】
名・自サ ⓪

協調；調解

例 労使双方がうまく協調できるように願っている。

希望勞資雙方能順利地調解。

きょうてい (する)
【協定】
名・他サ ⓪

協定 ★

例 同業者間で協定して値下げを行った。

同業間協定進行降價了。

きょうはく (する)
【脅迫】
名・他サ ⓪

脅迫，威脅 ★

例 とても一日では終わらない量の仕事を任され、できなければクビにすると脅迫された。

承擔了一天絕對完成不了的工作量，被威脅如果沒完成的話就要被解僱了。

きょうめい (する)
【共鳴】
名・自サ ⓪

有同感，產生共鳴 ★

例 彼女の環境保護に対する考えに共鳴して、自分も何かやってみようと思った。

（我）之前對於她對環境保護的想法有同感，自己也想試試看做點什麼。

きょくげん (する)
【局限】
名・他サ ⓪

局限，只針對 ★

例 時間もないので、急を要する問題に局限して話し合おう。

因為時間也不夠，所以只針對緊急問題來討論吧！

きょぜつ (する)
【拒絶】
名・他サ ⓪

拒絕 ★★

例 彼女の頼みを拒絶した。

拒絕了她的委託。

きょひ (する)
【拒否】
名・他サ ①

拒絕；否決 ★★

例 社員の多くが忘年会への参加を拒否した。

多數員工拒絕了參加尾牙。

きょよう (する) 【許容】 名・他サ ⓪	容許，容忍 ★ 例 課長は意見の違いを許容できない。 課長無法容忍意見的不同。	

きりかえる 【切り替える・ 切替える・ 切り換える・ 切換える】 他下一 ③④⓪	轉換；變換；兌換 ★★ 例 両手操作式から足踏み操作式に切り換えた。 將兩手操作模式改成腳踏操作模式了。	

キレる 自下一 ②	脾氣暴躁；暴怒；情緒失控 ★ 例 ミスを指摘しただけのつもりだったが、後輩が突然キレ たのでびっくりした。 原本只是打算指出錯誤而已，但因為後輩突然情緒失控所以嚇到了。	

きわめる 【極める・ 究める・ 窮める】 他下一 ③	到達頂點；達到極限；查明；窮究 ★★★ 例 彼らは贅沢を極めた生活を送っている。 他們過著極盡奢侈的生活。	

きんこう (する) 【均衡】 名・自サ ⓪	均衡，平衡 ★ 例 毎月の収支は均衡している。 每個月的收支平衡。	

きんじる 【禁じる】 他上一 ⓪③	禁止 ★ 例 オーストラリアでは、普通の店での酒類販売が禁じら れている。 在澳洲，一般商店的酒類販售被禁止了。	

ぎんみ (する) 【吟味】 名・他サ ①③	玩味；推敲，斟酌 ★ 例 みんなで陳さんの提案をよく吟味した。 大家一起仔細推敲了陳小姐的提案。	

きんむ (する)
【勤務】

名・自サ 1

任職，工作 ★★

例 主人は中国大陸の大学病院に勤務している。

老公在中國大陸的大學醫院任職。

きんろう (する)
【勤労】

名・自サ 0

（獲得報酬的）工作 ★

例 日本憲法により、全ての国民は勤労する権利を有する。

根據日本憲法，所有的國民都有工作的權利。

くク

▶ MP3-072

くいちがう
【食い違う・
食違う】 自五 4 0

前後矛盾，不一致，有出入 ★

例 彼女の陳述は事実と少し食い違っている。

她的陳述與事實略有出入。

くぐる
【潜る】 自五 2

潛入；鑽進；潛水；鑽漏洞 ★

例 暖簾を潜ってお店に入った。

穿過布簾進到了店裡。

くちずさむ
【口遊む】 他五 4

吟詩；哼唱

例 母は歌を口遊みながら、晩ご飯を用意している。

母親一邊哼著歌，一邊準備晚餐。

くちる
【朽ちる】

自上一 2

腐爛；腐朽；終生默默無聞

例 金庸の名は永遠に朽ちることがない。

金庸的名字將永垂不朽。

くつがえす
【覆す】 他五 3 4

打翻；推翻，顛覆 ★

例 彼の学説は、今までの常識を覆した。

他的學說推翻了到目前為止的常識。

くっせつ (する)
【屈折】

名・自サ 0

曲折；折射；扭曲

例 水は光を屈折させる。

水使光線折射。

くみあわせる 【組み合わせる・ 組み合せる・ 組合わせる・ 組合 せる】 他下一 5 0	交叉；搭配；編組　　　　　　　　　　　★★
	例 新商品は和菓子とクリームを組み合わせたお菓子だ。
	新商品是結合了日式點心跟奶油的點心。

くみこむ 【組み込む・ 組込む】 他五 3 0	編入，排入
	例 交際費も予算に組み込んでください。
	請將應酬費也編入預算中。

くよくよ （する） 副・自サ 1	煩惱，發愁　　　　　　　　　　　　　　★
	例 過去のことでくよくよしても意味がないと思う。
	（我）認為即使為過去的事發愁也沒有意義。

グレードアップ （する） 【grade＋up】 名・他サ 5	升級，進階；改進　　　　　　　　　　　★
	例 人気商品をグレードアップさせた新商品が発売される。
	將人氣商品升級的新商品將被販賣。

けケ

▶ MP3-073

けいか （する） 【経過】 名・自サ 0	經過　　　　　　　　　　　　　　　　★★
	例 術後、問題もなく三ヶ月が経過した。
	手術後，毫無問題地經過了三個月。

けいかい （する） 【警戒】 名・他サ 0	警戒；警惕　　　　　　　　　　　　　★★
	例 現地の住民は津波を警戒している。
	當地的居民對海嘯保持著警戒。

けいげん （する） 【軽減】 名・自他サ 0	減輕　　　　　　　　　　　　　　　　　★
	例 関節痛を軽減できる薬を下さい。
	請給我能減輕關節痛的藥。

けいさい (する)
【掲載】
名・他サ ⓪

登載 ★

例 妹 の投書が新聞に掲載された。

妹妹的投稿上報了。

けいしゃ (する)
【傾斜】
名・自サ ⓪

傾向；傾斜

例 屋根裏なので、この部屋の天井は傾斜している。

因為是閣樓，所以這個房間的天花板傾斜著。

けいせい (する)
【形成】
名・他サ ⓪

形成；組成

例 様々な影響を受けて人格は形成される。

受了種種影響而形成人格。

けいべつ (する)
【軽蔑】
名・他サ ⓪

輕蔑，輕視，瞧不起 ★★

例 彼は怠け者を軽蔑している。

他瞧不起懶惰的人。

けがす
【汚す・穢す・
瀆す】 他五 ② ⓪

弄髒，汙染；敗壞，褻瀆 ★

例 大学の名を汚すような事件を起こして退学になった。

引起敗壞大學名譽那種事件被退學了。

けがれる
【汚れる・穢れる】
自下一 ③ ⓪

骯髒，汙穢；有汙點；心地醜陋；婦女失貞；（迷信）因經期、孕期、喪期而身子不乾淨

例 悪事に手を染めて汚れた心は元には戻せないのだろうか。

沾染壞事骯髒的心大概無法恢復原貌吧！

げきれい (する)
【激励】
名・他サ ⓪

激勵

例 担任として、受験前の生徒達を激励したい。

身為導師，（我）想激勵考前的學生們。

けしさる
【消し去る・
消去る】 他五 ③

消除，抹去；忘卻 ★

例 彼は彼女の存在を心から消し去ることができないでいる。

他一直無法將她的存在從心裡抹去。

けつい (する) 【決意】 名・自他サ ①	決心 ★★
	例 父はタバコを止めることを決意した。
	父親決心戒菸了。

けつぎ (する) 【決議】 名・他サ ①	決議
	例 議会でその提案を決議した。
	在議會中決議了那項提案。

けっこう (する) 【決行】 名・他サ ⓪	断然施行 ★
	例 その工場の従業員はストライキを決行した。
	那家工廠的從業人員斷然施行了罷工。

けつごう (する) 【結合】 名・自他サ ⓪	結合 ★
	例 二つの理論を結合して、新しい理論を提唱した。
	結合兩個理論，提倡了新理論。

けっさん (する) 【決算】 名・自他サ ①	結算；結帳 ★★
	例 多くの会社では、三月か十二月に決算する。
	很多公司在三月或是十二月結算。

けっせい (する) 【結成】 名・他サ ⓪	結成，組成 ★
	例 五年生でバレーボールのチームを結成したい。
	（我）想將五年級的學生組成排球隊。

けっそく (する) 【結束】 名・自他サ ⓪	綑紮；團結一志 ★
	例 グループのみんなが結束して、プロジェクトをやり遂げた。
	團隊的每個人團結一志，將計畫完成了。

ゲット (する) 【get】 名・他サ ①	得到，獲得；得分 ★★★
	例 最新のスマートホンをゲットした。
	獲得了最新的智慧型手機。

けつぼう (する) 【欠乏】 名・自サ ⓪	欠缺，缺乏
	例 彼には自信と決断力が欠乏している。
	他缺乏自信與決斷力。

けとばす 【蹴飛ばす】 他五 ⓪ ③	用力踢；踢飛；斷然拒絕　　　　　　　　　　★ 例 その子供は突然立ち止まって、足元の小石を蹴飛ばした。 那個孩子忽然停下來，踢了腳邊的小石子。
けなす 【貶す】　　他五 ⓪	貶低；毀謗　　　　　　　　　　　　　　　　★ 例 彼は根拠もなく私の論文を貶した。 他毫無根據地貶低了我的論文。
けむる 【煙る・烟る】 自五 ⓪	冒煙；朦朧 例 庭のたき火はひどく煙っている。 院子裡燃燒落葉的火冒著濃煙。
げり（する） 【下痢】 名・自サ ⓪	腹瀉，拉肚子　　　　　　　　　　　　　　★★ 例 彼女はお腹が弱く、しばしば下痢する。 她腸胃虛弱，常常拉肚子。
けんぎょう（する） 【兼業】 名・他サ ⓪	兼營 例 その家は本屋とカフェを兼業している。 那棟房子兼營著書店跟咖啡廳。
げんしょう（する） 【減少】 名・自他サ ⓪	減少　　　　　　　　　　　　　　　　　　★ 例 売り上げが先月に比べ二割も減少した。 營業額跟上個月比起來減少了有兩成。
げんてい（する） 【限定】 名・他サ ⓪	限定　　　　　　　　　　　　　　　　　　★★ 例 ストライキは時間を限定して行われた。 舉行了限時罷工。
げんてん（する） 【減点】 名・他サ ⓪	扣分　　　　　　　　　　　　　　　　　　★ 例 遅刻一分につき、一点を減点する。 每遲到一分鐘扣一分。
けんやく（する） 【倹約】 名・他サ ⓪	節儉；節省，節約 例 倹約するのはいいが、度を越すとケチになる。 節儉固然很好，但是過度的話就變成吝嗇了。

けんよう (する) 【兼用】 名・他サ ⓪	兼用，兩用；共用　★★ 例 娘たちは服や鞄を兼用している。 女兒們共用衣服跟包包。	

こコ

▶ MP3-074

こいする 【恋する】 自他サ ①③	戀愛；愛　★★ 例 君は恋するには若過ぎる。 你還太年輕，不適合談戀愛。

ごうい (する) 【合意】 名・自サ ⓪①	意見一致，達成共識　★ 例 労使双方が残業を減らすことに合意した。 勞資雙方對減少加班達成了共識。

こうえき (する) 【交易】 名・自他サ ⓪	交易 例 我が社は今回、初めて外国と交易する。 我們公司這一次首次跟外國交易。

こうえん (する) 【公演】 名・他サ ⓪	公演 例 その劇団は一年に二回しか公演しない。 那個劇團一年只公演兩次。

こうかい (する) 【公開】 名・他サ ⓪	公開；對外開放；開始上映　★ 例 この映画はまだ公開されていない。 這部電影尚未開始上映。

こうかい (する) 【航海】 名・自サ ①	航海 例 そのクルーズ船は大西洋を航海している。 那艘郵輪正在大西洋上航行。

こうぎ (する) 【抗議】 名・自サ ①	抗議　★★ 例 彼らは増税に抗議するデモを行った。 他們舉行了抗議加稅的遊行。

1-4
動詞

ごうぎ (する)
【合議】
名・自他サ ①

商談
例 彼らは会議室で重大な事柄について合議した。
他們在會議室裡就重大的事情進行了商談。

こうさく (する)
【工作】
名・他サ ⓪

施工；做〜工作　★★
例 予め裏で工作した。
事先做了幕後工作。

こうさく (する)
【耕作】
名・他サ ⓪

耕作
例 この土地はもう何年も耕作していない。
這塊土地已經好幾年沒耕作了。

こうじゅつ (する)
【口述】
名・他サ ⓪

口述
例 上司が口述した内容を、秘書がメモした。
祕書記錄了上司口述的內容。

こうじょ (する)
【控除・扣除】
名・他サ ①

扣除
例 賃金からは税金や保険料が控除される。
工資會被扣除稅金跟保費。

こうしょう (する)
【交渉】
名・自サ ⓪

交渉　★★
例 双方は新製品の価格について交渉している。
雙方正在交涉關於新產品的價格。

こうじょう (する)
【向上】
名・自サ ⓪

提高　★★
例 若者の政治への関心が向上してきた。
年輕人對政治的關心漸漸提高了。

こうしん (する)
【行進】
名・自サ ⓪

行進　★
例 デモの群衆が通りを行進している。
示威遊行的群眾正在馬路上行進著。

ごうせい (する)
【合成】
名・他サ ⓪

合成　★
例 水素と酸素から水を合成する。
氫跟氧會合成水。

こうそう　（する）
【構想】
名・他サ ⓪

構思，構想 ★

例 このメールに添付したラフは、私が構想している図書館のデザインだ。

這封郵件所附的粗稿，是我正在構思中的圖書館的設計圖。

こうたい　（する）
【後退】
名・自サ ⓪

後退；衰退 ★

例 ここ数年で、父の生え際は少し後退した。

這幾年，父親的髮際線稍微後退了。

こうどく　（する）
【講読】
名・他サ ⓪

講讀；研讀；閱讀探討講解

例 ゼミではみんなで文献を講読している。

在專題討論會時，大家一起研讀了文獻。

こうどく　（する）
【購読】
名・他サ ⓪

訂閱 ★

例 二種類のビジネス雑誌を購読している。

訂閱了兩種商業雜誌。

こうにゅう　（する）
【購入】
名・他サ ⓪

買進 ★★★

例 コンサートのチケットはオンラインで購入することができる。

音樂會的門票可以在網上購得。

こうにん　（する）
【公認】
名・他サ ⓪

公認 ★★

例 二人の仲はすでに社内のみんなに公認されている。

兩個人的感情已經被全公司所公認了。

こうはい　（する）
【荒廃】
名・自サ ⓪

荒廢，荒蕪；墮落

例 津波でその地域は荒廃した。

因為海嘯，那個地區荒廢了。

こうふ　（する）
【交付】
名・他サ ⓪ ①

發給

例 政府は彼に身分証明書を交付した。

政府發給他身分證了。

こうふく (する)
【降伏・降服】
名・自サ ⓪

投降
例 敵は白旗を上げて降伏した。
敵方舉白旗投降了。

こうぼ (する)
【公募】
名・他サ ⓪ ①

招募
例 その会社は社員を公募している。
那家公司正在招募員工。

ごえい (する)
【護衛】
名・他サ ⓪

護衛　　★
例 総統が総統府に着くまで警官が護衛した。
警察護衛總統直到抵達總統府為止。

ゴールイン (する)
【goal + in】
名・自サ ③

踢進球門；抵達終點（特殊的和製英語）
例 胡選手は一着でゴールインした。
胡選手以第一名抵達了終點。

こくち (する)
【告知】
名・他サ ⓪ ①

告知，通知　　★
例 明日の会議は来週に延期になったと告知された。
被告知明天的會議延期到下週了。

こくはく (する)
【告白】
名・他サ ⓪

告白　　★★
例 僕は彼女に告白した。
我對她告白了。

こころがける
【心掛ける】
他下一 ⑤

留心，留意，注意　　★★
例 運転者は常に安全運転を心掛けるようにしてください。
請駕駛隨時注意交通安全。

こころざす
【志す】　他五 ④

立志　　★★
例 作家を志したきっかけは何だったのですか。
（您）立志成為作家的契機為何？

こころみる
【試みる】
他上一 ④

試試看，試圖　　★★
例 両親を説得しようと試みたが、聞く耳持たずだった。
雖然試圖説服父母了，但是（他們）聽不進去。

こじらせる 【拗らせる】 他下一 4	使～複雑化；病情加重 ★	

こじらせる
【拗らせる】
他下一 4

使～複雑化；病情加重　★

例 乱暴な発言で彼女との関係を拗らせてしまった。

因為粗魯的發言，將跟她的關係複雜化了。

こじれる
【拗れる】
自下一 3

纏繞；彆扭　★

例 姉夫婦は関係が拗れているので、心配だ。

因為姊姊和姊夫鬧彆扭，所以（我）很擔心。

こす
【濾す・漉す】
他五 0 1

過濾　★

例 濾し布で炊いた大豆を濾してください。

請用過濾用的布過濾煮好的黃豆。

こだわる
【拘る】
自五 3

拘泥　★★

例 いつまでも過去に拘るべきではない。

誰都不該總是拘泥於過去。

こちょう（する）
【誇張】
名・他サ 0

誇張　★

例 物事を誇張して話すのはやめてください。

請勿誇大其辭。

こてい（する）
【固定】
名・自他サ 0

固定　★

例 地震の時に倒れてこないように家具をしっかり固定し

てください。

為了在地震時不會倒塌，請把家具好好固定。

ごまかす 他五 3

欺騙，作假，舞弊；蒙蔽；敷衍，搪塞　★★

例 あの店は絶対に量をごまかさない。

那家店絕對不會偷斤減兩。

こみあげる
【込み上げる・
込上げる】
自下一 4 0

湧現（涙水、笑容、感情等）；作嘔　★

例 笑ってはいけないのは分かっていたが、自然に笑いが

込み上げてきた。

明明知道不能笑，卻自然地湧現出笑容。

こめる 【込める・籠める】 他下一 ②	裝填；傾注；包括　　　　　　　　　　　　★★ 例 彼は気持ちを込めて、彼女の手を握り締めた。 他充滿感情地緊握了她的手。
こもる 【籠る・籠もる】 自五 ②	充滿（氣體、感情等）；不流通；（聲音）不清楚；閉門不出　★ 例 あのお爺さんは声がこもっていて、聞き取れない。 那位老爺爺聲音不清楚，無法聽懂。
こよう（する） 【雇用・雇傭】 名・他サ ⓪	雇用　　　　　　　　　　　　　　　　　★ 例 外国人を雇用するには、特別な手続きが必要だ。 雇用外國人時需要特別的手續。
こらす 【凝らす】 他五 ②	使～凝固；集中　　　　　　　　　　　　★ 例 猫が闇に目を凝らしている。 貓正凝視著暗處。
こりつ（する） 【孤立】 名・自サ ⓪	孤立　　　　　　　　　　　　　　　　　★ 例 僕は自分が孤立していると思っていない。 我不覺得自己孤立。
こりる 【懲りる】 自上一 ②	記取教訓　　　　　　　　　　　　　　　★ 例 羹に懲りて膾を吹く。 一朝被蛇咬，十年怕井繩。
こんどう（する） 【混同】 名・自他サ ⓪	混淆　　　　　　　　　　　　　　　　　★ 例 色盲の人は赤と緑を混同してしまう。 色盲的人會將紅色跟綠色混淆。
コントロール（する） 【control】 名・他サ ④	控制，操縱；管理；調節　　　　　　　　★★ 例 子供を思い通りにコントロールしようとすべきではない。 不應該隨心所欲地控制孩子。

さ行

さサ

さいかい (する)
【再会】
名・自サ ⓪

再次見面；重逢 ★

例 私達は同窓会で二十年ぶりに再会した。

我們暌違二十年在同學會重逢了。

さいく (する)
【細工】
名・他サ ⓪③

以細緻手工做工藝品；細心準備；耍花招，作手腳 ★

例 帳簿に細工してはいけない。

不能做假帳。

さいくつ (する)
【採掘】
名・他サ ⓪

採掘，開採

例 お祖父さんの仕事は、石炭を採掘することだった。

爺爺以前的工作是挖煤礦。

さいけん (する)
【再建】
名・他サ ⓪

重建；重修

例 津波で荒廃した地域を再建した。

重建因海嘯而荒廢的地區。

さいげん (する)
【再現】
名・自他サ ③⓪

重現；使～重現 ★

例 このテーマパークは江戸時代の街並みを再現している。

這個主題樂園重現了江戶時代的市容。

さいこん (する)
【再婚】
名・自サ ⓪

再婚

例 彼女は五年前に再婚した。

她五年前再婚了。

さいしゅう (する)
【採集】
名・他サ ⓪

採集；蒐集 ★

例 私達は野生のきのこを採集した。

我們採集了野生的蘑菇。

1-4
動詞

さいせい (する) 【再生】 名・自他サ ⓪	播放（錄音等）；將廢物製成新品（他動詞）；復活；重生，重新做人；動物身體失去的某一部分再生（自動詞）　★★ 例 この機械ではブルーレイディスクを<u>再生</u>することができない。 用這個機器無法播放藍光光碟。 （註：ブルーレイディスク（Blu-ray Disc）是藍光光碟，簡稱 BD。）
さいたく (する) 【採択】 名・他サ ⓪	選定；通過 例 三つの提案の中から第二案を<u>採択</u>した。 從三個提案當中選定了第二個提案。
さいばい (する) 【栽培】 名・他サ ⓪	栽培；養殖　★ 例 母は畑でカボチャを<u>栽培</u>している。 母親在田裡栽種南瓜。
さいはつ (する) 【再発】 名・自サ ⓪	（事故、病情）復發；頭髮再生　★ 例 術後三年経って、彼女の癌は<u>再発</u>した。 手術後過了三年，她的癌症復發了。
さいよう (する) 【採用】 名・他サ ⓪	採用；錄用，錄取　★★ 例 応募者の中から数名を<u>採用</u>した。 從應徵者當中錄取了數名。
さえぎる 【遮る】　他五 ③	遮掩，遮擋，遮蔽；打斷，阻撓　★ 例 この辺りは日光を<u>遮る</u>木がない。 這一帶沒有遮蔽陽光的樹。
さえずる 【囀る】　自五 ③	鳥鳴；喋喋不休　★ 例 小鳥が木々の枝で<u>囀</u>っている。 小鳥在叢樹的枝椏間鳴叫著。
さえる 【冴える・冱える】 自下一 ②	（聲音、頭腦）清晰；（色彩）鮮明；（技術）高超 例 コーヒーを一杯飲むと頭が<u>冴</u>える。 喝上一杯咖啡，頭腦就清晰了。

さかえる 【栄える】 自下一 3	繁榮，興旺 ★ 例 国家が栄えるかは国民次第だと思う。 （我）覺得國家興盛與否取決於國民。
さかだち（する） 【逆立ち】 名・自サ 0	倒立；顛倒；竭盡全力也～（後接否定） 例 彼女は両手だけで体を支えて逆立ちした。 她只用兩手支撐身體倒立了。
さかる 【盛る】 自五 0	繁榮，興旺；旺盛；流行，盛行 ★ 例 キャンプファイヤーの火が燃え盛っている。 營火熊熊燃燒著。
さくげん（する） 【削減】 名・他サ 0	削減 ★ 例 人事コストを削減したい。 （我）想削減人事成本。
さける 【裂ける】 自下一 2	劈開；裂開 ★ 例 重いものを詰めすぎて、ビニール袋が裂けてしまった。 塞了太多重物，塑膠袋裂開了。
ささげる 【捧げる】 他下一 0	捧；舉；獻給；表達 例 彼は受賞スピーチで「この栄光を亡き両親に捧げたい」 と言った。 他在得獎演說時說了：「（我）想把榮耀獻給已故的父母」。
さしかかる 【差し掛かる・ 差掛ける】 自五 4 0	到達（某處）；逼近（某時期）；籠罩 ★ 例 電車が終点に差し掛かると山が見えてきた。 電車一到達終點，就看得見山了。
さしず（する） 【指図】 名・自他サ 1	指示，指揮，差遣（多半是負面的） ★ 例 上司は仕事のやり方についてあれこれ指図してくるの でやりづらい。 因為上司對關於工作的方式處處指手畫腳的，所以很難辦。

1-4
動詞

さしだす
【差し出す・
差出す】
他五 [0] [3]

伸出；提出；寄出；奉獻出 ★
例 試合の後、彼女は笑顔で私に手を差し出した。
賽後，她笑著對我伸出了手。

さしつかえる
【差し支える・
差支える】
自下一 [5] [0]

影響，妨礙，不方便 ★
例 右手に包帯をしているからサインするのに差し支えた。
因為右手包著繃帶，所以簽名不方便。

さしひく
【差し引く・
差引く】 他五 [2]

扣除；（潮汐）漲落；（體溫）升降 ★
例 毎月、給料から税金が差し引かれている。
每個月從薪水被扣除了稅金。

さずける
【授ける】
他下一 [3]

傳授；授予
例 台湾大学は彼女に博士号を授けた。
台灣大學授予了她博士學位。

さする
【摩る・擦る】
他五 [0] [2]

摩擦；輕輕撫摸 ★
例 乗り物酔いで嘔吐する子供の背中を擦った。
輕輕撫摸因為暈車而嘔吐的小孩子的背。

さだまる
【定まる】
自五 [3]

決定；鎮定；穩定；明確
例 弟は高校三年生だが、まだ進路が定まっていない。
弟弟是高中三年級的學生，出路尚未確定。

さだめる
【定める】
他下一 [3]

制定；規定；固定；奠定；設定；使～明確 ★
例 目標を定めて取り組むことが大切だ。
設定目標並為之努力很重要。

さっかく （する）
【錯覚】
名・自サ [0]

錯覺；誤解 ★
例 明日が水曜日だと錯覚していた。
誤以為明天是星期三了。

さっする 【察する】 他サ③	推測；體諒　　　　　　　　　　　　★★
	例 反抗ばかりしていないで、少しは母の気持ちを察しなさい。
	不要光是反抗，稍微體諒一下母親的心情吧！

ざつだん （する） 【雑談】 名・自サ⓪	閒談，聊天　　　　　　　　　　　　★
	例 彼女はあまり近所の人と雑談しない。
	她不太跟附近的人閒聊。

さとる 【悟る・覚る】 他五②⓪	覺悟，領悟；察覺；看透，認清
	例 彼女はようやく自分の間違いを悟った。
	她終於察覺到自己的錯了。

さばく 【裁く】　他五②	裁判；審判；調解
	例 彼女を裁く資格のある者は一人しかいない。
	只有一個人有資格審判她。

サボる　他五②	偷懶；怠忽　　　　　　　　　　　　★★
	例 あの子はよく学校をサボっている。
	那個孩子經常逃學。

さよう （する） 【作用】 名・自サ①	作用；起作用　　　　　　　　　　　★
	例 この薬は胃腸に作用し、調子を整える。
	這個藥健胃整腸。

さらう 【攫う・掠う】 他五⓪	掠奪，奪取；獨占
	例 子供を攫う妖怪がいると信じられてきた。
	一直相信有抓小孩的妖怪。

ざわつく　自五⓪	人聲嘈雜；沙沙作響
	例 講堂の後ろの方がざわついている。
	禮堂的後方人聲鼎沸。

さわる 【障る】　自五⓪	影響，妨害
	例 過度の飲酒は体に障る。
	過度的飲酒有害身體。

さんか (する)
【酸化】
名・自サ [0]

氧化 ★

例 酸化したものを食べると、老化を早めてしまう。

吃了氧化的東西的話，會提早老化。

さんしゅつ (する)
【産出】
名・他サ [0]

生產，出產

例 日本の産出する石油量はごくわずかだ。

日本所出產的石油量極為稀少。

さんしょう (する)
【参照】
名・他サ [0]

參照；參閱；參考 ★

例 詳しい説明は、添付ファイルを参照してください。

詳細的説明請參閲附加檔案。

さんじょう (する)
【参上】
名・自サ [0]

拜訪 ★

例 担当者とともに改めて参上致します。

（我）將再與負責人一起來拜訪。

さんび (する)
【賛美・讃美】
名・他サ [1]

讚美

例 世界中の人が急逝した俳優の最後の作品での演技を
賛美した。

世人都讚美了猝死的演員在最後作品中的演技。

しシ

▶ MP3-076

しあげる
【仕上げる】
他下一 [3]

完成；收尾 ★★

例 この仕事の締切は来月頭だが、今月中に仕上げるつもりだ。

這項工作的截止日期雖然是下個月初，但（我）打算在這個月中完成。

しいる
【強いる】
他上一 [2]

強迫 ★

例 自分の意見を他人に強いてはいけない。

不可以將自己的意見強加在別人身上。

しいれる
【仕入れる】
他下一 [3]

採購；進貨；取得 ★★

例 すでに似た商品があるので、その商品を仕入れる気はない。

因為已經有類似的商品了，所以無意進那項商品。

じかく (する) 【自覚】 名・自他サ ⓪	意識到；自己感覺到 ★★
	例 自分の短所を自覚している。
	意識到自己的缺點。

しかける 【仕掛ける】 他下一 ③	開始做；主動做；裝設；挑釁 ★
	例 罠を仕掛けてネズミを退治する。
	設陷阱滅鼠。

しき (する) 【指揮・指麾】 名・他サ ② ①	指揮
	例 将軍は軍隊を指揮する。
	將軍指揮軍隊。

しきる 【仕切る】 自他五 ②	隔開；結算（他動詞）；相撲的預備動作（自動詞）
	例 この部屋を書斎と客間に仕切りたい。
	（我）想將這個房間隔成書房與客廳。

しける 【湿気る】 自下一 ⓪ ②	潮濕 ★
	例 この家の家具はみんな湿気ている。
	這棟房子的家具都受潮了。

しこう (する) 【施行】 名・他サ ⓪	施行，實施；生效
	例 新しい政策は来年から施行される。
	新政策從明年開始生效。

しさつ (する) 【視察】 名・他サ ⓪	視察 ★
	例 社長は各工場を視察した。
	社長視察了各工廠。

しじ (する) 【支持】 名・他サ ①	支持 ★★
	例 私達は丁さんの提案を支持する。
	我們支持丁先生的提案。

じしゅ (する) 【自首】 名・自サ ⓪ ①	自首・投案 ★
	例 彼女は警察に自首した。
	她向警方自首了。

ししゅう (する)
【刺繍】
名・自他サ [0]

刺繍

例 金色の糸で金魚を刺繍した。

用金色的線繡了金魚。

じしょく (する)
【辞職】
名・自他サ [0]

辞職　　　　　　　　　　　　★★

例 党首は責任を取って辞職した。

黨主席承擔責任辭職了。

しずめる
【沈める】
他下一 [0]

將～往下沉　　　　　　　　　★

例 子供がお風呂で船のおもちゃをお湯に沈めて遊んでいる。

孩子洗澡時，將玩具船沉入洗澡水中玩耍。

じぞく (する)
【持続】
名・自他サ [0]

持続　　　　　　　　　　　　★

例 私の集中力が持続する時間は二時間程度だ。

我的集中力持續時間以兩個小時為限。

じたい (する)
【辞退】
名・他サ [1]

辞退；推辭；謝絕　　　　　　★

例 彼女はそのドラマへの出演を辞退した。

她推辭了那部戲的演出。

したう
【慕う】 他五 [0][2]

仰慕；懷念；追隨　　　　　　★

例 誰もが彼を慕っている。

每個人都仰慕他。

したしむ
【親しむ】 自五 [3]

親近，親密；欣賞；愛好　　　★★

例 幼少の頃から英語に親しんできた。

從年少時期開始就一直愛好英語。

したしらべ (する)
【下調べ】
名・他サ [3][0]

預習；預先查看　　　　　　　★

例 デートコースは下調べしたので完璧だ。

約會行程因為預先查看過所以很完美。

したてる
【仕立てる】
他下一 [3]

縫製；準備；培養

例 転職にあたって、新しく紺のスーツを仕立てた。

適值換工作，新做了一套深藍色西裝。

したまわる 【下回る・下廻る】 自五 4 3	低於～，在～以下 例 トウモロコシの収穫量は去年を下回った。 <ruby>収穫量<rt>しゅうかくりょう</rt></ruby> <ruby>去年<rt>きょねん</rt></ruby> <ruby>下回<rt>したまわ</rt></ruby> 玉米的產量低於去年了。
しっきゃく (する) 【失脚】 名・自サ 0	失敗；下台　★ 例 その政治家は汚職事件に巻き込まれて失脚した。 <ruby>政治家<rt>せいじか</rt></ruby> <ruby>汚職事件<rt>おしょくじけん</rt></ruby> <ruby>巻<rt>ま</rt></ruby> <ruby>込<rt>こ</rt></ruby> <ruby>失脚<rt>しっきゃく</rt></ruby> 那位政治家捲入貪污事件下台了。
しつける 【仕付ける・ 躾ける】 他下一 3	訓練；教育；管教　★★ 例 その幼稚園では子供を厳しく仕付けている。 <ruby>幼稚園<rt>ようちえん</rt></ruby> <ruby>子供<rt>こども</rt></ruby> <ruby>厳<rt>きび</rt></ruby> <ruby>仕<rt>しつ</rt></ruby> 在那家幼兒園，嚴格地管教著孩子。
しっこう (する) 【執行】 名・他サ 0	執行；強制執行（「強制執行」的略語）　★ <ruby>強制執行<rt>きょうせいしっこう</rt></ruby> 例 公務員として、職務を執行しなければならない。 <ruby>公務員<rt>こうむいん</rt></ruby> <ruby>職務<rt>しょくむ</rt></ruby> <ruby>執行<rt>しっこう</rt></ruby> 身為公務員，必須執行任務。
じっせん (する) 【実践】 名・他サ 0	實踐　★ 例 その学校は独自の情操教育を実践している。 <ruby>学校<rt>がっこう</rt></ruby> <ruby>独自<rt>どくじ</rt></ruby> <ruby>情操教育<rt>じょうそうきょういく</rt></ruby> <ruby>実践<rt>じっせん</rt></ruby> 那所學校實踐著獨自的品德教育。
しっと (する) 【嫉妬】 名・他サ 0 1	嫉妒　★★ 例 女性達はみんなあの美人に嫉妬している。 <ruby>女性達<rt>じょせいたち</rt></ruby> <ruby>美人<rt>びじん</rt></ruby> <ruby>嫉妬<rt>しっと</rt></ruby> 女性們都嫉妒著那位美女。
しっとり (する) 副・自サ 3	濕潤；沉著；優雅　★ 例 お茶を入れて、しっとりした音楽をかけて休憩した。 <ruby>茶<rt>ちゃ</rt></ruby> <ruby>入<rt>い</rt></ruby> <ruby>音楽<rt>おんがく</rt></ruby> <ruby>休憩<rt>きゅうけい</rt></ruby> 泡個茶，播放優雅的音樂休息了。
してき (する) 【指摘】 名・他サ 0	指出　★ 例 この作文の文法的な誤りを指摘してください。 <ruby>作文<rt>さくぶん</rt></ruby> <ruby>文法的<rt>ぶんぽうてき</rt></ruby> <ruby>誤<rt>あやま</rt></ruby> <ruby>指摘<rt>してき</rt></ruby> 請指出這篇作文文法上的錯誤。
じてん (する) 【自転】 名・自サ 0	自轉 例 地球が一回自転するのに二十四時間かかる。 <ruby>地球<rt>ちきゅう</rt></ruby> <ruby>一回<rt>いっかい</rt></ruby> <ruby>自転<rt>じてん</rt></ruby> <ruby>二十四時間<rt>にじゅうよじかん</rt></ruby> 地球自轉一周要花費二十四小時。

1-4
動詞

しなびる
【萎びる】
自上一 ③ 0

枯萎；乾癟

例 食べるのを忘れて、果物が萎びてしまった。

忘了要吃，水果都乾癟了。

じにん (する)
【辞任】
名・自他サ 0

辞職 ★

例 党首は責任を取って辞任した。

黨主席承擔責任辭職了。

しのぐ
【凌ぐ】 他五 ② 0

凌駕；忍耐；克服；冒著；遮蔽；輕視 ★

例 台北市は、人口において台湾の他の都市を凌ぐ。

台北市在人口上凌駕台灣其他都市。

しのびよる
【忍び寄る】
自五 ④ 0

悄悄地接近

例 後ろから痴漢が忍び寄ってきたのに気づかなかった。

（我）沒注意到色狼從後面悄悄地接近了。

しぼう (する)
【志望】
名・他サ 0

希望

例 彼は志望する大学に見事合格した。

他漂亮地考上了希望的大學。

しみる
【染みる・沁みる】
自上一 0

染上；刺眼；刺痛；刺骨；銘記在心 ★★

例 薬が傷口に沁みた。

藥刺痛了傷口。

しみる
【滲みる・浸みる】
自上一 0

滲透 ★★

例 大雨でコートの裏まで滲みてしまった。

因為大雨，滲進外套裡面了。

しゃざい (する)
【謝罪】
名・自他サ 0

道歉 ★

例 私が悪かったから、謝罪しなければいけない。

因為是我不對，所以必須道歉。

しゃれる
【洒落る】
自下一 0

（打扮）漂亮；（建築物）別緻；（飯菜）可口；說俏皮話 ★★

例 あの図書館はなかなか洒落ている。

那間圖書館相當別緻。

ジャンプ （する） 【jump】 名・自サ ①	跳躍 ★★ 例 犬がジャンプしてボールを取った。 狗跳起來接住了球。
しゅうぎょう （する） 【就業】 名・自サ ⓪	就業；上班 ★ 例 平日は毎朝九時に就業するが、週末の場合は十時に 就業する。 平日每天早上九點上班，但週末的時候十點上班。
しゅうけい （する） 【集計】 名・他サ ⓪	總計；匯整 例 アンケート結果を集計する。 匯整問卷調查結果。
しゅうげき （する） 【襲撃】 名・他サ ⓪	襲撃 例 彼らの船は海賊に襲撃された。 他們的船被海盜襲擊了。
じゅうじ （する） 【従事】 名・自サ ①	從事 ★ 例 農業に従事する人は少なくなった。 從事農業的人變少了。
じゅうじつ （する） 【充実】 名・自サ ⓪	充實；充沛；豐富；熱烈 ★★ 例 彼女は目下、楽しく充実した留学生活を送っている。 她目前過著開心充實的留學生活。
しゅうしゅう （する） 【収集・蒐集】 名・他サ ⓪	收集，蒐集 ★ 例 彼の趣味はコインを収集することだ。 他的興趣是收集錢幣。
しゅうしょく （する） 【修飾】 名・他サ ⓪	修飾 ★ 例 副詞の機能は動詞を修飾することだ。 副詞的功能是修飾動詞。
しゅうちゃく （する） 【執着】 名・自サ ⓪	執著；貪戀；留戀 ★ 例 何に対しても執着し過ぎるのは良くない。 對於任何事物過於執著都是不好的。

1-4
動詞

しゅうとく (する) 【習得】 名・他サ ⓪ ／ 學會；學好 ★★
例 私にとって他の言語に比べ、日本語は習得しにくい。
對我來説，相較於其他語言，日語很難學好。

じゅうふく・ちょうふく (する) 【重複】 名・自サ ⓪ ／ 重複 ★
例 母はその本を重複して注文してしまった。
母親重複訂購了那本書。

しゅうよう (する) 【収容】 名・他サ ⓪ ／ 収容；容納；拘留，監禁 ★
例 怪我人や病人を一時的に学校に収容している。
將傷患與病患暫時地收容在學校。

しゅうりょう (する) 【修了】 名・他サ ⓪ ／ 修完；學完 ★
例 彼女は博士課程を修了した。
她修完了博士課程。

しゅえん (する) 【主演】 名・自サ ⓪ ／ 主演 ★
例 彼女が主演したドラマは大当たりだった。
她主演的電視劇非常成功。

しゅぎょう (する) 【修行】 名・自サ ⓪ ／ （宗教）修行；苦練功夫 ★
例 僧侶達は寺にこもって修行している。
僧侶們正在寺廟中閉關修行。

しゅさい (する) 【主催】 名・他サ ⓪ ／ 舉辦，主辦 ★★
例 音楽協会が主催するコンサートを聞きに行った。
去聽了音樂協會舉辦的音樂會。

しゅざい (する) 【取材】 名・自サ ⓪ ／ 取材；採訪 ★★
例 彼は隔絶した地域に住む老人や子供に取材した。
他採訪了住在隔離區的老人與小孩。

しゅつえん (する) 【出演】 名・自サ ⓪ ／ 演出；登台 ★★
例 彼が出演している舞台が話題になっている。
他演出的舞台成了話題。

しゅっけつ (する) 【出血】 名・自サ 0	出血；付出血本　★ 例 妊娠初期に出血したらどうすればいいですか。 在懷孕初期出血的話該怎麼辦？

しゅつげん (する) 【出現】 名・自サ 0	出現　★ 例 宇宙がいつ出現したのか、誰も知らない。 宇宙是何時出現的，誰也不知道。

しゅっさん (する) 【出産】 名・自他サ 0	分娩，生育　★ 例 ペットの犬が子供を出産した。 寵物狗生小狗了。

しゅっしゃ (する) 【出社】 名・自サ 0	上班　★ 例 我が社は毎朝八時半に出社しなければならない。 我們公司每天早上八點半得上班。

しゅっしょう・ **しゅっせい** (する) 【出生】 名・自サ 0	出生 例 日本では、子供が出生した日から十四日以内に出生届を出すことになっている。 在日本，孩子從出生日開始的十四天以內要申請出生證明。

しゅっせ (する) 【出世】 名・自サ 0	出世；發跡；升遷　★ 例 彼は自力で出世した。 他靠自食其力發跡了。

しゅつだい (する) 【出題】 名・自サ 0	出題 例 どういった時事問題が試験で出題されるのか。 怎樣的時事問題會被出題在考試中呢？

しゅつどう (する) 【出動】 名・自サ 0	出動 例 交通事故で救急車が出動した。 因車禍而出動了救護車。

しゅっぴん (する) 【出品】 名・自他サ 0	展出作品或產品 例 彼女は油絵を今度の展覧会に出品する予定だ。 她預計在下次的展覽會中展出油畫。

1-4 動詞

じゅりつ (する) 【樹立】
名・自他サ 0

樹立，建立，創造

例 ギネス世界新記録を樹立した。

創造了新的金氏世界紀錄。

じゅんじる 【準じる・准じる・準ずる・准ずる】
自上一 0 3

按照，以～為標準

例 収入に準じて支出も調整している。

按照收入，也調整著支出。

じょうえん (する) 【上演】
名・他サ 0

上演；演出 ★★

例 私達は文化祭で『白雪姫』を上演する予定だ。

我們預計在文化祭中上演《白雪公主》。

しょうきょ (する) 【消去】
名・自他サ 1 0

消除；擦掉 ★

例 このキーでファイルを消去することができる。

用這個鍵可以消除檔案。

しょうげん (する) 【証言】
名・他サ 3 0

作證 ★

例 彼女はその交通事故を目撃したと証言した。

她作證表示目擊了那場車禍。

しょうごう (する) 【照合】
名・他サ 0

對照，核對

例 指紋を照合して彼女が犯人だと分かった。

核對指紋後，得知了她是犯人。

じょうしょう (する) 【上昇】
名・自サ 0

上升 ★

例 夏になると、気温が急激に上昇する。

一到夏天，氣溫就急遽上升。

しょうしん (する) 【昇進・陞進】
名・自サ 0

晉升 ★

例 彼女は課長を飛び越して部長に昇進した。

她跳級課長晉升成部長了。

しょうする 【称する】
他サ 3

稱頌；號稱；假稱；叫做 ★

例 病気と称して学校をよく休んでいるが、病弱そうでもない。

假裝生病常常沒去上學，並非是體弱多病。

しょうだく (する)
【承諾】
名・他サ ⓪

承諾，應允 ★
例 第一志望の企業からの内定を承諾した後、家庭の事情で辞退せざるを得なくなった。

答應了來自第一志願的企業的內定之後，卻因為家裡的事不得不辭退了。

しょうちょう (する)
【象徴】
名・他サ ⓪

象徴 ★
例 赤は情熱や愛を象徴する色だ。

紅色是象徵熱情與愛的顏色。

じょうほ (する)
【譲歩】
名・自サ ①

譲歩
例 今度の取り引きでは絶対に譲歩しない。

在下次的談判絕不讓步。

しょうり (する)
【勝利】
名・自サ ①

勝利，獲勝 ★
例 我がチームは初戦に勝利した。

我隊在初賽中獲勝了。

じょうりく (する)
【上陸】
名・自サ ⓪

登陸 ★
例 台風が花蓮に上陸した。

颱風登陸花蓮了。

じょうりゅう (する)
【蒸留・蒸溜・蒸餾】
名・他サ ⓪

蒸餾
例 焼酎を作る時に出る蒸留した後の酒粕は肥料として使われる。

製作燒酒時，蒸餾後所產生的酒粕，可當作肥料來使用。

しょうれい (する)
【奨励】
名・他サ ⓪

獎勵；倡導；鼓勵
例 政府はオリンピックのボランティアへの参加を奨励している。

政府正鼓勵（大家）加入奧運志工。

じょがい (する)
【除外】
名・他サ ⓪

除外，不在此例 ★
例 十六歳以下を調査対象から除外する。

將十六歲以下的人從調查對象中排除。

じょこう (する) 【徐行】 _{名・自サ} 0	（電車、汽車等）慢行 例 渋滞のため、徐行しなければならない。 因為塞車，不得不慢慢開（車）。
しょじ (する) 【所持】 _{名・他サ} 1	攜帶　　　　　　　　　　　　　　　　★★ 例 必ず身分証明書を所持してください。 請務必攜帶身分證。
しょぞく (する) 【所属】 _{名・自サ} 0	所屬；屬於　　　　　　　　　　　　　　★ 例 地域のバスケットボールチームに所属している。 屬於地區籃球隊。
しょばつ (する) 【処罰】 _{名・他サ} 1 0	處罰，懲罰 例 試験の時にカンニングをした学生は処罰された。 考試時作弊的學生被處罰了。
しょぶん (する) 【処分】 _{名・他サ} 1	處分；處理　　　　　　　　　　　　　　★ 例 新しい車を買う前に、古い車を処分したい。 買新車前，（我）想先處理掉舊車。
しょゆう (する) 【所有】 _{名・他サ} 0	所有　　　　　　　　　　　　　　　　　★ 例 その土地は国家が所有するものだ。 那塊土地歸國家所有。
しりぞく 【退く】 _{自五} 3	後退，倒退；退下；退職 例 彼女は現役を退いて、田舎に引っ越した。 她從現役退休後搬到鄉下了。
しりぞける 【退ける・斥ける】 _{他下一} 4	支開；趕走；降職 例 社長は通訳を退けて、直接日本人と会談した。 社長支開了口譯，直接與日本人會談。
じりつ (する) 【自立】 _{名・自サ} 0	獨立　　　　　　　　　　　　　　　　　★ 例 彼は経済面でも精神面でも自立していない。 他無論在經濟方面或是精神方面都不獨立。

しるす 【記す・誌す・識す】 他五 2 0	紀錄 ★ 例 旅行の感想をブログに記した。 把旅行的感想記錄在部落格上了。	

しんか（する）
【進化】 名・自サ 1
進化 ★★
例 スマホの機能は時代と共に進化する。

智慧型手機的功能會與時俱進。

しんぎ（する）
【審議】 名・他サ 1
審議
例 議会は来週、この案を審議する。

議會下週將審議這個案子。

しんこう（する）
【振興】 名・自他サ 0
振興
例 政府は科学技術を振興する計画を立てた。

政府訂定了振興科學技術的計畫。

しんこく（する）
【申告】 名・他サ 0
申報 ★
例 当てはまるものがある場合は、税関で申告してください。

有符合的項目時，請向海關申報。

しんさ（する）
【審査】 名・他サ 1
審査 ★★
例 審査員が製品の性能を審査している。

審査員正在審查產品的性能。

しんしゅつ（する）
【進出】 名・自サ 0
發展，擴展；進軍 ★
例 その企業はスマホ市場に進出した。

那家企業進軍了智慧型手機市場。

しんちく（する）
【新築】 名・他サ 0
新建，新蓋
例 彼らは延べ六十坪の家を新築している。

他們正在新蓋總計六十坪的房子。

しんてい（する）
【進呈】 名・他サ 0
奉送，贈送
例 サンプルを無料で進呈している。

樣品免費奉送。

1-4
動詞

しんてん (する) 【進展】 名・自サ 0	進展 例 その計画はゆっくりと進展している。 那項計畫緩緩地進展著。
しんどう (する) 【振動】 名・自サ 0	震動　　　　　　　　　　　　　　　★ 例 地震で窓ガラスが振動している。 因為地震，玻璃窗震動著。
しんぼう (する) 【辛抱】 名・他サ 1	忍耐　　　　　　　　　　　　　★★ 例 すぐ終わりますから、もう暫く辛抱してください。 快結束了，請再忍耐一下。
しんりゃく (する) 【侵略・侵掠】 名・他サ 0	侵略 例 両国は互いに相手国に侵略しないことを約束した。 兩國約定了互相不侵犯對方的國家。
しんりょう (する) 【診療】 名・他サ 0	診療 例 医者は患者を診療している。 醫生正在診療患者。

すス

▶ MP3-077

すいしん (する) 【推進】 名・他サ 0	推進，推動 例 我が社は高齢者雇用を推進している。 我們公司在推動雇用高齡者。
すいせん (する) 【水洗】 名・他サ 0	沖水式（「水洗式」的略語）；水洗 例 娘は野菜と果物を水洗している。 女兒正在洗蔬菜跟水果。
すいそう (する) 【吹奏】 名・他サ 0	吹奏 例 この女性が吹奏している楽器はフルートだ。 這女生正在吹奏的樂器是長笛。

すいそく (する) 【推測】 名・他サ 0	推測	★★
	例 当時の状況をこう推測した。	
	如此地推測了當時的狀況。	

すいり (する) 【推理】 名・他サ 1	推理	★★
	例 殺人事件の真犯人は誰か推理する。	
	推理誰是殺人案的真正犯人。	

すうはい (する) 【崇拝】 名・他サ 0	崇拝	★
	例 人形や彫刻などの偶像を崇拝することをタブーとする宗教もある。	
	也有將崇拜人偶與雕刻等偶像視為禁忌的宗教。	

すえつける 【据え付ける・ 据付ける】 他下一 4	安裝
	例 店に大型の冷蔵ショーケースを据え付けた。
	店裡安裝了大型的冷藏展示櫃。

すえる 【据える】 他下一 0	擺放；針灸；蓋章；靜下心來	★
	例 ソファーを窓際に据えてください。	
	請將沙發擺放在窗戶邊。	

すくう 【掬う・抄う】 他五 0	舀起；撈起；抄起
	例 スープをスプーンで掬って飲んだ。
	用湯匙舀湯喝了。

すすぐ 【濯ぐ・雪ぐ】 他五 0	洗刷；雪冤
	例 洗い終わったら、よく濯いで洗剤を落としてください。
	洗完後，請好好洗刷，沖掉清潔劑。

すたれる 【廃れる】 自下一 3 0	報廢；過時；敗壞
	例 この風俗はもう廃れて久しい。
	這個風俗荒廢已久。

1-4 動詞

スト／ ストライキ ①② （する）③ 【strike】名・自サ	**罷工** 例 労働者達は賃上げを求めて、<u>ストライキ</u>している。 勞工們為了訴求提高工資而罷工著。
ストック（する） 【stock】 名・他サ ②	**囤貨，存貨** 例 台風が来るから、野菜を多めに買って<u>ストック</u>した。 因為颱風要來了，所以多買了一些蔬菜囤放了。
すねる 【拗ねる】 自下一 ②	**耍性子，鬧彆扭** ★ 例 あの子は自分の要求が通らないと<u>拗ね</u>て、言うことを全く聞かなくなる。 那個孩子只要自己的要求被拒絕就鬧彆扭，變得完全不聽話。
すます 【澄ます・清ます】 自他五 ②	**澄清；專注；靜下心來（他動詞）；裝模作樣，做作；露出認真的神色（自動詞）** ★ 例 耳を<u>澄まして</u>小鳥の声を聴く。 專心聆聽小鳥的聲音。
すれる 【擦れる・摩れる・ 磨れる・擂れる】 自下一 ②	**摩擦；磨損；世故，滑頭** ★ 例 彼女は辛い子供時代を送ったそうだが、ちっとも<u>擦れ</u>ていない。 據説她雖然過著很艱苦的童年時期，卻一點也不世故。

せセ

▶ MP3-078

せいいく（する） 【生育】 名・自他サ ⓪	**生育；生長；繁殖** 例 この果物は暖かい地域に<u>生育</u>する。 這種水果在溫暖的地方生長。
せいいく（する） 【成育】 名・自サ ⓪	**成長；發育** 例 この花は温室で<u>成育</u>した。 這種花在溫室成長。
せいし（する） 【静止】 名・自サ ⓪	**静止** 例 ハエは壁に止まって<u>静止</u>している。 蒼蠅停在牆壁上並保持静止。

せいじゅく (する)
【成熟】
名・自サ 0

成熟

例 彼の欠点は精神的に成熟していないところだと思う。

（我）認為他的缺點是他精神上的不成熟這一點。

せいする
【制する】 他サ 3

制定；制止；控制 ★

例 物流を制する者が市場を制する。

控制物流者即控制市場。

せいそう (する)
【盛装】
名・自サ 0

盛装 ★★

例 ゲストは盛装してパーティーに出席した。

來賓盛裝出席了派對。

せいてい (する)
【制定】
名・他サ 0

制定；規定

例 学校が制定した学生カバンを買った。

買了學校規定的學生書包。

せいふく (する)
【征服】
名・他サ 0

征服 ★

例 圧倒的な戦力で敵国を征服した。

以壓倒性的戰力征服了敵國。

せいめい (する)
【声明】
名・自他サ 0

聲明

例 彼は市長に立候補すると声明した。

他聲明了將競選市長。

せいやく (する)
【制約】
名・他サ 0

制約，限制 ★

例 少なくない写本が、様々な理由により研究を制約した。

雖然手抄本為數不少，但因各種理由限制了研究。

せいれつ (する)
【整列】
名・自サ 0

整隊，列隊；整列，排列

例 子供達をクラスごとに整列させてください。

請讓孩子們按班級來整隊。

せかす
【急かす】 他五 2

催促 ★

例 お忙しいところ、急かして申し訳ありません。

百忙之中還催您們真是抱歉！

ぜせい (する) 【是正】 名・他サ ⓪	糾正；矯正；改正 例 このような不公平な制度は是正する必要がある。 這般不公平的制度有改正的必要。
せっきょう (する) 【説教】 名・自サ ③①	說教，教訓，訓誨；講道 ★★ 例 牧師は毎週日曜日に説教している。 牧師每週日都會講道。
せっち (する) 【設置】 名・他サ ⓪①	設置，設立 ★★ 例 家にエレベーターを設置している家庭は少ない。 在屋子裡設置電梯的家庭很少。
せっちゅう (する) 【折衷・折中】 名・他サ ⓪	折衷 ★ 例 双方の意見を折衷して、穏当な案を提出した。 折衷雙方的意見，提出了穩妥的方案。
せってい (する) 【設定】 名・他サ ⓪	設定 ★★ 例 会員登録の時に設定したＩＤとパスワードを忘れて しまった。 忘記了會員登錄時所設定的 ID 跟密碼了。
せっとく (する) 【説得】 名・他サ ⓪	說服，勸說 ★★ 例 父を説得するのは非常に難しい。 要說服父親非常困難。
ぜつぼう (する) 【絶望】 名・自サ ⓪	絕望 ★ 例 彼女は彼の態度に絶望した。 她對他的態度絕望了。
せつりつ (する) 【設立】 名・他サ ⓪	設立 ★ 例 彼女はカンボジアに高等学校を設立した。 她在柬埔寨設立了高中。
ぜんかい (する) 【全快】 名・自サ ⓪	痊癒 ★ 例 両親の看病のおかげで、一年経ってようやく全快した。 多虧父母的看護，經過一年終於痊癒了。

せんきょう (する) 【宣教】 名・他サ ⓪	傳教 例 内モンゴルで福音を宣教した。 在內蒙古傳福音了。

せんげん (する) 【宣言】 名・他サ ③	宣言；宣告 ★★ 例 選手は試合前のインタビューで必ずメダルをとると 宣言した。 選手在賽前採訪中宣告他必會奪得獎牌。

せんこう (する) 【先行】 名・自サ ⓪	先行，先走；先做；領先 ★ 例 先行する友達を追い掛けて、距離をだんだんと縮めてきた。 追趕先走的友人，漸漸縮短了距離。

せんしゅう (する) 【専修】 名・他サ ⓪	專攻 例 大学院で言語学を専修した。 在研究所專攻了語言學。

せんにゅう (する) 【潜入】 名・自サ ⓪	潛入 ★ 例 密かに敵陣に潜入した。 悄悄地潛入了敵營。

ぜんめつ (する) 【全滅】 名・自他サ ⓪	滅絕，全毀 ★ 例 先の台風で畑の作物が全滅した。 由於先前的颱風，田裡的作物全毀了。

せんりょう (する) 【占領】 名・他サ ⓪	佔領 ★ 例 敵軍はその国の要塞を占領した。 敵軍佔領了該國的要塞。

1-4
動詞

そソ

▶ MP3-079

そう 【沿う】 自五 1 0
沿著，順著；按照，遵循　★★

例 大変申し訳ございませんが、ご要望に沿うことができません。

非常抱歉，無法依照您的要求。

そう 【添う】 自五 1 0
增添；伴隨；結婚　★

例 影の形に添うごとく。

如影隨形。

そうかん (する)【創刊】 名・他サ 0
創刊

例 聯合報は民国四十年に創刊された。

聯合報於民國四十年創刊了。

そうきん (する)【送金】 名・自サ 0
匯款，寄錢　★

例 郵便局から香港へ送金した。

從郵局匯款到香港了。

そうこう (する)【走行】 名・自サ 0
行駛　★

例 車両が大通りを走行している。

車輛在大馬路上行駛著。

そうごう (する)【総合・綜合】 名・他サ 0
綜合

例 みんなの意見を総合して考える。

綜合大家的意見來考量。

そうさ (する)【捜査】 名・他サ 1
搜查；尋找　★★

例 警察は誘拐事件について捜査している。

警方正就綁架案件進行搜查。

そうじゅう (する)【操縦】 名・他サ 0
駕駛；駕馭，操縱　★

例 パイロットの仕事は飛行機を操縦することだ。

飛行員的工作就是駕駛飛機。

ぞうしん (する) 【増進】 名・自他サ ⓪	増進 例 健康を増進するために、毎日適度に運動する。 <small>けんこう ぞうしん まいにちてきど うんどう</small> 為了增進健康，每天適度地運動。	
そうなん (する) 【遭難】 名・自サ ⓪	遭難 例 漁船は海で遭難した。 <small>ぎょせん うみ そうなん</small> 漁船在海上遇難了。	
そうび (する) 【装備】 名・他サ ①	装備 例 消防車は屈折式梯子を装備している。 <small>しょうぼうしゃ くっせつしきはしご そうび</small> 消防車裝備著雲梯。	
そうりつ (する) 【創立】 名・他サ ⓪	創立 ★ 例 聯合報社は民国四十年に創立された。 <small>れんごうほうしゃ みんこくよんじゅうねん そうりつ</small> 聯合報社創立於民國四十年。	
そえる 【添える・副える】 他下一 ⓪ ②	附上，附帶 ★ 例 彩りを良くするために、料理にパセリを添えた。 <small>いろど よ りょうり そ</small> 為了讓顏色好看，在菜裡加了荷蘭芹。	
そくしん (する) 【促進】 名・他サ ⓪	促進 ★ 例 経済成長を促進するために、海外投資を奨励する。 <small>けいざいせいちょう そくしん かいがいとうし しょうれい</small> 為了促進經濟成長，獎勵海外投資。	
そくする 【即する】 自サ ③	切合，因應 例 その政策は時代のニーズに即していない。 <small>せいさく じだい そく</small> 那項政策不切合時代的需求。	
そくばく (する) 【束縛】 名・他サ ⓪	束縛，限制 ★ 例 学生達は就職活動に時間を束縛されている。 <small>がくせいたち しゅうしょくかつどう じかん そくばく</small> 學生們被找工作限制了時間。	
そこなう 【損なう・損う・ 害う】 他五 ③	損壞；損害；傷害 ★★ 例 不適当な言論は両国の友好関係を損なう可能性がある。 <small>ふてきとう げんろん りょうこく ゆうこうかんけい そこ かのうせい</small> 不適當的言論有傷害兩國友好關係的可能性。	

そし (する) 【阻止】 名・他サ ①	阻止　　　　　　　　　　　　　　　★ 例 我が軍は、敵軍の攻撃を阻止するのに成功した。 我軍成功阻止了敵軍的攻擊。
そなえつける 【備え付ける・ 備付ける】 他下一 ⑤ ⓪	裝設，設置　　　　　　　　　　　★★ 例 家にエレベーターを備え付けている家庭は少ない。 在屋子裡設置電梯的家庭很少。
そなわる 【備わる・具わる】 自五 ③	具有，備有　　　　　　　　　　　★ 例 現在開発中の車には自動運転システムが備わっている。 現在開發中的車子備有自動駕駛系統。
そびえる 【聳える】 自下一 ③	聳立；出類拔萃　　　　　　　　　 例 空に聳える山々が非常に壮麗だ。 高聳入雲霄的群山非常壯麗。
そまる 【染まる】 自五 ⓪	染上；沾染　　　　　　　　　　★★ 例 日が昇ると、東の空が赤く染まった。 太陽一升起，東方的天空便染上了紅暈。
そむく 【背く・叛く】 自五 ②	背著；背棄；違背　　　　　　　　★ 例 彼女は母親に背いて女優になった。 她違背母親當了演員。
そめる 【染める】 他下一 ⓪	染色；著色；羞得面紅耳赤　　　★★ 例 月に一回、髪の毛を染めなければいけない。 一個月得染一次頭髮。
そらす 【反らす】 他五 ②	弄彎；向後仰　　　　　　　　　　★ 例 もう三年間ヨガをやっているから、体をかなり後ろの方まで反らすことができる。 因為已經做了三年的瑜珈，所以很能將身體向後仰。

そらす 【逸らす】 他五 2	岔開；錯過；轉移視線或方向　★
	例 私達は公害問題から目を逸らすべきではない。
	我們不應該將視線從公害問題上轉移。

そる 【反る】 自五 1	翹曲；身體向後仰　★
	例 体操もヨガも、体を反らせる動作がある。
	體操跟瑜珈，都有將身體向後仰的動作。

た行

たタ

MP3-080

たいおう（する） 【対応】 名・自サ 0	對應；應對，應付　★★
	例 どんな問題が起きても対応するのがプロだ。
	出現任何問題都能應對的是專業人士。

たいか（する） 【退化】 名・自サ 1 0	退化；退步　★
	例 おたまじゃくしは尻尾が退化して蛙になる。
	蝌蚪尾巴退化後變成青蛙。

たいけつ（する） 【対決】 名・自サ 0	對證；交鋒　★
	例 原告は被告と対決した際に勇気を示した。
	原告在與被告對證時展現了勇氣。

たいけん（する） 【体験】 名・他サ 0	體驗　★★★
	例 若い頃に苦難を体験すると、人生に役立つ。
	在年輕時體驗苦難的話，對人生很有幫助。

たいこう（する） 【対抗】 名・自サ 0	對抗　★
	例 隣町の商店街に対抗して、うちの商店街でもキャンペーンを行うことになった。
	對抗鄰鎮的商店街，我們的商店街也進行了促銷活動。

たいじ（する） 【退治・対治】 名・他サ 1 0	征服；消滅；治療
	例 母は虫除けスプレーで台所の蟻を退治した。
	母親用殺蟲噴霧撲滅了廚房的螞蟻。

たいしょ （する） 【対処】 名・自サ ①	對待；應付，應對 ★ 例 どうやってストレスに対処するのが効果的だろうか。 該如何有效地應對壓力呢？
だいする 【題する】 他サ ③	命題；題字 例 社長は「人生の目標」と題した講演を行った。 社長以「人生的目標」為題做了演講。
たいだん （する） 【対談】 名・自サ ⓪	交談 ★ 例 新刊の発表を記念して、作者の小説家と彼の大ファンだと言う俳優が対談した。 紀念新刊的發表，身為作者的小說家與號稱為他頭號粉絲的演員對談了。
たいのう （する） 【滞納】 名・他サ ⓪	滯納；拖欠 例 今月は家賃を滞納してしまった。 這個月拖欠了房租。
たいひ （する） 【対比】 名・他サ ⓪①	對比，對照 ★ 例 私はよく姉と対比される。 我常常被拿來跟姊姊對比。
だいべん （する） 【代弁・代辯】 名・他サ ⓪	代辦；代言；代為辯護；代為賠償 ★ 例 彼は彼女の言いたがっていることを代弁した。 他替她說出了她想說的話。
たいぼう （する） 【待望】 名・他サ ⓪	盼望已久，期待已久 例 母は生前、ずっと台湾からの手紙を待望していた。 母親生前一直盼望著來自台灣的書信。
たいめん （する） 【対面】 名・自サ ⓪	見面，會面 ★ 例 十年ぶりに夫婦が対面した。 夫妻相隔十年會面了。
だいよう （する） 【代用】 名・他サ ⓪	代用；代替 ★ 例 ボールペンがないので、鉛筆で代用する。 因為沒有原子筆，所以用鉛筆代替。

たいわ （する） 【対話】 名・自サ 0	對談 ★
	例 自分の考えを相手にしっかり伝えて、よく対話することが大切だ。
	將自己的想法充分地向對方傳達，好好地對話是很重要的。

たえる 【耐える・堪える】 自下一 2	忍耐；勝任 ★★
	例 このコップは高熱に耐えられる。
	這個杯子可以耐高溫。

たえる 【絶える】 自下一 2	斷絕；沒有 ★
	例 台風の影響で、大通りは歩行者と車両が絶えた。
	因為颱風的影響，大馬路上無行人與車輛往來。

1-4 動詞

だかい （する） 【打開】 名・他サ 0	打開；克服，解決
	例 この提案は交渉の行き詰まりを打開することができると思う。
	（我）認為這個提案能打破交涉的僵局。

だきょう （する） 【妥協】 名・自サ 0	妥協 ★★
	例 私は絶対に妥協しない。
	我絕不妥協。

だけつ （する） 【妥結】 名・自サ 0	達成協議
	例 販売価格の交渉はようやく円満に妥結した。
	售價的交涉終於圓滿地達成協議了。

だしおしみ （する） 【出し惜しみ】 名・他サ 0	捨不得付
	例 せっかくここまで来たのに、たった百円の入場料を出し惜しみするなんてケチね。
	都特意來到這裡了，區區一百日圓的門票都捨不得付，多小氣啊！

だしおしむ 【出し惜しむ】 他五 4 0	捨不得付
	例 必要な出費を出し惜しんでも仕方がない。
	捨不得付必要的費用也是無可奈何的。

たずさわる 【携わる】 自五 4	從事 ★ 例 農業に携わる人は少なくなった。 從事農業的人變少了。
ただよう 【漂う】 自五 3	飄浮；漂流；徘徊；散發 ★ 例 雲は空に漂う蒸気からできている。 雲是由飄浮在空中的蒸氣所形成的。
たちさる 【立ち去る・立去る】 自五 3 0	走開，離開 例 彼女が立ち去るのを見て、彼は悲しくなった。 看到她離去，他很傷心。
たちよる 【立ち寄る・立寄る】 自五 0 3	靠近，挨近；順便到 ★ 例 帰りに本屋へ立ち寄ろうと思う。 （我）打算回家時順便到書局一趟。
たつ 【断つ】 他五 1	斷絕；切斷；結束 例 我が国はその国との外交関係を断った。 我國斷絕了跟該國的外交關係。
だっこ (する) 【抱っこ】 名・他サ 1	抱 ★ 例 あそこで赤ちゃんを抱っこしているのは私の姉だ。 在那裡抱著嬰兒的是我的姊姊。
だっしゅつ (する) 【脱出】 名・自サ 0	逃脫；脫險 例 難民達はベトナムから脱出した。 難民們從越南逃脫了。
だっすい (する) 【脱水】 名・自サ 0	脫水；（醫學上的）脫水狀態 例 洗濯物を脱水してからベランダに干した。 洗的衣服脫水之後晾在陽台了。
だっする 【脱する】 自他サ 0 3	脫漏，漏掉（他サ）；脫身，逃出（自サ） ★ 例 機転を利かせてピンチを脱した。 機靈地逃脫了險境。

たっせい(する) 【達成】 名・他サ 0	達成 ★ 例 目標を達成するために努力している。 為了達成目標而努力著。
だったい(する) 【脱退】 名・自サ 0	退出 例 あなたは直ちに、その組合を脱退したほうがいいと思う。 （我）覺得你立刻退出那個工會比較好。
たてかえる 【立て替える・ 立替える】 他下一 0 4 3	代墊 ★ 例 ご祝儀は私が立て替えておく。 禮金我先替你墊上。
たてまつる 【奉る】 他五 4	奉上，獻上；捧，恭維 例 当時、たくさんの外国人が来朝して貢ぎ物を奉った。 當時，有許多外國人來朝貢。
たどりつく 【辿り着く】 自五 4	好不容易才走到 ★★ 例 私達はようやくその美術館の最寄駅に辿り着いた。 我們好不容易才走到了那家美術館最近的車站。
たどる 【辿る】 他五 0 2	前進；尋求；探索 ★ 例 彼女はその時の記憶を辿っている。 她正在追尋那個時候的記憶。
たばねる 【束ねる】 他下一 3	紮；捆；綁；管理 ★ 例 あの女の子はゴムで髪を束ねている。 那個女孩用橡皮筋綁著頭髮。
だぼく(する) 【打撲】 名・他サ 0	打；毆打；跌打 例 彼は階段から落ちて頭部を打撲した。 他從樓梯上跌下來，摔傷了頭。

1-4
動詞

だまりこむ
【黙り込む】
自五 4 0

默不作聲，保持沉默

例 彼女は気に入らないことがあると、すぐ黙り込んでしまう。

她一有不稱心的事，就會馬上保持沉默。

たまわる
【賜わる・賜る・給わる】 他五 3

賞賜；給予；承蒙

例 社員達は社長から貴重な訓示を賜った。

社員們得到了來自社長珍貴的訓示。

たもつ
【保つ】 自他五 2

保護；保持 ★

例 体と心のバランスを保つのはとても大切だと思う。

（我）認為保持身體跟心理的平衡相當重要。

たるむ
【弛む】 自五 0

鬆弛；鬆懈

例 年を取って、目の周りと頬の肉が弛んでいる。

上了年紀後，眼睛的周圍跟兩頰的肉都鬆弛了。

たれる
【垂れる】
自他下一 2

提拎；下垂；垂下；懸掛（自他下一）；示範；大小便；放屁（他下一）；
液體滴落；下冰雹（自下一） ★

例 ハンガーに干してあるレインコートから雨水が垂れている。

雨水從晾在衣架上的雨衣淌了下來。

だんけつ (する)
【団結】
名・自サ 0

團結

例 その事件が家族を団結させた。

那個事件使家人團結起來了。

たんけん (する)
【探検・探険】
名・他サ 0

探險 ★

例 未開の地を探険する時、危険な目に遭うのを覚悟している。

探險未開發之地時，已有覺悟會遭遇到危險。

だんげん (する)
【断言】
名・他サ 3 0

斷言 ★

例 これは偽物であると断言できる。

可以斷言這是贗品。

たんしゅく (する) 【短縮】 名・他サ 0	**縮短；縮減** ★ 例 URLを短縮して、ホームページに載せた。 縮短網址，並將其放在網頁上了。

ちチ

▶ MP3-081

ちがえる 【違える】 他下一 0	**違背；弄錯；交叉** ★ 例 うっかりして行く方向を違えた。 一恍神，弄錯了行進的方向。
ちくせき (する) 【蓄積】 名・他サ 0	**積蓄；積聚；儲備** 例 肝臓に脂肪が多量に蓄積されている状態を「脂肪肝」と言う。 脂肪在肝臟大量囤積著的狀態稱為「脂肪肝」。
ちぢまる 【縮まる】 自五 0	**縮小；縮短；縮減；起皺** ★★ 例 練習を続けていたら、だんだんタイムが縮まってきた。 隨著持續練習，時間也逐漸縮短了。
ちっそく (する) 【窒息】 名・自サ 0	**窒息** 例 乳児が就寝中に窒息して亡くなることも少なくない。 嬰幼兒在睡眠中窒息而死的情形也不少。
ちゃくしゅ (する) 【着手】 名・自サ 1	**著手，開始** 例 新しい日本語のテキスト作成に着手した。 正在著手新的日語教材製作。
ちゃくしょく (する) 【着色】 名・自他サ 0	**著色** 例 この色は本来のものではない。着色したものだ。 這個顏色不是原始的顏色。是著色上去的東西。
ちゃくせき (する) 【着席】 名・自サ 0	**就座，入座** ★★ 例 皆様、どうぞご着席ください。 各位，請上座。

1-4 動詞

ちゃくもく （する）
【着目】
名・自サ ⓪

著眼
例 その点に着目すればいいと思う。
（我）覺得著眼於那一點的話會比較好。

ちゃくりく （する）
【着陸】
名・自サ ⓪

著陸，降落 ★
例 宇宙船が月面に着陸した。
太空船登陸月球表面了。

ちゃっこう （する）
【着工】
名・自サ ⓪

開工
例 そのビル建設は、令和三年に着工される予定だ。
那棟大樓的興建，預計在令和三年開工。

ちやほや （する）
副・他サ ①

阿諛奉承；溺愛 ★
例 彼は女性にちやほやされるのが好きだ。
他喜歡被女生阿諛奉承。

ちゅうがえり （する）
【宙返り】
名・自サ ③

翻觔斗
例 飛行機が空中を三回宙返りして飛び去った。
飛機在空中翻轉了三圈後飛走了。

ちゅうけい （する）
【中継】
名・他サ ⓪

中繼，轉播 ★★
例 選挙の開票速報をテレビで中継している。
選舉的開票快報正在電視轉播中。

ちゅうこく （する）
【忠告】
名・自他サ ⓪

忠告 ★★
例 主人は医者にお酒の量を減らすように忠告された。
老公被醫生忠告要減少酒量。

ちゅうしょう （する）
【中傷】
名・他サ ⓪

中傷 ★
例 彼の発言は同僚を中傷している。
他的發言中傷了同事。

ちゅうだん （する）
【中断】
名・自他サ ⓪

中斷 ★★
例 私は自分の仕事を中断して、後輩の仕事を手伝った。
我中斷自己的工作，幫忙了後輩的工作。

ちゅうわ (する) 【中和】 _{名・自他サ 0}	中和；平衡　★ 例 茄子に茸の毒を中和する作用はない。 茄子沒有中和蘑菇毒性的作用。	

ちゅうわ (する)
【中和】
名・自他サ 0

中和；平衡 ★
例 茄子に茸の毒を中和する作用はない。
茄子沒有中和蘑菇毒性的作用。

ちょういん (する)
【調印】
名・自他サ 0

簽署契約或條約
例 両国は不公平条約に調印した。
兩國簽署了不平等條約。

ちょうこう (する)
【聴講】
名・他サ 0

聽講；聽課
例 来学期、林先生の授業を聴講しようと思う。
下學期，（我）打算上林老師的課。

ちょうしゅう (する)
【徴収】
名・他サ 0

徵收；收費 ★
例 当店は十％のサービス料を徴収致します。
本店收百分之十的服務費。

ちょうてい (する)
【調停】
名・他サ 0

調停
例 村長は、村民間の争いを調停する責任がある。
村長有調停村民間紛爭者的責任。

ちょうほう (する)
【重宝】
名・他サ 1

方便有用；珍視 ★★
例 彼女はこの辞書を非常に重宝している。
她非常珍視這本字典。
（註：同樣的漢字當「名詞」用時唸成「重宝」，是指「貴重的寶物」，詳見本書1-1。）

ちょくめん (する)
【直面】
名・自サ 0

面對；面臨 ★
例 我が社は重大な危機に直面している。
我們公司面臨著重大的危機。

ちょくやく (する)
【直訳】
名・他サ 0

直譯 ★★
例 日本語には中国語に直訳できない熟語がある。
日文當中，有無法直譯成中文的成語。

ちんでん (する)
【沈殿・沈澱】
名・自サ 0

沉澱 ★
例 砂が川底に沈澱している。
沙子沉澱在河底。

ちんぼつ (する)
【沈没】
名・自サ ⓪

沈入水中；爛醉如泥；沉溺玩樂而忘了正事

例 彼らの船は暗礁に衝突して沈没した。

他們的船撞上暗礁沉了。

ちんれつ (する)
【陳列】
名・他サ ⓪

陳列 ★

例 店内には色々な商品が陳列されている。

店舖裡陳列著各式各樣的商品。

つ ツ

▶ MP3-082

ついきゅう (する)
【追及】
名・他サ ⓪

追究；追趕 ★★

例 その事件の原因と責任を追及する必要があると思う。

（我）覺得有追究那個事件的原因跟責任的必要。

ついせき (する)
【追跡】
名・他サ ⓪

追蹤 ★

例 iPhone のＧＰＳは家族を追跡することができる。

iPhone 的全球定位系統可以追蹤家人。

ついほう (する)
【追放】
名・他サ ⓪

驅逐；清除；沒收；革職；肅清；流放

例 村を追放された兄弟には行く当てがなかった。

被村人流放的兄弟無處可去。

ついやす
【費やす】 他五 ③

花費，耗費；浪費，白費 ★★

例 彼らは生活の殆どの時間を研究に費やす。

他們生活的大部分時間都花費在研究上。

ついらく (する)
【墜落】
名・自サ ⓪

墜落 ★

例 彼らが乗っていた飛行機は海に墜落した。

他們所搭乘的班機墜入了海裡。

つうかん (する)
【痛感】
名・他サ ⓪

痛感；深感 ★

例 私は自分の日本語能力の低さを痛感している。

我深感自己日語能力的低落。

つうわ (する) 【通話】 名・自サ 0	通話 ★★ 例 彼女と携帯で通話している。 かのじょ けいたい つうわ 正在跟她用手機通話。	

つかいこなす 【使い熟す】 他五 5	熟練；充分發揮 ★★ 例 彼は英語を使いこなす。 かれ えいご つか 他能説一口流利的英語。	

つかえる 【仕える】 自下一 3 0	服侍；服務 例 先祖は徳川家康に仕える武士だったそうだ。 せんぞ とくがわいえやす つか ぶし 據説祖先曾是服侍德川家康的武士。	

つかさどる 【司る・掌る】 他五 4	掌管 例 教育部は教育方面の業務を司る機関だ。 きょういくぶ きょういくほうめん ぎょうむ つかさど きかん 教育部是掌管教育方面業務的機關。	

つかる 【漬かる】 自五 0	醃漬 ★ 例 キュウリが美味しく漬かった。 お い つ 黃瓜醃漬得很好吃。	

つかる 【浸かる】 自五 0	浸；泡 ★ 例 彼女は毎晩、お風呂に浸かる。 かのじょ まいばん ふろ つ 她每晚都泡澡。	

つきそう 【付き添う・ 付添う】 自五 3 0	照顧；陪伴 ★★ 例 明日は母の買い物に付き添う予定だ。 あした はは か もの つ そ よてい （我）預定明天陪媽媽買東西。	

つきとばす 【突き飛ばす・ 突飛ばす】 他五 4	推倒；撞倒 ★ 例 牛が角で横合いから彼を突き飛ばした。 うし つの よこあ かれ つ と 牛用角從側面將他推倒了。	

つきる 【尽きる】 自上一 2	用完；竭盡；到頭 ★★ 例 遅かれ早かれ、彼女の好運は尽きるだろう。 おそ はや かのじょ こううん つ 遲早，她的好運會用完吧！	

1-4 動詞

つぐ
【継ぐ・接ぐ】
他五 ⓪

繼承；縫補；添加；接上　　　　　　　　　★

例 兄が家業を継ぐことになっている。

哥哥繼承了家業。

つくす
【尽くす・尽す】
他五 ②

竭盡全力，盡心盡力　　　　　　　　　★★

例 私達は仕事に全力を尽くした。

我們在工作上竭盡全力了。

つくろう
【繕う】
他五 ③

修補；縫補；修飾；裝潢；敷衍

例 シャツの破れを繕った。

縫補了襯衫的破洞。

つげぐち（する）
【告げ口】
名・自他サ ⓪

打小報告；搬弄是非

例 彼女は私のことを課長に告げ口した。

她在課長面前打我的小報告。

つげる
【告げる】
自他下一 ⓪

告知；宣告　　　　　　　　　★

例 その鐘は毎正時、時を告げる。

那個時鐘每個整點會報時。

つつく
【突く】
他五 ②

輕碰；啄食；挑撥；挑剔；欺負　　　　　　　　　★

例 カラスが生ゴミをつつくので困っている。

因為烏鴉會啄食廚餘所以很困擾。

つつしむ
【慎む・謹む】
他五 ③

謹慎；節制；齋戒　　　　　　　　　★

例 酒とタバコを少し慎んでください。

請稍微節制酒跟菸。

つっぱる
【突っ張る】
他五 ③

撐住；頂住；（相撲時）用手掌強力推開對手；堅持己見；肌膚或肌肉緊繃

例 細かい作業が続いたので、首や肩周りの筋肉が突っ張っている。

因為持續著精細的工作，所以脖子跟肩膀周圍的肌肉僵硬了。

つづる
【綴る】 他五 ⓪ ②

補綴；裝訂；作文；作詩；用羅馬字拼寫

例 その詩は恋人への愛を綴ったものだ。

這首詩是在吟詠對戀人的愛。

つとまる
【勤まる・務まる】
自五 ③

勝任；稱職 ★

例 彼女ならどんな役でも勤まると思う。

（我）覺得如果是她的話，可以勝任任何職務。

つねる
【抓る】 他五 ②

撑；捏 ★

例 我が身を抓って人の痛みを知れ。

設身處地地為別人著想。

つのる
【募る】 自他五 ②

徵求；募集（他動詞）；越發嚴重；越發強烈（自動詞） ★

例 動物園のパンダに子供が二匹生まれたので、名前を募っ
ている。

因為動物園的貓熊生了兩隻寶寶，所以正在舉行徵名活動。

つぶやく
【呟く】 自五 ③

嘟嚷，叨唸；發牢騷 ★★

例 文句があると相手に聞こえないように呟く癖は直した
方がいいと思うよ。

一有不滿，就以不讓對方聽見的碎念方式抱怨，這種壞習慣，（我）覺得最好改掉喔！

つぶる
【瞑る】 他五 ⓪

閉目；瞑目 ★

例 彼女は気が付かないふりをしようと目を瞑った。

她閉上了眼睛假裝沒注意到的樣子。

つまむ
【摘む・撮む・
抓む】 他五 ⓪

捏；掐；夾 ★

例 できた端からついつい料理を摘んでしまうので、いざ
食事と言う時にはお腹がいっぱいになっている。

因為從菜做好就不知不覺地夾來吃，所以到了叫吃飯的時候肚子都飽了。

つむ
【摘む】 他五 ⓪

摘；採 ★

例 春が来て、新茶を摘む季節になった。

春天來了，又到了採新茶的季節了。

1-4
動詞

つよがる 【強がる】 自五 3	逞強 ★★ 例 プライドが高い人は仕事や恋愛で強がりやすいと言われている。 據説自尊心強的人容易在工作和戀愛上過於逞強。
つらなる 【連なる・列なる】 自五 3	相連，成行；參加，列席；關聯 例 車が一列に並んだように連なっている。 車子排成一列似地相連著。
つらぬく 【貫く】 他五 3	貫穿，貫通；貫徹，堅持到底 ★ 例 医者になるために、自分の意志を貫いて努力している。 為了成為醫生，（我）貫徹自己的意志努力著。
つらねる 【連ねる・列ねる】 他下一 3	串聯；排列；連接；連同；會同 例 色々な花の名を連ねて詩を作った。 串聯各種花名作了詩。

てテ

▶ MP3-083

てあて (する) 【手当て・手当】 名・他サ 1	準備；安排；治療；搜捕（犯人） ★ 例 医者は傷口を消毒して、薬を塗って手当てした。 醫生正在消毒傷口塗藥治療。
ていぎ (する) 【定義】 名・他サ 1 3	定義 例 この用語はどのように定義されるか。 這個用語如何被定義？
ていきょう (する) 【提供】 名・他サ 0	提供 ★★ 例 多くの図書館はレファレンスサービスを提供している。 許多圖書館會提供文獻查閱服務。
ていけい (する) 【提携】 名・自サ 0	提攜；攜手合作 例 テーマパークと提携しているホテルに宿泊すると割引がある。 如果投宿跟主題樂園合作的飯店的話可以打折。

ていじ (する)
【提示】
名・他サ ⓪①

提出；出示
例 その会社の提示した条件は、前の会社よりも遥かに良かった。
那家公司所提出的條件，比之前的公司好太多了。

ていせい (する)
【訂正】
名・他サ ⓪

訂正　★
例 作文のミスを赤字で訂正してください。
請用紅字訂正作文的錯誤。

ていたい (する)
【停滞】
名・自サ ⓪

停滞；滞銷；積留未消化　★
例 ここ数ヶ月、売り上げは停滞している。
這幾個月，銷售額停滯了。

てがける
【手掛ける・
手懸ける】
他下一 ③

親手做；親自照料　★
例 その作家は挿絵も全て自分で手掛けた。
那位作家插圖也全都自己親手畫了。

てきおう (する)
【適応】
名・自サ ⓪

適應　★
例 子供は環境に適応する能力が高い。
小孩子適應環境的能力強。

でくわす
【出くわす】
自五 ⓪③

偶遇；碰見　★
例 この町で外国人観光客に出くわすことは珍しい。
在這條街上碰見外國觀光客是很稀有的。
（註：「出くわす」帶有「不想見卻見到了」的意思，可以推測説話者並不喜歡觀光客。）

でっぱる
【出っ張る】
自五 ⓪③

突出；凸出　★
例 家具の出っ張っている所に子供が頭をぶつけた。
孩子的頭撞到了家具突出的部分。

てはい (する)
【手配】
名・他サ ①

籌備；安排；部署；通緝　★★
例 家族旅行のために航空券やホテル、空港までのバスを手配した。
為了家族旅行安排了機票、飯店跟到機場的巴士。

/ 303

でむく
【出向く】 自五 ②

前往，前去 ★

例 仕事でよく各地の支店へ出向いている。

因為工作，常常前去各地的分店。

てりかえす
【照り返す・
照返す】 他五 ③ ⓪

反射，反照

例 川の水が日差しを照り返している。

河水反射著日光。

てわけ (する)
【手分け・手分】
名・自サ ③

分工 ★★

例 この仕事はみんなで手分けしてやれば、半日でできる。

這項工作如果大家分工來做的話，半天就可以完成。

てんか (する)
【点火】
名・自サ ⓪

點火；點燃

例 聖火ランナーが聖火台に点火する様子を直で見たい。

（我）想直接看聖火（傳遞）跑者在聖火台點燃聖火的樣子。

てんかい (する)
【転回】
名・自他サ ⓪

迴轉；轉變；（體操的）迴旋；旋轉

例 車を転回させることを日常的には「Uターン」と言う。

迴轉車子一般稱為「調頭」。

てんきん (する)
【転勤】
名・自サ ⓪

調職 ★

例 彼は去年、台湾に転勤してきた。

他去年調職到台灣了。

てんけん (する)
【点検】
名・他サ ⓪

檢查 ★★

例 出掛ける前に、車をよく点検してください。

外出前，請仔細地檢查車子。

てんこう (する)
【転校】
名・自サ ⓪

轉學 ★

例 五年生の時、台北の小学校に転校した。

小五的時候，轉學到台北的小學了。

てんじ (する)
【展示】
名・他サ ⓪

展示 ★

例 この博物館では、古代の刀を展示している。

在這間博物館，展示著古代的刀。

てんじる 【転じる・転ずる】 自他上一 ⓪ ③	改變；轉變	★
	例 これは不幸をうまく利用して、「災い転じて福となす」 例だ。	
	這個是善於利用不幸，「轉禍為福」的例子。	

てんそう (する) 【転送】 名・他サ ⓪	傳遞；轉寄	★
	例 彼女にこのメールを転送してほしい。	
	（我）希望你轉寄這封郵件給她。	

でんたつ (する) 【伝達】 名・他サ ⓪	傳達	★
	例 上からの指示を部署のメンバーに伝達した。	
	把上頭來的指示，傳達給部門的成員了。	

てんにん (する) 【転任】 名・自サ ⓪	調職	
	例 来年、台湾の支店に転任したい。	
	明年，（我）想調職到台灣的分店。	

でんらい (する) 【伝来】 名・自サ ⓪	傳來；祖傳	
	例 文献によると、仏教が中国に伝来したのは漢朝のこと だった。	
	依據文獻，佛教傳來中國是漢朝的事。	

てんらく (する) 【転落・顛落】 名・自サ ⓪	滾下，跌落；淪落；暴跌	
	例 彼は足を滑らせて谷底へ転落したが、何とか生きていた。	
	他失足跌落了谷底，但僥倖活了下來。	

とト

▶ MP3-084

といあわせる 【問い合わせる・ 問合わせる・ 問合せる】 他下一 ⑤ ⓪	洽詢；打聽	★★★
	例 いくつか疑問があったので、問い合わせて詳しく説明 してもらった。	
	因為有好幾個疑問，所以洽詢得到了詳細說明。	

とう【問う】 他五 1 0

詢問；打聽 ★★

例 彼女は私に色々なことを問うた。

她向我打聽許多事。

（註：「問う」雖為五段動詞，但沒有促音便。）

どうい（する）【同意】 名・自サ 0

同意 ★★

例 何故彼女の提案に同意したかを説明してください。

請說明為何同意了她的提案。

どういん（する）【動員】 名・他サ 0

動員；調動 ★

例 このデモは三万人の社員を動員した。

這項遊行動員了三萬名的員工。

とうぎ（する）【討議】 名・自他サ 1

討論

例 会社の来年の方針を詳細に討議している。

詳細地討論著公司明年的方針。

どうきょ（する）【同居】 名・自サ 0

同住，同居 ★★

例 結婚する前に同居してみると、相手のことがよく分かる。

如果在婚前嘗試同居的話，就會充分了解對方。

とうこう（する）【登校】 名・自サ 0

上學 ★★

例 雪が積もっていたので、今朝は徒歩で登校した。

因為積雪了，所以今天早上走路上學了。

とうごう（する）【統合】 名・他サ 0

合併；集中；統轄 ★

例 来年は、二つの事業部門を統合したい。

明年，（我）想將兩個事業部門合併。

とうし（する）【投資】 名・自サ 0 1

投資 ★

例 うちの会社は新しい事業に投資した。

我們公司投資了新事業。

どうじょう（する）【同情】 名・自サ 0

同情 ★★

例 不幸に見舞われた人に同情する。

同情遭遇不幸的人。

とうせい (する) **【統制】** 名・他サ ⓪	管制，控管 例 人工知能で都市を統制することはできないと思う。 （我）認為無法以人工智慧來控管都市。
とうせん (する) **【当選】** 名・自サ ⓪	當選　★ 例 今回の市長選挙において、彼女は最高得票で当選した。 在這次的市長選舉中，她以最高票當選了。
とうそう (する) **【逃走】** 名・自サ ⓪	逃跑　★ 例 被告は護送中に逃走した。 被告在押解中逃跑了。
とうそつ (する) **【統率】** 名・他サ ⓪	統率；帶領 例 社長は非常に厳しく会社を統率している。 社長非常嚴謹地帶領著公司。
とうたつ (する) **【到達】** 名・自サ ⓪	到達；收到；得到 例 この話はまだ結論に到達していない。 這次的討論尚未得到結論。
とうち (する) **【統治】** 名・他サ ①	統治 例 その王はこの国を三十年統治した。 那位國王統治了這個國家三十年。
どうちょう (する) **【同調】** 名・自サ ⓪	贊同；調音　★ 例 半分以上が彼女の意見に同調した。 一半以上贊同了她的意見。
とうとぶ **【尊ぶ・貴ぶ】** 他五 ③	尊敬；尊重（「たっとぶ」也是同義詞） 例 年長者を尊ぶべきだ。 應該尊重年長者。
とうにゅう (する) **【投入】** 名・他サ ⓪	投入；倒入　★ 例 新しい施設に大金を投入した。 在新設施投入了鉅款。

どうにゅう (する) 【導入】 名・他サ ⓪	導入；引進；引用 ★★ 例 実用的な連絡システムが導入された。 實用的聯絡系統被導入了。	

どうふう (する) 【同封】 名・他サ ⓪	隨信附上 例 同封した現金をご確認下さい。 請確認隨信附上的現金。	

とうぼう (する) 【逃亡】 名・自サ ⓪	逃亡 例 受刑者は刑務所から逃亡した。 囚犯從監獄逃亡了。	

とうみん (する) 【冬眠】 名・自サ ⓪	冬眠 例 熊は洞穴で冬眠している。 熊在洞穴中冬眠著。	

どうよう (する) 【動揺】 名・自サ ⓪	搖動，晃動；（心情上）動盪不安 ★ 例 テレビで公表された犯人の名前が私と同姓同名だったので、家族や友人はひどく動揺したそうだ。 聽説因為在電視上公布的犯人名字跟我同名同姓，所以家人跟朋友都非常不安。	

とうろん (する) 【討論】 名・自他サ ①	討論 ★ 例 会社の来年の方針について詳細に討論している。 就公司明年的方針詳細地討論著。	

とおざかる 【遠ざかる】 自五 ④	遠離；疏遠 例 大学卒業後、私は勉強から遠ざかった。 大學畢業後，我就遠離了學習。	

とがめる 【咎める】 他下一 ③	責備；內疚；盤問；傷口發炎 例 天を怨みず、人を咎めず。 不怨天尤人。	

とぎれる 【途切れる】 自下一 ③	中斷 ★ 例 雨は一日中、途切れることなく降り続いた。 雨一整天不斷地持續下著。	

とく 【説く】 他五 1	說明；解釋；闡述 例 今日の礼拝で、神父は命の大切さを説いた。 在今天的主日，神父闡述了生命的重要性。
とぐ 【研ぐ・磨ぐ】 他五 1	研磨；擦亮；掏米 例 小猫が爪を研いでいる。 小貓正在磨爪子。
とくしゅう (する) 【特集・特輯】 名・他サ 0	專刊；特集 例 次号では、新婚旅行について特集しようと思う。 下一集，（我）打算針對蜜月旅行製作成專刊。
どくせん (する) 【独占】 名・他サ 0	獨佔；壟斷 例 彼は大きな書斎を独占している。 他獨占著大書房。
どげざ (する) 【土下座】 名・自サ 0 2	跪伏在地；叩首　　★ 例 彼は土下座して社長に謝った。 他向總經理叩首致歉了。
とげる 【遂げる】 他下一 0 2	實現；達到　　★ 例 近年、医学は著しい進歩を遂げている。 近年來，醫學有了顯著的進步。
とじる 【綴じる】 自上他一 2	釘上；縫上　　★ 例 ホッチキスで書類を綴じてください。 請用釘書機將文件釘起來。
とだえる 【途絶える】 自下一 3	中斷，間斷；斷絕　　★ 例 伝統芸能が途絶えることのないように伝承していかなければならない。 得將傳統技藝不間斷地傳承下去才行。
とっぱ (する) 【突破】 名・他サ 0 1	突破；衝破 例 先月の売り上げは三千万円を突破した。 上個月的營業額突破了三千萬日圓。

とどこおる 【滞る】 自五 4 0	阻塞；延誤；拖欠　★ 例 台風で、工事が滞っている。 由於颱風，工程延誤了。
ととのえる 【整える・調える】 他下一 4 3	整理；調整；籌備；達成　★★ 例 ジョギングを終えた後は、ストレッチをしながら呼吸を整える。 結束慢跑之後，一邊做伸展操一邊調整呼吸。
とどめる 【止める・留める・停める】 他下一 3	停止；留下；限於　★★ 例 ガラスの置物は粉々になって、原型を留めていない。 玻璃裝飾品粉碎，看不出原貌了。
となえる 【唱える】 他下一 3	誦唸；提倡；高呼　★ 例 彼の意見に異議を唱える人は少なくない。 對他的意見唱反調的人不少。
とぼける 【惚ける・恍ける】 自下一 3	恍神；裝蒜；逗弄　★ 例 とぼけるんじゃないよ！ 別裝蒜了喔！
とまどう 【戸惑う】 自五 3	困惑，不知所措；迷失方向　★ 例 初めて台湾へ遊びに来たが、戸惑うことばかりだ。 第一次到台灣來玩，淨是一些不知所措的事。
とむ 【富む】 自五 1	豐富；富裕；富含　★ 例 ブロッコリーはビタミンCに富んでいる。 青花菜富含維他命C。
ともかせぎ (する) 【共稼ぎ】 名・自サ 0 3	夫妻都在工作 例 今では、殆どの家庭が共稼ぎして、生活している 現在，大部分的家庭兩夫妻都在工作。
ともなう 【伴う】 自他五 3	帶領；跟隨；伴隨；相稱　★★ 例 肩書きが能力に伴っていないと思う。 （我）認為頭銜與能力並不相稱。

ともる 【点る・灯る】 自五 [2] [0]	點著燈；點著火 例 子供達の手にする提灯には火が点っている。 孩子們手提的燈籠都點著火。
とりあつかう 【取り扱う・取扱う】 他五 [0] [5]	受理，辦理；操作；對待；販售　　　　　　　　　★★ 例 そのスーパーではアメリカやヨーロッパからの輸入食品を取り扱っている。 在那家超市販售著來自美國跟歐洲的進口食品。
とりくむ 【取り組む・取組む】 自五 [3] [0]	致力於〜；互相揪住；以〜為對手　　　　　　　★ 例 彼は真剣に研究に取り組んでいる。 他認真地致力於研究。
とりこむ 【取り込む・取込む】 自他五 [3] [0]	發生糾紛；糾纏不清（自動詞）；收進；取得；攏絡；騙取金錢或東西（他動詞） 例 スキャナーを使って写真を取り込んだ。 用掃描機取得了照片。
とりしまる 【取り締まる・ 取り締る・ 取締まる・ 取締る】 他五 [4] [0]	取締；管制　　　　　　　　　　　　　　　　★★ 例 密輸を取り締まるのは政府の役目だ。 取締走私是政府的職責。
とりたてる 【取り立てる・ 取立てる】 他下一 [4] [0]	徵收；催收；提出；提拔 例 昨日、大家さんに家賃を取り立てられて、一文無しになった。 昨天，被房東催討房租，變得身無分文了。
とりつぐ 【取り次ぐ・取次ぐ】 他五 [3] [0]	轉達；轉交；回話；接洽；代辦　　　　　　　　★ 例 農家と町の八百屋を取り次ぐのが卸売だ。 接洽農家跟鎮上蔬果店的是批發商。

とりつける
【取り付ける・取付ける】
他下一 4 0

安裝；擠兌；使其成立；到固定的商店購買 ★★

例 書斎と寝室にカーテンを取り付けた。

在書房跟寢室裝上了窗簾。

とりのぞく
【取り除く・取除く】
他五 4 0

消除，去除

例 種を取り除いて葡萄を食べた。

葡萄去籽吃掉了。

とりひき (する)
【取り引き・取引き・取引】
名・自サ 2

交易 ★★

例 アメリカの商社とは取り引きしていない。

跟美國的商社沒有往來。

とりまく
【取り巻く・取巻く】
他五 3 0

包圍；奉承

例 子供を取り巻く環境を良くしていきたい。

（我）想將圍繞孩子的環境弄好。

とりまぜる
【取り交ぜる・取交ぜる・取り混ぜる・取混ぜる】
他下一 4 0

摻在一起

例 和洋を取り混ぜた特徴的なデザインの建物だ。

是摻雜和式跟洋式特徵的設計性建築物。

とりもどす
【取り戻す・取戻す】
他五 4 0

取回，收回；奪回；恢復 ★

例 失ってしまった信頼を取り戻すのは難しい。

恢復失去的信用是很困難的。

とりよせる
【取り寄せる・取寄せる】
他下一 0 4

索取；訂購；調貨；使其接近 ★

例 買おうと思っていた商品が品切れだったので、取り寄せてもらった。

因為原本想買的商品賣完了，所以請店家（幫我）調貨。

とろける
【蕩ける・盪ける】
自下一 3 0

融化；熔化；心曠神怡

例 彼女はとろけるような表情で歌手の歌に聞き惚れている。

她帶著心曠神怡般的表情入迷地聽著歌手的歌。

どわすれ (する) 【度忘れ】 名・他サ 2	一時想不起來　　　　　　　　　　　　　★ 例 学生の名前を度忘れしてしまった。 一時想不起學生的名字了。

な行

なナ

MP3-085

ないぞう (する) 【内蔵】 名・他サ 0	蘊藏，內含 例 現在では多くの車がナビゲーションシステムを内蔵している。 現在很多車都內含著導航系統。
なげく 【嘆く・歎く】 自他五 2	嘆息；感嘆；悲傷；氣憤　　　　　　　★ 例 祖母は祖父の死を嘆くあまり、すっかり生きる気力を無くしてしまった。 奶奶過度傷心爺爺的死，完全失去活下去的氣力。
なげだす 【投げ出す・投出す】 他五 0 3	扔出；伸出；豁出；放棄；撇下　　　★ 例 そのバイトの大学生は仕事を途中で投げ出して、そのまま帰ってこなかった。 那個打工的大學生將工作做到一半擱下，就那樣沒回來了。
なごむ 【和む】　　自五 2	緩和，舒緩；溫和；平靜　　　　　　★ 例 子供達の気持ちが和むような空間を作りたい。 （我）想創造舒緩孩子們心情那樣的空間。
なじる 【詰る】　　他五 2	責備，責怪，責難 例 彼は手紙を書いて彼女の裏切りを詰った。 他寫信責怪了她的背叛。
なつく 【懐く】　　自五 2	親密；接近；熟悉　　　　　　　　　★ 例 もらってきた小犬は私によく懐いている。 要來的小狗經常親近我。

なづける
【名付ける】
他下一 3

命名 ★

例 もらってきた小犬を「太郎」と名付けた。

將要來的小狗命名為「太郎」了。

なめる
【舐める・嘗める】
他下一 2

舔;用舌頭嚐;蔓延;體驗;輕視 ★★

例 小犬が息子の手を舐めている。

小狗正在舔兒子的手。

なやます
【悩ます】 他五 3

令人煩惱 ★

例 娘の非行はしばしば私を悩ませている。

女兒的不良行為經常讓我煩惱。

ならす
【慣らす】 他五 2

使其適應;使其習慣 ★

例 泳げない子供は、水に慣らすことから始めるしかない。

不會游泳的小朋友，只能從適應水開始。

ならす
【馴らす】 他五 2

馴養;馴服

例 一度、飼い馴らした動物を自然に返すのは難しい。

一度馴養過的動物回歸自然是很困難的。

なりたつ
【成り立つ・成立つ】
自五 3 0

成立;組成;維持;行得通

例 この文は五つの単語で成り立っている。

這個句子由五個單字所組成。

にニ

▶ MP3-086

にかよう
【似通う】 自五 3

相似

例 二人は似通った趣味と人生観を持っている。

兩個人有著相似的興趣跟人生觀。

にぎわう
【賑わう】 自五 3

熱鬧;繁榮 ★★

例 デパートはバーゲン中で、賑わっている。

百貨公司在特賣中，很熱鬧。

にげだす
【逃げ出す・逃出す】
自五 0 3

逃出，溜掉;開始逃跑 ★

例 プレッシャーのあまり、コンテスト会場から逃げ出してしまった。

壓力過大，從比賽會場逃出來了。

にじむ 【滲む】 自五 2	滲出；滲開；滲入 例 印刷のインクが紙に滲んでいる。 印刷的墨水在紙上滲開了。
になう 【担う・荷なう・荷う】 他五 2	挑；負擔；承擔 ★ 例 未来を担う子供達のために何をしてあげられるだろうか。 能幫承擔未來的孩子們做些什麼呢？
にぶる 【鈍る】 自五 2	變鈍；減弱；減緩 ★★ 例 年を取って、記憶力が鈍ってきた。 上了年紀，記憶力變差了。
にゅうしゅ (する) 【入手】 名・他サ 0	取得，得到 ★ 例 申込書はインターネットからダウンロードして入手できる。 報名表可以從網路下載取得。
にゅうしょう (する) 【入賞】 名・自サ 0	得獎 ★ 例 彼女が全国大会で入賞したのには驚いた。 對於她在全國大賽得獎之事感到驚訝。
にゅうよく (する) 【入浴】 名・自サ 0	沐浴，洗澡 ★ 例 入浴する時、音楽をかけるのが好きだ。 洗澡時，喜歡播放音樂。
にんしき (する) 【認識】 名・他サ 0	認識 ★ 例 善悪とは何かを正しく認識する必要があると思う。 （我）覺得有必要正確地認識所謂的善惡是什麼。
にんしん (する) 【妊娠】 名・自サ 0	懷孕 ★ 例 彼女は妊娠しているかもしれない。 或許她懷孕了也説不定。
にんめい (する) 【任命】 名・他サ 0	任命 例 彼女は忘年会の幹事に任命された。 她被任命為尾牙的幹事了。

ぬ ヌ

▶ MP3-087

ぬかす
【抜かす】 他五 ⓪

遺漏；跳過
例 忙しくて、昼ご飯も晩ご飯も抜かしてしまった。
忙到午飯晚飯都省略了。

ぬけだす
【抜け出す・抜出す】 自五 ③

脱身；開溜；擺脱
例 彼女はその会議を途中で抜け出した。
她在那個會議中途開溜了。

ね ネ

▶ MP3-088

ねかしつける
【寝かし付ける】 他五 ⑤

使其睡覺；使其發酵；倒放；積壓
例 絵本を読んで、娘を寝かし付けた。
讀繪本，哄女兒睡覺了。

ねかせる
【寝かせる】 他下一 ⓪

使其睡覺；使其發酵；倒放；積壓
例 絵本を読んで、娘を寝かせた。
讀繪本，哄女兒睡覺了。

ねぎる
【値切る】 他五 ②⓪

殺價（特殊的五段動詞） ★
例 台湾ではどこでも値切れると勘違いしている観光客が
いる。
有觀光客誤以為在台灣哪裡都能殺價。

ねじれる
【捩じれる・捻じれる】 自下一 ③

彎曲；扭曲；乖僻 ★
例 ネクタイが捩じれているよ。
領帶歪了喔！

ねたむ
【妬む・嫉む】 他五 ②

嫉妒；吃醋 ★
例 彼女は何でも持っている上、それをひけらかすので、
妬まれやすい。
她什麼都有，再加上會炫富，所以容易遭忌。

ねだる 【強請る】 他五 0 2	強求，硬要；央求　　　　　　　　　　　　　　　★ 例 父_{とう}さんに強_{ねだ}請って、新しいスマホを買_かってもらった。 纏著爸爸，買新手機給我了。
ねばる 【粘る】　自五 2	有黏性；堅持　　　　　　　　　　　　　　　　★★ 例 試_{しけん}験が近_{ちか}いので、毎_{まいにち}日、図_{としょかん}書館で閉_{へいかん}館まで粘_{ねば}っている。 由於考試逼近，所以每天在圖書館堅持到閉館。
ねびき (する) 【値引き・値引】 名・自サ 0	減價　　　　　　　　　　　　　　　　　　　　★ 例 彼_{かれ}は定_{ていか}価から一_{いちまんえん}万円値_{ねび}引きしてくれた。 他從定價減價一萬日圓（給我）了。

1-4
動詞

ねる 【練る・錬る・煉る】 自他五 1	熬煉使物體凝固；揉製皮革；冶煉金屬；鍛錬身體、技能；磨練 學問、文章等（他動詞）；排隊緩步前行（自動詞）　★ 例 サプライズでプロポーズする作_{さくせん}戦を練_ねっている。 正在沙盤推演用驚喜來求婚的作戰。
ねんざ (する) 【捻挫】 名・他サ 0	扭傷；挫傷 例 祖_{そぼ}母は転_{ころ}んで、足_{あしくび}首を捻_{ねんざ}挫した。 奶奶跌倒，腳踝扭傷了。
ねんしょう (する) 【燃焼】 名・自サ 0	燃燒；對事物熱情 例 化_{かがく}学の授_{じゅぎょう}業でマグネシウムを燃_{ねんしょう}焼させる実_{じっけん}験をした。 在化學課做了讓鎂燃燒的實驗。

のノ　　　　　　　　　　　　　　　　　　　▶ MP3-089

のがす 【逃す】　他五 2	錯過；放過　　　　　　　　　　　　　　　　　★ 例 終_{しゅうでん}電を逃_{のが}してしまったから、タクシーに乗_のろう。 因為錯過了最後一班電車，所以坐計程車吧！
のがれる 【逃れる・遁れる】 自下一 3	逃走，逃脫；逃避；擺脫 例 犯_{はんにん}人は海_{かいがい}外に逃_{のが}れた。 犯人逃到海外了。

のぞむ 【臨む】　自五 ⓪	面臨；蒞臨　　　　　　　　　　　　　　　★ 例 姉は太平洋に臨むアメリカ西部のカリフォルニア州に住んでいる。 姊姊住在面臨太平洋的美國西部的加州。
のっとる 【乗っ取る】 　　　　　他五 ③	攻佔；侵占；劫持　　　　　　　　　　　★ 例 今朝、旅客機が乗っ取られるという事件が起こった。 今天早上，發生了所謂客機被劫持的事件。
ののしる 【罵る】　他五 ③	罵 例 祖母は認知症になって、誰彼構わず人を罵るようになった。 奶奶罹患了癡呆症，變得會隨便亂罵人。
のみこむ 【飲み込む・ 飲込む・ 呑み込む・ 呑込む】 他五 ⓪③	呑下，嚥下；領會　　　　　　　　　★★ 例 錠剤は苦手で、上手く飲み込めない。 不擅長錠劑，無法好好呑嚥。
のりこむ 【乗り込む・乗込む】 　　　　　自五 ③	搭上；坐上；乘坐著進入　　　　　　★★ 例 塾から出てきた娘はすぐに迎えの車に乗り込んだ。 從補習班出來的女兒馬上坐進接她的車子了。

は行

はハ

▶ MP3-090

はあく (する) 【把握】 　　　名・自他サ ⓪	掌握，抓住　　　　　　　　　　　★★ 例 状況を全て把握することはできない。 無法完全掌握狀況。
はいき (する) 【廃棄】 　　　名・他サ ⓪①	廢除；銷毀 例 古い家具は業者に頼んで廃棄してもらった。 舊家具拜託業者（幫我）銷毀。

はいきゅう (する) 【配給】 名・他サ ⓪	**配給** 例 戦争中、患者に配給する薬が足りなかった。 戦爭中，配給給患者的藥物不足。
はいし (する) 【廃止】 名・他サ ⓪	**廃止** ★ 例 彼らは死刑を廃止するべきだと主張した。 他們主張應該廢止死刑。
はいしゃく (する) 【拝借】 名・他サ ⓪	**借用**（「借りる」的謙讓語） ★ 例 辞書をちょっと拝借したいのですが。 （我）想借用一下字典。
はいじょ (する) 【排除】 名・他サ ①	**排除** ★ 例 彼は邪魔になる物事は何でも排除しようとする傾向にある。 他有將一切形成障礙的事物都排除的傾向。
ばいしょう (する) 【賠償】 名・他サ ⓪	**賠償** 例 交通事故で怪我をさせた相手の損害を賠償しなければならない。 必須賠償因車禍而受傷的對方的損失。
はいすい (する) 【排水】 名・自サ ⓪	**排水** ★ 例 タンク内部の水を排水できるパイプを設置した。 安裝了可以排出水槽內部的水的導管。
はいち (する) 【配置】 名・他サ ⓪	**配置，安排；部署** ★★ 例 私は週末のパーティーで受付に配置された。 我在週末的派對中被分配到接待處。
はいはい (する) 【這い這い】 名・自サ ①	**爬行** 例 赤ちゃんが這い這いしている姿は可愛い。 嬰兒在爬行的姿態很可愛。

はいふ (する)
【配布】
名・他サ [0][1]

散發，發放 ★

例 課長はアンケートを配布している。

課長正在發放問卷。

はいぼく (する)
【敗北】
名・自サ [0]

敗北，被打敗

例 敵の軍隊が敗北して、戦場から撤退した。

敵人的軍隊敗北了，從戰場撤退了。

はいりょ (する)
【配慮】
名・自サ [1]

關照，照顧 ★★

例 社長が部下に色々配慮してくれているのがよく分かる。

很清楚社長對部下的多方關照。

はいれつ (する)
【配列・排列】
名・他サ [0]

排列 ★★

例 書類を五十音順に配列してください。

請將文件按照五十音順序排列。

はえる
【映える・栄える】
自下一 [2]

映照；襯托；顯眼 ★

例 青空に銀杏の黄色が映えている。

藍天中閃耀著銀杏的黃色。

はかい (する)
【破壊】
名・自他サ [0]

破壞 ★

例 人類の文明はしばしば自然を破壊する。

人類的文明經常破壞自然。

はかどる
【捗る】 自五 [3]

順利進展 ★★

例 このアプリを利用すれば、仕事が捗ると思う。

（我）覺得運用這個應用程式的話，工作會順利進展。

はかる
【諮る】 他五 [2]

諮詢；商量，討論

例 この件は最終決定の前に会議に諮ったほうがいい。

這個方案在最終決定之前最好是開會討論過。

はかる
【図る・謀る】
他五 [2]

計畫，策畫；圖謀，謀求 ★★

例 解決を図って色々手を尽くしたが、上手くいかない。

雖為了謀求解決而多方嘗試了，但並不順利。

はき （する） 【破棄・破毀】 名・他サ ①	取消；作廢；撕毀　　　　　　　　　　★ 例 彼は結婚式を巡る問題で彼女との婚約を破棄した。 _{かれ}_{けっこんしき}_{めぐ}_{もんだい}_{かのじょ}_{こんやく}_{はき} 他因為婚禮的種種問題而取消了跟她的婚約。
はぐ 【剝ぐ】　　他五 ①	剝下；撕下；揭下；扒下；革除 例 彼らは杉の皮を剝いだ。 _{かれ}_{すぎ}_{かわ}_は 他們將杉樹的皮剝下了。
はくがい （する） 【迫害】 名・他サ ⓪	迫害 例 ナチスはユダヤ人を迫害した。 _{じん}_{はくがい} 納粹迫害了猶太人。
はくじょう （する） 【白状】 名・他サ ①	坦白　　　　　　　　　　　　　　　　★ 例 素直に白状すれば許してやる。 _{すなお}_{はくじょう}_{ゆる} 老實交代的話就原諒（你）。
ばくは （する） 【爆破】 名・他サ ⓪①	爆破；炸毀　　　　　　　　　　　　　★ 例 敵軍は線路を爆破した。 _{てきぐん}_{せんろ}_{ばくは} 敵軍將鐵軌炸毀了。
ばくろ （する） 【暴露・曝露】 名・自他サ ①	暴露；洩漏　　　　　　　　　　　　★★ 例 他人の秘密を暴露してはいけない。 _{たにん}_{ひみつ}_{ばくろ} 不可以洩漏別人的祕密。
はげます 【励ます】　　他五 ③	鼓勵；提高嗓門　　　　　　　　　　★★ 例 先生は君を励ますために、厳しいことを言ったのだ。 _{せんせい}_{きみ}_{はげ}_{きび}_い 老師是為了激勵你，才說了嚴厲的話的。
はげむ 【励む】　　自五 ②	勤奮努力　　　　　　　　　　　　　　★ 例 誰にも負けないように仕事に励んでいる。 _{だれ}_ま_{しごと}_{はげ} 為了不輸任何人而勤奮努力工作著。
はげる 【剝げる】 自下一 ②	脫落；褪色　　　　　　　　　　　　　★ 例 書斎の壁のペンキが剝げている。 _{しょさい}_{かべ}_は 書房牆壁的油漆剝落了。

ばける 【化ける】 自下一 2	化妝；喬裝，化身　　　　　★★
	例 この物語では、狐が美人に化ける。
	在這個故事中，狐狸化身成美人。

はけん (する) 【派遣】 名・他サ 0	派遣　　　　　★★
	例 支店長は本社から派遣されることになっている。
	分店店長是從本店派遣來的。

はじく 【弾く】　他五 2	彈；打算盤；防彈
	例 この材質は水を弾く。
	這種材質防水。

はじらう 【恥じらう・羞じらう】 自五 3	害羞
	例 女の子が好きな人の前で恥じらう様子は可愛らしい。
	女孩在喜歡的人面前害羞的樣子很可愛。

はじる 【恥じる】 自上一 2	感到害羞；感到羞愧　　　　　★
	例 オーディションに一度落選したからと言って、恥じる必要はない。
	沒必要只因為一次試鏡落選就感到羞愧。

はずむ 【弾む】　自他五 0	出手大方（他動詞）；彈回；興致高漲（自動詞）　　　　　★
	例 彼に友人を紹介したところ、二人は話が弾んでいるようで良かった。
	介紹了一位朋友給他後，兩個人似乎越聊越起勁，太好了。

はそん (する) 【破損】 名・自他サ 0	破損；損壞　　　　　★
	例 そのカメラは急激な温度変化による結露によって破損する可能性がある。
	那台相機有可能會因急遽溫度變化而凝結導致損壞。

はたく　他五 2	打；拍打；撣；傾囊　　　　　★
	例 ベランダでブランケットの埃をはたいた。
	在陽台撣掉了毛毯上的灰塵。

はたす 【果たす・果す】 他五 2	完成；實現　　　　　　　　　　　　　　　　★★ 例 彼らはやっと再会を果たした。 他們終於實現了再次的碰面。
はつが (する) 【発芽】 名・自サ 0	發芽 例 今日種を撒いたら、いつ発芽するのだろうか。 今天播種的話，何時會發芽呢？
はっくつ (する) 【発掘】 名・他サ 0	發掘 例 考古学者は古代ギリシャの遺蹟を発掘した。 考古學家發掘了古希臘的遺跡。
はつげん (する) 【発言】 名・自サ 0	發言　　　　　　　　　　　　　　　　　　　★ 例 よく考えてから発言してください。 請仔細思考後再發言。
はっせい (する) 【発生】 名・自サ 0	發生；孳生　　　　　　　　　　　　　　　★★ 例 自然災害はいつ発生するか分からないから、備えておく必要がある。 由於不知道自然災害何時會發生，所以有必要做好準備。
はっそく・ ほっそく (する) 【発足】 名・自サ 0	出發；開始活動 例 今年の九月に、やっと念願だった生け花教室が発足した。 在今年的九月，盼望已久的插花教室終於開始活動了。
はつびょう (する) 【発病】 名・自サ 0	得病；發病 例 結核に感染しても必ず発病するとは限らない。 感染結核也未必會發病。
はてる 【果てる】 自下一 2	終結；死亡；極盡　　　　　　　　　　　　★ 例 夜になると、この道は人通りが果てる。 一到夜晚，這條路上幾乎沒有行人來往。

ばてる 自下一 ②	累垮，疲憊不堪	★
	例 運動能力は高いが、持久力がないのですぐにばててしまう。	
	雖然運動能力強，但由於缺乏持久力，所以馬上就累垮了。	

バトンタッチ (する) 【baton＋touch】 名・他サ ④	遞接力棒；向繼任者交代工作	
	例 彼は仕事を息子にバトンタッチして引退した。	
	他將工作交棒給兒子後退休了。	

はばむ 【阻む・沮む】 他五 ②	阻擋，阻撓，阻止	
	例 倒れた木が行手を阻んでいる。	
	倒掉的樹阻擋了去路。	

はまる 【嵌まる・嵌る・填まる・填る】 自五 ⓪	合適；陷入	★★★
	例 その女優は弁護士役が最も嵌っている。	
	那位女演員最合適律師角色。	

はみだす 【食み出す】 自五 ③	露出；擠出；超出；越出	
	例 この問題は中間テストの範囲から食み出している。	
	這一題超出了期中考的範圍。	

はやまる 【早まる・速まる】 自五 ③	提前；超之過急	★
	例 栄養をたっぷり摂れば、回復は早まる。	
	充分攝取營養的話，會提早康復。	

はやめる 【早める・速める】 他下一 ③	提前；加速	★★
	例 新製品を出荷する日取りを早めた。	
	將新產品出貨的日子提前了。	

ばらす 他五 ②	拆散；弄碎；揭發；洩漏；殺死	★
	例 彼は言うことを聞かないと秘密をばらすと脅しをかけてきた。	
	他威脅如果不聽話就要揭發祕密。	

ばらまく 【ばら撒く・ばら蒔く】 他五 ③	撒；散播；散發；散落；到處花錢或送東西	★
	例 転んで手に持っていた資料を床にばら撒いてしまった。	
	跌倒了，拿在手上的資料散落在地板上了。	

はれつ (する) 【破裂】 名・自サ ⓪	破裂；決裂　★ 例 大通りの水道管が破裂して、大騒ぎになった。 馬路的水管破裂，引起了大騷動。
はれる 【腫れる・脹れる】 自下一 ⓪	腫起　★ 例 彼女は父親が亡くなったことを悲しみ、目が腫れるまで泣いた。 她悲傷父親的死，哭到眼睛都腫起來了。
ばれる 自下一 ②	敗露　★★ 例 筆跡鑑定によって、彼らの陰謀がばれた。 依據筆跡鑑定，他們的陰謀敗露了。
はんきょう (する) 【反響】 名・自サ ⓪	迴響，反應；回聲，回音 例 リビングに彼女の笑い声が反響している。 客廳裡迴響著她的笑聲。
はんげき (する) 【反撃】 名・自サ ⓪	反擊 例 選手は受け身に見えたが、反撃しようと機会を狙っていた。 選手看似守勢，其實看準了機會打算反擊。
はんけつ (する) 【判決】 名・他サ ⓪	判決 例 彼は有罪と判決された。 他被判決有罪了。
はんしゃ (する) 【反射】 名・自他サ ⓪	反射 例 光が水面に反射している。 光在水面反射著。
はんじょう (する) 【繁盛・繁昌】 名・自サ ①	繁榮，繁盛，興隆 例 彼女のプロデュースしたレストランは繁盛している。 她開的餐廳生意興隆。
はんしょく (する) 【繁殖】 名・自サ ⓪	繁殖 例 彼らは犬を飼育し、繁殖させた。 他們養狗，並使其繁殖。

はんする 【反する】 自サ ③	相反，對立；背叛；違反 ★
	例 彼のやり方は人道に反している。
	他的做法違反了人道。

はんてい (する) 【判定】 名・他サ ⓪	判定，判斷 ★
	例 鑑定の結果、本人の筆跡であると判定された。
	鑑定的結果，被判定為本人的筆跡。

はんのう (する) 【反応】 名・自サ ⓪	反應 ★★
	例 ボタンを押しても、機械は全然反応しなかった。
	即使押了按鈕，機器也完全沒反應。

はんらん (する) 【氾濫】 名・自サ ⓪	氾濫 ★
	例 台風で川が氾濫した。
	因為颱風，河川氾濫了。

ひヒ

▶ MP3-091

ひかえる 【控える・扣える】 自下他一 ③ ②	控制；打消念頭；推遲；記下；面臨（他動詞）；等候；待命（自動詞） ★★
	例 彼に必要以上、連絡するのを控えている。
	打消了跟他非必要聯繫的念頭。

ひきあげる 【引き上げる・ 引上げる・ 引き揚げる・ 引揚げる】 自他下一 ④	打撈；提拔；提高（他下一）；撤回；收回；返回（自他下一）
	例 網を船に引き上げた。
	將魚網拉上船了。

ひきいる 【率いる】 他上一 ③	帶領 ★
	例 社員達を率いてマラソン大会に参加した。
	帶領社員們參加了馬拉松比賽。

ひきおこす 【引き起こす・ 引き起す・引起す】 他五 4	引起，造成；扶起；復興　　　★★ 例 地震は津波を引き起こす。 地震會引起海嘯。
ひきさげる 【引き下げる・ 引下げる・】 他下一 4	降低；撤退；後退 例 政府は来年、税金を三％引き下げることを決定した。 政府決定了明年税金降低百分之三。
ひきずる 【引き摺る】 他五 0	拖著；拖延；硬拉 例 娘は母親のスカートを履いて引き摺っている。 女兒穿著母親的裙子拖拉著。
ひきたてる 【引き立てる・ 引立てる】 他下一 4	襯托；鼓勵；關照；提拔　　　★ 例 脇役とは演劇で主役を引き立てる役を指す。 配角是指在戲劇中襯托主角的角色。
ひきとる 【引き取る・引取る】 自他五 3	收養；死亡（他動詞）；離去；領取；接話（自動詞）　　　★ 例 言葉に詰まった父の話を母が引き取った。 母親接著語塞的父親的話説下去。
ひけつ（する） 【否決】 名・他サ 0	否決 例 議会はその法案を否決した。 議會否決了那項法案。
ひずむ 【歪ずむ】 自五 0 2	變形，走樣；失真 例 このCDは音声が歪んでいる。 這片 CD 失真了。
ひたす 【浸す】他五 0 2	浸泡；浸濕　　　★ 例 盥にお湯を張って、疲れた足を浸した。 在盆子裡注入熱水，浸泡了疲倦的腳。

1-4
動詞

ひっかく【引っ掻く】 他五 3

搔；抓傷 ★

例 今朝、犬に足を引っ掻かれた。

今天早上，被狗抓傷了腳。

ひっかける【引っ掛ける】 他下一 4

掛上；披上；潑上；撞上；勾破；勾引；趁機；大口喝

例 急いでジャケットを引っ掛けて出掛けた。

急忙地披上外套出門了。

ひってき（する）【匹敵】 名・自サ 0

匹敵，比得上 ★

例 彼の演奏はプロに匹敵するレベルだが、ひどい上がり症なのが問題だ。

他的演奏雖是匹敵專業的水準，但極容易怯場是問題所在。

ひとくろう（する）【一苦労】 名・自サ 3 2

加把勁；花了一番心血 ★

例 彼は駅前の人混みから彼女を見付けるのに一苦労した。

他花了一番心血，才在車站擁擠的人群當中找到了她。

ひとちがい（する）【人違い】 名・他サ 3

認錯人 ★★

例 彼は私を誰かと人違いしていると思う。

（我）覺得他把我誤認為某人了。

ひとねむり（する）【一眠り】 名・自サ 3 2

小睡片刻 ★

例 一眠りしてから、夕食の準備をする。

小睡片刻之後，再來準備晚飯。

ひとめぼれ（する）【一目惚れ】 名・自サ 0

一見鍾情 ★

例 彼女の作品に一目惚れした。

對她的作品一見鍾情了。

ひなん（する）【非難・批難】 名・他サ 1

譴責，責難 ★★

例 彼は臆病だと非難された。

他被譴責很懦弱。

ひなん（する）【避難】 名・自サ 1

避難 ★

例 数百人の被災者が緊急避難所に避難した。

數百位災民到緊急避難所避難了。

ひやかす 【冷やかす】 他五 3	冷卻；奚落，挖苦，戲弄；開玩笑 ★ 例 彼女はおっちょこちょいだが、人前で冷やかすのは意地悪だ。 她雖然冒冒失失的，但是在人前戲弄她是很壞心眼的。
ひやけ (する) 【日焼け・陽焼け】 名・自サ 0	曬黑；因為日曬而變色或乾涸 ★★ 例 彼女は夏休みにハワイへ行き、真っ黒に日焼けした。 她暑假去夏威夷曬黑了。
びょうしゃ (する) 【描写】 名・他サ 0	描寫 ★ 例 この小説は都市の生活を活き活きと描写している。 這本小說生動地描寫了都市的生活。
ひれい (する) 【比例】 名・自サ 0	比例；相稱 ★ 例 彼らのボーナスはその業績に比例している。 他們的分紅與其業績相稱。
ひろう (する) 【披露】 名・他サ 1	宣布；演出；展示 ★ 例 彼女は自慢の踊りを披露した。 她演出了引以自豪的舞蹈。

ふフ ▶ MP3-092

ふうさ (する) 【封鎖】 名・他サ 0	封鎖 ★ 例 空港への道が封鎖された。 到機場的道路被封鎖了。
ふくれる 【膨れる・脹れる】 自下一 0	腫脹；嘟嘴 例 彼女は母に叱られると、すぐ膨れる。 她一被媽媽罵，就馬上嘟嘴。
ふける 【耽る】 自五 2	沉迷於～；致力於～ ★ 例 彼女は何もせず、ぼんやりと空想に耽っている。 她什麼都不做，只呆呆地沉溺在空想中。

ふこく (する) 【布告】 名・他サ 0	布告；宣告 例 アメリカは日本に対し、宣戦を布告した。 美國對日本宣戰了。
ふしょう (する) 【負傷】 名・自サ 0	受傷 ★★ 例 彼は交通事故でひどく負傷した。 他因為車禍受了重傷。
ぶじょく (する) 【侮辱】 名・他サ 0	侮辱 ★ 例 彼は何故、わざと人前で彼女を侮辱したのか。 他為何故意在人前侮辱她呢？
ぶそう (する) 【武装】 名・自サ 0	武装 例 農民達は武装して一揆を起こした。 農民們武裝起義了。
ふたん (する) 【負担】 名・他サ 0	負擔 ★★ 例 彼女は自分で大学の学費を負担している。 她自己負擔大學的學費。
ふっかつ (する) 【復活】 名・自他サ 0	復活；恢復；復興 ★ 例 出なくなったペンを振ったら復活した。 搖動斷水的原子筆，（它）就復活了。
ふっきゅう (する) 【復旧】 名・自他サ 0	修復；恢復原狀 例 倒木のため運転を見合わせていた電車が復旧した。 因為倒下的樹而暫停運行的電車恢復通車了。
ふっとう (する) 【沸騰】 名・自サ 0	沸騰；到達極點 ★ 例 お湯が沸騰している。 熱水沸騰了。
ふにん (する) 【赴任】 名・自サ 0	上任，赴任 ★★ 例 彼は来年、日本に赴任することになった。 他明年將到日本赴任。

ふはい (する) 【腐敗】 名・自サ ⓪	腐敗，腐化；腐爛，腐壞 例 食べ物が腐敗して酸っぱくなった。 食物腐壞變酸了。
ふまえる 【踏まえる】 他下一 ③	踩踏；根據 例 この分析結果を踏まえると、景気はますます良くなると判断できる。 根據這個分析結果，可以判斷景氣會越來越好。
ふみこむ 【踏み込む・踏込む】 自五 ③	踩進，伸進；闖入；更深入 例 この問題については、もう一歩踏み込んで考えてみてください。 關於這個問題，請更深入一步地考量看看。
ふよう (する) 【扶養】 名・他サ ⓪	扶養　　　　　　　　　　　　　　　　　　　　★ 例 彼は両親と弟を扶養しなければならない。 他必須扶養父母跟弟弟。
ふりかえる 【振り返る・振返る】 自他五 ③	回顧（他動詞）；回頭看（自動詞）　　　　★★ 例 学生時代を振り返る度に、胸が痛くなる。 每次回顧學生時代，胸口就會變得疼痛。
ふりだす 【振り出す・振出す】 他五 ③ ⓪	開支票或匯票　　　　　　　　　　　　　　　★ 例 総務課長は毎月多くの小切手を振り出す。 總務課長每個月開出多張支票。
ふるわす 【震わす】 他五 ⓪ ③	使其震動；使其發抖 例 彼は体を震わして笑っていた。 他笑得全身顫動。
ふるわせる 【震わせる】 他下一 ⓪	使其震動；使其發抖 例 彼は体を震わせて笑っていた。 他笑得全身顫動。

ふれあう 【触れ合う・触合う】 自五 ③	**互相接觸;深入溝通** ★ 例 子供達が自然と<u>触れ合う</u>機会を持つことは大切だ。 孩子們擁有接觸自然的機會是很重要的。
ブレイク／ **ブレーク**（する） 【break】 名・自サ ②	**休息;突破;爆紅;分開（拳擊賽裁判用語）** ★ 例 彼女は二十年前に芸人として<u>ブレイク</u>したが、今は女優だ。 她二十年前以藝人的身分走紅，現在是演員。
ぶれる 自下一 ②	**搖動;鏡頭晃動** ★ 例 電車の窓から写真を撮ったので、<u>ぶれて</u>しまった。 因為是從電車的窗口拍照的，所以鏡頭晃到了。
ふんがい（する） 【憤慨】 名・自他サ ⓪	**憤慨** 例 彼女は客の理不尽な要求に<u>憤慨</u>している。 她對顧客的無理要求感到憤慨。
ぶんぎょう（する） 【分業】 名・他サ ⓪	**分工;分專業;分段分人執行** 例 両工場は<u>分業</u>して一つの製品を作っている。 兩家工廠分工製作一個產品。
ぶんさん（する） 【分散】 名・自他サ ⓪	**分散，散開** 例 政府は催涙ガスでデモ隊を<u>分散</u>させた。 政府用催淚瓦斯讓示威隊伍散開了。
ふんしつ（する） 【紛失】 名・自他サ ⓪	**遺失** ★ 例 お恥ずかしい話ですが、こちらの不手際で書類を<u>紛失</u>してしまいました。 說來很丟臉，因為我方的疏失將文件給遺失了。
ふんしゅつ（する） 【噴出】 名・自他サ ⓪	**噴出** 例 溶岩と火山灰が地表に<u>噴出</u>したものがマグマだ。 溶岩跟火山灰噴出到地表的物質就是岩漿。

ふんとう （する）【奮闘】 名・自サ ⓪	奮鬥，努力；奮戰
	例 彼女は契約を取ろうと奮闘している。
	她為了取得合約而努力著。

ぶんぱい （する）【分配】 名・他サ ⓪	分配，分給 ★
	例 利益を全社員に公平に分配したい。
	（我）想將利益公平地分配給全體員工。

ぶんべつ （する）【分別】 名・他サ ⓪	分開；區分 ★
	例 ゴミを可燃物と不燃物に分別する。
	將垃圾區分為可燃物跟不可燃物。

ぶんり （する）【分離】 名・自他サ ⓪	分離；分開
	例 成分献血では、血液中の特定の成分を分離させて採取し、赤血球は体内に戻す。
	在成分捐血時，會將血液中的特定成分分離收集，紅血球則回歸體內。

ぶんれつ （する）【分裂】 名・自サ ⓪	分裂；裂開 ★
	例 朝鮮半島は戦争で分裂している。
	朝鮮半島因為戰爭而分裂了。

へへ

▶ MP3-093

へいこう （する）【並行・併行】 名・自サ ⓪	並行；同時進行 ★
	例 英語と日本語の勉強を並行して頑張りたい。
	（我）想努力同時學習英語和日語。

へいこう （する）【閉口】 名・自サ ⓪	閉口；受不了
	例 私達は彼女のお喋りに閉口した。
	我們都受不了她的喋喋不休了。

へいさ （する）【閉鎖】 名・自他サ ⓪	封閉；關閉 ★
	例 その山は冬期の間、雪のために閉鎖している。
	那座山在冬季期間因為雪而封閉著。

へきえき (する)
【辟易】
名・自サ 0

退縮；屈服；厭倦
例 彼女は人付き合いに辟易している。
她厭倦與人交往。

べっきょ (する)
【別居】
名・自サ 0

分居 ★
例 彼女は夫と別居している。
她跟老公分居了。

へりくだる
【謙る・遜る】
自五 4 0

謙虛
例 彼女は誰に対しても謙った態度を取る。
她對誰都採取謙虛的態度。

べんかい (する)
【弁解】
名・自他サ 0

辯解；爭辯 ★★
例 今更弁解しても間に合わない。
事到如今，再辯解也來不及了。

へんかく (する)
【変革】
名・自他サ 0

變革，改革
例 韓市長は経済を大幅に変革すると宣言した。
韓市長宣告了將大幅地改革經濟。

へんかん (する)
【返還】
名・他サ 0

返還；歸還
例 納付した手数料は既に返還された。
繳納的手續費已經返還了。

へんきゃく (する)
【返却】
名・他サ 0

返還；歸還 ★
例 図書館から借りた本は全て返却した。
從圖書館借來的書全數歸還了。

べんご (する)
【弁護】
名・他サ 1

辯護；辯解 ★★
例 母に叱られている妹を弁護した。
替被母親責罵的妹妹辯解了。

へんさい (する)
【返済】
名・他サ 0

償還 ★★
例 車のローンを返済し終わった。
車貸還清了。

べんしょう (する) 【弁償】 名・他サ ⓪	賠償 ★★ 例 交通事故に巻き込まれたが、壊れた自転車を弁償して もらえることになった。 雖然被捲入了車禍，但是受損的腳踏車獲得了賠償。
へんとう (する) 【返答】 名・自サ ⓪③	回答 ★★ 例 私はこの質問に返答できない。 我無法回答這個問題。
へんどう (する) 【変動】 名・自サ ⓪	變動；波動；騷動 例 近頃、気温が激しく変動している。 最近，氣溫變動劇烈。

ほ ホ

▶ MP3-094

ほいく (する) 【保育】 名・他サ ⓪	保育，照顧 ★ 例 この保育園では0歳児も保育している。 這家保育園也照顧零歲的幼兒。
ぼうえい (する) 【防衛】 名・他サ ⓪	防衛，保衛 ★ 例 この自衛隊の使命は国土を防衛することだ。 這個自衛隊的使命是保衛國土。
ぼうがい (する) 【妨害・妨碍・ 妨礙】 名・他サ ⓪	妨礙，干擾 ★★ 例 寒気は種の発芽を妨害した。 寒氣妨礙了種子的發芽。
ほうき (する) 【放棄・抛棄】 名・他サ ①	放棄 ★★ 例 会社はそのプロジェクトを放棄した。 公司放棄了那個計畫。
ほうし (する) 【奉仕】 名・他サ ①⓪	侍奉；服務；做公益；廉價賣出 ★ 例 定年を迎えたらボランティアに参加して社会に奉仕し たいと思っています。 退休之後，打算參與志工活動，服務社會。

ほうしゃ（する）
【放射】
名・他サ ⓪

輻射；散發
例 全ての物体が熱を放射している。
所有的物體都散發著熱能。

ほうしゅつ（する）
【放出】
名・自他サ ⓪

發放（他動詞）；噴出；釋放出（自動詞）
例 大量の水がホースから放出された。
大量的水從水管噴出了。

ほうじる
【報じる】
自他上一 ⓪③

報恩；報仇（自他上一）；報告；告知；報導（他上一） ★
例 そのニュースはすぐにテレビで報じられた。
那則新聞立即被電視台給報導了。

ほうち（する）
【放置】
名・他サ ①⓪

擱置不理 ★★
例 お花見の後、ごみをそのまま放置する人が多くて困っている。
賞花過後，垃圾就那樣擱置不理的人很多，真傷腦筋。

ぼうちょう（する）
【膨張・膨脹】
名・自サ ⓪

膨脹；增加；擴展
例 近頃、通貨が膨張している。
最近，通貨正值通貨膨脹。
（註：通貨膨脹＝インフレーション。）

ほうどう（する）
【報道】
名・他サ ⓪

報導 ★★
例 この殺人事件のことを一日中繰り返し報道している。
一整天重複報導著這個殺人事件。

ほうむる
【葬る】 他五 ③

埋葬；掩蓋；忘卻；拋棄
例 ペットの亡骸を丁重に葬った。
將寵物的屍體鄭重地埋葬了。

ほうりこむ
【放り込む】 他五 ④

扔進，投進
例 ペットボトルをごみ箱に放り込んだ。
將寶特瓶扔進垃圾桶裡了。

ほうりだす 【放り出す】 他五 4	扔出；放棄；開除 例 彼女は度重なる遅刻が原因で会社を放り出された。 她因為反覆遲到的原因被公司開除了。
ほおん (する) 【保温】 名・自サ 0	保温　　　　　　　　　　　　　　　　　　　★★ 例 弁当は保温器で保温されている。 便當在保溫箱裡保溫著。
ほかん (する) 【保管】 名・他サ 0	保管　　　　　　　　　　　　　　　　　　　★★ 例 ルームキーはフロントで保管されている。 房卡被保管在櫃台。
ほきゅう (する) 【補給】 名・他サ 0	補給，補充　　　　　　　　　　　　　　　　★★ 例 点滴をすることで体に栄養を補給できる。 靠吊點滴可以補充身體營養。
ほきょう (する) 【補強】 名・他サ 0	増強，加強，強化　　　　　　　　　　　　　★ 例 データを取って、この理論を補強したい。 （我）想取得資料來強化這個理論。
ぼきん (する) 【募金】 名・自サ 0	募捐，募款　　　　　　　　　　　　　　　　★★ 例 地震による被災者のために募金する。 為了地震的受災者募款。
ぼける 【惚ける】 自下一 2	腦筋或感覺變遲鈍　　　　　　　　　　　　　★★ 例 夫は定年退職した途端、惚けてきた。 老公才剛剛退休，腦筋就遲鈍了。
ほご (する) 【保護】 名・他サ 1	保護　　　　　　　　　　　　　　　　　　　★ 例 憲法は人民の権利を保護する。 憲法保護人民的權利。
ほしゅ (する) 【保守】 名・他サ 1	保守；保養 例 コピー機を保守するためには、裏紙は使用しないほう がいい。 為了保養影印機，紙張最好不要翻面再印。

ほじゅう (する)
【補充】
名・他サ ⓪

補充 ★

例 プリンターに紙を補充した。

在印表機裡補充了紙。

ほじょ (する)
【補助・輔助】
名・他サ 1

補助；輔助 ★

例 彼女では彼の仕事を補助できない。

她無法輔助他的工作。

ほしょう (する)
【保障】
名・他サ ⓪

保障 ★

例 憲法は基本的人権を保障する。

憲法保障基本的人權。

ほしょう (する)
【補償】
名・他サ ⓪

賠償 ★

例 保険会社の担当者から今回の交通事故で補償される内容について説明を受けた。

聽取了保險公司的負責人關於在這次車禍被補償的內容的說明。

ほそく (する)
【補足】
名・他サ ⓪

補足；補充 ★

例 彼の説明に補足したいことがある。

對他的說明（我）有想補充之處。

ぼっしゅう (する)
【没収】
名・他サ ⓪

沒收 ★

例 彼らの土地は国家に没収された。

他們的土地被國家沒收了。

ぼつらく (する)
【没落】
名・自サ ⓪

沒落 ★

例 多くの華族が戦後、没落した。

許多的貴族在戰後沒落了。

ほどける
【解ける】
自下一 3

鬆開 ★

例 靴紐がほどけた。

鞋帶鬆開了。

（註：「靴紐が解けた。」意思為「鞋帶（完全）解開了。」）

ほどこす 【施す】 他五 3 0	施行；施捨；牽渉廣泛　　　　　　　　★ 例 効率アップを目指して、策を施す。 以提高效率為目標，施行政策。
ぼやく 自他五 2	嘮叨，發牢騷　　　　　　　　　　　★ 例 言いたいことがあるなら、陰でぼやいていないではっきり言いなさい。 如果有什麼事想說的話，別在背後發牢騷，請說清楚。 （註：「呟く」是指小聲叨唸；「ぼやく」則是指發牢騷或訴苦。）
ぼやける 自下一 3	模糊不清 例 写真は光線が強過ぎて、ぼやけている。 照片因為光線過強而模糊不清。
ほろびる 【滅びる・亡びる】 自上一 3 0	滅亡，滅絕 例 古くからの風俗は簡単に滅びるものではない。 自古以來的風俗不易滅絕。
ほろぶ 【滅ぼぶ】 自五 2 0	滅亡，滅絕 例 古くからの風俗は簡単に滅ぶものではない。 自古以來的風俗不易滅絕。
ほろぼす 【滅ぼす】 他五 3	使其滅亡 例 彼女はギャンブルで身を滅ぼした。 她因為賭博而身敗名裂。

ま行

まマ
▶ MP3-095

まいぞう (する) 【埋蔵】 名・他サ 0	埋葬；蘊藏 例 裏山には大量の金貨が埋蔵されているらしい。 後山似乎埋藏著大量的金幣。

まえうり（する）
【前売り・前売】
名・他サ ０

預售 ★

例 コンサートのチケットは一ケ月前から前売りされている。
音樂會的門票從一個月前就預售了。

まえがり（する）
【前借り・前借】
名・自サ ０

預借，預支 ★

例 娘はお小遣いを少し前借りしたいと父親に頼んだ。
女兒拜託父親，想預支一點零用錢。

まえばらい（する）
【前払い・前払】
名・他サ ３

預付 ★

例 結婚式場の費用は前払いするのが主流だ。
婚禮會場的費用採預付是主流。

まかす
【任す・委す】
他五 ２

聽任；委託；盡量（跟 N3 程度的「任せる」用法相同） ★

例 その件は課長に任した。
那件事委託課長了。

まかす
【負かす】 他五 ０

打敗，戰勝

例 他大学との練習試合で相手校を打ち負かした。
在跟其他大學的練習賽中打敗了對手學校。

まぎれる
【紛れる】
自下一 ３

混入；轉移焦點

例 小説でも読んだら、気が紛れるだろう。
讀讀小說什麼的話，或許能解解悶吧！

まごつく 自五 ０

徘徊，徬徨；出錯；張皇失措

例 よく練習しておかないと、試合の時にまごつく。
不常常練習的話，比賽時就會出錯。

まさる
【勝る・優る】
自五 ２ ０

勝過，凌駕 ★★

例 事実は雄弁に勝る。
事實勝過雄辯。

まじえる
【交える】
他下一 ３

交叉；交手；夾雜 ★

例 彼らは中国語と英語を交えながら話している。
他們中英文夾雜交談著。

まじわる
【交わる】 自五 ③

交叉；交往；性交 ★

例 朱に交われば赤くなる。

近朱者赤。

またがる
【跨がる・跨る】 自五 ③

跨，騎；跨越，横跨；拖延 ★

例 このプロジェクトは来年に跨るかもしれない。

這個計畫説不定會拖到明年。

まちのぞむ
【待ち望む・待望む】 他五 ⓪

期待，盼望

例 その俳優の復帰を待ち望んでいる。

盼望著那位演員的復出。

マッサージ（する）
【massage】 名・他サ ③①

按摩 ★★

例 彼女は毎日足をマッサージする。

她每天按摩腳。

まぬがれる
【免れる】 他下一 ④

倖免；推卸

例 言い訳をしてなんとか首を免れた。

找藉口勉強保住了職位。

まばたき（する）
【瞬き】 名・自サ ②

眨眼

例 あの子は緊張すると、頻りに瞬きする癖がある。

那個孩子只要一緊張，就有頻頻眨眼的習慣。

まひ（する）
【麻痺・痲痺】 名・自サ ①⓪

麻痺；癱瘓 ★

例 寒くて、手足の感覚が麻痺している。

天氣冷，手腳的感覺都麻痺了。

まるめる
【丸める】 他下一 ⓪

蜷曲；揉成團；攏絡

例 小犬は体を丸めて寝ている。

小狗正蜷曲著身體睡覺。

みミ

▶ MP3-096

みあわせる
【見合わせる・見合せる】
他下一 0 4

互看；互相比較；暫停；暫緩　　★

例 明日、雪が降ったら、出発を見合わせる。

明天，如果下雪的話，就暫緩出發。

みうしなう
【見失う】
他五 0 4

失去，失散；迷失　　★

例 見失った自分を取り戻してください。

請將失去的自我找回來。

みおとす
【見落とす・見落す】
他五 0 3

忽略；漏看　　★★

例 その建物は学校の向かいだから、見落とすはずがない。

因為那棟建築物在學校對面，所以應該不會漏看。

みくだす
【見下す】
他五 0 3

輕視，看不起　　★★

例 貧乏な人を見下すお金持ちがたくさんいる。

有很多看不起窮人的有錢人。

みせびらかす
【見せびらかす】
他五 5

顯示，展示；炫耀；賣弄　　★

例 甥っ子は集めた石を友人に見せびらかした。

外甥向朋友展示了收集的石頭。

みたす
【満たす・充たす】
他五 2

充滿；填滿；滿足　　★

例 マズローによると、人間はまず低次の欲求が満たされる必要があるそうだ。

根據馬斯洛（Maslow）的說法，人類低層次的欲求必須先被滿足。

みだす
【乱す】
他五 2

弄亂；擾亂；破壞　　★★

例 彼女の一言は僕の心を乱した。

她的一句話擾亂了我的心。

みだれる
【乱れる・紊れる】
自下一 3

雜亂，散亂；紊亂；不平靜　　★★

例 心が乱れていて、言葉が出てこない。

心很亂，說不出話來。

みちがえる 【見違える】 他下一 ⓪ ④	看錯；認不出（多半用於正面的描述） 例 彼女は痩せて、見違えるほど綺麗になった。 　かのじょ　や　　　　　みちが 她變瘦了，美到幾乎讓人認不出來了。
みちびく 【導く】　　他五 ③	導致；指導；帶路　　　　　　　　　　★ 例 盲導犬は目の見えない人を導く訓練を受ける。 　もうどうけん　め　み　　　ひと　みちび　くんれん　う 導盲犬接受為眼睛看不見的人帶路的訓練。
みっしゅう (する) 【密集】 名・自サ ⓪	密集 例 庭の花が密集して咲いている。 　にわ　はな　みっしゅう　さ 院子裡的花密集綻開著。
みっせつ (する) 【密接】 名・自サ ⓪	緊鄰，緊靠，緊挨　　　　　　　　　　★ 例 彼の家は隣と密接している。 　かれ　いえ　となり　みっせつ 他的房子緊挨著鄰居。
みつもる 【見積もる・見積る】 他五 ③ ⓪	估計　　　　　　　　　　　　　　　　★ 例 経費を大ざっぱに見積もると、二万ドルぐらいだ。 　けいひ　おお　　　　みつ　　　　　にまん 經費粗略地估計，大約是兩萬美金。
みとどける 【見届ける】 他下一 ⓪ ④	看準；看到最後　　　　　　　　　　　★ 例 負け試合だったが、最後まで会場にいて、試合を見届けた。 　ま　じあい　　　　　　さいご　　　かいじょう　　　　しあい　みとど 雖然比賽輸了，但仍在會場待到最後，看完了比賽。
みなす 【見做す・看做す】 他五 ⓪ ②	看成，視為；當作，假設成　　　　　　★ 例 みんなが彼女を犯人と見做した。 　　　　　かのじょ　はんにん　みな 大家都把她當作犯人了。
みならう 【見習う・見做う】 他五 ⓪ ③	見習；模仿；看齊　　　　　　　　　　★ 例 女の子は母親を見習うものだ。 　おんな　こ　ははおや　みなら 女孩本來就會模仿母親。
みのがす 【見逃す】 他五 ⓪ ③	漏看；錯過；放過　　　　　　　　　　★ 例 二人で確認すれば、ミスを見逃すことはないだろう。 　ふたり　かくにん　　　　　　　　　みのが 兩個人確認的話，錯誤就不會漏看了吧！

みはからう 【見計らう】 他五 ０４	斟酌；估算 例 適当にタイミングを見計らって、摘まみを出してください。 請適當地斟酌時機，端出小菜。	
みわたす 【見渡す】 他五 ０３	瞭望；環視 ★ 例 その歌手は観衆を見渡してから歌い始めた。 那位歌手環視了觀眾之後開始唱歌了。	

む ム

▶ MP3-097

むかつく 自五 ０	噁心，反胃，作嘔；生氣 ★★ 例 脂身を見るだけで胸がむかつく。 光看到肥肉就覺得噁心。
むかむか (する) 副・自サ １	噁心，反胃，作嘔；生氣 ★ 例 脂身を見るだけで胸がむかむかする。 光看到肥肉就覺得噁心。
むくむ 【浮腫む】 自五 ０２	浮腫 例 彼女はさっき泣き止んだばかりで、目が少し浮腫んでいる。 她因為剛剛才哭完，所以眼睛有點浮腫。
むしる 【毟る】 他五 ０	揪；拔；撕（麵包）；剔（魚肉） ★ 例 小猫は魚をむしって食べている。 小貓正剔著魚肉吃。
むすびつく 【結び付く】 自五 ４	結合；密切關聯 ★ 例 趣味を楽しむことは生活の質の向上に強く結び付いている。 享受興趣與生活品質的提升息息相關。
むすびつける 【結び付ける】 他下一 ５	結合，連結；繫上，拴上 ★★ 例 現在、二人を結び付けているのは子供の存在だ。 現在，連結著兩個人的是孩子的存在。

むせる 【咽せる・咽る・ 噎せる・噎る】 自下一 [2][0]	咽住；嗆著　★ 例 急いでお餅を食べていたら、喉につっかえてひどく噎せた。 麻糬吃得太急，卡在喉嚨嚴重噎住了。
むだづかい（する） 【無駄遣い・徒遣い】 名・他サ [3]	浪費　★★ 例 彼女は若い頃、いつもお金を無駄遣いしていた。 她年輕時總是浪費金錢。
むらがる 【群がる・群る・ 叢る・簇る】自五 [3]	群聚，聚集　★ 例 蟻が出しっ放しのケーキに群がっている。 螞蟻聚集在沒收起來的蛋糕上。

めメ
▶ MP3-098

めいちゅう（する） 【命中】 名・自サ [0]	命中，打中　★ 例 砲弾は標的に命中した。 砲彈打中了目標。
めぐむ 【恵む・恤む】 他五 [0]	憐憫；施捨　★ 例 食べ物を乞食に恵んだ。 將食物施捨給乞丐了。
めざめる 【目覚める】 自下一 [3]	睡醒，醒來；醒悟；喚醒　★★ 例 何時に寝たかに関わらず、母はいつも六時に目覚める。 無論幾點睡，母親總是六點醒來。
めす 【召す】　他五 [1]	招喚（「食う」、「飲む」、「着る」、「履く」、「買う」、「乗る」 等的尊敬語）　★ 例 お気に召しましたか。 （您）滿意了嗎？
めつぼう（する） 【滅亡】 名・自サ [0]	滅亡　★ 例 人類は近いうちに滅亡すると考えている人もいる。 也有人認為人類近期會滅亡。

めんかい (する)
【面会】
名・自サ ⓪

面會，見面 ★★

例 明日は誰が来ても面会しない。

明天無論誰來都不見。

めんじょ (する)
【免除】
名・他サ ①

免除 ★★

例 彼は一次試験を免除された。

她免考初試。

めんする
【面する】 自サ ③

面對；面臨

例 この部屋は全室が海に面していて、眺めが素晴らしい。

這個房間全室面海，景觀很棒。

もモ

▶ MP3-099

もうしいれる
【申し入れる・
申入れる】
他下一 ⑤⓪

提出要求或意見 ★★

例 彼らは強硬な態度で昇給を申し入れた。

他們用強硬的態度提出了加薪要求。

もうしでる
【申し出る・申出る】
他下一 ④

提出；申請；申述 ★★

例 彼らは上司に退職を申し出た。

他們向上司提出離職了。

もがく
【踠く】 自五 ②

折騰；掙扎

例 腹痛で一晩中もがき苦しんだ。

因為肚子痛，一整晚苦痛難當。

もくろむ
【目論む】 他五 ③

策畫；圖謀

例 来年は定年になるから、世界一周旅行をもくろんでいる。

因為明年要退休，所以正在策畫環遊世界一周。

もさく (する)
【模索・摸索】
名・他サ ⓪

摸索；探尋

例 数多くの専門家がその難題の解決法を模索している。

為數眾多的專家正在探尋那個難題的解決之道。

もたらす 【齎す】 他五③	帶來；造成 ★★
	例 今回の津波は経済に大きな損失をもたらした。
	這次的海嘯在經濟上造成了很大的損失。

もちこむ 【持ち込む・持込む】 他五⓪③	帶入，攜入，拿進 ★★
	例 犬が庭から家に泥を持ち込んだ。
	狗從院子裡將泥土帶進了家裡。

もてなす 【持て成す・持成す】 他五③⓪	對待；招待；安置 ★★
	例 お客様をもてなすのが苦手だ。
	不擅於招待客人。

もてる 【持てる】 自下一②	受歡迎，有人氣 ★★
	例 父は若い頃はもてたそうだ。
	聽說父親年輕時很受歡迎。

もほう（する） 【模倣・摸倣】 名・他サ⓪	模仿；仿照
	例 女の子は母親を模倣する。
	女孩模仿（她們的）母親。

もめる 【揉める】 自下一⓪	爭執，糾紛；擔心；焦慮 ★
	例 マンションに帰ってきた時、廊下で隣同士の住人が揉め
	ているのを見た。
	回到公寓時，在走廊看見了隔壁的住戶發生爭執。

もよおす 【催す】 自他五⓪③	舉辦；引發 ★★
	例 脂身を見るだけで吐き気を催した。
	光是看到肥肉就想吐。

もらす 【漏らす・洩らす】 他五②	漏出；遺漏；洩漏；透露 ★★
	例 天機洩らすべからず。
	天機不可洩漏。

もりあがる
【盛り上がる・盛り上る・盛上る】 自五 ４ ０

隆起；高漲 ★★

例 有名な歌手がゲスト出演して、パーティーは盛り上がった。

有名的歌手客串演出，炒熱了派對的氣氛。

もる
【漏る】 自五 ０ １

漏出

例 天井から雨水が漏っている。

雨水從天花板漏出了。

もれる
【漏れる・洩れる】 自下一 ２

漏出；走漏；遺漏；落選；淘汰 ★★

例 部屋に入ると、ガスが漏れているのが臭いで分かった。

一進房間，從臭味就知道瓦斯漏了

や行

やヤ
▶ MP3-100

やしなう
【養う】 他五 ３ ０

扶養；飼養；療養；培養 ★★

例 家族を養うために、毎日仕事を頑張っている。

為了養家，每天努力工作著。

やすめる
【休める】 他下一 ３

使其休息；使其停歇；使其無憂無慮 ★

例 母はゆっくり体を休めるために温泉へ行った。

母親為了慢慢療養身體去泡溫泉了。

やりとおす
【遣り通す】 他五 ３

做到底 ★

例 この仕事を遣り通そうと決めた。

（我）決心將這份工作做到底了。

やりとげる
【遣り遂げる】 他下一 ４

做到底 ★

例 この仕事を遣り遂げようと決心した。

（我）決心將這份工作做到底了。

やわらぐ
【和らぐ】 自五 ３

暖和；緩和；緩解 ★★

例 痛み止めの薬を飲んだから、頭痛が和らいだ。

因為吃了止痛藥，所以頭痛緩解了。

やわらげる
【和らげる】
他下一 ④

使其緩和；使其軟化；使其柔和；使其委婉 ★★

例 痛み止めの薬は頭痛を和らげられる。

止痛藥可以使頭痛緩解。

ゆユ
▶ MP3-101

ゆうかい (する)
【誘拐】
名・他サ ⓪

誘拐，拐騙

例 彼らは実業家の息子を誘拐して身代金を要求した。

他們誘拐了企業家的兒子並要求贖金。

ゆうし (する)
【融資】
名・自サ ① ⓪

融資，借款

例 中小企業に融資する際、銀行の審査は厳しくなるそうだ。

聽說借款給中小企業時，銀行的審查會變得很嚴格。

ゆうずう・
ゆうづう (する)
【融通】 名・他サ ⓪

通融；挪借；暢通 ★

例 銀行に二百万円融通してもらった。

向銀行借了兩百萬日幣。

ゆうする
【有する】 他サ ③

有 ★

例 国民は納税の義務を有する。

國民有納稅的義務。

ゆうせん (する)
【優先】
名・自サ ⓪

優先 ★★

例 大衆の利益は個人の利益に優先する。

大眾的利益優先於個人的利益。

ゆうどう (する)
【誘導】
名・他サ ⓪

誘導；引導，指引

例 審判を試合会場へ誘導してください。

請指引裁判到比賽會場。

ゆうわく (する)
【誘惑】
名・他サ ⓪

誘惑，引誘 ★

例 彼は女性に誘惑されやすい。

他容易被女性所誘惑。

ゆがむ 【歪む】 自五 ⓪ ②	歪斜，變形；偏激 ★ 例 このダンボール箱は運搬する時に歪んでしまったようだ。 這個瓦楞紙箱似乎在搬運時變形了。
ゆさぶる 【揺さぶる】 他五 ⓪	搖晃，搖動；震撼，感動 例 市長の講演は人々の心を激しく揺さぶった。 市長的演講深深地感動了人們的心。
ゆびさす 【指差す】 他五 ③	用手指 ★ 例 人を指差すのは非常に無礼だと思う。 （我）覺得用手指人非常不禮貌。
ゆらぐ 【揺らぐ】 自五 ② ⓪	搖晃，搖動；動搖 例 彼氏とは上手く行っていない上に、同僚にアタックされ、気持ちが揺らいでいる。 跟男朋友處不好，加上被同事猛烈追求，心意動搖了。
ゆるむ 【緩む・弛む】 自五 ②	鬆懈；鬆弛；放寬；行情跌落 ★ 例 最後の最後で、気が緩んでミスをした。 在最後的最後，心情放鬆出錯了。
ゆるめる 【緩める・弛める】 他下一 ③	放鬆；放寬；放慢 ★ 例 仕事が終わったので、ネクタイを緩めた。 因為工作結束了，所以將領帶放鬆了。

ようする
【要する】 他サ ③

需要；摘要；埋伏 ★

例 この問題の解決には時間とお金を要する。

解決這個問題需要時間與金錢。

ようせい （する）
【要請】
名・他サ ⓪

請求，要求

例 今回の台風では、四つの県が自衛隊に災害派遣を要請した。

在這次的颱風中，有四個縣對自衛隊請求了救災。

ようせい （する）
【養成】
名・他サ ⓪

培養，造就 ★

例 彼女はインストラクターを養成する講座を開いている。

她開設了培育講師的講座。

よきん （する）
【預金】
名・他サ ⓪

存款 ★

例 銀行に現金五千ドルを預金した。

在銀行存了五千美元。

よくあつ （する）
【抑圧】
名・他サ ⓪

壓制

例 政府は言論の自由を抑圧していた。

政府壓制著言論自由。

よくせい （する）
【抑制】
名・他サ ⓪

抑制 ★

例 この酵素は細胞の成長を抑制できる。

這種酵素可以抑制細胞的成長。

よける
【避ける・除ける】
他下一 ②

閃躲；防範 ★★

例 飛んできたボールを避ける。

閃躲飛過來的球。

よげん （する）
【予言】
名・他サ ⓪

預言

例 その占い師は来月、津波が起こると予言した。

那位占卜師預言了下個月會發生海嘯。

よせあつめる
【寄せ集める・寄集める】
他下一 ⑤

匯集；拼湊

例 端切れを寄せ集めてパッチワークのハンドバッグを作った。

把碎布拼湊起來做了拼布的手提包。

よそみ（する）
【余所見】
名・自サ ② ③

往旁邊看；東張西望 ★★

例 試験中、よそ見してはいけない。

考試中不能東張西望。

よみあげる
【読み上げる・読上げる】
他下一 ⓪ ④

大聲讀；讀完 ★

例 先生は成績優秀者の名前を読み上げた。

老師大聲唸出了成績優秀者的名字。

よみとる
【読み取る・読取る】
他五 ⓪ ③

讀懂；推測，判斷 ★

例 彼の表情からは真意が読み取れない。

從他的表情無法判斷出真心。

よりかかる
【寄り掛かる・寄掛る・寄り懸かる・寄懸かる】
自五 ④

憑靠；依靠 ★★

例 私が待ち合わせ場所に着いた時、彼は壁に寄り掛かって本を読んでいた。

我到達碰面的地方時，他正靠在牆壁上看書。

よりそう
【寄り添う・寄添う】
自五 ③

挨近，靠近 ★★

例 彼女には可愛い女の子が寄り添っている。

她身邊依偎著一位可愛的女孩。

よわる
【弱る】
自五 ②

衰弱；減弱；為難 ★

例 体が弱っているので、しばらくは刺激物を避けたメニューにしよう。

因為身體虛弱，暫時選擇避開刺激物的菜單吧！

ら行

らいじょう (する)
【来場】
名・自サ ⓪

到場，蒞臨

例 そのイベントには数万人が来場し、盛況のうちに終わった。

那場活動有數萬人到場，在盛況中結束了。

らち (する)
【拉致】
名・他サ ①

綁架

例 彼らは実業家の息子を拉致して身代金を要求した。

他們綁架了企業家的兒子並要求贖金。

らっか (する)
【落下】
名・自サ ⓪

落下，降下 ★

例 飛行機の破片は大西洋に落下した。

飛機的殘骸落到了大西洋。

らっかん (する)
【楽観】
名・他サ ⓪

樂觀 ★

例 私は物事を悲観しすぎ、弟は楽観しすぎている。

我對事物太悲觀，弟弟又太樂觀了。

らんよう (する)
【乱用・濫用】
名・他サ ⓪

濫用 ★

例 彼女は職権を乱用したに違いない。

她無疑濫用了職權。

1-4
動詞

りリ

▶ MP3-104

りゃくだつ (する)
【略奪・掠奪】
名・他サ ⓪

掠奪，搶奪 ★

例 海賊達は沿岸の村々を襲い、食糧や金品を略奪した。

海盜們襲擊了沿岸的村落，搶奪了糧食跟財物。

りょうかい (する)
【了解】
名・他サ ⓪

了解，理解；諒解 ★★★

例 上司はいつもメールに返信をくれないので、了解したかどうか分からない。

因為上司總是不回郵件，所以不知道他是否了解了。

りょうしょう (する)
【了承】
名・他サ ⓪

明白；同意 ★★

例 彼は相手の申し出を了承した。

他同意對方的申請了。

りょうりつ (する)
【両立】
名・自サ ⓪

兩立，並存；兼顧 ★

例 私には仕事と家庭は両立できない。

我無法兼顧工作與家庭。

るル

▶ MP3-105

るいじ (する)
【類似】
名・自サ ⓪

類似 ★

例 偽物と本物の外形は類似しているが、材質が異なる。

贗品跟真品的外型雖然類似，但材質不同。

るいすい (する)
【類推】
名・他サ ⓪

類推

例 簡単に類推されてしまう暗証番号を設定しないようにしてください。

請不要設定容易被類推的密碼。

れレ

れいぞう (する)
【冷蔵】
名・他サ 0

冷蔵 ★★

例 傷みやすい果物は冷蔵してください。

請將容易弄傷的水果冷藏。

れんたい (する)
【連帯】
名・自他サ 0

連帯；共同

例 債務者と保証人が連帯して債務を負担することになった。

債務人跟保證人共同擔負債務。

ろロ

ろうどく (する)
【朗読】
名・他サ 0

朗讀 ★

例 息子は表情豊かに物語を朗読している。

兒子正表情豐富地朗讀著故事。

ろうひ (する)
【浪費】
名・他サ 0 1

浪費 ★★

例 彼女は若い頃、稼いだ端から浪費していた。

她年輕時，賺來的每一分錢都馬上浪費掉了。

ろんぎ (する)
【論議・論義】
名・他サ 1

議論，討論；爭論

例 彼らは今回の選挙について論議している。

他們正在討論關於這次的選舉。

わ行

わワ

わりあてる
【割り当てる・
割当てる】
他下一 4

分配；分攤 ★

例 BBQ では全員に何らかの仕事が割り当てられた。

烤肉時全員都被分配了一些工作。

メモ

1-5
副詞・副助詞

新日檢 N1 當中，「副詞・副助詞」的部分，占了 4.07%，如「如何にも（非常）」、「今更（事到如今）」、「自ずから（自然而然地）」、「殊に（尤其）」、「精一杯（竭盡全力）」、「本格的に（正式地）」……等，必須熟記；此外還有兩個「副助詞」：「きり（只有）」與「どころか（不但～反倒）」也很重要，這些單字都有其獨特的意義與用法，一定要認真學習。

あ行

あえて 【敢えて】 ①	**偏偏～；不必～；決不～** ★★ 例 困難と知りつつ、敢えてそれに立ち向かう姿勢が大切だ。 明知山有虎，偏向虎山行的態度很重要。
あしからず 【悪しからず】 ③	**請原諒** 例 駐車場内での事故については責任を負いかねます。 悪しからずご了承下さい。 關於在停車場內的事故（我們）礙難負責。請（您）諒解。
あっさり（と） ③	**乾脆，爽快；清淡；簡單** ★★ 例 社長は進退について聞かれると、あっさり（と）引退 すると答えた。 社長被問起關於去留時，爽快地回答要引退了。
あらかじめ 【予め】 ⓪	**事先，預先** ★ 例 旅行に行く時は、予め旅行先で買うお土産のリストを 作っておく。 要去旅行時，事先做好要在旅遊地點購買的伴手禮清單。
あんのじょう 【案の定】 ③	**正如所料** ★ 例 案の定、彼女はバスの中に傘を置き忘れた。 正如所料，她把雨傘忘在公車上了。
いかに 【如何に】 ②	**如何地，怎樣地** ★ 例 彼女が如何に美しいかは筆舌に尽くしがたい。 她有多美是筆墨難以形容的。
いかにも 【如何にも】 ②	**非常（通常搭配「そうだ」、「らしい」等來使用）** 例 彼女は涙を流していて、如何にも悲しそうだ。 她正在流淚，看起來非常傷心的樣子。
いくた 【幾多】 ①	**許多，無數** 例 留学への道には幾多の困難がある。 通往留學的道路上有許多的困難。

いずれも 【何れも】 0	都 ★
	例 英語、日本語、中国語、何れも面白いと思う。
	（我）認為英文、日文、中文都很有趣。

いぜん 【依然】 0	依然，仍然，照舊
	例 この契約は依然有効だ。
	這份契約仍然有效。

いたって 【至って】 2 0	非常，極為 ★
	例 彼らはみんな、至って付き合いやすい人達だ。
	他們每個人都是非常好相處的人。

いちがいに 【一概に】 0 2	一味地，籠統地（後接否定） ★
	例 その事件については、一概にどちらが悪いとは言えない。
	關於那個事件，無法籠統地説是哪一方不對。

いっきに 【一気に】 1	一口氣 ★★
	例 一気に白ワインを飲み干した。
	一口氣把白葡萄酒喝完了。

いっきょに 【一挙に】 1	一舉；一下子
	例 彼は一挙に副社長の座に伸し上がった。
	他一舉登上副社長的職位。

いっしんに 【一心に】 3	全心全意，專心；好好地 ★
	例 勉強する時は一心に勉強して、休む時はしっかり休ん
	でください。
	讀書的時候請專心讀書，休息的時候請好好休息。

いっそ 0	倒不如，寧可 ★
	例 こんなに苦しいなら、いっそ死んでしまいたい。
	這麼痛苦的話，（我）想倒不如死了算了。

いまさら 【今更】 0 1	事到如今；到現在才～ ★★
	例 彼女はやっと家族の大切さを理解したが、今更後悔し
	ても遅い。
	她終於理解了家人的重要性，事到如今後悔也來不及了。

1-5
副詞・
副助詞

いまだ 【未だ】　⓪	尚未（後接否定）　★ 例 もうすぐお昼だが、朝からバタバタしていて未だに朝食を食べていない。 馬上就要午餐了，從早開始就忙得焦頭爛額，到現在都還沒吃早餐。
いやいや　⓪	勉強，無奈，不得已　★ 例 先日、日本人と一緒に食事をした時、納豆をいやいや食べた。 前幾天跟日本人一起吃飯時，勉強吃下了納豆。
いやに 【嫌に】　②	非常；太〜，過於〜 例 台湾の中学校の数学は嫌に難しい。 台灣的國中數學太難了。
うまれつき 【生まれ付き・ 生れ付き】　⓪	生來　★ 例 あの子は生まれ付き目が見えない。 那個孩子生來眼睛就看不見。
おおかた 【大方】　⓪	大概 例 大方、彼女の両親は娘の非行について知らないだろう。 大概，她的父母都不知道關於女兒的不良行為吧！
おおむね 【概ね】　⓪	大致 例 毎日、塾で宿題を概ねやってしまう。 每天，都在補習班將功課大致做完。
おそくとも／ 【遅くとも】　②④ おそくも 【遅くも】　②③	最晚　★ 例 遅くとも午後三時には、ここに来てください。 最晚請在下午三點到這裡來。
おのずから 【自ずから】　⓪	自然而然地　★ 例 いい商品だから、宣伝しなくても自ずからよく売れるだろう。 因為是很好的商品，就算不宣傳也自然而然地會暢銷吧！

おのずと 【自ずと】　⓪	自然而然地	★

例 資金不足の問題は自ずと解決した。

資金不足的問題自然而然地解決了。

か行

▶ MP3-110

がっくり（と） ③	①突然無力地彎曲貌 ②呈現出頹喪、失望的樣子（當動詞用）	★★

例 ①彼はがっくり（と）膝を落とした。

他突然無力地跪了下來。

②面接試験に落ちてがっくり（と）した。

因為面試被刷掉而感到沮喪。

がっちり（と） ③	①緊緊地 ②呈現出牢固、結實，或精明的樣子（當動詞用）	★

例 ①腕をがっちり（と）掴まれていて、振りほどくこと

ができない。

手臂被緊緊地捉住了，無法掙脫。

②祖父は大柄でがっちり（と）している。

爺爺高大結實。

かつて 【曾て・嘗て】　①	曾經；未曾（後接否定）	★

例 新郎新婦は二人ともかつて私の学生だった。

新郎新娘兩個人都曾經是我的學生。

かねて 【予て】　①	老早，之前；事先	

例 かねてお願いしていたことはどうなりましたか。

之前拜託（您）的事情進展如何？

かりに 【仮に】　⓪	假如，假設；暫且	★

例 仮に一ヶ月の収入を二十万として考えてください。

請假設以一個月的收入是二十萬來考量。

かろうじて 【辛うじて】　②⓪	好不容易才～	★

例 私達は辛うじて目的を遂げることができた。

我們好不容易才達成了目的。

1-5
副詞・
副助詞

かわるがわる **【代わる代わる・** **代る代る】** ④	輪流 例 私と義母は代わる代わる娘の面倒を見る。 我跟婆婆輪流照顧女兒。
かんかん（と） ⓪①	噹噹（金屬撞擊聲）；（日光照射、頭痛、耳鳴、火燒）強烈貌； 大發雷霆貌 例 日がかんかんと照っている。 太陽火辣辣地照耀著。
がんらい **【元来】** ①	本來 例 彼女は元来料理好きな人だ。 她本來就是喜歡烹飪的人。
きっかり ③	整數；明顯　　　　　　　　　　　　　　　　　★ 例 午後三時きっかりに台北に到着する予定だ。 預計下午三點整抵達台北。
きっちり ③	整數；洽好　　　　　　　　　　　　　　　　　★ 例 午後三時きっちりに台北に現れた。 下午三點整在台北現身了。
きっぱり（と） ③	乾脆；果斷；斷然；不猶豫　　　　　　　　　　★ 例 彼女は彼氏のプロポーズをきっぱり（と）断った。 她斷然拒絕了男友的求婚。
きわめて **【極めて】** ②	極，非常　　　　　　　　　　　　　　　　　　★ 例 彼女は極めて明るく、前向きな人だ。 她是非常開朗積極的人。
くっきり（と） ③	輪廓分明；顯眼；清楚　　　　　　　　　　　★★ 例 月が湖にくっきり（と）映っている。 月亮清楚地映照在湖中。
ぐったり（と） ③	精疲力竭　　　　　　　　　　　　　　　　　★★ 例 暑い日が続いているので、犬もぐったり（と）寝ている。 因為持續著炎熱的日子，狗兒也渾身沒勁地睡著。

ぐっと　⓪①	使勁；一口氣；益發 ★★	

ぐっと　⓪①

使勁；一口氣；益發　★★

例 彼女の手を<u>ぐっと</u>握ると同じように握り返してくれた。

當（我）使勁地握了她的手，（她也）同樣地回握了（我）。

げっそり（と）　③

①遽瘦；厭膩　②呈現出掃興的樣子（當動詞用）　★

例 ①彼女は病気で<u>げっそり（と）</u>頬が痩けた。

她因為生病遽瘦，臉都消瘦了。

②彼女は仕事を押し付けられて、<u>げっそり（と）</u>して

いる。

她被強加工作，人很憔悴。

こうこう（と）【煌々（と）】　⓪

耀眼；明亮；輝煌

例 月が<u>煌々と</u>輝いている。

月亮輝煌地照耀著。

ごしごし（と）　①

（咯吱咯吱）搓擦物品的聲音　★★

例 汚れたタオルを<u>ごしごし（と）</u>洗っている。

正咯吱咯吱地搓洗著髒毛巾。

こつこつ（と）　①

勤奮，孜孜不倦　★

例 彼女は粘り強く、<u>こつこつ（と）</u>勉強する学生だ。

她是不屈不撓，勤奮學習的學生。

ことに【殊に】　①

特別，尤其

例 学生にとって、<u>殊に</u>勉強は大事だ。

對學生來說，學習尤其重要。

ことによると　⓪

也許，說不定

例 <u>ことによると</u>、明日雨が降るかもしれない。

或許，明天會下雨也說不定。

さ行

▶ MP3-111

さきに 【先に】 ①	之前，以往 ★ 例 先にお見せしたカタログの商品は完売しました。 之前給您看過型錄的商品賣完了。	
さぞ ／ **さぞかし** ① ①	想必 ★ 例 北海道でこの暑さなら、東京は今、さぞ暑いことだろう。 在北海道是這種熱法的話，東京目前想必很熱吧！	
さっと ⓪	迅速；突然 ★ 例 彼女が泣き出したので、さっとハンカチを差し出した。 因為她哭了，所以我迅速遞上了手帕。	
さほど 【然程・左程】 ⓪	那麼，那樣 ★★ 例 駅までさほど遠くない。 到車站並不那麼遠。	
さも 【然も】 ①	確實，實在的樣子 ★ 例 母はさも嬉しそうに頷いた。 母親確實開心地點了點頭。	
さらなる 【更なる】 ①	更進一步 ★ 例 売り上げの更なる向上のために努力している。 為了銷售量的更進一步提高而努力著。	
しいて 【強いて】 ①	勉強 ★ 例 大きな問題はないが、強いて言えば、パッケージデザインは改善の余地があると思う。 沒有什麼大問題，要勉強説的話，（我）認為包裝設計有改善的餘地。	
じっくり（と） ③	好好地；徹底地；仔細地 ★ 例 家計について、主人とじっくり（と）話し合いたい。 關於家計，（我）想跟老公好好地商量。	

<table>
<tr>
<td>

しゅうし
【終始】 1

</td>
<td>

①始終，一直 ②從頭持續到尾（當動詞用） ★

例 ①彼女は会議中、終始沈黙を守った。

她在會議中，始終保持沉默。

②会見で、その政治家は自己弁護に終始した。

在招待會上，那位政治家從頭到尾都為自己辯護。

</td>
</tr>
<tr>
<td>

しょっちゅう
1

</td>
<td>

經常，總是 ★★

例 母はしょっちゅう忘れ物をする。

母親經常忘東忘西的。

</td>
</tr>
<tr>
<td>

しろくじちゅう
【四六時中】 0

</td>
<td>

整天；一整個晝夜；始終 ★

例 看護師は四六時中患者の看護に当たっている。

護士夜以繼日地擔任患者的看護。

</td>
</tr>
<tr>
<td>

ずばり（と）
2

</td>
<td>

喀擦一聲；一針見血；開門見山 ★

例 誤魔化しても仕方ないから、ずばり（と）言ってしまいなさい。

一直敷衍也不是辦法，請直截了當地說。

</td>
</tr>
<tr>
<td>

すらすら（と）
1

</td>
<td>

流利地，順暢地 ★★

例 彼女は日本語をすらすら（と）読める。

她能流利地讀日語。

</td>
</tr>
<tr>
<td>

ずるずる（と）
1

</td>
<td>

拖拉著；留著；拖延；滑溜 ★★

例 あの子は鼻をずるずる（と）啜っている。

那個孩子唏溜唏溜地啜著鼻涕。

</td>
</tr>
<tr>
<td>

すんなり（と）
3

</td>
<td>

①坦率；順利；痛快 ②呈現出苗條或纖細的樣子（當動詞用）

例 ①父は批判をすんなり（と）受け入れられない。

父親無法坦率地接受批判。

②彼女は体がすんなり（と）している。

她的身材苗條。

</td>
</tr>
<tr>
<td>

せいいっぱい
【精一杯】 3 1

</td>
<td>

竭盡全力 ★

例 毎日を精一杯生きていきたい。

（我）想要每天都全心全意地活著。

</td>
</tr>
</table>

せいぜん（と）【整然】 ⓪	整齊地；有條不紊地
	例 彼の絵が客間の壁に整然と並んでいる。
	他的畫整齊地排列在客廳的牆壁上。

そくざに【即座に】 ①	立即，當場
	例 祖母は振り込め詐欺の電話に騙されることなく、即座に警察に通報したそうだ。
	據說奶奶沒被匯款詐欺的電話所騙，當場報警了。

た行

▶ MP3-112

たいがい【大概】 ⓪	大體，大致；適度
	例 引越しの荷物は大概片付いた。
	搬家的行李大致整理好了。

たほう【他方】 ②	另一方面
	例 彼女は優しい。他方、優柔不断なところもある。
	她很溫柔。另一方面，卻也有優柔寡斷之處。

だらだら（と） ①	①直流；冗長乏味；徐緩 ②呈現出冗長乏味的樣子（當動詞用） ★
	例 ①会議がだらだら（と）続いている。
	會議冗長乏味地持續著。
	②校長先生のだらだら（と）した演説に飽きてしまった。
	聽膩了校長冗長乏味的演說。

だんぜん【断然】 ⓪	斷然，堅決；絕對；出眾 ★
	例 私は断然、この提案に反対だ。
	我斷然地反對這個提案。

ちょくちょく ①	時常，常常 ★★
	例 一時期は疎遠になっていたが、最近は彼女にちょくちょく会っている。
	雖然一段時期變得疏遠了，但最近常常跟她碰面。

ちらっと ②	稍微；一晃；一閃 ★★
	例 今朝、新聞をちらっと見たが、その事件に関する報道はなかった。
	今天早上稍微瞄了一眼報紙，沒有關於那個事件的報導。
つくづく ②③	注意；深切；實在
	例 小さい頃から、貧乏の辛さをつくづく感じてきた。
	（我）從小開始就深切地感受到貧窮的辛苦。
つとめて【努めて・勉めて】 ②	盡力
	例 健康のため、毎日努めて運動をしている。
	為了健康，每天盡力運動著。
つやつや（と）【艶々（と）・艶艶（と）】 ①	①紅潤；有光澤 ②呈現出有光澤的樣子（當動詞用） ★
	例 ①このカーペットは日が当たると、艶々（と）光る。
	這地毯一照到太陽，就會閃閃發光。
	②彼女の髪はまっすぐで艶々（と）している。
	她的秀髮筆直而閃耀著光澤。
てんで ⓪	根本，完全；特別
	例 歌を歌うのはてんで駄目だ。
	唱歌完全不行。
とうてい【到底】 ⓪	無論如何也〜 ★
	例 この女優は演技が上手いとは到底言えない。
	這位女演員無論如何也稱不上演技好。
どうどう（と）【堂々（と）】 ③⓪	堂堂；光明磊落 ★★
	例 彼女は堂々と自分の意見を述べた。
	她光明磊落地陳述了自己的意見。
どうにか【如何にか】 ①	好歹，總算
	例 期日ギリギリまで頑張って、作品をどうにか完成させることが出来た。
	努力到最後一刻，作品總算能完成了。

どうやら [1]	總算，好不容易；總覺得，好像 ★★	

例 どうやら雨が降りそうだ。

總覺得要下雨了。

ときおり【時折】[0]	偶爾 ★

例 彼女は時折両親に手紙を書く。

她偶爾寫信給父母。

とっさに【咄嗟に】[0]	一瞬間 ★

例 その子の名前をとっさに思い出せなかった。

一時想不起那個孩子的名字來。

とつじょ【突如】[1]	突然

例 彼女は突如、芸能界に現れた天才女優だ。

她是突然出現在演藝圈的天才女演員。

とりあえず【取り敢えず】[3][4]	匆忙；立刻；首先；暫且 ★★★

例 取り敢えず、その書類のミスを訂正してください。

首先，請訂正那份文件的錯誤。

とりいそぎ【取り急ぎ】[0]	急忙，匆忙 ★★

例 取り急ぎサンプルを送って下さい。

請緊急送樣品來。

とりわけ【取り分け】[0]	特別；尤其；格外

例 彼はスポーツなら何でもやるが、取り分けテニスが得意だ。

他運動的話什麼都做，尤其擅長網球。

な行

なおさら
【尚更】 0

更 ★★

例 僕は土地も持っていないし、お金はなおさらない。

我沒有土地，更沒有錢。

ながなが（と）
【長々(と)・
永々（と）】

① 3 0 冗長（時間上） ② 3 綿長（空間上） ★

例 長々とお邪魔しました。そろそろお暇します。

打擾多時了。差不多該告辭了。

なにとぞ
【何卒・何とぞ】 0

請（務必）～

例 何卒よろしくお願い致します。

請務必多多關照。

なるたけ
【成る丈】 0

盡量

例 明日はなるたけ早く来てください。

明天請儘早來。

なんか
【何か】 1

～之類 ★★

例 庭でトマト、きゅうりなんかを育てている。

在院子裡種著番茄、小黃瓜之類的。

なんだか
【何だか】 1

是什麼；總覺得 ★★

例 この家は何だか変だ。

這棟房子總覺得怪怪的。

なんでもかんでも
【何でもかんでも】 5

全部；務必

例 何でもかんでも君の思い通りにはならないよ。

無法全部隨你的心意喲！

なんと
【何と】 1

如何，多麼 ★

例 私はこんなに彼に尽くしているのに、あっさり振られてしまうなんて、何という理不尽さだろう。

我對他如此地盡心盡力，卻被他輕而易舉地甩了，多麼不合理啊！

なんなりと **【何なりと】** 1 0	無論什麼；儘管 例 私達にできることがありましたら、何なりとお申し付けください。 如果有什麼我們能做的，請儘管吩咐。
のきなみ **【軒並み・軒並】** 0	都 例 野菜も果物も軒並み値上がりした。 蔬菜水果都漲價了。

は行

▶ MP3-114

ぱっちり（と） 3	①睜大眼睛的樣子；水汪汪；亮晶晶 ②眼睛又大又美的樣子（當動詞用）★ 例 ①赤ちゃんがぱっちり（と）目を見開いている。 嬰兒亮晶晶地張大著眼睛。 ②あそこに立っている、目のぱっちり（と）した女の子は私の妹だ。 站在那裡、眼睛水汪汪的女孩是我妹妹。
はなはだ **【甚だ】** 0	很，非常 例 遠いところご足労いただき、甚だ恐縮です。 勞駕您老遠跑一趟，非常不好意思。
はらはら（と） 1	①飄落，落下 ②擔心（當動詞用）★ 例 ①桜の花びらがはらはら（と）散っている。 櫻花的花瓣紛紛飛飄散著。 ②父の病状の変化にははらはら（と）する。 擔心父親病情的變化。
ぱらぱら（と） 1	紛歧；凌亂；連續落下貌 ★★ 例 雨がぱらぱら（と）降っている。 雨滴滴答答地下著。
はるか（に） **【遥か（に）】** 1	遙遠（距離、時間或程度上）★ 例 彼女は私よりも遥かに日本語が上手に話せる。 她日語説得比我好太多了。

ひいては **【延いては】** 1	進而 例 この問題は、うちの部署で起こっているものだが、ひいては会社全体の問題になるだろう。 這個問題雖然是在我們部門發生的，但進而會演變成公司整體的問題吧！
ひたすら **【只管】** 0	只顧，一味　　　　　　　　　　　　　　　　　　★ 例 私達はひたすら待つことしかできない。 我們只能一味地等待。
びっしょり 3	濕透　　　　　　　　　　　　　　　　　　　　　★ 例 バスケットボールをやって、びっしょり汗をかいた。 打籃球打得汗流浹背。
ひょっと 10	①突然，忽然 ②也許，或許（當動詞用） 例 姉に醤油を買うのを頼まれていたのをひょっと思い出した。 忽然想起了姊姊託我買醬油。
ひょっとして 04	萬一，如果；莫非，說不定（使用機率較高）　　★★ 例 ひょっとして、あなたのさっきの言葉はプロポーズのつもりでしたか。 莫非你剛剛所説的話是有求婚的打算嗎？
ひょっとすると／ **ひょっとしたら** 0 4	萬一，如果；莫非，說不定（使用機率較低）　　★ 例 失恋したからといってそんなに落ち込むことはない。ひょっとすると、明日にも運命の出会いがあるかもしれないじゃないか。 雖説失戀了也不需如此沮喪。或許，明天就會有命中注定的相遇也説不定。
ぴんぴん（と） 1	①硬朗；活蹦亂跳 ②呈現出硬朗或活蹦亂跳的樣子（當動詞用）★ 例 ①釣った魚がぴんぴん（と）跳ねている。 釣到的魚活蹦亂跳著。 ②祖父は八十才と思えないほど、ぴんぴん（と）している。 真難想像爺爺八十歲，身體那麼硬朗。

1-5
副詞・副助詞

ほどほどに 【程々に・程程に】 ⓪	適度，有分寸；恰如其分　　★★ 例 お酒は<u>ほどほどに</u>してください。 喝酒請有分寸。
ほんかくてきに 【本格的に】 ⓪	正式地，正規地，正統地　　★★ 例 彼は<u>本格的に</u>プロの歌手としての道を歩み始めた。 他開始正式地步上專業歌手之路。

ま行

▶ MP3-115

まして 【況して】 ①	何況，況且 例 今のことすら分からないのに、<u>まして</u>未来のことなど予測できない。 連現在的事都不了解了，何況是未來的事等等更無法預測。
まるごと 【丸ごと】 ⓪	整個；完全　　★ 例 鮎は頭から尾まで<u>丸ごと</u>食べられる。 香魚從頭到尾整條都能吃。
まるきり 【丸切り】 ⓪ **まるっきり** 【丸っ切り】 ⓪	全然，完全　　★ 例 君の言ったことは<u>丸切り</u>理解できない。 你說的話（我）完全無法理解。
まるまる（と） 【丸々（と）・ 丸丸（と）】 ⓪	①⓪整整；全部 ②③呈現出圓滾滾的樣子（當動詞用） 例 ①朝九時から夜九時まで、<u>丸々</u>十二時間働き続けた。 從上午九點到晚上九點，整整持續工作了十二個小時。 ②あの赤ちゃんは<u>丸々（と）</u>していて、とても可愛い。 那個嬰兒胖嘟嘟的，非常可愛。
むやみに 【無闇に】 ①	胡亂，隨便；過分，過度　　★ 例 <u>無闇に</u>子供を叱ってはいけない。 不能隨便責罵小孩！

	當然，不用說 ★
むろん 【無論】 ⓪	例 彼女はアメリカで育ったので無論、英語を話せるが、 日本語も流暢だ。 因為她是在美國長大的，英語就不用說了，日語也很流暢。

	專門；專心 ★
もっぱら 【専ら】 ⓪①	例 定年後は、専ら執筆をしていきたい。 退休後，（我）想專心寫作。

	已經
もはや 【最早】 ①	例 こんな噂が立ってしまったら、彼女はもはや、この工 場で働き続けることはできないだろう。 有這種閒言閒語的話，她已經不能繼續在這家工廠工作了吧！

	正面地；全面地，徹底地
もろに 【諸に】 ①	例 彼らの車はもろに電信柱にぶつかった。 他們的車子正面撞上了電線杆。

や行

▶ MP3-116

	非常；特別；過於〜 ★★
やけに ①	例 今日の社長はやけに親切で優しいので、びっくりした。 因為今天的社長特別親切溫和，所以（我）嚇到了。

わ行

▶ MP3-117

	特地；故意 ★★★
わざわざ ①	例 本当は全部知っているのに、両親は私のためにわざわざ 知らないふりをしたそうだ。 聽說父母親雖然真的什麼都知道，為了我故意裝作不知道的樣子。

▶ MP3-118

きり	①僅僅，只有 ②表示動作的最後一次　　　　　　　　★ 例 ①学校は創立記念日で休みなので、息子は一人<u>きり</u>で家にいる。 　　學校因為校慶放假，所以只有兒子一個人在家。 ②先一昨年の夏休みにオーストラリアに行った<u>きり</u>、海外旅行をしていない。 　　大前年的暑假去過澳洲之後，就不曾出國旅行了。
どころか	①別說～就連～ ②不但～反倒～　　　　　　　　★★ 例 ①今の給料じゃ、家を買う<u>どころか</u>、生活もままならない。 　　目前的薪水，別說是買房子，就連生活都成問題了。 ②褒められる<u>どころか</u>、叱られた。 　　不但沒被誇獎，反倒被罵了。

1-6

接尾語

新日檢 N1 當中，「接尾語」占了 0.26%，如「～上がり（出身）」、「～難い（難以）」「～そこそこ（接近）」……等。

▶ MP3-119

あがり【上がり】 ⓪①
～出身；經過或做過某件事情之後
例 彼女はモデル上がりの女優だ。
她是模特兒出身的女演員。

あて【宛て・当て】 ⓪
致～；寄給～；匯給～
例 私宛ての小包が届いたが、送り主は知らない人だった。
寄給我的包裹送達了，但寄件人卻是不認識的人。

がけ【掛け】 ⓪②
（接在動詞的連用形之後）表示順便或動作進行到一半
例 帰り掛けにコンビニに寄って、小包を受け取ってきてください。
回來時請順便到超商去領取包裹。

がたい【難い】 ②
（接在動詞連用形之後）難以～；做不到～
例 徐さんは得難い人材だと思う。
（我）認為徐先生是難得的人材。

そこそこ ②
將近，接近；倉促
例 千円そこそこで買えるプレゼントを探している。
正在找能以接近一千日圓買得到的禮物。

ぞろい【揃い】 ①
成套；成組；全是，都是
例 彼女の小説は傑作揃いだ。
她的小説部部都是傑作。

ダース【dozen】 ①
～打（十二個）
例 タオルを二ダース下さい。
請給我兩打毛巾。

まみれ【塗れ】 ①
沾滿；渾身都是
例 庭で遊んで帰ってきた子供達は泥まみれだった。
在院子裡玩回來的孩子們渾身都是泥巴。

1-7

其他

新日檢 N1 當中出題率相當高的「接續詞」、「連體詞」、「連語」，均在此作說明介紹，幫您逐步累積新日檢的應考實力。

▶ MP3-120

および 【及び】 ⓵⓪	和，及 ★ 例 このスピーチコンテストは、外国語学部及び文学部の 学生しか参加できない。 這場演講比賽，只有外語學院與文學院的學生能參加。
かつ 【且つ】 ⓵	又，而且 ★ 例 リーズナブルな値段で、高性能且つ操作が簡単なタブ レットがリリースされた。 合理的價格、高性能而且操作簡單的平板電腦被發布了。
しかしながら ⓸	然而，但是 ★ 例 君の気持ちはよく分かった。しかしながら、現実には それは難しそうだ。 （我）十分了解你的心情。然而，在現實中那看起來很困難。
それゆえ（に） 【其れ故に】 ⓪⓷	因此 例 彼は病気になった。それ故、留学を諦めざるを得なかった。 他生病了。因此不得不放棄留學了。
だったら ⓵	如果是～（的話～） ★ 例 好きな人のためだったら、命だって賭けられる。 如果是為了喜歡的人，連性命都能賭上。
ないし 【乃至】 ⓵	至；或者 例 このビルは一年乃至一年半で出来上がる予定だ。 這棟大樓預計一年至一年半完工。
ならびに 【並びに】 ⓪	和，以及 例 名前、住所並びに携帯番号を記入してください。 請寫下姓名、地址以及手機號碼。
にもかかわらず 【にも拘らず】 ⓵⓸	儘管～還是～ ★ 例 周囲のサポートの下、全力を尽くしたにもかかわらず、 合格できなかった。 儘管在周遭人的支持下盡了全力，還是沒能考上。

もしくは 【若しくは】 ①	或，或者 ★
	例 結果は電話若しくはＥメールで知らせる。 けっか　でんわ　　　　　　イー　　　　し
	結果會用電話或電子郵件通知。

ゆえに 【故に】 ②	因此；因為〜所以〜
	例 「我思う、故に我有り」はデカルトの言葉だ。 われおも　　　ゆえ　われあ　　　　　　　　　　ことば
	「我思故我在」是笛卡兒（Descartes）的話語。

よって 【因って】 ⓪	因此；因為〜所以〜 ★★
	例 台風に伴う大雨によって川が氾濫した。 たいふう　ともな　おおあめ　　　　　　かわ　はんらん
	由於伴隨著颱風而來的大雨，河川氾濫了。

よほど／ よっぽど ⓪ 【余程】 ⓪	非常，相當；差一點 ★
	例 よほど頑張らないと、トップ集団には追い付けない。 がんば　　　　　　　　　しゅうだん　　お　つ
	不相當努力的話，是無法追趕上頂尖集團的。

1-7
其他

▶ MP3-121

| いかなる
【如何なる】 ② | 如何的；任何的
例 このルールは<u>如何なる</u>場合にも当て嵌まる。
這個規則任何場合都能適用。 |

| とんだ ⓪ | 意想不到的；糟糕的；無法挽回的
例 <u>とんだ</u>ところで元彼に会った。
在意想不到的地方碰見了前男友。 |

| みしらぬ
【見知らぬ】 ⓪ | 陌生的，不熟悉的
例 今朝、駅で<u>見知らぬ</u>人に話し掛けられた。
今天早上，在車站有陌生人向我搭訕了。 |

MP3-122

あかのたにん 【赤の他人】 1	陌生人
	例 彼は家族だろうが、赤の他人だろうが、損得なしに助けられる人だ。
	他是無論家人或陌生人，都能不計得失去幫助的人。

かなわない 3	趕不上；受不了 ★
	例 こう暑くてはかなわない。
	這麼熱可受不了。

1-7
其他

國家圖書館出版品預行編目資料

一本到位！新日檢N1滿分單字書 / 麥美弘著
-- 初版 -- 臺北市：瑞蘭國際, 2020.08
384面；17×23公分 --（檢定攻略系列；66）
ISBN：978-957-9138-90-1（平裝）
1.日語 2.詞彙 3.能力測驗

803.189   109010946

檢定攻略系列66

一本到位！新日檢N1滿分單字書

作者｜麥美弘
審訂｜佐藤美帆
責任編輯｜葉仲芸、王愿琦
校對｜麥美弘、葉仲芸、王愿琦

日語錄音｜彥坂はるの
錄音室｜采漾錄音製作有限公司
封面設計｜劉麗雪、陳如琪
版型設計｜劉麗雪、陳如琪
內文排版｜陳品妤、陳如琪

瑞蘭國際出版
董事長｜張暖彗・社長兼總編輯｜王愿琦
編輯部
副總編輯｜葉仲芸・副主編｜潘治婷・文字編輯｜鄧元婷
美術編輯｜陳如琪
業務部
副理｜楊米琪・組長｜林湲洵・專員｜張毓庭

出版社｜瑞蘭國際有限公司・地址｜台北市大安區安和路一段104號7樓之一
電話｜(02)2700-4625・傳真｜(02)2700-4622・訂購專線｜(02)2700-4625
劃撥帳號｜19914152 瑞蘭國際有限公司
瑞蘭國際網路書城｜www.genki-japan.com.tw

法律顧問｜海灣國際法律事務所　呂錦峯律師

總經銷｜聯合發行股份有限公司・電話｜(02)2917-8022、2917-8042
傳真｜(02)2915-6275、2915-7212・印刷｜科億印刷股份有限公司
出版日期｜2020年08月初版1刷・定價｜420元・ISBN｜978-957-9138-90-1

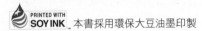
本書採用環保大豆油墨印製

瑞蘭國際

瑞蘭國際